Cecelia Ahern

Zeit deines Lebens



PIPER

Zu diesem Buch

»In dieser Geschichte geht es um Menschen, um Geheimnisse und um Zeit. Es geht um Menschen, die ihre Geheimnisse verbergen, um Menschen, die sich eine Schutzschicht nach der anderen zulegen, damit niemand sie sehen kann. Bis so ein Mensch irgendwann der richtigen Person begegnet, der Person, die das sieht, was sich unter all den Schichten verbirgt. Manchmal muss man sich jemandem schenken, um zu erfahren, wer man ist. Und manchmal muss man etwas Stück für Stück auspacken, um zum Kern vorzudringen.«
Inspirierend, zauberhaft und gefühlvoll erzählt Cecelia Ahern die Geschichte einer ganz besonderen Begegnung.

*Cecelia Ahern* ist eine der erfolgreichsten Autorinnen der Welt. Sie schreibt zeitgenössische Romane, Novellen, Storys, Jugendbücher, TV-Konzepte und Theaterstücke. Ihre Romane wurden fürs Kino oder fürs Fernsehen verfilmt. Cecelia Ahern hat Journalistik und Medienkommunikation studiert und lebt mit ihrer Familie in Dublin.
Mehr über die Autorin:
Website: www.cecelia-ahern.de
Facebook: @ceceliaahernofficial

Cecelia Ahern

# Zeit deines Lebens

Roman

Aus dem Englischen von
Christine Strüh

PIPER

*Mehr über unsere Autorinnen, Autoren und Bücher:*
*www.piper.de*

Wenn Ihnen dieser Roman gefallen hat, schreiben Sie uns unter Nennung des Titels »Zeit deines Lebens« an *empfehlungen@piper.de*, und wir empfehlen Ihnen gerne vergleichbare Bücher.



Von Cecelia Ahern liegen im Piper Verlag vor:
Alle Farben meines Lebens
Zeit deines Lebens
Ich hab dich im Gefühl

Unser Versprechen für mehr Nachhaltigkeit
• Klimaneutrales Produkt
• FSC®-zertifiziertes Papier
• Hergestellt in Europa

FSC www.fsc.org MIX Papier | Fördert gute Waldnutzung FSC® C083411

Ungekürzte Taschenbuchausgabe
ISBN 978-3-492-31276-9
November 2022

Titel der englischen Originalausgabe:
»The Gift«, Harper Collins, London 2008

Die Übersetzung erschien erstmals 2009 im Krüger Verlag, einem Verlag der S. Fischer Verlag GmbH
Umschlaggestaltung: FAVORITBUERO, München
Umschlagabbildung: © Claire Desjardins
Satz: psb, Berlin
Gesetzt aus der Adobe Devanagari
Druck und Bindung: CPI books GmbH, Leck
Printed in the EU

*Rocco und Jay,*
*ihr seid das größte Geschenk –*
*alle beide, gleichzeitig.*

# 1

## Jede Menge Geheimnisse

Wer früh am Weihnachtsmorgen an der Zuckerstangen-Fassade einer Vorstadtsiedlung entlangschlendert, kann wohl kaum umhin wahrzunehmen, wie sehr die Häuser mit ihrem Schmuck und Geglitzer den Päckchen ähneln, die hübsch eingepackt unter den Weihnachtsbäumen drinnen in den Wohnzimmern liegen: Hier wie dort verbergen sich Geheimnisse. So wie man versucht ist, am Geschenkpapier herumzuzupfen und die Päckchen zu schütteln, würde man am liebsten durch den Spalt zwischen den Vorhängen schauen und einen Blick auf die Familie beim Bescheren erhaschen – ein eingefangener Moment, der neugierigen Blicken sonst verborgen bleibt. In der sanften, geheimnisvollen Stille, die es nur an diesem einen Morgen im Jahr gibt, stehen die Häuser für die Augen der Welt draußen da wie bemalte Zinnsoldaten: Schulter an Schulter, mit geschwellter Brust und eingezogenem Bauch schützen sie stolz das, was sich darin befindet.

Häuser am Weihnachtsmorgen sind Schatztruhen versteckter Wahrheiten – ein Kranz an der Tür wie ein auf die Lippen gelegter Finger, heruntergelassene Jalousien wie geschlossene Augenlider. Irgendwann, zu einem nicht genauer definierbaren Zeitpunkt, dringt durch die Jalousien und zugezogenen Vorhänge ein warmer Glanz nach draußen, der Hauch einer

Ahnung, dass drinnen etwas geschieht. Wie Sterne am dunklen Nachthimmel, die fürs bloße Auge einer nach dem anderen sichtbar werden, wie die winzigen Goldstückchen, die zum Vorschein kommen, wenn die Flusskiesel abgesiebt werden, so gehen auch im Halblicht der Morgendämmerung hinter den Jalousien und Vorhängen die Lichter an. Und wie der Himmel schließlich im vollen Glanz der Sterne erstrahlt, so beginnt die Straße zu erwachen, Zimmer für Zimmer, Haus für Haus.

Am Weihnachtsmorgen senkt sich eine Atmosphäre tiefer Stille über die Welt draußen. Doch die leeren Straßen machen keine Angst, ganz im Gegenteil. Sie sind ein Inbild von Frieden und Sicherheit, und trotz der Kälte liegt gleichzeitig Wärme in der Luft. Aus vielerlei Gründen verbringen Familien diesen Tag des Jahres lieber im Haus, denn draußen ist es trüb, während sich drinnen eine Welt strahlender Farben entfaltet, in der mit solcher Inbrunst das Geschenkpapier aufgerissen wird, dass die bunt schillernden Bänder, die zuvor alles zusammengehalten haben, wie im Rausch zu Boden schweben. Weihnachtsmusik und festliche Düfte erfüllen die Luft, Zimt, Gewürze und alle möglichen anderen Wohlgerüche. Überall kommt es zu spontanen Ausbrüchen von Freude, Zuneigung und Dankbarkeit, bunt und unberechenbar wie losgelassene Papierschlangen. Die Weihnachtstage sind Drinnen-Tage, keine Menschenseele treibt sich freiwillig draußen herum, alle scheinen ein Dach über dem Kopf zu haben.

Nur die Leute, die von einem Haus in ein anderes unterwegs sind, bevölkern spärlich die Straßen. Autos fahren vor und werden ausgeladen. Aus weit geöffneten Haustüren dringen Begrüßungsworte in die Kälte hinaus, kurze Kostproben von dem, was drinnen vor sich geht. Und während man noch dabei ist, alles in sich aufzunehmen, und sich mit dem Gefühl, man sei hier ebenfalls eingeladen, bereit macht, als fremder, aber dennoch gern gesehener Gast über die Schwelle zu treten, da schließt sich plötzlich die Haustür und versperrt den Zutritt zum Rest des festlichen Tages – wie eine eindringliche Erinnerung daran, dass nur die Eingeweihten dort drinnen diesen Augenblick für sich in Anspruch nehmen dürfen.

In genau dieser Gegend mit ihren Spielzeughäuschen wandert eine einzige Seele einsam durch die Straßen. Diese Seele sieht die Schönheit der geheimnisvollen Häuserwelt nicht, nein, diese Seele hat es auf eine Auseinandersetzung abgesehen, sie möchte die Schleife lösen und das bunte Papier wegreißen, sie möchte allen zeigen, was sich hinter der Tür mit der Nummer vierundzwanzig verbirgt.

Für uns hat es keinerlei Bedeutung, womit die Bewohner des Hauses mit der Nummer vierundzwanzig beschäftigt sind, aber wenn ihr es unbedingt wissen wollt: In diesem Augenblick greift ein zehnmonatiges Baby, etwas verwirrt von dem grünen, blinkenden, großen Gegenstand in der Zimmerecke, der furchtbar piekst, wenn man ihn anfasst, zögernd nach der glänzenden roten Kugel, in der sich seltsam verzerrt eine vertraute Patschhand und ein zahnloser Mund spiegeln. Derweil rollt eine Zweijährige wohlig im überall herumliegenden Geschenkpapier herum, badet im Geglitzer wie ein Nilpferd im Schlamm. Neben ihnen jedoch legt *er* eine Kette aus glitzernden Diamanten um *ihren* Hals. Ihr bleibt fast die Luft weg, sie presst die Hand auf die Brust und schüttelt ungläubig den Kopf, wie man es manchmal bei Frauen in alten Schwarz-Weiß-Filmen sieht.

Nichts von alldem ist wichtig für unsere Geschichte, aber für den Menschen, der im Vorgarten des Hauses mit der Nummer vierundzwanzig steht und auf die zugezogenen Wohnzimmervorhänge starrt, bedeutet es eine Menge. Er ist vierzehn Jahre alt, und ein Dolch steckt tief in seinem Herzen.

Was dort drinnen vor sich geht, kann er nicht sehen, aber seine Fantasie ist übersättigt von den Tränen, die seine Mutter tagsüber weint. Deshalb kann er es erraten.

Er hebt die Arme über den Kopf, holt kräftig aus und schleudert das Objekt, das er in den Händen hält, in Richtung der zugezogenen Vorhänge. Dann schaut er mit bitterer Freude zu, wie der fünfzehn Pfund schwere gefrorene Truthahn durch das Fenster von Nummer vierundzwanzig kracht. Die zugezogenen Vorhänge funktionieren einmal mehr als Barriere zwischen ihm und denen dort drinnen, bremsen den Flug des Vogels durch die Luft, doch sie können ihn nicht mehr aufhalten, und er landet leblos, aber rasant – samt Innereien – auf dem Holzfußboden, schlittert und kreiselt ein paarmal und kommt schließlich direkt unter dem Weihnachtsbaum zur Ruhe. Das Geschenk des Jungen draußen für diese Menschen da drinnen.

Auch Menschen haben ihre Geheimnisse, ebenso wie Häuser. Manchmal leben die Geheimnisse in den Menschen, manchmal leben die Menschen in ihren Geheimnissen. Die Arme eng um ihre Geheimnisse geschlungen, verbiegen sich die Menschen ihre Zungen an der Wahrheit. Aber die Zeit vergeht, und irgendwann gewinnt die Wahrheit doch die Oberhand. Sie dreht und windet sich, sie wächst so lange an, bis die geschwollene Zunge sie nicht mehr einwickeln kann und endlich die Worte ausspucken muss. Dann fliegt auch die Wahrheit durch die Luft und landet krachend in der Welt. Wahrheit und Zeit arbeiten immer zusammen.

In dieser Geschichte geht es um Menschen, um Geheimnisse und um Zeit. Es geht um Menschen, die, ganz ähnlich wie hübsch eingepackte Geschenke, ihre Geheimnisse verbergen, um Menschen, die sich eine Schutzschicht nach der anderen zulegen, damit niemand sie sehen kann. Bis so ein

Mensch irgendwann der richtigen Person begegnet, der Person, die das sieht, was sich unter all den Schichten verbirgt. Manchmal muss man sich jemandem schenken, um zu erfahren, wer man ist. Und manchmal muss man etwas Stück für Stück auspacken, um zum Kern vorzudringen.

Diese Geschichte handelt von einem Menschen, der herausfindet, wer er ist. Von einem Menschen, der Schicht für Schicht von seiner Schutzhülle befreit wird, bis das Wesentliche sich zeigt – sichtbar für alle, die wichtig sind. Und alle, die wichtig sind, werden auch für diesen Menschen sichtbar. Gerade noch rechtzeitig.

# 2

## Ein Morgen voller Halblächeln

Mit bedächtigen, systematischen Bewegungen werkelte Sergeant Raphael O'Reilly in der engen Belegschaftsküche der Polizeiwache von Howth herum, in Gedanken noch ganz bei den Ereignissen dieses Morgens. Mit seinen neunundfünfzig Jahren hatte Raphie, wie er überall genannt wurde, noch ein Jahr bis zur Pensionierung vor sich, und vor dem heutigen Tag hatte er sich nicht vorstellen können, dass er sich irgendwann einmal darauf freuen würde. Aber das, was heute früh passiert war, hatte ihn in seinen Grundfesten erschüttert, hatte seine Welt auf den Kopf gestellt, und von all dem, woran er bisher fest geglaubt hatte, war nur noch ein kläglicher Scherbenhaufen übrig. Bei jedem Schritt meinte er die Reste seiner einst so unerschütterlichen Überzeugungen unter seinen Stiefeln knirschen zu hören. So einen Morgen hatte er in den ganzen einundvierzig Jahren, die er jetzt schon hier arbeitete, noch nie erlebt – und das wollte etwas heißen.

Er schaufelte zwei Löffel löslichen Kaffee in seinen Becher, der aussah wie ein NYPD-Streifenwagen und den einer seiner Kollegen ihm zu Weihnachten aus New York mitgebracht hatte. Obwohl Raphie immer so tat, als fände er ihn scheußlich, freute er sich insgeheim sehr darüber. Als er ihn ausgepackt hatte, hatte er sich plötzlich um mehr als fünfzig Jahre in die Vergangenheit zurückversetzt gefühlt, zu dem Weihnachten, als er von seinen Eltern einen Spielzeugpolizeiwagen bekommen hatte. Er hatte dieses Auto über alles geliebt – bis er es eines Abends nach dem Spielen draußen vergessen und im Regen hatte stehen lassen. Nach dieser Nacht im Freien war der schöne Streifenwagen so verrostet gewesen, dass der kleine Raphie seine ganze Polizeitruppe vorzeitig in Ruhestand schicken musste.

Als er jetzt seinen Becher in der Hand hielt, spürte er plötzlich den Impuls, ihn mit lautem Sirenengeheul über den Tisch sausen zu lassen und so heftig in die Zuckertüte zu rammen, dass sie – vorausgesetzt, keiner schaute zu – umkippte und ihren Inhalt über das Becherauto ergoss.

Im letzten Moment entschied er sich dagegen, blickte vorsichtig über die Schulter, ob er allein war, und gab dann hastig einen halben Teelöffel Zucker in seinen Becher. Von seinem Erfolg ermutigt, räusperte er sich laut, um das Knistern der Tüte zu übertönen, fuhr dann mit dem Löffel abermals und diesmal richtig tief in das süße Zeug und schaufelte eine gehäufte Ladung in seinen Becher. Nachdem er nun schon mit zwei Löffeln davongekommen war, wurde er tollkühn und griff gleich noch einmal zu.

»Runter mit der Waffe, Sir!«, erklang von der Tür her eine gebieterische Frauenstimme.

Raphie fuhr so heftig zusammen, dass der Zucker vom Löffel und quer über die Anrichte spritzte. Und es gab nun doch einen Auffahrunfall, denn der Becher knallte gegen die Zuckertüte. Höchste Zeit, Verstärkung anzufordern.

»Hab ich dich doch tatsächlich in flagranti erwischt, Raphie!« Seine Kollegin Jessica trat neben ihn an die Anrichte und nahm ihm mit einer raschen Bewegung den Löffel aus der Hand.

Dann holte sie sich auch einen Becher aus dem Schrank – ihrer war in Form von Jessica Rabbit und ebenfalls ein Weihnachtsgeschenk gewesen – und schob ihn über die Anrichte zu Raphie. Der üppige Busen der Porzellan-Jessica berührte das Becherauto, und Raphie erwischte den kleinen Jungen in sich bei dem Gedanken, dass die Männer im Streifenwagen sich bestimmt darüber freuten.

»Für mich auch einen«, unterbrach Jessica jäh seine Jessica-Rabbit-Fummelfantasien.

»Bitte«, korrigierte Raphie seine Kollegin.

»Bitte«, äffte sie ihn nach und verdrehte dabei die Augen.

Jessica war noch ziemlich neu im Polizeidienst, sie arbeitete erst seit sechs Monaten auf dem Revier, aber Raphie hatte sie in dieser Zeit richtig liebgewonnen. Er hatte ein Faible für die sechsundzwanzigjährige, eins vierundsechzig große, athletisch gebaute blonde Frau, die sich bereitwillig und kompetent jeder Aufgabe stellte, ganz egal, was es sein mochte. Außerdem fand er, dass das ansonsten rein männliche Team in der Station dringend ein bisschen weibliche Energie brauchte. Viele der Männer waren derselben Meinung, wenn auch nicht unbedingt aus den gleichen Gründen wie Raphie. Er sah in ihr die Tochter, die er nie gehabt hatte. Genauer gesagt, die er gehabt, aber verloren hatte. Doch jetzt schüttelte er diesen Gedanken ab und beobachtete Jessica, die den verschütteten Zucker von der Arbeitsplatte wischte.

Trotz ihrer Energie hatten ihre Augen – mandelförmig und von einem so dunklen Braun, dass man sie fast schwarz nennen konnte – eine unergründliche Tiefe, in der sich irgendetwas zu verbergen schien. Als wäre gerade eine Schicht frische Erde darübergeschüttet worden, und bald würde sich das Unkraut wieder zeigen – oder was immer sich hier versteckte oder vor sich hin gärte. In ihren Augen war ein

Geheimnis, dem Raphie nicht wirklich auf den Grund gehen wollte, aber er wusste, dass es dieses Geheimnis war – was immer es auch sein mochte –, das sie in den Momenten, in denen die meisten vernünftigen Leute schnell davongelaufen wären, hartnäckig vorwärtstrieb.

»Ein halber Löffel wird mich wohl kaum umbringen«, meinte er mürrisch, nachdem er den Kaffee probiert und festgestellt hatte, dass drei Löffel perfekt gewesen wären.

»Wenn es dich letzte Woche fast umgebracht hätte, den Porsche ranzuwinken, dann schafft es ein halber Löffel Zucker ganz bestimmt. Legst du es eigentlich darauf an, eine Herzattacke zu kriegen?«

Raphie wurde rot. »Es war ein Herzgeräusch, Jessica, mehr nicht, und bitte schrei nicht so«, zischte er.

»Du solltest dich mehr ausruhen«, sagte sie, tatsächlich etwas leiser.

»Der Arzt hat gesagt, es ist alles ganz normal bei mir.«

»Dann sollte der Arzt dringend mal seinen Kopf untersuchen lassen. Bei dir war noch nie alles ganz normal.«

»Du kennst mich doch erst seit sechs Monaten«, brummte er und reichte ihr den Jessica-Becher.

»Die längsten sechs Monate meines Lebens«, spottete sie. »Na gut, dann nimm noch was von dem braunen Zucker«, sagte sie mit schlechtem Gewissen, schaufelte einen gehäuften Löffel aus der Tüte und versenkte ihn in seinem Becher.

»Braunes Brot, brauner Reis, braunes dies, braunes jenes. Ich erinnere mich noch an eine Zeit, da war mein Leben bunt.«

»Ich wette, du erinnerst dich auch an eine Zeit, als du deine Füße sehen konntest, wenn du an dir runtergeschaut hast«, konterte sie, ohne eine Sekunde nachzudenken.

Damit der Zucker sich vollständig auflöste, musste sie so heftig rühren, dass die Flüssigkeit im Zentrum des Bechers einen Wirbel bildete. Sieht aus wie ein Eingang in eine andere Welt, dachte Raphie und überlegte, wohin diese Pforte wohl führte und was man erleben würde, wenn man sich in den Becher stürzte.

»Wenn du davon stirbst, gib mir nicht die Schuld daran«, sagte sie und schob ihm den Becher zu.

»Wenn ich sterbe, werde ich dich heimsuchen bis an dein Lebensende.«

Sie lächelte, aber das Lächeln erreichte ihre Augen nicht, sondern erstarb irgendwo zwischen Lippen und Nasenrücken.

Raphie beobachtete, wie sich die Pforte in seinem Becher langsam wieder schloss und seine Chance, in eine andere Welt zu fliehen, ebenso rasch verschwand wie der Dampf, der von dem heißen Getränk aufstieg und sich umgehend in Luft auflöste. Ja, es war ein schlimmer Morgen gewesen. Kein Morgen, der zum Lächeln animierte. Vielleicht zu einem Halblächeln. Er konnte es nicht sagen.

Raphie gab Jessica ihren Kaffee – schwarz, ohne Zucker, wie sie ihn mochte –, und dann lehnten beide einander gegenüber an der Anrichte und bliesen auf ihren Kaffee, die Füße sicher geerdet auf dem Boden, in Gedanken aber irgendwo weit weg.

Er studierte Jessica, wie sie, die Hände um den Becher gelegt, in ihren Kaffee starrte, als wäre er eine Kristallkugel. Wie sehr er sich das wünschte, wie sehr er sich wünschte, sie würde die Gabe des Hellsehens besitzen, denn dann könnten sie manche Dinge, deren Zeuge sie wurden, vielleicht verhindern. Jessicas Wangen waren blass, und ihre leicht geröteten Augen waren das Einzige, das noch verriet, was für einen Morgen sie hinter sich hatten.

»Das war ziemlich heftig heute früh, was?«

Die mandelförmigen Augen schimmerten, aber dann riss Jessica sich schnell wieder zusammen, und ihr Gesicht verhärtete sich. Statt einer Antwort nickte sie nur und trank einen Schluck Kaffee. An ihrer Grimasse konnte Raphie erkennen, dass das Gebräu offensichtlich zu heiß gewesen war, aber wie zum Trotz nippte sie gleich noch einmal. Sogar ihrem Kaffee zeigte sie, wer hier die Stärkere war.

»Als ich das erste Mal an Weihnachten Dienst hatte, habe ich die ganze Schicht über mit dem Sergeant Schach gespielt.«

Endlich sagte sie etwas. »Du Glückspilz.«

»Ja«, nickte er und verharrte einen Moment in der Erinnerung. »Damals habe ich das allerdings nicht so gesehen. Es sollte immer möglichst viel los sein.«

Vierzig Jahre später hatte er bekommen, was er wollte, und jetzt hätte er die Annahme gern verweigert. Das Paket umgetauscht. Seine Zeit ersetzt bekommen.

»Hast du gewonnen?«

Mit einem Ruck erwachte er aus seiner Trance. »Was hab ich gewonnen?«

»Beim Schach.«

»Nein«, lachte er. »Ich hab den Sergeant gewinnen lassen.«

Jessica rümpfte die Nase. »Ich würde dich nie gewinnen lassen.«

»Daran zweifle ich keine Sekunde.«

Da der heiße Kaffee inzwischen trinkbar sein musste, nahm Raphie einen Schluck, griff sich dann aber an den Hals, hustete und würgte theatralisch, als würde er abkratzen – obwohl ihm gleich darauf klar wurde, dass sein Versuch, so die Stimmung aufzuheitern, geschmacklos war.

Jessica zog denn auch nur eine Augenbraue hoch, würdigte seine Faxen keines Kommentars und nippte weiter an ihrem Becher.

Er lachte trotzdem. Danach trat wieder Stille ein.

»Du wirst es überstehen«, sagte er schließlich. Es sollte nett und beruhigend klingen.

Aber sie nickte und antwortete barsch, als wüsste sie das längst: »Japp. Hast du Mary angerufen?«

»Hab ich, sofort. Sie ist bei ihrer Schwester.« Eine den Feiertagen angemessene Lüge, eine freundliche Weihnachtsausrede. »Und du? Hast du auch jemanden angerufen?«

Erneut ein Nicken, doch sie wandte den Blick ab, fügte nichts hinzu, ging nicht in die Details. Das tat sie nie. »Hast du äh … hast du ihr davon erzählt?«, fragte sie stattdessen.

»Nein. Nein.«

»Wirst du ihr davon erzählen?«

Wieder schweifte sein Blick in die Ferne. »Ich weiß noch nicht. Hast du vor, es jemandem zu erzählen?«

Sie zuckte die Achseln, und ihr Gesicht war so unergründlich wie immer. Dann deutete sie mit einer Kopfbewegung den Korridor hinunter in Richtung Verhörraum. »Der Truthahnjunge wartet immer noch da drin.«

Raphie seufzte. »Was für eine Verschwendung.« Ob er damit ein bestimmtes Leben oder seine eigene Zeit meinte, ließ er offen. »Ihm würde die Geschichte garantiert guttun.«

Jessica hielt inne, bevor sie den nächsten Schluck trank, und fixierte ihn mit ihren fast schwarzen Augen über den Rand ihres Bechers hinweg. Ihre Stimme war so fest wie der Glaube in einem Nonnenkloster, so unerschütterlich und zweifelsfrei, dass er nicht nachfragen musste, ob sie sich wirklich sicher war.

»Erzähl sie ihm«, sagte sie bestimmt. »Selbst wenn wir in unserem ganzen Leben mit keinem anderen Menschen darüber reden, ihm sollten wir sie erzählen.«

# 3

## Der Truthahnjunge

Raphie betrat den Verhörraum wie sein Wohnzimmer – als würde er sich gleich auf die Couch sinken lassen und zum Feierabend die Füße hochlegen. In seinem Auftreten lag nichts auch nur ansatzweise Bedrohliches. Er war zwar mit seinen knapp eins neunzig ziemlich groß, aber er füllte den Platz nicht aus, den sein Körper einnahm. Wie üblich hielt er den Kopf nachdenklich gesenkt, und seine Augenbrauen rutschten, der Schwerkraft gehorchend, fast über die Augen. Sein Rücken war leicht gebeugt, als trüge er dort zum Schutz einen kleinen Panzer, und der Panzer am Bauch war noch deutlich dicker. In der einen Hand hielt er einen Pappbecher, in der anderen seine halb volle NYPD-Tasse.

Der Truthahnjunge glotzte auf Raphies Keramikstreifenwagen. »Wie uncool ist das denn?«

»Jemandem einen Truthahn durchs Fenster zu schmeißen ist auch nicht grade der Inbegriff der Coolness.«

Der Junge griente und begann, am Kapuzenband seines Sweatshirts zu kauen.

»Warum hast du das gemacht?«

»Weil mein Dad ein Arschloch ist.«

»Ich hab mir schon fast gedacht, dass es kein Weihnachtsgeschenk für den Vater des Jahres war. Aber wie bist du auf die Idee mit dem Truthahn gekommen?«

Der Junge zuckte die Achseln. »Meine Mum hat gesagt, ich soll den Truthahn aus dem Gefrierschrank holen«, bot er als Erklärung an.

»Wie ist er dann aus dem Gefrierschrank auf den Fußboden im Haus deines Vaters gekommen?«

»Den größten Teil des Wegs hab ich ihn getragen, den Rest ist er geflogen.« Wieder das Grienen.

»Wann wolltet ihr ihn denn essen?«

»Um drei.«

»Ich hab gemeint, an welchem Tag? Pro fünf Pfund Truthahn rechnet man mindestens vierundzwanzig Stunden Auftauzeit. Dein Truthahn wog fünfzehn Pfund. Wenn ihr ihn heute essen wolltet, hättet ihr ihn schon vor drei Tagen aus dem Gefrierschrank nehmen müssen.«

»Wie auch immer, Ratatouille.« Er musterte Raphie, als hielte er ihn für verrückt. »Wenn ich ihn noch mit Bananen gefüllt hätte, würde ich dann weniger Ärger kriegen?«

»Ich hab das nur erwähnt, weil er nicht hart genug gewesen wäre, wenn du ihn rechtzeitig aus dem Gefrierschrank genommen hättest. Für die Geschworenen hört sich das jetzt womöglich an, als hättest du die Sache gezielt geplant. Und nein, Bananen-Truthahn ist kein gutes Rezept, finde ich.«

»Ich hab es aber nicht geplant!«, kreischte der Junge und ließ sich zum ersten Mal anmerken, wie jung er in Wirklichkeit war.

Raphie trank seinen Kaffee und beobachtete den Truthahnwerfer.

Der schnupperte an dem Pappbecher und rümpfte verächtlich die Nase. »Ich trinke keinen Kaffee.«

»Okay.« Raphie nahm das Pappding vom Tisch und schüttete den Inhalt in seinen eigenen Becher. »Ist noch warm. Danke. Also, dann erzähl mir mal von heute früh. Was hast du dir dabei gedacht, Söhnchen?«

»Falls Sie nicht dieser andere fette Wichser sind, dem ich den Truthahn ins Fenster geschmissen habe, dann bin ich ganz sicher nicht Ihr Sohn. Und was soll das hier überhaupt sein, eine Therapiestunde? Oder ein Verhör? Steh ich vielleicht unter Anklage, oder was?«

»Wir warten noch auf verbindliche Nachricht von deinem Vater, ob er Anzeige erstatten möchte oder nicht.«

»Wird er nicht.« Der Junge verdrehte die Augen. »Weil er es nämlich gar nicht kann. Ich bin noch nicht sechzehn. Wenn Sie mich jetzt gehen lassen, verschwenden Sie wenigstens nicht Ihre Zeit.«

»Von meiner Zeit hast du schon eine ganze Menge verschwendet.«

»Es ist Weihnachten, da bezweifle ich, dass es für Sie besonders viel zu tun gibt.« Er schaute auf Raphies Bauch. »Außer Donuts essen.«

»Du würdest dich wundern.«

»Zum Beispiel?«

»Irgendein Idiot hat heute Morgen einen Truthahn durch ein Fenster geworfen.«

Der Junge verdrehte wieder die Augen und sah zu der Uhr, die an der Wand tickte. »Wo sind meine Eltern?«

»Die wischen das Fett von ihrem Fußboden.«

»Das sind nicht meine Eltern«, stieß er hervor. »Jedenfalls ist *sie* nicht meine Mutter. Wenn die mich hier abholen will, geh ich nicht mit.«

»Oh, ich bezweifle stark, dass die beiden dich abholen und mit nach Hause nehmen«, meinte Raphie, griff in die Tasche und holte ein eingewickeltes Schokobonbon heraus. Langsam packte er es aus, und das Papier knisterte in dem stillen Raum. »Ist dir schon mal aufgefallen, dass die mit Erdbeergeschmack immer als Letzte in der Packung übrig bleiben?« Lächelnd steckte er sich das Bonbon in den Mund.

»Garantiert bleibt überhaupt nichts übrig, wenn Sie in der Nähe sind.«

»Dein Vater und seine Partnerin –«

»Die eine Nutte ist, nur damit Sie's wissen«, fiel der Truthahnjunge Raphie ins Wort und beugte sich dicht zum Aufnahmegerät.

»Vielleicht kommen sie vorbei, um Anzeige zu erstatten.«

»Das würde Dad nie tun.«

»Er zieht es zumindest in Erwägung.«

»Nein, tut er nicht«, quengelte der Junge. »Und wenn doch, dann hat sie ihn dazu gebracht. Diese Schlampe.«

»Ich denke, es ist wahrscheinlicher, dass er es tut, weil es jetzt in sein Wohnzimmer schneit.«

»Schneit es draußen?« Jetzt sah er wieder aus wie ein Kind, mit großen, hoffnungsvollen Augen.

Raphie lutschte an seinem Bonbon. »Manche Leute beißen einfach rein in die Schokolade, aber ich lutsche sie lieber, am besten möglichst langsam.«

»Ach, lutschen Sie doch den«, knurrte der Truthahnjunge und packte sich zwischen die Beine.

»Mit diesem Anliegen solltest du dich vielleicht lieber an einen Freund wenden.«

»Ich bin aber nicht schwul«, schnaubte sein Gegenüber. Aber dann beugte er sich vor, und das Kind kehrte zurück. »Ach, kommen Sie, schneit es draußen echt? Lassen Sie mich raus, damit ich es mir ansehen kann, ja? Ich schau auch bloß aus dem Fenster.«

Raphie schluckte den Bonbonrest hinunter und stützte die

Ellbogen auf den Tisch. Dann sagte er mit ernster Stimme: »Das Baby hat was von den Glasscherben abgekriegt.«

»Und?«, knurrte der Junge, aber sein Gesicht war besorgt, und er begann, an einem Nagelhäutchen herumzuzupfen.

»Der Kleine war neben dem Weihnachtsbaum, direkt dort, wo der Truthahn gelandet ist. Zum Glück hat er sich nicht geschnitten. Der Kleine, nicht der Truthahn. Der Truthahn war ziemlich schwer verletzt. Wir glauben nicht, dass er durchkommt.«

Der Junge sah erleichtert und gleichzeitig verwirrt aus.

»Wann holt meine Mum mich ab?«

»Sie ist unterwegs.«

»Die Frau mit den Riesendingern ...« – er legte sich die gewölbten Hände vor die Brust – »... hat mir das schon vor zwei Stunden erzählt. Was ist eigentlich mit ihrem Gesicht passiert? Habt ihr zwei es zu wild getrieben?«

Raphie ärgerte sich darüber, wie der Junge über Jessica redete, aber er beherrschte sich und blieb ruhig. Der Knabe war es nicht wert. Lohnte es sich tatsächlich, ihm die Geschichte zu erzählen?

»Vielleicht fährt deine Mutter heute besonders langsam und vorsichtig. Die Straßen sind ziemlich glatt.«

Der Truthahnjunge sah nachdenklich und wieder ein bisschen ängstlich aus. Er knibbelte weiter nervös an seiner Nagelhaut.

»Der Truthahn war zu groß«, sagte er nach einer langen Pause. »Mum hat die gleiche Größe gekauft wie sonst, als Dad noch zu Hause war. Sie dachte nämlich, er würde zurückkommen.«

»Deine Mutter hat gedacht, dein Vater würde zu euch zurückkommen?«, hakte Raphie nach, aber es war eigentlich mehr eine Feststellung als eine Frage.

Der Junge nickte. »Als ich den Truthahn dann aus dem Gefrierschrank genommen habe, bin ich plötzlich durchgedreht. Er war einfach viel zu groß.«

Wieder Schweigen.

»Ich hab nicht gedacht, dass das Ding die Scheibe einschlägt«, fügte er leiser hinzu und sah weg. »Wer rechnet denn damit, dass ein Truthahn ein Fenster zerdeppern kann?«

Er schaute Raphie so verzweifelt an, dass dieser, obwohl die Lage so ernst war, unwillkürlich grinsen musste. Der Junge hatte wirklich Pech gehabt.

»Ich wollte ihnen doch bloß einen Schreck einjagen. Ich wusste, dass sie alle da drin sind und glückliche Familie spielen.«

»Na ja, das tun sie jetzt jedenfalls bestimmt nicht mehr.«

Der Junge sagte nichts, schien sich aber nicht mehr so darüber zu freuen wie vorhin, als Raphie hereingekommen war.

»Ein Fünfzehn-Pfund-Truthahn ist ganz schön groß für drei Leute.«

»Tja, mein Dad ist aber auch echt ein fetter Arsch.«

Allmählich bekam Raphie das Gefühl, dass er doch seine Zeit verschwendete. Plötzlich hatte er die Nase voll von dem Knaben und stand auf, um zu gehen.

»Sonst ist Dads Familie immer zu uns zum Essen gekommen!«, rief der Junge ihm nach, um zu verhindern, dass Raphie ihn alleine ließ. »Aber die hatten dieses Jahr was anderes vor. Und für uns zwei war der Truthahn einfach zu verdammt groß«, wiederholte er kopfschüttelnd. Sobald er aufhörte, den Großkotz zu geben, veränderte sich sein Ton. »Wann ist meine Mum hier?«

Raphie zuckte die Achseln. »Ich weiß es nicht. Wahrscheinlich, wenn du deine Lektion gelernt hast.«

»Aber es ist Weihnachten.«

»An Weihnachten kann man genauso gut eine Lektion lernen wie an jedem anderen Tag auch.«

»Lektionen sind was für Kinder.«

Raphie lächelte.

»Was denn?«, fauchte der Junge.

»Ich hab heute auch eine gelernt.«

»Oh, stimmt. Lektionen sind nicht nur für Kinder, sondern auch für Deppen. Hab ich ganz vergessen.«

Raphie machte sich auf den Weg zur Tür.

»Was für eine Lektion haben Sie denn gelernt?«, erkundigte sich der Junge hastig, und Raphie entnahm seinem Ton, dass ihm wirklich viel daran lag, nicht allein sein zu müssen.

Also blieb er stehen und drehte sich um. Er sah traurig aus und fühlte sich auch so.

»War anscheinend eine ziemlich beschissene Lektion, was?«, vermutete der Junge sofort.

»Im Lauf deines Lebens wirst du merken, dass das für die meisten Lektionen gilt.«

Zusammengesunken saß der Truthahnjunge am Tisch. Die Kapuzenjacke war ihm von der Schulter gerutscht, zwischen den schulterlangen fettigen Haaren lugten kleine rosa Ohren hervor, die Wangen waren voller Pickel, doch die blauen Augen blickten klar. Im Grunde war er noch ein Kind.

Raphie seufzte. Bestimmt würde man ihn zwingen, vorzeitig in Rente zu gehen, wenn er jetzt diese Geschichte erzählte. Trotzdem zog er einen Stuhl unter dem Tisch hervor und setzte sich.

»Nur damit das klar ist«, sagte er, »*du* wolltest, dass ich dir das erzähle.«

# Der Anfang der Geschichte

# 4

## Der Schuhbeobachter

Lou Suffern musste immer zwei Dinge zur gleichen Zeit tun. Oder an zwei Orten gleichzeitig sein. Wenn er schlief, träumte er. Zwischen den Träumen ging er die Ereignisse des vergangenen Tages noch einmal durch, machte aber auch schon Pläne für den nächsten, was dazu führte, dass er, wenn um sechs Uhr morgens sein Wecker klingelte, nicht sonderlich gut ausgeruht war. Trotzdem probte er unter der Dusche seine Präsentationen und beantwortete gelegentlich sogar – eine Hand durch den Duschvorhang gestreckt – auf seinem BlackBerry die neuesten E-Mails. Beim Frühstück las er die Zeitung, und wenn seine fünfjährige Tochter ihm auf ihre kindlich-weitschweifige Art eine Geschichte erzählte, hörte er nebenher die Morgennachrichten. Sein dreizehn Monate alter Sohn lernte jeden Tag etwas Neues, und Lou nahm es zwar mit interessiertem Gesicht zur Kenntnis, aber sein Gehirn war währenddessen fieberhaft damit beschäftigt zu analysieren, warum er genau das Gegenteil empfand und sich tierisch langweilte. Wenn er sich mit einem Kuss von seiner Frau verabschiedete, dachte er dabei an eine andere.

Jede Handlung, jede Bewegung, jede Verabredung – alles, was er tat oder dachte, wurde von einer weiteren Tätigkeit oder einem anderen Gedanken überlagert. Die Fahrt zur

Arbeit war mithilfe der Freisprechanlage gleichzeitig eine Telefonkonferenz. Aus einem Frühstück wurde Lunch, aus dem Lunch ein Aperitif. Der Aperitif ging seinerseits über in ein Abendessen, das Abendessen in einen Drink danach, der Drink in … nun ja, das hing davon ab, wie es für ihn lief. An Abenden, an denen ihm der Zufall gewogen war und er das in irgendeiner Wohnung oder einem Hotelzimmer auskostete, erzählte er denjenigen, die mit einem solchen Arrangement aus verständlichen Gründen weniger einverstanden gewesen wären – also vornehmlich seiner Frau –, dass er woanders war. In solchen Fällen befand er sich für sie dann in einer wichtigen Sitzung, saß auf dem Flughafen fest, musste noch dringend irgendwelchen Papierkram erledigen oder kam im wahnsinnigen Weihnachtsverkehr nicht schneller voran. Also befand er sich, wie durch Zauberei, an zwei Orten gleichzeitig.

Bei Lou Suffern überlappte sich alles, er war immer in Bewegung, immer auf dem Sprung und unterwegs nach anderswo. Wenn er sich mit jemandem traf, verbrachte er gerade so viel Zeit wie nötig mit dem Betreffenden, schaffte es aber, bei seinem Gegenüber trotzdem ein zufriedenes Gefühl zu hinterlassen. Er war gewissenhaft, pünktlich und in seinem Beruf ein meisterhafter Zeitmesser. Doch im normalen, privaten Leben benahm er sich wie eine kaputte Taschenuhr. In seinem Streben nach Vollkommenheit und Erfolg verfügte er über scheinbar grenzenlose Energien. Doch genau das – sein Perfektionismus, sein Ehrgeiz, seine immer höher gesteckten Ziele – führte dazu, dass er in diesem ständigen Höhenflug das Allerwichtigste aus den Augen verlor. In seinem Terminplan war kein Zeitfenster für diejenigen eingeplant, die ihm auf vielerlei Weise hätten mehr geben und größere Zufriedenheit schenken können als irgendein noch so sagenhafter neuer Geschäftsabschluss.

An einem besonders kalten Dienstagmorgen schlenderten Lous schwarze, blitzblank polierte Lederschuhe selbstbewusst durch das sich rasant entwickelnde Dubliner Hafengebiet und gerieten dabei ins Blickfeld eines besonderen Mannes. Dieser Mann beobachtete die Schuhe an diesem Morgen genauso aufmerksam, wie er es tags zuvor getan hatte und es vermutlich am nächsten Tag wieder tun würde. Die beiden Schuhe waren einander absolut ebenbürtig, keiner von beiden drängte sich vor, jeder Schritt war exakt gleich lang und die Ferse-Zehen-Abstimmung absolut präzise: Die Schuhspitzen zeigten nach vorn, die Ferse setzte als Erste auf, der Fuß rollte nach vorn auf den Ballen, die Zehen stießen sich ab, der Knöchel wurde gebeugt. Perfekt, jedes Mal. Rhythmisch bewegten sich die Schuhe übers Pflaster, ohne Stampfen oder erdbebenhafte Erschütterungen wie bei den anderen Kopflosen, die um diese Zeit – noch im Halbschlaf, obwohl sich ihr Körper bereits an der frischen Luft befand – vorüberhasteten. Nein, diese Schuhe brachten lediglich ein gleichmäßiges Klackgeräusch hervor, das so eindringlich war wie der Regen auf dem Dach des Wintergartens, und der Saum der Hose flappte wie die Fahne am achtzehnten Loch in einer leichten Brise.

Der Beobachter erwartete fast, dass die Pflastersteine aufleuchteten, wenn diese Schuhe sie berührten, und ihr Eigentümer vor Freude über den prima-prachtvollen Tag einen Stepptanz vollführte. Für den Beobachter jedenfalls würde der Tag mit Sicherheit prima und prachtvoll werden.

Normalerweise schwebten die glänzend polierten schwarzen Schuhe unter dem makellosen schwarzen Anzug elegant an unserem Beobachter vorüber, eilten durch die Drehtür und hinein in das große Marmorportal des brandneuen, ultramodernen Glasgebäudes, das in Windeseile aus den Ritzen der Kais in den Dubliner Himmel gewachsen war. Aber an diesem besonderen Morgen blieben die Schuhe stehen, direkt vor unserem Beobachter. Und dann machten sie mit einem knirschenden Geräusch auf dem kalten Beton kehrt. So blieb dem Beobachter nichts anderes übrig, als den Blick von den Schuhen zu heben und nach weiter oben zu schauen.

»Bitte schön«, sagte Lou und reichte dem Mann einen Kaffee. »Leider nur ein Americano, ich hoffe, das stört Sie nicht. Die hatten Probleme mit ihrer Maschine, deshalb gibt's heute keinen Latte.«

»Dann können Sie das Zeug ruhig behalten«, sagte der Beobachter und betrachtete naserümpfend den dampfenden Becher, den Lou ihm hinhielt.

Die Bemerkung stieß auf erstauntes Schweigen.

»War nur ein Scherz.« Der Beobachter lachte über das erschrockene Gesicht des Schuhbesitzers, griff schnell – falls der Witz nicht ankam und sein Wohltäter die nette Geste samt Kaffee zurücknahm – nach dem Becher und umfasste ihn mit seinen vor Kälte schon ganz starren Fingern. »Seh ich vielleicht aus, als interessierte ich mich für aufgeschäumte Milch?«, grinste er, und dann erschien pure Verzückung auf seinem Gesicht. »Mmmm.« Er hielt die Nase dicht an den Becherrand, sog den Geruch der Kaffeebohnen ein und schloss die Augen, als wollte er sich durch nichts und niemanden von dem göttlichen Duft ablenken lassen. Der Pappbecher war so heiß – oder die Hände so kalt –, dass die Berührung auf seiner Haut brannte und Hitzeschauer durch den ganzen Körper schickte. Bis zu diesem Moment hatte der Beobachter gar nicht gewusst, wie kalt ihm eigentlich war. »Ganz herzlichen Dank.«

»Kein Problem. Ich habe im Radio gehört, dass heute der kälteste Tag des Jahres sein soll.« Die polierten Schuhe stampften auf den Betonplatten hin und her, und die Lederhandschuhe rieben sich aneinander, um das Gesagte zu demonstrieren.

»Tja, das kann ich gerne glauben. Schweinekalt ist das. Man friert sich den Arsch ab, wie man so schön sagt. Aber das hier wird helfen.« Der Beobachter blies auf das heiße Getränk und setzte den Becher an die Lippen, um den ersten Schluck zu probieren.

»Er ist ohne Zucker«, erklärte Lou entschuldigend.

»Ach du liebe Zeit.« Der Beobachter verdrehte die Augen und setzte den Becher so schnell wieder ab, als enthielte er ein tödliches Gift. »Auf geschäumte Milch kann ich verzichten, aber ohne Zucker, das geht zu weit.« Er streckte Lou den Kaffee wieder hin.

Doch nun war Lou in den Humor eingeweiht und lachte. »Okay, okay, ich hab verstanden.«

»Arme Leute können nicht wählerisch sein, oder? Bedeutet das auch, wer wählerisch ist, kann nicht arm sein?« Der Beobachter zog eine Augenbraue in die Höhe, lächelte und trank nun endlich den ersten Schluck. So hingebungsvoll vertiefte er sich in das Gefühl, mit dem die Wärme und das Koffein sich in seinem Körper ausbreiteten, dass er gar nicht merkte, wie aus ihm, dem Beobachter, auf einmal der Beobachtete wurde.

»Oh. Ich bin übrigens Gabe.« Er streckte die Hand aus. »Gabriel eigentlich, aber alle, die mich kennen, nennen mich Gabe.«

Lou nahm die dargebotene Hand. Warmes Leder berührte kalte Haut. »Ich bin Lou, aber alle, die mich kennen, nennen mich Arschloch.«

Gabe lachte. »Tja, das hat man von der Ehrlichkeit. Wie wäre es, wenn ich Sie Lou nenne, bis wir uns besser kennen?«

Sie lächelten sich an, dann schwiegen sie in einer plötzlichen Anwandlung von Verlegenheit. Wie zwei kleine Jungen, die auf dem Schulhof Freundschaft schließen. Auf einmal begannen die glänzenden Schuhe, nervös zu trippeln, tipptapp, tapptipp, hin und her, auf und ab, eine Kombination aus Warmhaltetaktik und Unentschlossenheit. Sollten sie bleiben oder gehen? Ganz langsam drehten sich die Spitzen zum Bürogebäude nebenan. Bald würde der Schuhbesitzer dorthin folgen.

»Viel zu tun heute Morgen, was?«, fragte Gabe leichthin, und die Schuhe wandten sich ihm sofort wieder zu.

»Bald ist Weihnachten, da wird es immer hektisch«, bestätigte Lou.

»Je mehr Leute unterwegs sind, desto besser für mich«, sagte Gabe, als klirrend eine Zwanzig-Cent-Münze in seiner Tasse landete. »Danke!«, rief er der Frau nach, die, ohne stehen zu bleiben, wortlos weiterhastete. Ihrer Körpersprache nach hätte man eher denken können, dass ihr das Geldstück aus der Manteltasche gefallen war, als dass sie es hergeschenkt hatte. Gabe blickte Lou mit großen Augen an und grinste breit. »Sehen Sie? Morgen geb *ich* den Kaffee aus«, kicherte er.

Lou versuchte, sich so unauffällig wie möglich vorzubeugen, um einen Blick in die Tasse zu werfen. Das Zwanzig-Cent-Stück lag ganz allein auf ihrem Boden.

»Ach, keine Sorge. Ich leere den Pott hin und wieder aus. Schließlich möchte ich ja nicht, dass die Leute denken, mir geht es zu gut«, lachte Gabe. »Sie wissen doch, wie das ist.«

Lou war derselben Ansicht. Und doch auch wieder nicht.

»Die Leute sollen lieber nicht wissen, dass mir das Penthouse da drüben gehört«, sagte Gabe mit einer Kopfbewegung zur anderen Seite des Flusses.

Lou wandte sich um und blickte über die Liffey. Dort stand der Wolkenkratzer, den Gabe meinte – der neueste am Dublin Quay. In seiner Glasfront spiegelte sich fast das ganze Stadtzentrum: Von dem restaurierten Wikinger-Langschiff, das am

Kai ankerte, über die zahllosen Kräne und modernen Büro- und Gewerbegebäude, die die Liffey säumten, bis zum stürmischen, wolkenverhangenen Himmel fing das hohe Bauwerk alles ein und gab das Bild wie ein riesiger Plasmabildschirm an die City zurück. Das Bauwerk war geformt wie ein Segel, wurde nachts von blauen Scheinwerfern angestrahlt, und in den ersten Monaten nach der Fertigstellung hatte man überall in der ganzen Stadt darüber geredet. So lange, bis etwas noch Neueres, Interessanteres ihm den Rang ablief.

»Gefällt Ihnen die Hütte?«, fragte Lou, der das Hochhaus immer noch fasziniert anstarrte.

»Es ist mein Lieblingshochhaus, vor allem nachts. Unter anderem deswegen hab ich mir den Platz hier ausgesucht. Natürlich auch, weil so viel los ist. Von der schönen Aussicht allein kann ich mir ja leider kein Abendessen kaufen.«

»Das haben wir gebaut«, erklärte Lou und wandte sich seinem Gesprächspartner wieder ganz zu.

»Wirklich?« Gabe musterte Lou etwas aufmerksamer. Mitte bis Ende dreißig, glatt rasiertes Gesicht, weich wie ein Babypopo, teurer Haarschnitt, gleichmäßig von ein paar grauen Strähnen durchzogen – fast so, als hätte jemand einen Salzstreuer genommen und im Verhältnis eins zu zehn mit dem Grau auch ordentlich Charme auf diesem Kopf verteilt. Gabe fand, dass Lou aussah wie ein Filmstar alter Schule, kultiviert und elegant, verpackt in einen langen schwarzen Kaschmirmantel.

»Ich wette, davon konnten Sie sich ein schönes Abendessen leisten«, lachte Gabe, aber im gleichen Moment spürte er einen kurzen Stich der Eifersucht, der ihn sehr störte, denn bevor er Lou so intensiv studiert hatte, hatte er nichts dergleichen empfunden. Seit er Lou begegnet war, hatte er zwei Erfahrungen gemacht, die alles andere als angenehm waren: Ihm war kalt, und er war neidisch. Dabei hatte er sich vorhin angenehm warm und zufrieden gefühlt. Obwohl er in seiner eigenen Gesellschaft immer glücklich gewesen war, schwante ihm nun, dass er, sobald dieser Mann nicht mehr da wäre, eine Einsamkeit spüren würde, die ihm bis dato nicht bewusst gewesen war. Dann würde er neidisch, verfroren *und* einsam sein. Die perfekten Zutaten für hausgemachte Bitterkeit.

Das segelförmige Hochhaus hatte Lou natürlich weit mehr eingebracht als ein schönes Dinner. Seine Firma hatte mehrere Preise eingeheimst, und er persönlich hatte sich ein Haus in Howth gekauft und seinen Porsche gegen das neueste Modell eingetauscht, das allerdings erst nach Weihnachten ausgeliefert werden würde. Aber all das erzählte Lou dem Mann lieber nicht, der, in eine wahrscheinlich flohverseuchte Decke gehüllt, hier auf dem eiskalten Straßenpflaster kauerte. Stattdessen lächelte er höflich, ließ seine Jacketkronen blitzen und war wie üblich mit zwei Dingen gleichzeitig beschäftigt. Dachte das eine und sagte etwas anderes. Aber Gabe konnte zwischen den Zeilen lesen, und so stieg die Verlegenheit auf ein Niveau, das für beide nicht angenehm war.

»Na dann, ich glaube, ich sollte mal los zur Arbeit …«

»Nach nebenan, ich weiß. Ich kenne Ihre Schuhe. Die sind für mich eher auf Augenhöhe«, grinste Gabe. »Obwohl Sie diese hier gestern nicht anhatten. Gerbleder, wenn ich mich nicht irre.«

Lous ordentlich gezupfte Augenbrauen ruckten ein Stück in die Höhe. Wie ein Stein, der im Wasser landet, verursachte das eine Reihe von Wellenfurchen auf seiner noch botoxfreien Stirn.

»Keine Sorge, ich bin kein Stalker«, versicherte Gabe, nahm eine Hand von dem heißen Becher und hob ihn verteidigend in die Höhe. »Ich sitze nur schon eine ganze Weile hier. Wenn überhaupt, sind es Sie und Ihre Kollegen, die immer wieder bei mir auftauchen.«

Lou lachte und blickte dann etwas unsicher auf seine Schuhe hinunter, die so unvermittelt das Gesprächsthema geworden waren. »Eigentlich unglaublich – ich hab Sie noch nie hier bemerkt«, dachte er laut vor sich hin, und als er die Worte aussprach, ging er in Gedanken jeden Morgen durch, an dem er auf diesem Weg zur Arbeit gekommen war.

»Aber ich bin hier, von früh bis spät, jeden Tag«, sagte Gabe mit falscher Munterkeit in der Stimme.

»Tut mir leid, aber ich hab Sie nie wahrgenommen ...« Lou schüttelte verwundert den Kopf. »Aber ich bin ja auch immer so in Eile, telefoniere im Gehen oder bin schon für irgendeinen Termin spät dran. Ich muss immer an zwei Orten gleichzeitig sein, sagt meine Frau. Manchmal wünsche ich mir, jemand würde mich klonen, so viel hab ich zu tun.« Er lachte.

Gabe lächelte ihn seltsam an. »Apropos Eile – heute ist das erste Mal, dass ich die beiden Jungs hier nicht an mir habe vorbeirennen sehen«, sagte er mit einer Kopfbewegung zu Lous Schuhen. »Hätte die beiden beinahe nicht erkannt, wenn sie stillstehen. Heute kein Schwung dahinter?«

Wieder lachte Lou. »Doch, da ist immer Schwung dahinter, das können Sie ruhig glauben.« Er machte eine rasche Bewegung mit dem Arm, als wollte er ein Kunstwerk enthüllen, und sein Mantelärmel rutschte gerade weit genug herauf, um seine goldene Rolex sichtbar werden zu lassen. »Aber ich bin immer der Erste im Büro, also gibt es momentan keinen Grund zur Eile.« Er sah konzentriert auf die Uhr, leitete dabei aber im Kopf bereits das für den Nachmittag anberaumte Meeting.

»Heute Morgen sind Sie aber nicht der Erste«, stellte Gabe trocken fest.

»Wie bitte?« Lou unterbrach das Meeting und stand wieder auf der kalten Straße vor seinem Bürogebäude, wo der eisige Atlantikwind den Menschenmassen, die warm eingemummelt zur Arbeit eilten, gnadenlos ins Gesicht peitschte.

Gabe kniff die Augen zusammen. »Braune Slipper. Ich hab schon ein paarmal beobachtet, wie Sie den Besitzer dieser Schuhe begleitet haben. Und der ist jetzt schon im Büro.«

»Braune Slipper?« Lou lachte, erst verwirrt, dann beeindruckt und schließlich etwas besorgt, weil er sich fragte, wer es da vor ihm zur Arbeit geschafft hatte.

»Sie kennen ihn – ziemlich arroganter Gang. Bei jedem Schritt hüpfen diese kleinen Wildlederquasten, so eine Art Mini-Cancan. Weiche Sohlen, kommen aber schwer auf. Kleine breite Füße, und er geht auf dem Außenrist. An den Stellen sind die Sohlen immer abgelaufen.«

Lous Stirn legte sich in nachdenkliche Falten.

»Samstags trägt er Schuhe, als käme er gerade von Bord einer Jacht.«

»Alfred!«, rief Lou in plötzlicher Erkenntnis. »Der ist dann sicher tatsächlich gerade von seiner Ja– …« Er brach ab. »Alfred ist schon da?«

»Seit ungefähr einer halben Stunde. Ist reingestapft, anscheinend ziemlich eilig, in Begleitung eines weiteren Paars schwarzer Slipper.«

»Schwarze Slipper?«

»Ja, schwarze Herrenschuhe. Blitzeblank, aber nicht besonders schick. Schlicht und sachlich. Praktisch. Schuhe, die das tun, was Schuhe tun sollen. Ich kann sonst nicht viel über sie sagen, abgesehen von der Tatsache, dass sie sich im Allgemeinen etwas langsamer bewegen als die anderen Schuhe.«

»Sie sind sehr aufmerksam.« Lou betrachtete den Mann auf

der Decke nachdenklich und überlegte, was er wohl gemacht haben mochte, bevor er hier auf dem kalten Boden eines Hauseingangs gelandet war. Gleichzeitig versuchte sein Gehirn fieberhaft zu analysieren, wer all diese Menschen waren, von denen Gabe sprach. Dass Alfred heute so früh zur Arbeit erschienen war, brachte ihn völlig durcheinander.

Einer ihrer Kollegen – Cliff – hatte einen Nervenzusammenbruch erlitten, und nun waren alle ganz aufgeregt – jawohl, aufgeregt! –, weil eine gute Stelle frei geworden war. Wenn Cliff nicht wieder gesund würde – was Lou insgeheim hoffte –, würde es in der Firma weitreichende Veränderungen geben, und jedes ungewöhnliche Benehmen seitens Alfreds war bedenklich. Genau genommen war Alfreds Verhalten allerdings immer irgendwie bedenklich.

Gabe zwinkerte. »Sie haben da drin nicht zufällig Arbeit für einen aufmerksamen Menschen, oder?«

Lou breitete seine behandschuhten Hände aus. »Nein, tut mir leid.«

»Kein Problem, Sie wissen ja, wo Sie mich finden, falls Sie mich doch brauchen sollten. Ich bin der Typ mit den Doc Martens.« Er lachte und hob seine Decke kurz hoch, sodass die hohen schwarzen Stiefel zum Vorschein kamen.

»Ich frage mich, warum die so früh dran sind«, sagte Lou gedankenverloren und starrte Gabe dabei an, als hätte dieser übersinnliche Fähigkeiten.

»Da kann ich Ihnen leider nicht weiterhelfen. Aber letzte Woche sind sie zusammen zum Lunch gegangen. Oder sie haben zumindest das Gebäude gemeinsam zu einer für Otto Normalverbraucher üblichen Lunchzeit verlassen, sind durchschnittlich lange weg gewesen und dann auch zusammen zurückgekommen. Was sie dazwischen gemacht haben, lässt sich nicht allzu schwer erraten«, schmunzelte er. »Dafür muss man kein Genie sein. Zum Glück, denn heute kann einem echt das Hirn einfrieren.«

»An welchem Tag war denn dieser Lunch?«

Gabe schloss nachdenklich die Augen. »Am Freitag, glaube ich. Der Kerl ist Ihr Konkurrent, stimmt's? Der mit den braunen Slippern?«

»Nein, er ist mein Freund. So eine Art Freund jedenfalls. Eigentlich eher ein Bekannter.« Zum ersten Mal merkte man Lou an, dass er beunruhigt war. »Er ist mein Kollege, aber der Zusammenbruch eines anderen Mitarbeiters, Cliff, ist für uns beide eine Riesenchance, na ja, Sie verstehen schon …«

»Eine Chance, Ihrem kranken Kollegen den Job wegzunehmen«, vollendete Gabe den Satz mit einem Lächeln. »Wie nett. Die langsamen Schuhe, die schwarzen, die haben übrigens neulich abends das Büro gemeinsam mit einem Paar Louboutins verlassen.«

»Loub– … was ist das denn?«

»Damenschuhe. Zu erkennen an der roten Sohle. Die fraglichen hatten einen Zwölf-Zentimeter-Absatz.«

»Zwölf Zentimeter?«, fragte Lou. »Rote Sohle, aha«, fügte er dann hinzu, nickte und versuchte, sich einen Reim auf diese Information zu machen.

»Sie könnten doch Ihren Freund Querstrich Bekannten Querstrich Kollegen einfach fragen, mit wem er sich getroffen hat«, schlug Gabe mit einem schelmischen Glitzern in den Augen vor.

Aber Lou ging nicht auf den Vorschlag ein. »Na gut, ich muss los. Ich muss Dinge treffen und Leute erledigen, und auch noch beides gleichzeitig, ist das zu glauben«, meinte er augenzwinkernd. »Danke für Ihre Hilfe, Gabe.« Er steckte einen Zehn-Euro-Schein in Gabes Tasse.

»Danke, Mann«, strahlte Gabe, holte den Schein sofort aus

der Tasse, stopfte ihn in die Jackentasche und klopfte mit dem Finger darauf. »Die anderen sollen nichts davon mitkriegen, erinnern Sie sich?«

»Stimmt«, gab Lou ihm recht.

Aber genau im gleichen Moment war er völlig anderer Meinung.

# 5

## Der dreizehnte Stock

Nach oben?«

Hoffnungsvoll blickte der Mann, der die Frage gestellt hatte, in die verschlafenen Gesichter, und aus der überfüllten Aufzugskabine antwortete ihm ein kollektives Grunzen und Kopfnicken. Von allen außer von Lou genau genommen, denn Lou war zu sehr damit beschäftigt, die Schuhe des Mannes anzustarren, der jetzt die schmale Ritze überschritt, unter der sich der kalte schwarze Schacht auftat, und den vollgepfropften Fahrstuhl betrat. Die braunen Herrenhalbschuhe vollzogen eine Hundertachtzig-Grad-Wendung, sodass sie nun nach vorn in Richtung Tür wiesen. Lou hielt weiter Ausschau nach roten Sohlen und schwarzen Schuhen. Alfred war frühzeitig ins Büro gekommen und am Freitag mit den schwarzen Schuhen zum Lunch gegangen. Die schwarzen Schuhe hatten zusammen mit rotsohligen Damenschuhen das Büro verlassen. Wenn Lou herausfand, wem die roten Sohlen gehörten, dann würde er erfahren, mit wem dieses weibliche Wesen zusammenarbeitete, und er würde auch wissen, mit wem Alfred sich heimlich traf. Dieser Prozess erschien ihm sinnvoller, als Alfred einfach zu fragen – eine Tatsache, die ganz nebenbei eine Menge über Alfreds Ehrlichkeit aussagte. Darüber dachte Lou nach, während er gleichzeitig dem unbehaglichen Schweigen ausgesetzt war, das nur in einer Aufzugskabine voller fremder Menschen entstehen kann.

»In welchen Stock wollen Sie?«, ertönte eine gedämpfte Stimme aus der Ecke, wo gut versteckt – und vermutlich halb zerquetscht – der Mann stand, der als Einziger Zugang zu den Knöpfen hatte und damit für die Organisation der Aufzugsstopps verantwortlich war.

»Dreizehn, bitte«, antwortete der Neuzugang.

Seufzer und missbilligende Geräusche waren zu hören.

»Es gibt keinen dreizehnten Stock«, erklärte der Unsichtbare an den Knöpfen.

Die Türen schlossen sich, und der Aufzug setzte sich rasch nach oben in Bewegung.

»Sie sollten sich beeilen«, drängte der Unsichtbare.

»Äh …« Der Neuling wühlte in der Aktentasche nach seinen Unterlagen.

»Entweder zwölf oder vierzehn«, fuhr die gedämpfte Stimme hilfsbereit fort. »Dreizehn gibt es nicht.«

»Bestimmt muss er im vierzehnten raus«, vermutete jemand anderes. »Der vierzehnte ist doch theoretisch der dreizehnte.«

»Soll ich vierzehn drücken?«, fragte die Stimme ein wenig ungeduldiger.

»Äh …« Der Mann fummelte immer noch mit seinen Papieren herum.

Lou konnte sich nicht auf das ungewöhnliche Gespräch in dem sonst immer so stillen Aufzug konzentrieren, weil er die Schuhe der Menschen um sich herum studierte. Jede Menge schwarzer Schuhe. Manche hatten Verzierungen, manche Slipperform, manche waren abgewetzt, manche blank poliert, manche nicht richtig zugebunden. Aber keine Spur von roten Sohlen, nirgends. Auf einmal bemerkte er, dass die Füße um ihn herum unruhig wurden. Ein Paar rückte sogar fast unmerklich ein Stück von ihm ab. Als der Aufzug bimmelte, blickte Lou auf.

»Nach oben?«, fragte eine junge Frau.

Diesmal waren deutlich mehr hilfsbereite Ja-Rufe zu hören, und die Männerstimmen klangen entschieden lauter.

Die junge Frau stellte sich vor Lou, und er betrachtete ihre Schuhe, während sich die Männer um ihn herum in der schweren Stille, die nur Frauen in einem Aufzug voller Männer spüren, eher anderen Körperbereichen widmeten. Langsam setzte sich die Kabine wieder in Bewegung. Sechs … sieben … acht …

Schließlich zog der Mann mit den braunen Herrenhalbschuhen seine Hand – leer – aus seiner Tasche zurück und verkündete etwas niedergeschlagen: »Patterson Developments.«

Verärgert nahm Lou die Verwirrung über die Stockwerknummerierung zur Kenntnis. Es war sein Vorschlag gewesen, dass es auf dem Bedienfeld keinen Knopf mit einer Dreizehn geben sollte, aber natürlich existierte der dreizehnte Stock trotzdem. Zwischen dem zwölften und dem vierzehnten Stock war ja keine Lücke, kein luftleerer Raum. Der vierzehnte Stock kauerte auch nicht auf irgendwelchen unsichtbaren Mauersteinen. Genau genommen *war* der vierzehnte Stock der dreizehnte, und dort lag auch Lous Büro. Man nannte diesen Stock nur nicht bei seinem Namen, sondern bezeichnete ihn als vierzehnten. Warum das die Leute häufig so durcheinanderbrachte, konnte Lou nicht nachvollziehen. Für ihn war die Sache sonnenklar. So stieg er im vierzehnten Stock aus, trat auf den Korridor, und sofort versanken seine Füße in dem dicken, weichen Plüschteppich.

»Guten Morgen, Mr Suffern«, begrüßte ihn seine Sekretärin, ohne von ihren Papieren aufzublicken.

Er blieb an ihrem Schreibtisch stehen und sah sie verwundert an. »Alison, nennen Sie mich doch bitte Lou, wie immer.«

»Selbstverständlich, Mr Suffern«, erwiderte sie munter, wich aber gezielt seinem Blick aus.

Dann stand sie auf, um etwas zu holen, und Lou versuchte, einen Blick auf ihre Schuhe zu erhaschen. Als sie zurückkam, stand er immer noch an ihrem Schreibtisch, aber sie weigerte sich weiterhin, ihm in die Augen zu sehen, setzte sich rasch und begann, eifrig zu tippen. So unauffällig wie möglich bückte sich Lou, als wollte er seine Schnürsenkel binden, spähte dabei aber verstohlen unter Alisons Schreibtisch.

Alison runzelte die Stirn und schlug ihre langen Beine übereinander. »Alles in Ordnung, Mr Suffern?«

»Nennen Sie mich Lou«, wiederholte er, immer noch verwundert.

»Nein«, gab sie ziemlich barsch zurück und sah schnell wieder weg. Dann griff sie nach dem Kalender, der auf ihrem Schreibtisch lag. »Sollen wir die heutigen Termine durchgehen?«, fragte sie, stand auf und kam um den Schreibtisch herum.

Eng anliegende Seidenbluse, enger Rock. Sein Blick wanderte über ihren Körper, bis er schließlich bei den Schuhen landete.

»Wie hoch sind die?«

»Warum?«

»Zwölf Zentimeter?«

»Keine Ahnung. Wer misst Absätze denn so genau?«

»Weiß ich nicht. Manche Leute. Gabe zum Beispiel«, erklärte er lächelnd, während er ihr in sein Büro folgte und dabei ihre Schuhsohlen nicht aus den Augen ließ.

»Wer zum Teufel ist denn Gabe?«, brummte sie.

»Gabe ist ein Obdachloser«, lachte Lou.

Als sie sich umdrehte, um ihrem Befremden Ausdruck zu verleihen, erwischte sie ihn dabei, wie er sie mit seitlich geneigtem Kopf betrachtete. »Sie starren mich genauso an, wie Sie sonst immer die Gemälde an der Wand anstarren«, bemerkte sie frech.

An den Wänden hing moderner Impressionismus, den Lou noch nie besonders gemocht hatte. Trotzdem blieb er regelmäßig davor stehen und starrte die Bilder an, aber sosehr er sich auch anstrengte, was er auf der Leinwand sah, blieben einfach nur Kleckse, Spritzer und Striche. Vermutlich hatte der Maler gute Gründe und wollte etwas damit ausdrücken. Aber nach Lous Meinung hätte man sie genauso gut umgekehrt aufhängen können, und er wäre daraus auch nicht schlauer geworden. Manchmal dachte er daran, wie viel Geld für derartige Kunstwerke ausgegeben wurde – und verglich die Gemälde dann insgeheim mit den Bildern, die bei ihm zu Hause am Kühlschrank hingen. Heimkunst seiner Tochter Lucy. Mit schief gelegtem Kopf – wie vorhin bei Alison – schien er ganz in die Betrachtung versunken, hing aber in Wirklichkeit nur dem Verdacht nach, dass es irgendwo auf der Welt eine Kindergärtnerin gab, die Millionen scheffelte, während ihre vierjährigen Schutzbefohlenen mit Farbe an den Fingern und konzentriert in den Mundwinkel geklemmter Zunge hart für sie arbeiteten und anstelle ihrer rechtmäßigen Beteiligung hier und da ein paar Gummibärchen zugesteckt bekamen.

»Haben Sie vielleicht rote Schuhsohlen?«, fragte er Alison, während er zu dem riesigen Ledersessel ging, in dem problemlos eine vierköpfige Familie Platz gefunden hätte.

»Warum, bin ich in was reingetreten?« Auf einem Fuß balancierend, kontrollierte Alison ihre Schuhsohlen, und Lou musste unwillkürlich an einen Hund denken, der seinen Schwanz jagt.

»Nein, nein, vergessen Sie's.« Müde ließ er sich an seinem Schreibtisch nieder.

Alison musterte ihn argwöhnisch, ehe sie ihre Aufmerksamkeit wieder dem Terminkalender zuwandte. »Acht Uhr dreißig haben Sie ein Telefongespräch mit Aonghus O'Sullibháin. Sie müssen unbedingt Ihr Irisch aufpolieren, wenn Sie das Grundstück in Connemara kaufen wollen, aber Ihnen zuliebe habe ich darauf bestanden, dass die Verhandlungen auf Englisch geführt werden ...« Sie grinste, warf den Kopf zurück wie ein Pferd und strich sich die gesträhnte Haarmähne aus dem Gesicht. »Acht Uhr fünfundvierzig haben Sie ein Meeting mit Barry Brennan wegen der Frösche, die man auf dem Bauplatz in Cork gefunden hat ...«

»Drücken wir die Daumen, dass es sich nicht um irgendeine seltene oder gar vom Aussterben bedrohte Art handelt«, ächzte Lou.

»Na ja, die Frösche könnten ja Verwandte von Ihnen sein, Sir – so, wie Sie sich manchmal verhalten. Und Sie haben doch Familie in Cork, stimmt's?« Sie vermied es immer noch, ihn anzuschauen. »Neun Uhr dreißig ...«

»Moment mal«, fiel Lou ihr ins Wort, und obwohl er wusste, dass sie allein im Zimmer waren, sah er sich unwillkürlich nach Verstärkung um. »Warum nennen Sie mich *Sir*? Was ist denn heute bloß in Sie gefahren?«

Sie sah weg und murmelte etwas vor sich hin, was klang wie »Sie jedenfalls nicht«.

»Was haben Sie gesagt?«, fragte er, wartete die Antwort aber nicht ab. »Ich habe einen anstrengenden Tag vor mir, ich brauche Ihren Sarkasmus nicht, danke. Und seit wann verlesen Sie meinen Terminplan wie einen Morgenappell?«

»Ich dachte nur, wenn ich Ihnen laut vorlese, wie vollgepackt Ihr Tag ist, müssen Sie mir zuhören und können sich vielleicht dazu durchringen, in Zukunft ein paar Termine weniger in Ihren Zeitplan zu quetschen.«

»Haben Sie zu viel Arbeit, Alison? Geht es darum?«

»Nein.« Sie wurde rot. »Überhaupt nicht. Ich habe nur gedacht, Sie könnten Ihren Arbeitsstil ein bisschen verändern. Statt den ganzen Tag hektisch von einem Termin zum nächsten zu hetzen, könnten Sie sich *mehr* Zeit für *weniger* Klienten nehmen. Die wären dann wahrscheinlich glücklicher.«

»Jaja, und wenn sie nicht gestorben sind, leben Jerry Maguire und ich glücklich und zufrieden bis in alle Ewigkeit. Alison, Sie sind neu in der Firma, deshalb lasse ich Ihnen das durchgehen, aber ich mag meinen Arbeitsstil. Ich habe gern viel zu tun, ich brauche keine zwei Stunden Mittagspause, in denen ich mit den Kindern am Küchentisch sitze und ihre Schularbeiten kontrolliere.« Er kniff die Augen zusammen. »Aber da Sie gerade von glücklicheren Klienten sprechen – hat es denn irgendwelche Klagen gegeben?«

»Ja, von Ihrer Mutter. Und von Ihrer Frau«, antwortete sie mit zusammengebissenen Zähnen. »Von Ihrem Bruder, Ihrer Schwester, Ihrer Tochter.«

»Meine Tochter ist grade mal fünf Jahre alt.«

»Na ja, sie hat aber letzten Donnerstag angerufen, weil Sie vergessen haben, sie von ihrem irischen Tanzkurs abzuholen.«

»Das zählt nicht«, protestierte Lou und rollte genervt die Augen. »Denn von meiner fünfjährigen Tochter hängt nicht ab, ob die Firma Hunderte Millionen Euro in den Teich setzt, richtig?« Wieder wartete er die Antwort nicht ab. »Hat sich auch jemand beklagt, der nicht den gleichen Nachnamen hat wie ich?«

Alison dachte angestrengt nach. »Hat Ihre Schwester nach der Trennung von ihrem Mann den Mädchennamen wieder angenommen?«

Er starrte sie wütend an.

»Tja, dann lautet die Antwort wohl nein, Sir.«

»Was soll denn dieses ›Sir‹ die ganze Zeit?«

»Ich dachte nur«, stammelte sie und wurde rot, »ich dachte nur, wenn Sie mich wie eine Wildfremde behandeln, dann mach ich das auch.«

»Wie kommen Sie auf die Idee, dass ich Sie wie eine Wildfremde behandle?«

Sie wandte den Blick ab.

»Alison«, sagte er, senkte aber die Stimme, »wir sind im Büro, was erwarten Sie denn da von mir? Soll ich Ihnen vielleicht mitten in unserer Terminbesprechung sagen, wie toll ich es fand, Sie um den Verstand zu vögeln?«

»Sie haben mich nicht um den Verstand gevögelt, wir haben uns lediglich geküsst.«

»Wie auch immer.« Lou wedelte wegwerfend mit der Hand. »Worum geht es denn nun wirklich?«

Sie zögerte, und ihr Gesicht war inzwischen puterrot. »Alfred hat da so eine Bemerkung fallen lassen.«

Auf einmal passierte mit Lous Herz etwas sehr Ungewöhnliches, etwas, was er noch nie erlebt hatte. Es fühlte sich an wie eine Art Flattern. »Was für eine Bemerkung war das denn?«

Sie mied weiterhin seinen Blick und begann, an einer Ecke des Terminplans herumzufummeln. »Na ja, es ging darum, dass Sie letzte Woche dieses Meeting verpasst haben …«

»Geht das vielleicht ein bisschen genauer, bitte?«

»Okay, gut«, erwiderte sie ärgerlich. »Also, nach dem Meeting mit Mr Sullivan letzte Woche hat er – ich meine Alfred …« – sie schluckte – »… hat Alfred angeregt, dass ich ein bisschen strenger mit Ihnen sein soll. Er weiß ja, dass ich neu bin, aber er hat mir den Rat gegeben, ich soll dafür sorgen, dass Sie nicht noch mal so ein wichtiges Meeting verpassen.«

Lou kochte innerlich, seine Gedanken rasten, und er konnte sich nicht erinnern, jemals eine solche Verwirrung empfunden zu haben. Sein Leben lang hastete er von einem zum anderen, verpasste die Hälfte des Ersten, um das Ende des Zweiten gerade noch zu erwischen. Jeden Tag war es das Gleiche, von morgens bis abends, immer hatte er das Gefühl, dass er sich beeilen musste und eigentlich schon zu spät dran war. Das war anstrengend und ermüdend. Er hatte große Opfer gebracht, um die Position zu erreichen, die er heute innehatte. Er liebte seine Arbeit, war professionell und in jeder Hinsicht engagiert. Es ärgerte ihn sehr, dass er gerügt wurde, weil er ein einziges Meeting verpasst hatte, und obendrein handelte es sich um ein Meeting, das noch nicht angesetzt gewesen war, als er ausnahmsweise einen Vormittag freigenommen hatte. Zu allem Überfluss war auch noch seine Familie schuld daran. Wenn er den Termin wegen eines anderen Meetings verpasst hätte, hätte es ihn weniger gestört. Plötzlich war er wütend auf seine Mutter. Sie hatte eine Hüftoperation gehabt, und ausgerechnet am Morgen des besagten Meetings hatte Lou sie aus dem Krankenhaus abgeholt. Er war auch sauer auf seine Frau, denn sie hatte ihn dazu überredet. Oder eher gezwungen, indem sie auf seinen Vorschlag, seine Mutter von einem Taxi nach Hause bringen zu lassen, mit einem Wutanfall reagiert hatte. Er war sauer auf seine Schwester Marcia und auf seinen großen Bruder Quentin, die nicht für ihn eingesprungen waren. Ausgerechnet dann, wenn er ein einziges Mal seiner Familie den Vorrang gab, musste er einen so hohen Preis dafür bezahlen. Vor lauter Wut sprang er auf, begann, nervös herumzutigern, biss sich auf die Lippen und hätte am liebsten zum Telefon gegriffen, seine Eltern und Geschwister angerufen und einen nach dem anderen angeblafft: »Seht ihr? Versteht ihr jetzt endlich, warum ich nicht ständig für euch da sein kann? Schaut euch doch an, was ihr angerichtet habt!«

»Haben Sie Alfred denn nicht gesagt, dass ich meine Mutter vom Krankenhaus abholen musste?«, fragte er Alison ganz leise. Diese Frage war ihm äußerst unangenehm, denn er wollte nicht selbst die Art von Entschuldigung vorbringen, die er bei seinen Kollegen zutiefst verachtete. Er hasste die Ausreden, er hasste es, wenn sich jemand in der Firma über persönliche Dinge ausbreitete. Für ihn war das ein Zeichen mangelnder Professionalität. Entweder machte man seinen Job, oder man ließ es bleiben.

»Na ja, es war meine erste Woche hier, und Mr Patterson stand neben ihm, und ich wusste nicht, was ich sagen sollte, ich hatte ja keine Ahnung, was Ihnen recht gewesen wäre …«

»Mr Patterson war auch dabei?«, hakte Lou nach, und die Augen quollen ihm vor Entsetzen fast aus dem Kopf.

Sie nickte mechanisch wie ein Wackeldackel.

»Aha.« Sein Herzschlag beruhigte sich wieder einigermaßen, und ihm dämmerte allmählich, was da vor sich ging. Sein lieber Freund Alfred war mal wieder dabei zu tricksen. Eigentlich hatte Lou immer gedacht, Alfred würde ihn mit seinen Machenschaften verschonen. Aber Alfred kam nicht aus ohne seine kleinen Intrigen, er schaffte es nicht, auch nur einen Tag mit offenen Karten zu spielen. Seine Lebenseinstellung und seine Ansichten waren geprägt von einem tiefen Misstrauen, und er war stets zuerst und vor allem darauf bedacht, aus einer Situation das Beste für sich selbst herauszuholen – ohne Rücksicht auf Verluste.

Lou ließ den Blick suchend über seinen Schreibtisch wandern. »Wo ist meine Post?«

»Im zwölften Stock. Der Praktikant war verwirrt, weil es keinen dreizehnten gibt.«

»Es gibt aber einen dreizehnten Stock, Himmel noch mal! Wir sind doch im dreizehnten Stock! Was ist heute denn bloß mit allen los?«

»Wir sind im vierzehnten Stock, und dass es keinen dreizehnten gibt, war ein schwerwiegender Planungsfehler.«

»Nein, es war kein Planungsfehler«, verteidigte er sich. »Einige der größten Gebäude der Welt haben keinen dreizehnten Stock.«

»Und kein Dach.«

»Wie bitte?«

»Das Kolosseum beispielsweise hat kein Dach.«

»Was?«, fauchte er, allmählich verwirrt. »Sagen Sie dem Praktikanten, er soll von jetzt an die Treppe nehmen und mitzählen. Dann bringt ihn eine fehlende Zahl nicht durcheinander. Warum kümmert sich der Praktikant überhaupt um die Post?«

»Harry sagt, wir haben zu wenig Leute.«

»Zu wenig Leute? Es muss doch nur eine einzige Person in den Aufzug steigen, um meine blöde Post hochzutransportieren. Wie kann es dafür zu wenig Leute geben?« Seine Stimme überschlug sich. »Ein Affe könnte diesen Job erledigen. Draußen auf der Straße gibt es Menschen, die ihr Leben geben würden für einen Job bei einer Firma, die …«

»Bei einer Firma, die was?«, fragte Alison, aber sie sprach nur noch mit Lous Hinterkopf, denn Lou hatte sich abgewandt und starrte durch die deckenhohen Fenster auf die Straße hinunter. In der Scheibe spiegelte sich sein Gesicht, und Alison konnte deutlich sehen, dass es einen sehr seltsamen Ausdruck angenommen hatte.

Sie entfernte sich langsam, und zum ersten Mal in den letzten Wochen war sie froh, dass ihre Affäre, die sich bisher auf ein bisschen Geknutsche im Dunkeln beschränkt hatte, keine

Fortschritte machte. Denn vielleicht hatte sie ihren Chef falsch eingeschätzt, vielleicht stimmte etwas nicht mit ihm. Sie war neu in der Firma und noch nicht mit allem vertraut. Von Lou wusste sie eigentlich nur, dass er sie an das weiße Kaninchen aus *Alice im Wunderland* erinnerte, das immer zu spät dran ist, seine Termine aber irgendwie trotzdem schafft – wenn auch immer in letzter Sekunde. Er war nett zu allen, die mit ihm zu tun hatten, und erfolgreich in seinem Job. Außerdem sah er auch noch gut aus, war charmant und fuhr einen Porsche – und darum ging es ja wohl. Klar, als sie neulich mit seiner Frau telefoniert hatte, hatte Alison schon ein paar Gewissensbisse bekommen. Aber die legten sich rasch wieder, als sie merkte, wie naiv Lous Frau mit den Seitensprüngen ihres Mannes umging. Außerdem hatte doch jeder seine Schwachstellen, und man konnte es einem Mann wirklich nicht übel nehmen, wenn er ein Faible für Alison hatte.

»Was für Schuhe trägt Alfred?«, rief Lou, gerade als sie die Tür hinter sich zumachen wollte.

Sie kam zurück ins Zimmer. »Welcher Alfred?«

»Berkeley.«

»Das weiß ich nicht.« Sie wurde wieder rot. »Warum wollen Sie das wissen?«

»Für ein Weihnachtsgeschenk.«

»Schuhe? Sie wollen Alfred *Schuhe* schenken? Aber ich hab doch bei Brown Thomas schon für alle den Geschenkkorb bestellt, wie Sie's gesagt haben.«

»Finden Sie es einfach raus. Aber möglichst unauffällig. Fragen Sie ihn mal ganz nebenbei. Es soll ja eine Überraschung werden.«

Sie kniff argwöhnisch die Augen zusammen. »Klar.«

»Oh, und diese Neue in der Buchhaltung. Wie heißt sie gleich ... Sandra? Sarah?«

»Deirdre.«

»Ihre Schuhe könnten Sie auch mal checken. Und sagen Sie mir Bescheid, ob sie rote Sohlen haben.«

»Die haben keine roten Sohlen, das kann ich Ihnen gleich sagen. Deirdre trägt schwarze Stiefeletten, von Top Shop, Wildleder mit Wasserflecken. Letztes Jahr hatte ich die auch. Da waren sie total modern.«

Damit verschwand sie endgültig.

Seufzend ließ Lou sich in seinen übergroßen Ledersessel sinken und drückte mit den Fingern auf die Nasenwurzel, in der Hoffnung, damit seine drohende Migräne abwenden zu können. Vielleicht hatte er sich auch irgendwas eingefangen. Heute Morgen hatte er schon kostbare Zeit verschwendet, was völlig untypisch für ihn war, und fünfzehn Minuten mit einem Obdachlosen geplaudert. Er hatte dem Drang einfach nicht widerstehen können, stehen zu bleiben und dem jungen Mann einen Kaffee anzubieten.

Unfähig, sich auf seinen Terminplan zu konzentrieren, wandte er sich wieder dem Fenster zu. Üppiger Weihnachtsschmuck zierte Straßen und Brücken, riesige Mistelzweige und Glocken, die mithilfe des magischen Neonlichts von einer Seite auf die andere zu schwingen schienen. Die Liffey, die recht viel Wasser führte, rauschte unter seinem Fenster vorbei in Richtung Dublin Bay. Auf den Straßen wimmelte es von Menschen, die mit der Strömung zur Arbeit eilten. Sie hasteten an den Kupferfiguren der Auswanderer vorbei, die, abgemagert und in Lumpen gehüllt, während der großen Hungersnot eben diese Kais bevölkert hatten, verzweifelt auf der Suche nach Schiffen, die sie in eine bessere Welt entführten. Statt Bündeln mit ihren wenigen Habseligkeiten trugen die Menschen jetzt Pappbecher mit Starbucks-Kaffee in der einen und Aktentaschen in der anderen Hand. Frauen legten den Weg zum Büro in Rock und Turnschuhen zurück, die Pumps in die Handtasche gestopft. Ein völlig anderes Schicksal erwartete sie, mit fast endlosen Möglichkeiten.

Das einzig Unbewegliche war Gabe, der direkt neben dem Eingang, in seine Decke gewickelt, auf dem Boden saß und die Schuhe beobachtete, die an ihm vorüberdefilierten. Noch immer hatte einer wie er nicht wirklich die gleichen Chancen wie diejenigen, die an ihm vorbeieilten. Obwohl er, aus dem dreizehnten Stock betrachtet, kaum größer aussah als ein Stecknadelkopf, konnte Lou erkennen, wie sein Arm sich bewegte, wenn er seinen Becher zum Mund führte – ganz langsam, um jeden Schluck auszukosten, obwohl der Kaffee inzwischen doch bestimmt kalt war – und wieder absetzte. Lou war fasziniert von diesem Mann. Nicht nur, weil er das Talent besaß, sich an jedes Paar Schuhe zu erinnern, das in dieses Gebäude gehörte – fast so, als handelte es sich um eine Excel-Tabelle –, sondern auch, und das war beunruhigender, weil der Mensch hinter den kristallblauen Augen ihm erstaunlich vertraut vorkam. Genau genommen erkannte Lou sich selbst in ihm. Gabe und er waren im gleichen Alter, und wenn man Gabe entsprechend zurechtmachte, könnte man ihn wahrscheinlich glatt mit Lou verwechseln. Er schien ein umgänglicher und kompetenter Mann zu sein, und eigentlich hätte Lou doch ganz leicht an seiner Stelle da draußen auf der Straße sitzen können, während die Welt an ihm vorüberzöge. Und doch war ihr Leben so verschieden.

In diesem Augenblick sah Gabe plötzlich nach oben, als hätte er Lous Blick gespürt. Dreizehn Stockwerke lagen zwischen ihnen, aber Lou hatte das Gefühl, dass Gabe ihm mitten ins Herz sehen konnte.

Das verwirrte ihn. Da er an der Planung des Gebäudes beteiligt gewesen war, wusste er, dass das Glas von draußen reflektierte. Damit war es eigentlich unmöglich, dass Gabe ihn sehen konnte, auch wenn er noch so konzentriert zu ihm heraufstarrte, die Hand schützend über die Augen gelegt, als wollte er salutieren. Bestimmt hatte er sich irgendeine interessante Spiegelung angeschaut, oder vielleicht hatte auch ein Vogel seine Aufmerksamkeit erregt. Richtig, das musste der Grund sein. Aber Gabes Blick, der die ganzen dreizehn Stockwerke bis zu Lous Bürofenster überspannte, war so durchdringend, dass Lou unwillkürlich für einen Moment die Fakten beiseiteschob, lächelnd die Hand hob und Gabe seinerseits zuwinkte. Doch ehe dieser reagieren konnte, rollte Lou seinen Sessel schnell weg vom Fenster und drehte sich mit klopfendem Herzen um, als hätte er etwas Verbotenes getan.

Das Telefon klingelte. Es war Alison, und sie klang alles andere als fröhlich.

»Bevor ich Ihnen sage, was ich Ihnen sagen muss, nehmen Sie bitte zur Kenntnis, dass ich am University College Dublin meinen Abschluss zur Diplomkauffrau gemacht habe.«

»Herzlichen Glückwunsch«, sagte Lou.

Sie räusperte sich. »Also. Alfred trägt braune Slipper, Größe 42. Anscheinend hat er zehn identische Paare davon und trägt sie jeden Tag, deshalb glaube ich, die Idee, ihm noch eins zu Weihnachten zu schenken, würde nicht so gut ankommen. Ich weiß nicht, von was für einer Marke sie stammen, aber das kann ich noch rausfinden.« Sie holte tief Luft. »Was die Schuhe mit den roten Sohlen angeht, hat Louise sich letzte Woche ein Paar gekauft, aber sie haben an der Ferse gescheuert, und sie hat sie zurückgebracht. Der Laden wollte sie nicht zurücknehmen, weil sie offensichtlich getragen waren und die rote Sohle schon ein bisschen abgewetzt war.«

»Wer ist Louise?«

»Mr Pattersons Sekretärin.«

»Sie müssen bitte für mich herausfinden, mit wem sie letzte Woche von der Arbeit weggegangen ist. Jeden einzelnen Tag.«

»Auf gar keinen Fall, das steht nicht in meiner Jobbeschreibung.«

»Sie können früher gehen, wenn Sie es rauskriegen.«

»Okay.«

»Danke, dass Sie auf Druck so schnell nachgeben.«

»Kein Problem, dann kann ich wenigstens meine Weihnachtseinkäufe machen.«

»Vergessen Sie meine Liste nicht.«

Obwohl Lou nicht viel erfahren hatte, wurde sein Herz plötzlich wieder von diesem seltsamen Gefühl überschwemmt, das andere Menschen ganz leicht als Panik identifiziert hätten. Aber Gabe hatte tatsächlich recht gehabt mit den Schuhen und war kein Irrer, wie Lou insgeheim geargwöhnt hatte. Heute früh hatte Gabe außerdem gefragt, ob in der Firma vielleicht ein aufmerksamer Mensch gebraucht werde. Lou nahm den Telefonhörer in die Hand.

»Können Sie mir bitte Harry aus der Poststelle geben und dann eins meiner Ersatzhemden, eine Krawatte und eine Hose aus dem Schrank holen und dem Mann bringen, der unten vor der Tür sitzt? Führen Sie ihn aber erst zur Herrentoilette und sorgen Sie dafür, dass er sauber und ordentlich ist, bevor Sie ihn dann bitte in den Postraum mitnehmen. Er heißt Gabe, und ich sage Harry Bescheid, damit er ihn erwartet. Ich befreie ihn von seinem Problem mit der Personalknappheit.«

»Wie bitte?«

»Gabe. Eine Abkürzung für Gabriel. Aber nennen Sie ihn ruhig Gabe.«

»Nein, ich meine …«

»Tun Sie es einfach. Ach ja, und noch was …«

»Was denn?«

»Ich fand den Kuss letzte Woche richtig schön und freue mich schon darauf, Sie irgendwann um den Verstand zu vögeln.«

Er hörte, wie ihr ein leises Lachen herausrutschte, aber dann legte sie schnell auf.

Er hatte es wieder getan. Anscheinend besaß er die bewundernswerte Fähigkeit, jemandem die Wahrheit zu sagen und gleichzeitig das Blaue vom Himmel herunterzulügen. Und indem er etwas für einen anderen Menschen – in diesem Falle Gabe – tat, half er auch sich selbst, denn ein gutes Werk ist ja immer ein Triumph für die Seele. Trotzdem wusste Lou, dass es bei seinem Planen und Helfen noch um etwas anderes ging. Nämlich darum, seine eigene Haut zu retten. Und unter einer weiteren Zwiebelschicht wusste er, dass es Angst war, die ihn zu dieser Maßnahme bewog. Nicht nur die Angst, dass er ganz leicht an Gabes Stelle hätte sein können, wenn Glück und Verstand ihn im Stich gelassen hätten, nein, in einer Schicht, die so tief vergraben war, dass er sie kaum spüren konnte, lauerte die Angst vor einem Riss – vor irgendeinem winzigen Fehler in seinem Karrieremanagement. Sosehr er diese Angst auch zu ignorieren versuchte, sie saß ihm immer im Nacken. Die ganze Zeit war sie da, sie hatte sich nur getarnt und gab vor, etwas anderes zu sein.

Genau wie der dreizehnte Stock.

# 6

## Ein Deal wird besiegelt

Als Lous Meeting mit Mr Brennan über die – glücklicherweise nicht vom Aussterben bedrohten, aber trotzdem problematischen – Frösche auf dem Bauplatz in Cork fast beendet war, erschien Alison an der Bürotür. Sie wirkte ziemlich nervös und hatte immer noch einen Stapel Klamotten für Gabe über dem Arm.

»Tut mir leid, Barry, aber wir müssen jetzt Schluss machen«, drängte Lou seinen Gesprächspartner. »Ich muss los, weil ich noch zwei Termine habe, beide auf der anderen Seite der Stadt, und Sie wissen ja, wie der Verkehr um diese Zeit aussieht.« Mit Jacketkronenlächeln und einem festen, warmen Händedruck entlassen, fand Mr Brennan sich im Aufzug Richtung Erdgeschoss wieder, über dem einen Arm seinen Wintermantel, unter dem anderen seine Aktentasche mit dem ganzen Papierkram. Doch trotz des etwas überstürzten Aufbruchs war es gleichzeitig ein sehr angenehmes Meeting gewesen.

»Hat er Nein gesagt?«, fragte Lou.

»Wer?«, antwortete Alison mit einer Gegenfrage.

»Hat Gabe das Angebot abgelehnt? Wollte er den Job nicht?«

»Es war niemand da.« Sie sah ihn verwirrt an. »Ich hab vor der Tür gestanden und seinen Namen gerufen, aber niemand ist gekommen. Gott, war das peinlich. Sollte das vielleicht ein Witz sein, Lou? Dass ich auf so was noch reinfalle, wo Sie mich neulich schon dazu gebracht haben, den rumänischen Rosenverkäufer in Alfreds Büro zu führen.«

»Nein, das mit Gabe ist kein Witz.« Er nahm Alison beim Arm und zog sie ans Fenster.

»Aber da war niemand«, beharrte sie entnervt.

Lou schaute aus dem Fenster und sah Gabe noch genau an derselben Stelle sitzen. Draußen fing es gerade an zu regnen, erst ein leises Nieseln, dann immer dickere Tropfen, die sich schließlich in Graupelkörner verwandelten. Gabe rutschte weiter in den Hauseingang hinein und zog die Füße dichter an die Brust, weg vom nassen Straßenpflaster. Mit einer raschen Bewegung setzte er seine Kapuze auf und band die Sweatshirtkordel zu, die nach oben über die ganzen dreizehn Stockwerke hinweg irgendwie mit Lou verbunden zu sein schien.

»Ist das da etwa niemand?«, fragte Lou und deutete aus dem Fenster.

Alison kniff die Augen zusammen und ging mit der Nase dichter an die Scheibe. »Ja, aber …«

Lou nahm ihr die Kleidungsstücke ab. »Geben Sie her, ich mach das selbst«, sagte er.

Als Lou durch die Drehtür der Lobby trat, schlug ihm ein Schwall eisiger Luft entgegen. Einen Moment lang raubte ihm ein heftiger Windstoß den Atem, und der Regen fühlte sich an, als schleuderte ihm jemand Eiswürfel ins Gesicht. Gabe war voll und ganz auf die Schuhe konzentriert, die an ihm vorbeiwanderten – wahrscheinlich ein Versuch, sich vom Ansturm der Elemente abzulenken, die sich um ihn herum austobten. In Gedanken war er ganz woanders – an einem warmen Strand mit samtweichem Sand, und die Liffey vor ihm war das endlose Meer. Während er in dieser anderen Welt weilte, verspürte er eine Glückseligkeit, die man von einem Mann in seiner Lage nicht erwartet hätte.

Seinem Gesicht war davon allerdings nichts anzusehen. Der zufriedene Ausdruck von heute Morgen war wie weggeblasen, die blauen Augen, die so freundlich und aufgeschlossen in die Welt geblickt hatten, verfolgten Lous Schuhe unbeteiligt von der Drehtür bis zum Rand seiner Decke.

Dabei stellte Gabe sich vor, die Schuhe würden dem Mann gehören, der an dem Strand, wo Gabe sich wohlig in der Sonne aalte, in der Bar arbeitete. Dieser Mann kam soeben mit einem Cocktail auf ihn zu, das Tablett hoch in der Luft, als wären seine Arme Teil eines großen Kerzenleuchters. Zwar hatte Gabe den Drink schon vor ziemlich langer Zeit bestellt, aber er beschloss, sich nicht zu beklagen. Heute war es noch heißer als sonst, und im Sand drängte sich ein nach Kokos duftender Körper an den anderen, also würde er dem Barmann seine Langsamkeit verzeihen. Wenn es so schwül war, wurde jeder ein bisschen träge. Immer näher kamen die Füße in den Flip-Flops, sanken bei jedem Schritt ein wenig ein und schleuderten eine Sandfontäne in die Luft. Doch dann verwandelten sich die Sandkörner plötzlich in Regentropfen, und aus den Flip-Flops wurde ein Paar blank polierter Schuhe. Gabe blickte auf, in der Hoffnung, einen bunten Fruchtcocktail mit Papierschirmchen zu entdecken. Stattdessen aber sah er Lou mit einem Klamottenhaufen über dem Arm, und es dauerte einen Moment, bis Gabe sich an die Kälte, den Verkehrslärm und die Hektik gewöhnt hatte, die ihn anstelle seines geruhsamen tropischen Paradieses überfluteten.

Auch Lous Äußeres hatte sich seit heute früh verändert. Seine Haare hatten ihren Cary-Grant-Schimmer verloren, die Haartolle ihren Schwung, und die Schultern seines Anzugs wirkten wie mit Schuppen bestäubt, da der Graupel, der vom Himmel auf den teuren Stoff niederfiel, nur langsam schmolz, um dunkle nasse Flecken zu hinterlassen. Lou wirkte ziemlich zerzaust, was für ihn ganz untypisch war. In dem Versuch, seine Ohren vor der Kälte zu schützen, hatte er seine sonst so entspannten Schultern krampfhaft nach oben gezogen, und er zitterte am ganzen Leib, denn er vermisste seinen Kaschmirmantel mindestens so sehr wie ein frisch geschorenes Schaf, das nackt auf knubbeligen Beinen auf der Weide steht, seine Wolle.

»Möchten Sie einen Job?«, fragte Lou siegessicher, aber seine Worte klangen leise und bescheiden, weil der Wind sie wegriss und die Frage ein Stück weiter weg bei einem Wildfremden ablieferte.

Gabe lächelte. »Meinen Sie das ernst?«

Verblüfft über die Reaktion, nickte Lou. Er hatte ja nicht erwartet, vor Freude umarmt zu werden, aber es kam ihm fast so vor, als hätte Gabe mit seinem Angebot *gerechnet,* und das befremdete ihn. Ein kleiner Freudentanz, ein bisschen Begeisterung, Staunen und Anerkennung, daran war er gewöhnt. Aber nichts dergleichen. Gabe schenkte ihm lediglich ein leises Lächeln und – nachdem er seine Decke abgeworfen und sich zu seiner vollen Größe aufgerichtet hatte – einen herzlichen und trotz der eisigen Kälte erstaunlich warmen Händedruck. Ohne dass ein weiteres Wort gesagt worden war, führte Gabe sich auf, als würde ihr Deal bereits besiegelt werden – dabei war er, soweit Lou wusste, nie ausgehandelt worden.

Da Lou und Gabe genau gleich groß waren, konnten sie einander direkt ins Gesicht sehen, und Gabe musterte ihn mit seinen ebenfalls blauen Augen unter seiner mönchsartig weit in die Stirn gezogenen Kapuze so durchdringend, dass Lou blinzeln musste und nach kurzer Zeit den Blick abwandte.

In diesem Moment, in dem aus der guten Tat Realität wurde, überfiel Lou plötzlich der Zweifel, unerwartet und unwillkommen wie ein Hotelgast, der ohne Reservierung einfach durch die Lobby flitzt. Lou stand da und wusste nicht weiter. Wohin mit dem Zweifel? Sollte er sich mit ihm beschäftigen oder ihn lieber ruckzuck wieder rausschmeißen? Er hatte eine Menge Fragen an Gabe, Fragen, die er wahrscheinlich ansprechen sollte, aber in diesem Augenblick fiel ihm nur eine einzige ein.

»Kann ich Ihnen vertrauen?«, fragte er.

Er wollte überzeugt werden, beruhigt, aber er bekam einmal mehr eine Antwort, die er nicht erwartet hatte.

»Mit Ihrem Leben«, sagte Gabe, ohne mit der Wimper zu zucken.

Die Präsidentensuite für diesen Mann und sein Wort.

# 7

## Nach reiflicher Überlegung

Gabe und Lou traten aus der eisigen Luft draußen in die warme, marmorverkleidete Eingangshalle. Als Gabe die cremefarbenen, karamell- und milchschokoladenbraunen Einsprengsel an Wänden, Fußböden und Pfeilern sah, musste er sich beherrschen, um nicht daran zu lecken. Ihm war durchaus bewusst gewesen, dass ihm kalt war, aber erst in dem Moment, als er die Wärme spürte, merkte er, wie sehr. Lou fühlte die neugierigen Blicke, die sich von allen Seiten auf ihn richteten, als er den schlecht gekleideten, struppigen Mann durch die Empfangshalle und weiter zur Herrentoilette im Erdgeschoss führte. Obwohl er selbst nicht hätte sagen können, warum, schaute er vorsorglich in jeder Kabine nach, ob sie leer war, ehe er zu reden begann.

»Hier, das hab ich Ihnen mitgebracht«, sagte er dann und überreichte Gabe den Kleiderstapel, der inzwischen ein wenig feucht geworden war. »Sie können die Sachen behalten.«

Er drehte sich zum Spiegel um, kämmte sich die Haare, bis wieder jedes Haar an seinem Platz lag, wischte sich Graupel und Regen von den Schultern und tat überhaupt sein Bestes, um körperlich und geistig zur Normalität zurückzukehren. Unterdessen sah Gabe die Sachen durch: eine graue Gucci-Hose, ein weißes Hemd, eine grau-weiß gestreifte Krawatte.

Vorsichtig befingerte er alles, als hätte er Angst, dass die Sachen sich bei einer Berührung in Luft auflösen könnten.

Schließlich legte er seine schmutzige Decke im Waschbecken ab und ging zum Umziehen in eine der Kabinen. Lou wanderte unterdessen an den Urinalen auf und ab und beantwortete auf seinem BlackBerry Anrufe und E-Mails. So vertieft war er in seine Arbeit, dass er, als er endlich wieder aufschaute, den Mann, der vor ihm stand, gar nicht erkannte, sondern sich gleich wieder dem Gerät zuwandte. Doch dann stutzte er und sah noch einmal genauer hin.

Nur die Doc Martens, die unter der Gucci-Hose hervorlugten, erinnerten noch an den Mann von vorhin. Lous Sachen passten Gabe wie angegossen. Wie in Trance stand er vor dem Spiegel, und immer wieder wanderte sein Blick staunend über sein neues Selbst. Ohne die unvermeidliche Wollmütze sah man nun auch seine dichten schwarzen Haare – auch sie denen von Lou erstaunlich ähnlich, nur wesentlich struppiger. Jetzt, wo ihm warm geworden war, wirkten Gabes Lippen voll und rot, und auch die Wangen waren gut durchblutet, nicht mehr kalt und blass wie zuvor.

Lou wusste nicht recht, was er sagen sollte, denn er spürte, dass dieser Moment viel tiefgreifender war, als er es momentan verkraften konnte. Also flüchtete er sich in die Unverbindlichkeit.

»Was Sie mir vorhin von den Schuhen erzählt haben – wissen Sie noch?«

Gabe nickte.

»Das war gut. Ich hätte nichts dagegen, wenn Sie auch weiterhin bei solchen Dingen die Augen offen halten. Gelegentlich können Sie mich ja dann auf den neuesten Stand bringen.«

Gabe nickte erneut.

»Haben Sie einen Platz zum Wohnen?«

»Ja.« Wieder sah Gabe zu seinem Spiegelbild. Seine Stimme klang sehr leise.

»Dann können Sie Harry eine Adresse geben? Er ist jetzt Ihr Chef.«

»Nicht Sie?«

»Nein.« Lou holte den BlackBerry aus der Tasche und begann, daran herumzuspielen. »Nein, Sie sind in einer anderen … einer anderen Abteilung.«

»Oh, selbstverständlich.« Gabe richtete sich auf, ein wenig verlegen, weil er wohl etwas anderes erwartet hatte. »Gut. Großartig. Herzlichen Dank, Lou. Ehrlich.«

Lou nickte nur und wischte den Dank hastig beiseite. »Hier.« Mit abgewandtem Blick reichte er Gabe seinen Kamm.

»Danke.« Gabe nahm ihn entgegen, hielt ihn unter den Wasserhahn und begann, seine zerzausten Haare etwas in Form zu bringen. Dann führte Lou ihn eilig wieder aus der Herrentoilette, durch die Marmorhalle und zum Aufzug.

Als Gabe ihm den Kamm zurückgeben wollte, winkte er ab und blickte hektisch in die Runde, um sich zu vergewissern, dass niemand etwas mitbekommen hatte. »Behalten Sie ihn ruhig. Sie haben doch sicher auch eine Sozialversicherungsnummer und das ganze Zeug, ja?«, erkundigte er sich.

Gabe schüttelte betreten den Kopf, und seine Finger strichen über die Seidenkrawatte, als wäre sie ein Haustier und er hätte Angst, es könnte weglaufen.

»Na, keine Bange, das regeln wir schon. Okay«, beruhigte ihn Lou, schon im Gehen, weil sein Handy zu klingeln begonnen hatte. »Aber jetzt muss ich los, ich hab noch jede Menge Termine.«

»Natürlich. Danke noch mal. Wohin soll ich …?«

Er brach ab, denn Lou hatte ihm bereits den Rücken zugewandt und sprach in sein Handy, wobei er die Lobby fast wie in einem rituellen Tanz durchquerte, die linke Hand in der Tasche und beiläufig mit dem Kleingeld klappernd, die rechte fest ums Telefon gelegt. »Okay, ich muss los, Michael«, sagte er schließlich, klappte das Handy zu und stieß einen missbilligenden Ton aus, als er sah, dass sich inzwischen noch mehr Leute vor den Aufzugstüren versammelt hatten. »Die Aufzüge müssten dringend mal repariert werden«, sagte er laut.

Gabe fixierte ihn mit einem Gesichtsausdruck, den Lou nicht entschlüsseln konnte.

»Was ist?«

»Wohin soll ich gehen?«, wiederholte Gabe seine Frage von vorhin.

»Oh, Entschuldigung, Sie müssen einen Stock runter. Da ist die Poststelle.«

»Oh.« Zuerst machte Gabe einen etwas verblüfften Eindruck, aber dann nahm sein Gesicht wieder seinen üblichen liebenswerten Ausdruck an. »Okay, super, danke«, sagte er und nickte.

»Haben Sie so was schon mal gemacht? Ich wette, so eine Poststelle ist … ganz schön interessant.« Lou war sich zwar bewusst, dass es eine großartige Geste war, Gabe einen Job anzubieten, und dass gegen den Job, den er ihm angeboten hatte, absolut nichts einzuwenden war, aber aus irgendeinem Grund hatte er das Gefühl, dass es nicht reichte. Denn der Mann, der da vor ihm stand, war garantiert nicht nur zu weit mehr fähig, sondern erwartete auch mehr. Es gab keine vernünftige Erklärung für dieses Gefühl – Gabe war genauso nett, freundlich und verständnisvoll wie immer, aber da war irgendetwas an seiner Art … Lou konnte es nicht genauer definieren.

»Wollen wir uns nachher vielleicht zum Lunch treffen oder so?«, fragte Gabe hoffnungsvoll.

»Nein, das geht leider nicht«, antwortete Lou, und prompt klingelte wieder das Handy in seiner Tasche. »Ich habe noch so viel zu erledigen heute, und ich …« Er verstummte, als die Aufzugstüren sich öffneten und die Wartenden hineinströmten. Doch als Gabe neben ihm einsteigen wollte, erklärte er ihm leise: »Der hier fährt nach oben«, und verhinderte damit, dass Gabe ihm folgte.

»Oh, okay.« Gabe trat ein paar Schritte zurück. Doch ehe die Türen sich endgültig hinter den letzten Nachzüglern schlossen, fragte Gabe: »Warum tun Sie das eigentlich für mich?«

Lou schluckte schwer und stopfte die Hände tief in die Taschen. »Sehen Sie es als Geschenk«, antwortete er, und dann waren die Türen zu.

Als Lou schließlich im vierzehnten Stock ankam und zu seinem Büro ging, stellte er zu seiner großen Überraschung fest, dass Gabe bereits da war. Er schob den Postwagen durch die Gänge und verteilte Päckchen und Briefe auf die Schreibtische.

Lou war dermaßen verblüfft, dass ihm nichts zu sagen einfiel, und so stand er da und starrte Gabe mit offenem Mund an, während er angestrengt überlegte, wie sein Schützling ihn hatte überholen können.

Gabe sah unsicher nach rechts und links. »Äh – das ist doch der dreizehnte Stock, oder nicht?«

»Nein, der vierzehnte«, antwortete Lou gewohnheitsmäßig und etwas atemlos, ohne dass er richtig merkte, was er sagte. »Natürlich sind Sie hier ganz richtig, es ist nur …« Er legte die Hand an die Stirn und bemerkte, dass sie ziemlich heiß war. Hoffentlich hatte er sich draußen im kalten Regen keine Erkältung geholt. »Sie haben es so schnell hier hoch geschafft, dass ich einfach … ach, vergessen Sie's.« Er schüttelte den

Kopf. »Diese elenden Aufzüge«, brummte er vor sich hin und ging weiter zu seinem Büro.

Als Alison ihn entdeckte, sprang sie auf und stellte sich ihm in den Weg. »Marcia ist am Telefon«, rief sie laut. »Mal wieder!«

Gabe schob den Wagen durch den mit dickem Teppich ausgelegten Korridor zu einem anderen Büro, und eins der Räder quietschte laut. Einen Moment beobachtete Lou ihn noch, dann erwachte er endlich aus seiner Trance.

»Ich hab jetzt keine Zeit, Alison, echt nicht. Ich müsste eigentlich schon längst weg sein, ein Meeting, ein Termin. Wo ist mein Schlüssel?« Er wühlte in den Taschen seines Mantels, der an der Garderobe in der Ecke hing.

»Ihre Schwester hat heute Vormittag schon drei Mal angerufen«, zischte Alison, die Hand auf den Telefonhörer gepresst, den sie von sich weghielt, als wäre er vergiftet. »So langsam glaubt sie mir nicht mehr, dass ich ihre Nachrichten wirklich weitergebe.«

»Nachrichten?«, wiederholte Lou spöttisch. »Ich kann mich an keine Nachrichten erinnern.«

Alison gab einen Paniklaut von sich und hielt den Hörer in die Luft, noch weiter von Lou entfernt. »Wagen Sie nicht, mir das anzutun, schieben Sie nicht *mir* die Schuld in die Schuhe! Auf Ihrem Schreibtisch liegen allein drei Nachrichten von heute Vormittag! Außerdem hasst Ihre Familie mich sowieso schon.«

»Das ist verständlich, oder nicht?« Lou stellte sich dicht vor sie und drängte sie gegen ihren Schreibtisch. Mit einem Blick, der ihr durch und durch ging, ließ er seine Finger langsam ihren Arm hinaufgleiten, bis hoch zu der Hand mit dem Telefon, und nahm es ihr ab. Als er hinter sich ein Hüsteln hörte, trat er hastig einen Schritt von ihr weg und hielt sich den Hörer ans Ohr. Demonstrativ locker drehte er sich dann um – als ginge ihn das alles nichts an – und sah nach, wer sie unterbrochen hatte.

Es war Gabe. Mitsamt seinem quietschenden Postwagen, der diesmal aber anscheinend nicht rechtzeitig auf ihn aufmerksam gemacht hatte.

»Ja, Marcia«, sagte Lou ins Telefon. »Ja, natürlich habe ich deine zehntausend Nachrichten bekommen. Alison hat sie mir freundlicherweise allesamt weitergeleitet.« Dabei lächelte er gewinnend zu Alison hinüber, die ihm aber nur die Zunge herausstreckte und dann Gabe in Lous Büro führte. Vorsichtshalber reckte Lou den Hals, um die beiden im Auge zu behalten.

Gabe sah sich in dem riesigen Raum um wie ein Kind im Zoo, nahm das große Badezimmer rechterhand zur Kenntnis, warf durch die riesigen Panoramafenster einen Blick über die Stadt, betrachtete den massigen Eichenholzschreibtisch, der weit mehr Platz einnahm, als notwendig gewesen wäre, die Couch in der linken Ecke, den Konferenztisch, an dem bequem zehn Leute Platz fanden, und den Fünfzig-Zoll-Plasmafernseher an der Wand. In Dublin gab es Apartments, die kleiner waren als dieser Raum.

Gabe inspizierte alles mit seltsam unergründlichem Gesicht, und als ihre Blicke sich trafen, lächelte er ebenso seltsam und unergründlich. Lou konnte nichts von der Bewunderung in seinen Augen entdecken, die er sich erhofft hatte, andererseits jedoch auch keine Spur von Neid, eher etwas Amüsiertes. Was auch immer – es machte jedenfalls den Stolz und die Befriedigung, die Lou zu empfinden erwartet hatte, umgehend zunichte. Zwar schien das Lächeln für Lou ganz allein bestimmt zu sein, aber er war absolut nicht sicher, ob Gabe ihn nicht veräppelte. Mit einem Mangel an Selbstvertrauen, den Lou ganz und gar nicht gewohnt war, nickte er Gabe zu.

Unterdessen setzte Marcia am Telefon ihr Geplapper fort, und Lou hatte das Gefühl, dass sein Kopf immer heißer wurde.

»Lou? Lou, hörst du mir überhaupt zu?«, fragte sie mit ihrer sanften Stimme.

»Aber natürlich, Marcia, ich habe nur jetzt leider keine Zeit zum Plaudern, weil ich dringend wegmuss – zwei Termine, beide nicht hier«, erklärte er und fügte nach einer kurzen Pause ein Lachen hinzu, um die Ablehnung zu entschärfen.

»Ja, ich weiß, dass du viel zu tun hast«, erwiderte sie, und ohne im Geringsten vorwurfsvoll zu klingen, setzte sie hinzu: »Wenn wir dich gelegentlich mal sonntags zu Gesicht bekämen, würde ich dich bestimmt nicht so oft bei der Arbeit belästigen.«

»Ach so, darum geht es also.« Er verdrehte die Augen und wartete auf die übliche Tirade.

»Nein, das meine ich überhaupt nicht, bitte hör mir einfach zu. Lou, ich brauche ehrlich deine Hilfe. Normalerweise würde ich dich damit nicht nerven, aber Rick und ich gehen die Scheidungspapiere durch und …« Sie seufzte. »Na ja, ich möchte es gern richtig machen und kriege es allein nicht hin.«

»Das kann ich mir vorstellen.« Er war nicht sicher, was sie konnte oder nicht konnte, denn er hatte keine Ahnung, wovon sie da redete. Sein Stress wuchs von Minute zu Minute, und zu allem Überfluss wanderte Gabe immer noch in seinem Büro umher, was ihn total ablenkte.

Er dehnte die Telefonschnur bis zur Ecke des Zimmers, um seinen Mantel zu holen. Leider schlug der Balanceakt, gleichzeitig in den Mantel zu schlüpfen und das Telefon zwischen Schulter und Ohr festzuhalten, gründlich fehl, und das Telefon landete auf dem Teppich. Lou zog den Mantel fertig an, bevor er sich schwungvoll bückte, um es aufzuheben. Marcia redete währenddessen unbeirrt immer weiter.

»Kannst du denn wenigstens meine eine Frage nach dem Ort beantworten?«

»Der Ort«, wiederholte er. In seiner Tasche klingelte das Handy, und er legte schnell die Hand darüber, um es auszublenden. Dabei wäre er viel lieber drangegangen.

Einen Moment lang war Marcia still. »Ja. Der Ort«, sagte sie, und ihre Stimme war jetzt so leise, dass Lou die Ohren spitzen musste, um sie zu verstehen.

»Ach ja, der Ort, wo ...« Hilfesuchend sah er Alison an. Sie riss endlich die Augen von Gabe los und kam mit einem leuchtend gelben Post-it-Zettel aus seinem Büro zu ihm gerannt.

»Aha!«, rief Lou, schnappte sich den Zettel und vollendete den Satz – wobei man ihm allerdings deutlich anhörte, dass er die Worte ablas: »Der Ort für die Geburtstagsfeier Ihres, ich meine, unseres Vaters. Du suchst also eine geeignete Location für Dads Geburtstag.«

Wieder fühlte Lou eine Präsenz in seinem Rücken.

»Ja«, bestätigte Marcia erleichtert. »Aber du musst nichts suchen, wir haben schon zwei zur Auswahl – erinnerst du dich? Das hab ich dir neulich schon gesagt. Ich brauche bloß deine Hilfe bei der Entscheidung. Quentin findet das eine besser, ich das andere, Mum möchte sich am liebsten raushalten, und ...«

»Kannst du mich bitte später auf dem Handy anrufen, Marcia? Ich muss jetzt wirklich los, sonst schaffe ich mein Lunch-Meeting nicht mehr.«

»Nein, Lou! Sag mir einfach, wo ...«

»Hör mal, ich weiß da eine tolle Location«, unterbrach er sie erneut mit einem Blick auf seine Armbanduhr. »Die wird Dad garantiert gefallen und allen anderen auch«, versuchte er sie abzuspeisen.

»Ich möchte aber nichts Neues. Du weißt doch, wie Dad ist.

Nur ein kleines Familientreffen in einer Umgebung, in der er sich wohl –«

»Intim und gemütlich. Verstanden.« Lou nahm Alison einen Stift aus der Hand und notierte hektisch Stichpunkte für die Feier, deren Planung er Alison anzuvertrauen gedachte. »Wunderbar. Wie war noch mal das Datum, an dem die Party steigen soll?«

»An seinem Geburtstag.« Bei jeder Antwort wurde Marcias Stimme leiser.

»Richtig, an seinem Geburtstag.« Fragend blickte Lou zu Alison hinüber, die sofort zu ihrem Kalender stürzte und in Höchstgeschwindigkeit zu blättern begann. »Ich dachte, wir wollten am Wochenende feiern, damit alle da sein können. Du weißt schon, Onkel Leo soll sich auf dem Tanzparkett austoben und so«, scherzte er.

»Man hat bei ihm gerade Prostatakrebs festgestellt.«

»Darauf wollte ich eigentlich nicht hinaus. Welches Wochenende liegt am nächsten?«

»Daddys Geburtstag fällt auf einen Freitag«, antwortete sie müde. »21. Dezember, Lou. Genau wie letztes Jahr und all die Jahre davor.«

»Am 21. Dezember, richtig.« Er sah Alison vorwurfsvoll an, die ein schuldbewusstes Gesicht machte, weil sie des Rätsels Lösung nicht als Erste gefunden hatte. »Das ist nächstes Wochenende, Marcia. Warum hast du die Planung denn so lange verschleppt? Ist doch reichlich spät, erst jetzt damit anzufangen.«

»Ich hab nichts verschleppt, ich hab dir doch gesagt, es ist alles vorbereitet. Beide Möglichkeiten sind längst vorgemerkt.«

Wieder hörte Lou nur die halbe Antwort, nahm Alison den Kalender aus der Hand und blätterte nun seinerseits hektisch darin herum. »Ach, so ein Mist, das geht bei mir ja gar nicht.

An dem Tag haben wir hier im Büro unsere Weihnachtsfeier, da kann ich unmöglich fehlen, es kommen ein paar wichtige Kunden. Aber wir könnten Dads Feier doch auch am Samstag machen, dann verschiebe ich ein paar Termine«, überlegte er laut. »Ja, der Samstag könnte funktionieren.«

»Dein Vater wird siebzig, du kannst wegen einer Weihnachtsfeier nicht einfach das Datum ändern«, erwiderte sie ungläubig. »Außerdem haben wir schon alles für den Einundzwanzigsten geplant, die Musik, das Essen, alles. Wir müssen uns nur noch endgültig für eine der beiden Möglichkeiten entscheiden …«

»Sag beide ab«, ordnete Lou abschließend an und erhob sich von der Schreibtischkante. »Die Location, die ich im Sinn habe, organisiert auch Catering und Musik, du brauchst also keinen Finger krumm zu machen. Okay? Alles geregelt. Super. Ich geb dir noch mal Alison, dann kann sie sich noch die fehlenden Details notieren.« Er legte das Telefon auf dem Schreibtisch ab und griff nach seiner Mappe.

Hastig stopfte er noch ein paar Akten von Alisons Schreibtisch hinein und fragte dabei, ohne sich zu Gabe, dessen Gegenwart er genau spürte, umzudrehen: »Alles in Ordnung, Gabe?«

»Japp, alles in Butter. Ich dachte, wir könnten zusammen mit dem Aufzug runterfahren, wo wir doch den gleichen Weg haben.«

»Oh.« Lou ließ seine Mappe zuschnappen, wandte sich zum Gehen und eilte, ohne innezuhalten, zum Aufzug. Plötzlich befürchtete er, einen großen Fehler gemacht zu haben und Gabe jetzt klarmachen zu müssen, dass er ihm nicht deshalb einen Job gegeben hatte, weil er einen Freund suchte. Er drückte den Knopf, und während er darauf wartete, dass die Zahlen auf dem Display über der Tür größer wurden, machte er sich an seinem Handy zu schaffen.

»Dann haben Sie also eine Schwester?«, erkundigte Gabe sich leise.

»Richtig«, antwortete Lou, ohne von seiner SMS aufzuschauen. Er kam sich vor, als wäre er wieder in der Schule und müsste einem komischen Typen, zu dem er ein einziges Mal nett gewesen war, klarmachen, dass er keinen Wert auf seine Gesellschaft legte. Ausgerechnet jetzt weigerte sich sein Telefon zu klingeln.

»Schön.«

»Hm.«

»Wie bitte?«

Gabes Reaktion war so barsch, dass Lou unwillkürlich den Kopf hob und ihn ansah.

»Ich hab Sie nicht verstanden«, wiederholte Gabe oberlehrerhaft.

Aus irgendeinem unerfindlichen Grund bekam Lou plötzlich ein schlechtes Gewissen, und er steckte das Handy rasch in die Tasche. »Entschuldigung, Gabe«, sagte er und wischte sich über die Stirn. »Heute ist ein sonderbarer Tag, ich bin nicht ganz ich selbst.«

»Wer sind Sie denn stattdessen?«

Verwirrt starrte Lou ihn an, aber Gabe lächelte nur.

»Sie haben gerade etwas über Ihre Schwester gesagt.«

»Hab ich das? Na ja, Marcia ist eben Marcia«, seufzte Lou. »Sie macht mich verrückt mit der Organisation der Party zum siebzigsten Geburtstag meines Vaters. Leider ist der Geburtstag am gleichen Tag wie die Weihnachtsfeier in der Firma, was natürlich ein Problem ist, wissen Sie. Die Feier ist nämlich immer ganz nett.« Er sah Gabe an und zwinkerte. »Sie werden ja sehen, was ich meine. Aber jetzt nehme ich die Organisation für den Siebzigsten in die Hand, damit Marcia sich mal ein bisschen entspannen kann«, erklärte er weiter.

»Glauben Sie, es macht ihr keinen Spaß, die Geburtstagsfeier für Ihren Vater zu organisieren?«, wollte Gabe wissen.

Lou sah weg. Marcia hatte sich schon das ganze Jahr mit großem Elan der Planung des Geburtstags gewidmet. Ihr jetzt das Heft aus der Hand zu nehmen war für Lou eine Erleichterung, denn er ertrug es nicht, am Tag zwanzig Telefonate über Kuchensorten führen zu müssen. Oder über die Frage, ob drei altersschwache Tanten in seinem Haus übernachten durften und ob er fürs Büfett leihweise ein paar Vorlegelöffel entbehren konnte. Seit ihrer Scheidung hatte sich Marcia total auf diese Feier konzentriert. Wenn sie ihrer Ehe so viel Aufmerksamkeit gewidmet hätte wie dieser Party, müsste sie jetzt wahrscheinlich nicht jeden Tag ihren Freundinnen im Fitnessstudio etwas vorheulen, dachte Lou. Er tat also nicht nur sich selbst, sondern auch ihr einen Gefallen, wenn er die Organisation der Feier übernahm. Zwei Fliegen mit einer Klappe. Ganz nach seinem Geschmack.

»Aber Sie gehen doch zur Geburtstagsfeier Ihres Vaters, oder nicht?«, fragte Gabe. »Ihr Vater wird schließlich siebzig«, fügte er hinzu und stieß einen leisen Pfiff aus. »So was will man doch nicht versäumen.«

Irritation und Unbehagen machten sich erneut in Lou breit. Unsicher, ob Gabe ihm eine Moralpredigt halten oder nur freundlich sein wollte, musterte er ihn verstohlen von der Seite, aber Gabe war anscheinend voll und ganz mit den Umschlägen auf seinem Wagen beschäftigt.

»Oh, natürlich geh ich hin«, beteuerte Lou mit einem falschen Lächeln. »Zumindest schau ich mal vorbei. War natürlich *immer* so geplant«, setzte er gezwungen hinzu. Warum zum Teufel rechtfertigte er sich eigentlich?

Gabe reagierte nicht, und nach ein paar Sekunden angespannter Stille drückte Lou ungeduldig ein paarmal hintereinander auf die Ruftaste neben der Aufzugstür. »Diese Dinger sind so verdammt langsam«, schimpfte er.

Kurz darauf nahte der Aufzug, aber als die Türen sich öffneten, war sofort klar, dass in der überfüllten Kabine bestenfalls noch Platz für einen weiteren Fahrgast war.

Gabe und Lou sahen einander an.

»Na, kann vielleicht mal einer von euch einsteigen?«, blökte einer der Fahrgäste schlecht gelaunt.

»Nur zu, gehen Sie schon«, sagte Gabe. »Ich muss ja auch noch das hier runterbringen«, fügte er hinzu und machte eine Kopfbewegung zu seinem Postwagen. »Ich nehme dann den nächsten.«

»Sicher?«

»Wo bleibt der Abschiedskuss?«, rief ein Witzbold, und der Rest der Leute lachte.

Hastig stieg Lou ein, konnte aber die Augen nicht von Gabes Gesicht abwenden. Dann schlossen sich die Türen, und der Lift fuhr nach unten.

Nach zwei Zwischenstopps erreichten sie das Erdgeschoss, und da Lou ganz hinten eingekeilt stand, wartete er, bis alle ausgestiegen waren. Er sah zu, wie die Angestellten zur Tür der Lobby hasteten, um – warm eingepackt und gerüstet gegen die Elemente – zum Lunch zu gehen.

Die Menge verlief sich, und Lous Herz setzte einen Schlag aus, als er am Sicherheitstresen Gabe entdeckte, der schon nach ihm Ausschau hielt.

Langsam stieg Lou aus und ging auf ihn zu.

»Ich habe vergessen, Ihnen das hier auf den Schreibtisch zu legen«, erklärte Gabe und überreichte Lou einen dünnen Umschlag. »Das hatte sich unter der Post von jemand anderem versteckt.«

Lou nahm den Umschlag und sah ihn nicht mal an, bevor er ihn in die Manteltasche stopfte.

»Stimmt irgendwas nicht?«, fragte Gabe, aber seiner Stimme war keine Spur von Besorgtheit anzumerken.

»Nein. Alles in Ordnung.« Aber Lou ließ Gabe nicht aus den Augen. »Wie sind Sie denn so schnell hier runtergekommen?«

»Hier runter?«, fragte Gabe und deutete auf den Boden.

»Ja, hier runter«, bestätigte Lou sarkastisch. »Ins Erdgeschoss. Vom vierzehnten Stock. Wo ich Sie noch vor dreißig Sekunden gesehen habe.«

»Ach so«, meinte Gabe fröhlich und lächelte. »Aber ich glaube nicht, dass es dreißig Sekunden waren.«

»Und?«

»Und ...« Er zögerte. »Vermutlich war ich schneller als Sie.« Achselzuckend löste er dann mit dem Fuß die Bremse an seinem Wagen und machte sich bereit zum Weiterschieben. Im gleichen Augenblick begann Lous Handy zu klingeln, und sein BlackBerry signalisierte eine E-Mail.

»Sie müssen los«, stellte Gabe trocken fest und entfernte sich langsam. »Dinge treffen, Leute erledigen«, zitierte er Lous Scherz. Dann entblößte er seine leuchtend weißen Zähne in einem Lächeln, das bei Lou das gegenteilige Gefühl wie am Vormittag auslöste. Nichts war mehr übrig von der kuscheligen Behaglichkeit, die er da empfunden hatte. An ihrer Stelle durchfuhr ihn ein Wirbelsturm von Angst und Sorge, fegte mitten durch sein Herz und von dort in den Bauch. Herz und Bauch. Beides gleichzeitig.

# 8

## Puddin' and Pie

Als die Stadt Lou wieder ausspuckte und auf die Küstenstraße lotste, die ihn zu seinem Haus in Howth, County Dublin, brachte, war es schon halb zehn Uhr abends. Eine Häuserreihe säumte die Küste direkt am Meer, wie ein kunstvoller Rahmen um ein perfektes Aquarellbild. Windgepeitscht und von einem Leben in der salzigen Seeluft ausgewaschen, hatten sie sich der großen amerikanischen Tradition angeschlossen und ihre Dächer mit Glitzerlichtern und riesigen Weihnachtsmännern samt Rentierschlitten geschmückt. Die Vorhänge waren zurückgezogen, und durch die Scheiben sah man die Kerzen an den Weihnachtsbäumen schimmern, was Lou plötzlich ins Gedächtnis rief, wie er als kleiner Junge zum Zeitvertreib immer versucht hatte, im Vorbeifahren möglichst viele Bäume zu zählen. Zu seiner Rechten konnte er über die Bucht hinweg bis nach Dalkey und Killiney sehen, und jenseits des öligen Schwarz des Meers funkelten die Lichter von Dublin, wie Zitteraale in einem dunklen Brunnen.

In Howth zu wohnen war schon immer Lous Traum gewesen. Buchstäblich: Seine ersten Erinnerungen stammten von hier, ebenso wie der Wunsch dazuzugehören und später das sich aus dem Dazugehören entwickelnde Gefühl von Geborgenheit. Der Fischer- und Jachthafen war ein beliebter

Naherholungsort, direkt an der Nordseite von Howth Head, fünfzehn Kilometer von Dublin entfernt. Das Dorf war auch historisch nicht uninteressant: Klippenpfade führten an der Ortschaft und ihrer Klosterruine vorüber, ein Stück landeinwärts lag ein Schloss aus dem fünfzehnten Jahrhundert mit einem großen Rhododendrongarten, und eine Menge alter Leuchttürme säumte die Küste. Doch auch in der Gegenwart war einiges los, es gab Pubs für jeden Geschmack, Hotels, ein richtig gutes Fischrestaurant, und der Blick über die Dublin Bay, die Wicklow Mountains und das Boyne Valley war einfach atemberaubend. Eine schmale Landzunge verband die Halbinsel mit dem Rest des Landes – eine schmale Landzunge, die auch Lous Arbeit mit seinem Familienleben verknüpfte. Ein Schnipsel nur, sodass Lou, wenn der Sturm zuschlug, von seinem Bürofenster die wütende Liffey beobachtete und sich vorstellte, wie die wilden grauen Meereswogen über diesen Schnipsel hinwegtobten, an ihm leckten wie Flammen und drohten die Verbindung zu seiner Familie gänzlich abreißen zu lassen. Manchmal war es diese Version, der Lou in seinen Tagträumen nachhing, manchmal – in seinen positiveren Augenblicken – stellte er sich auch vor, die Seinen unter Einsatz seines Lebens vor der Gewalt der Elemente zu beschützen.

Hinter ihrem großen Landschaftsgarten, von dem man über die Dublin Bay hinausblickte, war die Natur wild und schroff, lila Heidekraut und hüfthohes Gras. Nach vorn ging der Blick auf Ireland's Eye, und an klaren Tagen war die Aussicht auf die Insel so sensationell, dass man fast das Gefühl hatte, es wäre eine grüne Leinwand an den Wolken aufgehängt und bis zum Meeresboden ausgerollt worden. Vom Hafen aus erstreckte sich ein langer Pier, auf dem Lou gerne entlangwanderte. Meistens allein. So war es allerdings nicht immer gewesen, denn seine Liebe zu diesem Ort war entstanden, als er noch ein Kind gewesen war und seine Eltern jeden Sonntag mit ihm, Marcia und seinem großen Bruder Quentin nach Howth gefahren waren, um, ganz gleich bei welchem Wetter, auf dem Pier spazieren zu gehen. Diese Tage waren entweder so warm und sonnig gewesen, dass Lou noch heute beim Betreten des Piers die Eiscreme zu schmecken glaubte, oder es hatte so heftig gestürmt, dass sich die Familie aneinander festhalten musste, damit der Wind sie nicht ins Meer hinausfegte.

Bei diesen Familienausflügen verschwand Lou in seiner eigenen Welt. Dann war er Pirat auf hoher See. Oder Strandwächter. Oder Soldat. Manchmal sogar ein Walfisch. Er konnte alles sein, was er wollte. Alles, was er sonst nicht war. Jedes Mal, wenn er den Pier betrat, ging er erst ein Stückchen rückwärts und blickte zurück zum Parkplatz, bis das leuchtend rote Familienauto nicht mehr zu sehen war und die Menschen sich in Pinguine verwandelt hatten – dunkle Punkte, die mit verschwommenen Bewegungen in der Gegend herumwatschelten.

Noch immer liebte Lou die Spaziergänge auf dem Pier; er war seine Startbahn zu Ruhe und Frieden. Er liebte es, wie die Autos und Häuser, die auf der Klippe kauerten, langsam verblassten, während er sich immer weiter vom Land entfernte. Dann stand er Schulter an Schulter mit dem Leuchtturm und blickte zusammen mit ihm hinaus aufs unendliche Meer. Nach einer langen Arbeitswoche konnte er hier all seinen Kummer, all seine Sorgen aufs Wasser hinauswerfen und zuschauen, wie sie mit einem leisen Platschen auf den Wellen aufkamen und dann gemächlich auf den Grund hinuntersanken.

Aber als Lou an dem Abend des Tages, an dem er Gabe kennengelernt hatte, nach Hause fuhr, war es zu spät, um noch auf dem Pier spazieren zu gehen. Der Blick ließ sich nicht per Knopfdruck einschalten, er sah nur Dunkelheit und das gelegentliche Aufblitzen eines Leuchtturms. Trotz der späten Stunde und der Tatsache, dass es mitten in der Woche war, präsentierte sich das Städtchen heute nicht wie sonst als stiller, beschaulicher Erholungsort. So kurz vor Weihnachten pulsierte in den Restaurants das Leben, man traf sich zum Essen, zur Weihnachtsfeier, zur Jahresversammlung oder zu irgendwelchen sonstigen Feiern. Alle Boote waren schon für die Nacht an Land gezogen, und auch die Seehunde schliefen schon, die Bäuche voll von den Makrelen, die die Besucher ihnen zugeworfen hatten. Die kurvenreiche Straße, die bergauf zum Hügelkamm führte, war schwarz und still, und da er fast zu Hause war und sich sonst weit und breit niemand in der Nähe befand, trat Lou aufs Gaspedal seines Porsche 911. Er ließ das Fenster herunter, und seine Haare flatterten im Wind, während das Dröhnen des Motors durch Hügel und Bäume hallte. So brauste er den Hang hinauf, und unter ihm glitzerte die Stadt mit ihren Millionen Lichtern und sah ihm nach, wie er sich den bewaldeten Hügel hochschlängelte wie eine Spinne durchs hohe Gras.

Doch dann hörte er, wie zur Krönung dieses langen, ereignisreichen Tages, plötzlich lautes Sirenengeheul, und als er in den Rückspiegel spähte, musste er leise fluchend zur Kenntnis nehmen, dass direkt hinter ihm ein Polizeiwagen mit blitzendem Blaulicht auftauchte. Langsam nahm er den Fuß vom Gas, in der Hoffnung, die Polizisten würden ihn einfach überholen, aber nein, Sirenengeheul und Warnlicht galten eindeutig ihm. Also blinkte er und fuhr an den Straßenrand, blieb mit den Händen auf dem Steuer sitzen und beobachtete, wie eine ihm wohlbekannte Gestalt aus dem Streifenwagen kletterte. Langsam trat der Mann an Lous Fahrertür, sah sich dabei um, als machte er einen netten Nachtspaziergang, und gab Lou damit genug Zeit, sich das Hirn nach dem Namen des Sergeants zu zermartern, seine überlaute Musik auszustellen und noch einen ausführlichen Blick in den Seitenspiegel zu werfen. Aber auch eine genauere Betrachtung des Mannes half ihm hinsichtlich des Namens leider nicht auf die Sprünge.

Der Mann stellte sich an Lous Tür und beugte sich herab, um ihn durch das offene Fenster zu mustern.

»Mr Suffern«, sagte er ohne eine Spur von Sarkasmus, was Lou mit einiger Erleichterung registrierte.

»Sergeant O'Reilly.« In letzter Sekunde fiel ihm der Name doch noch ein, und er lächelte den Polizisten an, wobei er die Zähne entblößte wie ein nervöser Schimpanse.

»Da sehen wir uns in einer sehr vertrauten Situation wieder«, stellte Sergeant O'Reilly mit einer Grimasse fest. »Zu Ihrem Pech sind wir beide wohl häufig zur gleichen Zeit auf dem Heimweg.«

»Ja, das stimmt, Sir. Ich entschuldige mich. Die Straße war ruhig, ich dachte, da ist es okay, mal ein bisschen schneller zu fahren. Kein Schwein unterwegs.«

»Nur ein paar unschuldige Menschen. Das ist ja immer das Problem.«

»Und ich bin einer von ihnen, Euer Ehren«, lachte Lou, der seine Wortwahl bereits bereute, und streckte wie zu seiner Verteidigung beide Hände in die Höhe. »Das ist das letzte Stückchen der Strecke, ich bin gleich zu Hause. Ich hatte grade erst Gas gegeben, als Sie mich rangewinkt haben, glauben Sie mir. Wollte einfach nur heim zur Familie.«

»Ich hab Ihren Motor noch in Sutton Cross heulen gehört, und das ist ganz schön weit die Straße runter.«

»Ist ja auch so still heute Abend.«

»Und Sie haben einen lauten Motor. Das weiß ich, Mr Suffern. Aber so was ist trotzdem gefährlich.«

»Wahrscheinlich lassen Sie mich nicht mit einer Verwarnung davonkommen, oder?«, fragte Lou und versuchte, Aufrichtigkeit und Reue in sein gewinnendes Lächeln einfließen zu lassen. Beides gleichzeitig.

»Sie kennen die Geschwindigkeitsbegrenzung?«

»Ja, sechzig Stundenkilometer.«

»Und nicht hundertund–«

Mitten im Wort brach der Sergeant ab und richtete sich mit einem Ruck auf, sodass Lou keinen Blickkontakt mehr mit ihm aufnehmen konnte, sondern stattdessen die Gürtelschnalle des Mannes vor der Nase hatte. Da er nicht wusste, was der Sergeant vorhatte, blieb er sitzen, spähte aus dem Fenster auf die Straße und hoffte, dass er nicht noch mehr Punkte in der Verkehrssünderkartei aufgebrummt bekam. Wenn man mehr als zwölf hatte, war man den Führerschein endgültig los, und mit seinen acht war er ziemlich dicht dran. Vorsichtig schaute er zu dem Polizisten hoch und sah, dass er in seine linke Brusttasche fasste.

»Brauchen Sie einen Stift?«, rief Lou voller Hilfsbereitschaft und griff in seine Innentasche.

Doch der Sergeant zuckte nur zusammen und wandte Lou stumm den Rücken zu.

»Hey, alles klar bei Ihnen?«, erkundigte Lou sich besorgt. Schon wanderte seine Hand zum Türgriff, um auszusteigen und nachzuschauen, aber im letzten Moment überlegte er es sich anders.

Der Sergeant gab ein unverständliches Grunzen von sich, dem Ton nach möglicherweise eine Warnung. Dann sah Lou im Seitenspiegel, wie er sich umdrehte und langsam zu seinem Wagen zurücktrottete. Aber sein Gang war ungewöhnlich, denn er schien das linke Bein ein wenig nachzuziehen. War er womöglich betrunken? Der Sergeant öffnete seine Autotür, stieg ein, ließ den Motor an, wendete und war wenig später verschwunden. Stirnrunzelnd blickte Lou ihm nach. Dieser Tag wurde immer verrückter, selbst noch am Abend.

Als Lou die Auffahrt zu seinem Haus erreichte, verspürte er den gleichen Stolz und die gleiche Zufriedenheit wie immer, wenn er nach Hause kam. Für die meisten Durchschnittsmenschen spielt Größe keine Rolle, aber Lou wollte nicht durchschnittlich sein und fand, dass die Dinge, die er besaß, ihn als Mensch definierten. Er legte Wert darauf, von allem das Beste zu bekommen, und für ihn waren Größe und Menge Maßstäbe, an denen dies bemessen werden konnte. Obwohl das Haus nur mit wenigen anderen in einer Sackgasse ganz oben auf dem Hügel lag, hatte er die bereits existierenden Grenzmauern höher bauen und am Eingang ein riesiges Automatiktor mit Sicherheitskameras errichten lassen.

Im Schlafzimmer der Kinder waren die Lichter bereits aus, was Lou mit einer ihm unerklärlichen Erleichterung zur Kenntnis nahm.

»Ich bin da!«, rief er in das stille Haus.

Aus dem Fernsehzimmer die Halle hinunter hörte man eine atemlose und ziemlich hysterische Frauenstimme irgendwelche Bewegungsabläufe ansagen. Ruths Fitness-DVD.

Lou lockerte die Krawatte und öffnete den obersten Hemdknopf, schleuderte die Schuhe von den Füßen, spürte die wohltuende Wärme der Fußbodenheizung durch den Marmor und begann, die Post, die auf dem Tischchen lag, durchzugehen. Allmählich entspannten sich seine Gedanken, das Stimmengeschnatter aus den verschiedenen Meetings und Telefonaten wurde etwas leiser, ohne jedoch ganz wegzugehen. Mit jedem Kleidungsstück, das er ablegte – dem Mantel, den er über eine Stuhllehne warf, dem Jackett, das er auf den Tisch fallen ließ, den Schuhen, die über den Boden schlidderten, der Krawatte, mit der er ebenfalls auf den Tisch zielte, die aber zu Boden rutschte, seiner Mappe hier, Kleingeld und Schlüssel dort –, rückten die Ereignisse des Tages weiter in den Hintergrund.

»Hallo!«, rief er noch einmal, lauter diesmal, und nahm zur Kenntnis, dass niemand gekommen war, um ihn zu begrüßen. Genau genommen meinte er damit nur seine Frau. Vielleicht war sie zu sehr damit beschäftigt, beim Einatmen bis vier zu zählen, wie es die hysterische Frau im Fernsehzimmer anordnete.

»*Schschsch*«, hörte er da ein Zischen aus dem Obergeschoss, gefolgt vom Knarren der Dielen, das die Schritte seiner Frau auf dem Treppenabsatz hervorriefen.

Das irritierte ihn. Nicht das Knarren, denn das Haus war alt und hatte ein Recht darauf zu knarren, aber dass er zur Ruhe gemahnt wurde, war ein Problem für ihn. Da hatte er den ganzen Tag praktisch ununterbrochen geredet, souverän im Fachjargon diskutiert, seine Überredungskünste eingesetzt und intelligente Konversation gemacht, hatte Deals vorgeschlagen, ausgehandelt und abgeschlossen, und keiner hatte ihn dabei auch nur ein einziges Mal zum Schweigen bringen wollen. *Schschsch* – so redeten Lehrer und Bibliothekare, nicht erwachsene Menschen in ihrem eigenen Haus. Plötzlich hatte er das Gefühl, die Realität verlassen zu haben und in einem Kinderhort gelandet zu sein. Erst vor einer Minute war er durch die Tür getreten, und schon war er verärgert.

»Ich habe Pud gerade hingelegt. Er kann mal wieder nicht schlafen«, erklärte Ruth von der Treppe in einem lauten Flüstern. Zwar verstand Lou, warum sie flüsterte, aber er konnte es nicht leiden. Genau wie die *Schschsch*-Sprache war dieses Geflüster etwas für Kinder in der Schule oder für Teenager, die sich von zu Hause weg- oder nach Hause zurückschlichen.

Er mochte keine Einschränkungen, vor allem nicht in seinem eigenen Haus.

Mit »Pud« meinte seine Frau ihren gemeinsamen Sohn Ross. Er war inzwischen gut ein Jahr alt, konnte sich aber von seinem Babyspeck noch nicht trennen, sodass sein Körper an den ungebackenen Teig eines Croissants erinnerte – oder eben an einen Pudding. Daher kam sein Spitzname Pud, der sich unglücklicherweise durchzusetzen schien.

»Ganz was Neues«, brummte Lou, womit er auf Puds notorisch mangelnde Schlafbereitschaft anspielte, und kramte dabei in der Post nach etwas, was nicht aussah wie eine Rechnung. Ein paar Umschläge riss er auf und ließ sie wieder auf den kleinen Flurtisch fallen. Papierschnipsel segelten auf den Boden.

Unterdessen war Ruth in ihrem Velours-Trainings- und/oder -Schlafanzug die Treppe heruntergekommen. In letzter Zeit konnte Lou nicht mehr richtig unterscheiden, was sie eigentlich anhatte. Ihre langen, schokobraunen Haare waren zu einem Pferdeschwanz zusammengebunden, und sie schlurfte in Hausschuhen auf ihn zu – ein Geräusch, das seinen Ohren wehtat, noch schlimmer als der Staubsauger, den er bis zu diesem Moment am meisten zu hassen geglaubt hatte.

»Hi«, begrüßte sie ihn und lächelte. Das müde Gesicht verschwand, und auf einmal war für einen kurzen Moment eine Erinnerung, eine Spur von der Frau zu sehen, die er geheiratet hatte. Doch so schnell, wie sie gekommen war, verschwand sie auch schon wieder und ließ ihn mit der Frage zurück, ob er es sich nur eingebildet hatte und ob dieser Teil von ihr überhaupt existierte. Jedenfalls trat nun die Frau mit dem Gesicht, das er zurzeit jeden Tag zu sehen bekam, auf ihn zu und küsste ihn auf den Mund.

»Guter Tag?«, fragte sie.

»Viel zu tun.«

»Trotzdem gut?«

Lou war ganz in seine Post vertieft. Erst nach einem langen Moment spürte er Ruths Blick auf sich ruhen.

»Hm?« Er blickte auf.

»Ich hab dich gerade gefragt, ob du einen guten Tag hattest.«

»Ja, und ich hab geantwortet, dass ich viel zu tun hatte.«

»Ja, und ich hab gefragt, ob der Tag trotzdem gut war. Schließlich hast du immer viel zu tun, aber nicht alle Tage sind gut. Ich hoffe, heute war gut«, fügte sie mit angestrengter Stimme hinzu.

»Das hat sich aber nicht so angehört«, entgegnete er, ohne die Augen von dem Brief zu nehmen, den er gerade zu Ende las.

»Tja, aber ich klinge genau wie beim ersten Mal, als ich dich gefragt habe.«

»Ruth, ich lese meine Post!«

»Das sehe ich«, murmelte sie und bückte sich, um die leeren, zerrissenen Umschläge aufzusammeln, die auf dem Boden lagen und den Flurtisch zierten.

»Und – was habt ihr denn heute so erlebt?«, fragte er, während er den nächsten Umschlag aufriss. Das Papier flatterte zu Boden.

»Den üblichen Irrsinn. Kurz bevor du zurückgekommen bist, hab ich aufgeräumt. Zum millionsten Mal«, antwortete sie und bückte sich demonstrativ nach dem nächsten zerknüllten Papierball. »Marcia hat ein paarmal angerufen und wollte dich sprechen. Zuerst hab ich das Telefon eine Ewigkeit nicht gefunden, weil Pud das Handteil mal wieder versteckt hatte. Jedenfalls braucht sie Hilfe bei der Entscheidung, wo die Geburtstagsfeier für deinen Vater stattfinden soll. Ihr gefällt die Idee mit dem Festzelt hier, aber Quentin ist natürlich dagegen. Er möchte im Jachtclub feiern. Ich glaube, deinem Dad wäre beides recht – nein, das stimmt nicht, ich glaube, deinem Dad wäre beides unrecht, aber da er sowieso nichts zu sagen hat, findet er sich mit beidem ab. Deine Mum hält sich sowieso raus. Also, was hast du Marcia gesagt?«

Schweigen. Geduldig wartete Ruth, bis Lou seinen Brief fertig gelesen hatte. Aber nachdem er das Blatt zusammengefaltet und auf den Flurtisch hatte fallen lassen, griff er sofort nach dem nächsten Umschlag.

»Schatz?«

»Hm?«

»Ich hab dich nach Marcia gefragt«, sagte sie mit zusammengebissenen Zähnen und bückte sich weiter nach den heruntergefallenen Papierresten.

»Ach ja.« Er entfaltete den Brief. »Sie war bloß, äh …« Er stockte und las.

»Ja?«, fragte Ruth laut.

Er blickte auf und sah sie an, als bemerkte er sie zum ersten Mal. »Sie hat wegen der Feier angerufen«, erläuterte er und verzog das Gesicht.

»Ich weiß.«

»Woher weißt du das?« Wieder begann er zu lesen.

»Weil sie – ach, vergiss es.« Noch mal neu ansetzen. »Sie ist total aufgeregt wegen der Feier, was? Nach allem, was sie im letzten Jahr hinter sich hat, ist es richtig schön zu sehen, dass sie sich mal wieder so richtig engagiert. Sie hat geredet wie ein Wasserfall – was es zu essen gibt, welche Musik sie am besten findet …« Sie verstummte.

Schweigen.

»Hm?«

»Marcia«, sagte Ruth und rieb sich die müden Augen. »Wir

sprechen von Marcia, aber du bist so damit beschäftigt …« Sie machte sich auf den Weg in die Küche.

»Ach das. Ich übernehme die Sache mit der Party. Alison organisiert alles.«

Ruth blieb stehen. »Alison?«

»Ja, meine neue Sekretärin. Hast du sie eigentlich schon kennengelernt?«

»Nein, noch nicht.« Langsam ging sie wieder auf ihn zu. »Schatz, Marcia hat sich echt gefreut, die Party zu organisieren.«

»Und jetzt freut sich Alison«, entgegnete er lächelnd. »Oder auch nicht.« Er lachte laut über seinen Witz.

Sie grinste geduldig über den vertrauten Scherz, aber eigentlich hätte sie Lou am liebsten erwürgt. Er hatte Marcia, die doch solche Freude daran hatte, einfach die Organisation entrissen und in die Hände einer Frau gelegt, die keine Ahnung hatte von dem Jubilar, der da im Kreis seiner Familie und Freunde die siebzig Jahre seines Lebens feiern wollte.

Ruth holte tief Atem und entspannte die Schultern. Noch mal neu ansetzen. »Dein Essen ist fertig.« Wieder machte sie sich auf den Weg zur Küche. »Ich muss es bloß noch schnell warm machen. Und ich hab den Apfelkuchen gekauft, den du so magst.«

»Ich hab schon gegessen«, sagte er, faltete den Brief wieder zusammen und zerriss ihn in kleine Stücke. Ein paar Schnipsel landeten auf dem Boden. Entweder war es das Rascheln, mit dem das Papier den Marmorboden berührte, oder das, was er gesagt hatte, auf alle Fälle blieb Ruth abrupt stehen.

»Ich heb das blöde Papier schon auf«, sagte Lou ärgerlich.

Doch sie drehte sich langsam um und fragte leise: »Wo hast du gegessen?«

»Bei Shanahans. Rib-Eye-Steak. Ich bin satt.« Gedankenverloren rieb er sich den Bauch.

»Mit wem?«

»Kollegen.«

»Mit welchen Kollegen?«

»Ist das vielleicht die spanische Inquisition?«

»Nein, bloß deine Frau, die gern wissen möchte, mit wem ihr Mann zu Abend gegessen hat.«

»Mit ein paar Typen aus dem Büro. Du kennst sie nicht.«

»Das hättest du mir ruhig sagen können.«

»Es war geschäftlich. Keine Ehefrauen anwesend.«

»Das hab ich auch nicht gemeint – ich hätte es nur gern gewusst, denn dann hätte ich mir nicht die Mühe gemacht, extra für dich zu kochen.«

»Himmel, Ruth, tut mir echt leid, dass du gekocht und den blöden Kuchen gekauft hast«, explodierte er.

»Schschsch«, sagte sie wieder, schloss die Augen und hoffte inständig, dass Lous laute Stimme das Baby nicht geweckt hatte.

»Nein, ich lass mir den Mund nicht verbieten!«, brüllte er unbeirrt weiter. »Okay?« Wütend stapfte er in den Salon. Seine Schuhe ließ er mitten in der Halle stehen, passend zu den auf dem Flurtisch verstreuten Briefen und Umschlägen.

Ruth atmete ein weiteres Mal tief durch, wandte sich von der Unordnung ab und verschwand im entgegengesetzten Teil des Hauses.

Als Lou sich wieder zu seiner Frau gesellte, saß sie in der Küche und aß Lasagne und Salat. Vor ihr wartete der Kuchen. Dazu sah sie sich auf dem großen Plasmafernseher, der in dem direkt angeschlossenen informellen Wohnzimmer stand, an, wie Frauen in Fitnessklamotten in der Gegend herumhüpften.

»Ich dachte, du hast schon mit den Kindern gegessen«, bemerkte er, nachdem er eine Weile zugeschaut hatte.

»Hab ich auch«, antwortete sie mit vollem Mund.

»Warum isst du dann noch mal?« Er sah auf seine Uhr. »Es ist fast elf. Ein bisschen spät zum Essen, findest du nicht?«

»Du isst doch auch um diese Zeit«, erwiderte sie stirnrunzelnd.

»Ja, aber ich beklage mich nicht erst, dass ich fett bin, und esse dann zweimal zu Abend, mit Kuchen zum Nachtisch«, lachte er.

Mühsam schluckte sie den Bissen hinunter, den sie gerade im Mund hatte. Er fühlte sich an wie ein Stein. Lou hatte nicht gemerkt, was er sagte, er wollte sie nicht absichtlich verletzen. Er wollte sie nie verletzen, er tat es einfach. Nach einer langen Stille, in der Ruths Wut sich allmählich legte und sie wieder Appetit bekam, setzte sich Lou neben sie an den Küchentisch. Von draußen klammerte sich die Dunkelheit an die kalten Fensterscheiben und brannte darauf, ins Haus einzudringen. Dahinter waren die Millionen Lichter der Stadt auf der anderen Seite der Bucht, wie Weihnachtslichter, die aus der Finsternis herabbaumelten.

»Der Tag heute war seltsam«, sagte Lou schließlich.

»Warum?«

»Keine Ahnung«, seufzte er. »Ich hab mich irgendwie komisch gefühlt. Einfach komisch.«

»So fühle ich mich fast jeden Tag«, entgegnete Ruth und lächelte.

»Wahrscheinlich hab ich mir irgendwas eingefangen. Ich fühle mich … irgendwie daneben.«

Ruth legte die Hand auf seine Stirn. »Du fühlst dich aber nicht heiß an.«

»Wirklich nicht?« Er sah sie überrascht an und überprüfte ihre Feststellung dann selbst. »Ich fühle mich aber so. Bestimmt liegt es an diesem Kerl. Diesem Typen bei der Arbeit.« Er schüttelte den Kopf. »Echt sonderbar.«

Mit gerunzelter Stirn musterte Ruth ihn. Sie war es nicht gewohnt, dass ihr Mann um Worte verlegen war.

»Dabei fing alles ganz gut an.« Er schwenkte den Wein in seinem Glas herum. »Vor dem Büro habe ich einen Mann namens Gabe getroffen. Ein Obdachloser – na ja, eigentlich weiß ich gar nicht, ob er wirklich obdachlos ist, er sagt, er hat einen Platz zum Wohnen. Aber er hat trotzdem auf der Straße gebettelt.«

In diesem Moment knisterte das Babyfon, und Pud begann, leise zu weinen. Zuerst war es nur ein schläfriges Jammern. Ruth legte Messer und Gabel beiseite, schob den noch halb vollen Teller von sich und betete, dass er von alleine wieder aufhörte.

»Jedenfalls«, fuhr Lou fort, ohne etwas zu bemerken, »jedenfalls hab ich ihm einen Kaffee gekauft, und wir sind ins Gespräch gekommen.«

»Das war nett von dir.« Inzwischen blendete der Mutterinstinkt alles andere aus, und Ruth hörte nur noch die Stimme ihres Kindes, dessen verschlafenes Wimmern sich Stück für Stück zu einem ausgewachsenen Geschrei steigerte.

»Er hat mich an mich erinnert«, erzählte Lou verwirrt weiter. »Er war genau wie ich, und wir hatten ein total komisches Gespräch über Schuhe.« Er lachte, als er daran dachte. »Er konnte sich an jedes einzelne Paar Schuhe erinnern, das in das Gebäude gegangen ist, und da hab ich ihm einen Job gegeben. Na ja, genau genommen nicht ich, ich hab nur Harry angerufen …«

»Lou, Schatz«, fiel sie ihm ins Wort, »hörst du das denn nicht?«

Er sah sie verständnislos an, irritiert, weil sie ihn unterbrochen hatte. Aber dann legte er den Kopf schief, lauschte, und nun drang das Weinen doch zu ihm durch.

»Schon gut, geh ruhig«, seufzte er und massierte sich die Nasenwurzel. »Vorausgesetzt, du vergisst nicht, dass ich dir von meinem Tag erzählt habe. Sonst machst du mir doch ständig Vorwürfe, weil ich es angeblich nie tue«, murmelte er.

»Was soll denn das nun wieder heißen?«, fragte sie mit erhobener Stimme. »Dein Sohn weint. Soll ich vielleicht die ganze Nacht hier sitzen und warten, bis du deine Geschichte von einem Obdachlosen, der Schuhe mag, fertig erzählt hast, während unser Sohn um Hilfe ruft? Oder würdest du möglicherweise auch mal selbst nach ihm sehen? Was meinst du?«

»Gut, ich gehe«, sagte er, aber ohne sich von seinem Stuhl zu rühren.

»Nein, lass nur, ich mach das schon.« Sie stand auf. »Ich möchte, dass du so was tust, ohne dass ich dich daran erinnern muss. Nicht, um Gummipunkte zu sammeln, Lou, du solltest es *wollen*.«

»Du scheinst aber auch nicht grade scharf darauf zu sein«, grummelte er und fummelte an seinen Manschettenknöpfen herum.

Auf halbem Weg zur Tür blieb sie stehen. »Weißt du eigentlich, dass du noch keinen einzigen Tag alleine mit Ross verbracht hast?«

»Du benutzt ja auf einmal seinen richtigen Namen, da muss es dir wohl ernst sein. Was soll das alles denn plötzlich?«

Jetzt gab es für Ruth kein Halten mehr, und der ganze Frust machte sich Luft. »Du hast ihn nicht gewickelt, du hast ihn nicht gefüttert.«

»O doch, ich hab ihn gefüttert.«

Das Weinen wurde lauter.

»Du hast kein Fläschchen zubereitet, keinen Brei, hast ihn nie angezogen, nie mit ihm gespielt. Du machst überhaupt nie was mit ihm allein, es sei denn, ich bin in der Nähe und komme alle fünf Minuten angerannt, damit du eine wichtige Mail schicken oder einen Anruf annehmen kannst. Unser Kind ist jetzt schon über ein Jahr auf der Welt, Lou. Über ein *Jahr!*«

»Warte mal.« Er fuhr sich mit der Hand durch die Haare, zog ein Büschel nach oben und schloss die Faust darum, bei ihm immer ein sicheres Zeichen, dass er wütend war. »Ich habe dir doch grade noch erzählt, wie mein Tag bei der Arbeit war, was dich doch sonst immer so brennend interessiert – wie kommt es, dass du plötzlich zum Angriff übergehst?«

»Du warst so damit beschäftigt, über *dich* zu reden, dass du nicht mal deinen eigenen Sohn weinen gehört hast«, stellte sie müde fest, und sie wusste, dass dieses Gespräch genau dorthin führen würde, wohin jeder derartige Streit sie bisher geführt hatte. Nämlich nirgendwohin.

Lou schaute sich im Zimmer um und streckte mit einer dramatischen Geste die Arme aus. »Glaubst du vielleicht, ich sitze den ganzen Tag an meinem Schreibtisch und drehe Däumchen? Nein, ich gebe mein Bestes und versuche, alles so hinzukriegen, dass ich dir und den Kindern das hier ermöglichen kann und Ross tatsächlich etwas zu essen hat, also entschuldige bitte, wenn ich ihm nicht jeden Morgen persönlich die zerdrückten Bananen in den Mund stopfe. Ich muss schon mit genug anderen Dingen jonglieren.«

»Du jonglierst mit überhaupt nichts, Lou. Du entscheidest dich für das eine und lässt das andere einfach sausen. Das ist etwas anderes.«

»Ich kann nicht an zwei Orten gleichzeitig sein, Ruth! Wenn du Hilfe brauchst hier im Haus, dann sag es, und wir holen uns eine Kinderfrau, wann immer du willst.«

Ihm war bewusst, dass er sich jetzt auf einen noch größeren Streit eingelassen hatte, und während Puds Heulen im Babyfon immer lauter wurde, bereitete er sich auf die unausweichlichen Attacken vor. Um dem ersten, immer gleich verhassten Argument vorzubeugen, war er versucht hinzuzufügen: »Und ich verspreche auch, diesmal nicht mit ihr zu schlafen.«

Aber das Argument kam nicht. Stattdessen ließ Ruth die Schultern sinken, und auf einmal änderte sich ihr Verhalten. Sie resignierte, gab einfach den Kampf auf und machte sich stumm auf den Weg zu ihrem Sohn.

Lou griff nach der Fernbedienung und richtete sie wie einen Revolver auf den Fernseher. Wütend drückte er auf den Abzug und stellte das Gerät aus. Die schwitzenden Frauen in ihren Elasthansachen schrumpften zu einem Lichtkreis im Zentrum des Bildschirms, ehe sie ganz verschwanden.

Gedankenverloren zog er den Apfelkuchen zu sich heran und begann, darin herumzustochern. Wie war es bloß zu diesem Streit gekommen? Von der ersten Sekunde an, als er das Haus betreten hatte … Und es würde genauso enden wie an so vielen anderen Abenden: Wenn er ins Bett kam, würde sie bereits schlafen oder zumindest so tun. Ein paar Stunden später würde er aufwachen, ein bisschen trainieren, duschen und dann zur Arbeit gehen.

Er seufzte, und als er sich selbst seufzen hörte, bemerkte er plötzlich, dass kein Heulen mehr aus dem Babyfon kam, sondern nur noch ein leises Knistern. Anscheinend hatte Pud aufgehört zu weinen. Lou streckte die Hand aus, um das Gerät abzustellen, aber in diesem Moment hörte er ein anderes Geräusch. Ohne lange nachzudenken, drehte er am Lautstärkeknopf. Als Ruths Schluchzen die Küche erfüllte, brach es ihm fast das Herz.

# 9

## Der Truthahnjunge II

Dann haben Sie ihn also laufen lassen?«, unterbrach eine junge Stimme Raphies Grübelei.

»Was meinst du?« Mit einem Ruck erwachte Raphie aus seiner Trance und wandte seine Aufmerksamkeit wieder dem Teenager zu, der ihm gegenübersaß.

»Ich hab gesagt: Dann haben Sie ihn also laufen lassen?«

»Wen?«

»Den reichen Typen in dem flashigen Porsche. Er ist zu schnell gefahren, und Sie haben ihn laufen lassen?«

»Nein, ich hab ihn nicht laufen lassen.«

»Doch, haben Sie wohl. Sie haben ihm keine Punkte und keinen Strafzettel verpasst. Das ist das Problem mit euch, ihr seid immer auf der Seite der Reichen. Wenn ich das gewesen wäre, hätten Sie mich lebenslänglich hinter Gitter gebracht. Ich hab bloß einen blöden Truthahn geschmissen und muss den ganzen Tag hier rumhocken. Und das an Weihnachten.«

»Hör auf zu jammern, wir warten auf deine Mutter, das weißt du doch. Und ich könnte ihr keinen Vorwurf machen, wenn sie dich den ganzen Tag hier schmoren lässt.«

Der Truthahnjunge schmollte eine Weile.

»Du bist also neu in der Gegend. Ist deine Mutter erst vor Kurzem mit dir hergezogen?«, fragte Raphie.

Der Junge nickte.

»Von wo denn?«

»Von der Republik am Arsch.«

»Sehr witzig«, meinte Raphie sarkastisch.

»Warum sind Sie so schnell von dem Porsche-Kerl weg?«, fragte der Junge schließlich, weil die Neugier doch zu groß war. »Haben Sie Schiss gekriegt, oder was?«

»Sei nicht blöd, Junge. Ich hab ihm natürlich eine Verwarnung gegeben«, erklärte Raphie und richtete sich auf seinem Stuhl auf.

»Aber das ist nicht legal, Sie hätten ihm einen Strafzettel verpassen müssen. Mit seinem Gerase kann er jemanden umbringen.«

Raphies Augen wurden dunkel, und der Truthahnjunge begriff, dass er genug gestichelt hatte.

»Willst du nun den Rest der Geschichte hören, oder was?«

»Ja, will ich. Machen Sie weiter.« Der Junge beugte sich vor und stützte das Kinn in die Hände. »Ich hab ja sonst nichts zu tun den ganzen Tag«, fügte er mit einem frechen Grinsen hinzu.

# 10

## Der Morgen danach

Um fünf Uhr neunundfünfzig erwachte Lou. Die vorangegangene Nacht war genauso verlaufen, wie er es vorausgesehen hatte: Als er ins Bett kam, lag Ruth mit dem Rücken zu ihm, hatte die Decke eng um sich geschlungen und war ungefähr so zugänglich wie ein Einsiedlerkrebs in seiner Schnecke. Die Botschaft war unmissverständlich.

Lou brachte es nicht fertig, sie zu trösten. Er schaffte es nicht, die unsichtbare Grenze zu überschreiten, die sie im Bett und im Leben überhaupt trennte, und dafür zu sorgen, dass alles wieder gut wurde. In ihrer Studentenzeit, als sie kein Geld gehabt und in den scheußlichsten Bruchbuden gehaust hatten – wo die Heizung nur gelegentlich funktionierte und sie sich das Bad mit einem Dutzend Mitbewohner teilen mussten –, war das ganz anders gewesen. Sie hatten auf einem schmalen Bett in einem Kabuff geschlafen, das so klein war, dass man sich kaum umdrehen konnte. Aber das störte sie nicht, es gefiel ihnen sogar, so nahe beieinander zu sein. Jetzt besaßen sie ein riesiges Bett, mehr als zwei mal zwei Meter, so groß, dass sich ihre Fingerspitzen, wenn sie auf dem Rücken nebeneinanderlagen und die Arme ausstreckten, gerade eben berührten. Monströs viel Platz und monströs viele kalte Stellen, auf denen nie jemand lag und die nie richtig warm wurden.

Lou dachte an die Anfänge ihrer Beziehung, daran, wie er und Ruth sich kennengelernt hatten – zwei Neunzehnjährige, die unbeschwert und ziemlich betrunken das Ende ihres ersten Studienhalbjahrs feierten. Die Prüfungen waren überstanden, die Noten noch zu weit weg, um sich ihretwegen Sorgen zu machen, vor ihnen lagen die Weihnachtsferien, und so trafen sie sich bei der Comedy-Night in der International Bar in der Wicklow Street.

Nach dieser Nacht konnte Lou an nichts anderes mehr denken, und auch über die Feiertage, die er bei seinen Eltern verbrachte, bekam er Ruth nicht mehr aus dem Kopf. Bei jedem Bissen Truthahn, bei jeder Süßigkeit, die er aus buntem Glanzpapier auswickelte, ja selbst bei den üblichen Monopoly-Kabbeleien – immerzu wanderten seine Gedanken zu Ruth. Ihretwegen verlor er sogar seinen Titel beim Krümelzähl-Wettbewerb mit Marcia und Quentin. Lou musste grinsen, als er sich jetzt an dieses Spiel erinnerte, das er jedes Jahr mit seinen Geschwistern gespielt hatte. Papierkrönchen auf dem Kopf, die Zungen konzentriert in den Mundwinkel geklemmt, so saßen alle drei, nachdem ihre Eltern vom Tisch aufgestanden waren, vor ihren Tellern und zählten eifrig jedes kleine Krümelchen, das von der Truthahnfüllung übrig geblieben war. Normalerweise taten Marcia und Quentin sich zusammen, um ihren Bruder gemeinsam zu schlagen, aber sie hielten nie lange genug durch, und Lous Engagement – oder besser gesagt seine Besessenheit – war einfach nicht zu toppen. An dem besagten Weihnachten jedoch gewann Quentin, denn als das Telefon klingelte und Ruth sich meldete, vergaß Lou seinen Siegeseifer völlig. Für kindische Vergnügungen wie Krümelzählen hatte er von nun an keine Zeit mehr. Mit so etwas gab sich ein erwachsener Mann nicht ab. Aber vielleicht war er noch gar kein erwachsener Mann.

An jenem Weihnachten hätte sich der neunzehnjährige Lou nach einem Moment wie diesem gesehnt. Er hätte die Chance, in die Zukunft zu reisen, um neben Ruth in diesem schönen Bett zu liegen – in einem schönen Haus, mit zwei süßen Kindern im Nebenzimmer –, gierig und ohne Zögern beim Schopf gepackt. Er sah Ruth an. Inzwischen hatte sie sich auf den Rücken gedreht, ihr Mund war leicht geöffnet, und ihre Haare plusterten sich wild um ihren Kopf. Unwillkürlich lächelte er.

Bei den Prüfungen damals hatte Ruth besser abgeschnitten als Lou, was nicht sonderlich schwer war, und auch in den folgenden vier Studienjahren war es so geblieben. Das Lernen fiel Ruth immer leicht, während Lou Tag und Nacht büffeln musste, um den Anforderungen gerade eben gerecht zu werden. Ihm war schleierhaft, woher sie die Zeit nahm nachzudenken – geschweige denn zu lernen –, denn sie war eigentlich ständig unterwegs, und sie gingen fast jeden Abend aus. Mindestens einmal pro Woche schmuggelten sie sich uneingeladen auf irgendwelche Partys, wurden rausgeschmissen, übernachteten auf Feuerleitern, und Ruth schaffte es trotzdem, mit fertigen Hausarbeiten zum ersten Morgenseminar zu erscheinen. Sie war ein Multitalent mit schier endloser Energie; vom Herumsitzen wurde ihr schnell langweilig. Sie liebte Abwechslung und Abenteuer, und sie fühlte sich am wohlsten, wenn möglichst viel los war. Zu zweit waren sie Herz und Seele jeder Party, und jeder Tag war voller Leben.

Wenn Lou wieder einmal eine Prüfung vermasselt hatte und sie wiederholen musste, half Ruth ihm beim Lernen. Vor dem Sommerexamen machte sie aus der Lernerei eine Quizshow mit allem, was dazugehört: Preise, Strafminuten, Schnellfeuerrunden. Sie staffierte sich entsprechend aus und spielte gleichzeitig Quizmasterin, Assistentin und Konkurrentin. Für eine richtige Antwort wurden verlockende Gewinne in Aussicht gestellt. Ruth entwarf Bewertungsbogen, formulierte ausgeklügelte Fragen, sorgte für entsprechende Musik und falschen Applaus. Der Lebensmitteleinkauf wurde in das Quizsystem integriert, und wenn Lou Popcorn wollte, musste er erst eine Frage korrekt beantworten. Manchmal versuchte er zu mogeln, wenn er etwas nicht wusste. »Keine Ahnung«, brummte er dann frustriert und versuchte, sich das Popcorn trotzdem zu nehmen.

»Nein, Drücken gilt nicht, Lou, du weißt die Antwort«, entgegnete sie dann mit fester Stimme und verwehrte ihm den Zugriff aufs Regal.

Selbst wenn Lou sicher war, die Antwort nicht zu kennen, brachte Ruth ihn dazu, so lange in den tiefsten Tiefen seines Gehirns – in Bereichen, von deren Existenz er bisher nichts gewusst hatte – zu forschen, bis er dort tatsächlich Informationen entdeckte, von denen er bislang nichts gewusst hatte. Manchmal machte sie solche Spielchen auch, wenn er mit ihr schlafen wollte.

»Beantworte zuerst mal Folgendes.«

Trotz seines Protests und seiner Annäherungsversuche blieb sie hart und versuchte, ihn zu motivieren. »Komm schon, Lou, du weißt es doch.«

So lernte er weit mehr, als er selbst je geglaubt hätte.

Irgendwann fassten sie den Plan, nach der Uni zusammen nach Australien zu reisen und – ehe das richtige Arbeitsleben begann – ein Abenteuerjahr außerhalb von Irland zu verbringen. Sie waren fest entschlossen, ihren Freunden nachzureisen, die den Sprung schon vor ihnen gewagt hatten. Systematisch legten sie Geld für den Flug zurück und arbeiteten gemeinsam für ihren Traum – Lou als Barmann in einer Kneipe in Temple Bar, Ruth kellnerte. Aber dann fiel er durchs Examen, und wenn Ruth ihn nicht mit Menschen- und mit

Engelszungen überredet und davon überzeugt hätte, dass er es beim zweiten Anlauf schaffen konnte, hätte er wahrscheinlich die Flinte ins Korn geworfen. Allerdings brachte er es nicht übers Herz, bei der Examenszeremonie, bei der Ruth, die die Prüfung mit fliegenden Fahnen bestanden hatte, eine Auszeichnung verliehen wurde, dabei zu sein, sondern tauchte erst zum inoffiziellen Teil auf, trank zu viel und vermieste ihr den Abend – darin war er schon damals recht gut gewesen.

Während er das letzte Studienjahr wiederholte, machte Ruth ihren Master in Wirtschaftswissenschaften, mehr oder weniger als Zeitvertreib. Sie rieb es ihm nie unter die Nase, gab ihm nie das Gefühl, dass er ein Versager war, stellte sich und ihre eigenen Erfolge nie in den Vordergrund. Sie tat, was sie konnte, damit er keinen Grund hatte, sich minderwertig zu fühlen. Sie blieb ihm treu, kümmerte sich um ihn, war weiterhin Herz und Seele jeder Party – und scheffelte nebenbei ihre Einsen.

Hatte er sie damals zu hassen begonnen? Vor so langer Zeit schon? Er wusste nicht, ob es daran lag, dass er sich schon immer wie ein Versager vorgekommen war. Oder versuchte er, sie mit seinem Verhalten zu bestrafen? Vielleicht steckte auch gar nichts kompliziert Psychologisches dahinter, sondern er war schlicht zu schwach und zu egoistisch. Jedenfalls konnte er nicht Nein sagen, wenn eine attraktive Frau auch nur in seine Richtung schaute. Und schon gar nicht, wenn sie nach Handtasche, Mantel und dann nach seiner Hand griff. Wenn ihm so etwas passierte, verlor er jedes Gefühl für sich selbst. Sicher, er konnte unterscheiden, was richtig und was falsch war, aber in solchen Situationen kümmerte es ihn einfach nicht. Da fühlte er sich unbesiegbar, es gab für ihn keine Konsequenzen und keine üblen Nachwirkungen.

Vor sechs Monaten hatte Ruth ihn im Bett mit der Kinderfrau erwischt. Zwar war er nicht oft mit ihr zusammen gewesen, aber er wusste, wenn man davon ausging, dass es für Affären so etwas wie unterschiedliche Fairness-Niveaus gab, dann war Sex mit der Kinderfrau ziemlich unterste Schublade. Seither hatte es keine Seitensprünge mehr gegeben, mal abgesehen von der Knutscherei mit Alison, die eindeutig ein Fehler gewesen war. Wenn man davon ausging, dass es auch Maßstäbe für akzeptable Entschuldigungen gab – und die gab es in Lous Weltbild durchaus –, dann wäre der Vorfall eher leicht entschuldbar. Er war betrunken gewesen, Alison war eine attraktive junge Frau, und er konnte die Knutscherei zwar nicht mehr ungeschehen machen, aber er bereute sie zutiefst. Seiner Meinung nach zählte der Vorfall demzufolge so gut wie gar nicht.

»Lou«, unterbrach Ruths ungehaltene Stimme seine Grübeleien, und er fuhr erschrocken zusammen.

Er sah sie an. »Guten Morgen«, lächelte er. »Du kommst nie drauf, woran ich grade gedacht …«

»Hörst du das denn nicht?«, unterbrach sie ihn. »Du bist doch hellwach und starrst an die Decke.«

»Hm?« Er drehte sich nach links und sah, wie der Wecker auf sechs Uhr sprang. »Oh, tut mir leid«, sagte er, beugte sich hastig hinüber und stellte den Alarm ab.

Aber ganz offenbar war es nicht das Richtige, denn Ruths Gesicht lief plötzlich knallrot an, sie schoss aus dem Bett wie eine Rakete und lief mit wehenden Haaren aus dem Zimmer. Erst in diesem Moment hörte Lou Puds Geschrei.

»Scheiße.« Müde rieb er sich die Augen.

»Du hast grade ein ganz bööööses Wort gesagt«, erklang ein Stimmchen von hinter der Tür.

»Guten Morgen, Lucy!«, rief er lächelnd, und schon erschien seine Tochter: eine Fünfjährige im rosa Schlafanzug, die schokobraunen Haare mit den dichten Ponyfransen vom

Schlaf zerzaust, die Decke im Schlepptau. Am Fußende des Betts blieb sie stehen und blickte ihren Vater mit ihren großen braunen Augen besorgt an. Lou wartete, dass sie etwas sagte.

»Du kommst aber heute Abend, oder, Daddy?«

»Was ist denn heute Abend?«

»Meine Aufführung.«

»O ja, stimmt! Aber du willst nicht wirklich, dass ich mir das anschaue, oder, Süße?«

»Doch«, entgegnete sie und nickte heftig.

»Aber warum denn?« Wieder rieb er sich den Schlaf aus den Augen. »Du weißt doch, dass Daddy schrecklich viel zu tun hat. Ich hab überhaupt keine Zeit.«

»Aber ich hab dolle viel geübt.«

»Warum zeigst du es mir nicht einfach jetzt? Dann muss ich es mir nicht später noch mal anschauen.«

»Aber jetzt hab ich doch mein Kostüm nicht an.«

»Das ist in Ordnung, ich stelle es mir einfach vor. Mum sagt doch immer, das ist gut, stimmt's?« Er ließ die Tür nicht aus dem Auge, denn er wollte sicher sein, dass Ruth nicht etwa zuhörte. »Und du kannst es mir zeigen, während ich mich anziehe, okay?«

Damit schlug er die Decke zurück, und während Lucy herumzuhüpfen begann, sauste er durchs Zimmer und schlüpfte in Shorts und Unterhemd, denn er wollte vor der Arbeit noch kurz ein bisschen Sport machen.

»Daddy, du schaust ja gar nicht zu!«

»Doch, doch, Süße, komm doch mit nach unten, während ich trainiere. Im Fitnessraum gibt es jede Menge Spiegel, da kannst du gut üben. Das macht bestimmt Spaß, was?«

Aber als er auf dem Laufband stand, stellte er im Fernseher die Nachrichten an.

»Daddy, du schaust mir ja gar nicht zu!«

»Doch, doch, Engelchen.« Er warf ihr einen kurzen Blick zu. »Was bist du denn?«

»Ein Blatt. Heute ist ein windiger Tag, und ich falle vom Baum, und da muss ich immer so machen.« Sie wirbelte im Fitnessraum herum, und Lou sah wieder zum Fernseher.

»Was hat ein Blatt mit Jesus zu tun?«

»Dem Sänger?« Sie hörte auf zu tanzen und hielt sich an der Trainingsbank fest. Wahrscheinlich war ihr schwindlig geworden.

Lou runzelte die Stirn. »Nein, nicht dem Sänger. Worum geht es denn in eurem Stück?«

Lucy holte tief Luft, und es klang, als spulte sie etwas Auswendiggelerntes herunter, als sie antwortete: »Drei weise Männer müssen einen Star suchen.«

»Wie bitte?«, fragte er verwundert, während er sein Tempo auf dem Laufband steigerte, bis er zügig joggte.

»Sie suchen einen Star«, wiederholte sie geduldig. »Die drei Männer sind nämlich die Jury bei *Such den Superstar,* und dann singt Pontius Pilatus, und alle schreien Buh, und dann singt Judas, und sie schreien wieder Buh, und dann singt Jesus, und er gewinnt, weil er den X-Faktor hat.«

»Ojemine.«

»Ja, und die Geschichte heißt *Jesus Christ Superstar.*« Sie tanzte noch eine Runde.

»Und warum bist du ein Blatt?«

Sie zuckte die Achseln, und Lou musste lachen.

»Kommst du heute Abend und guckst mir zu? Biiiiitte!«

»Japp«, antwortete er und wischte sich mit einem Handtuch den Schweiß vom Gesicht.

»Versprochen?«

»Na klar«, sagte er abschließend. »Okay, aber geh jetzt mal wieder zu deiner Mum zurück, ich muss duschen.«

Zwanzig Minuten später kam Lou in die Küche, um sich – in Gedanken schon halb bei der Arbeit – kurz zu verabschieden. Pud saß in seinem Hochstuhl und schmierte sich behaglich eine Pampe aus Banane und Butterkeks in die Haare. Lucy lutschte an einem Löffel und glotzte fasziniert auf den Fernseher, wo in ohrenbetäubender Lautstärke irgendwelche Cartoons liefen. Ruth war noch im Morgenmantel und schmierte Brote für Lucy. Sie sah erschöpft aus.

»Tschüss.« Lou küsste Lucy auf den Kopf, aber sie war so in ihre Zeichentrickfilme vertieft, dass sie überhaupt nicht reagierte. Dann ging er zu Pud und versuchte, in seinem Gesicht eine bananenmatschfreie Stelle zu finden. »Äh, tschüss«, sagte er schließlich und drückte auch seinem Sohn etwas linkisch ein Küsschen auf den Kopf. Zuletzt ging er zu Ruth.

»Sollen wir uns um sechs dort treffen oder von hier zusammen hinfahren?«, fragte sie.

»Wohin denn?«

»Zur Schule.«

»Oh. Apropos …« Er senkte die Stimme.

»Du musst mitkommen, du hast es ihr versprochen.« Ruth hielt in ihrer Arbeit inne und sah ihn, das Buttermesser in der Hand, wütend an.

»Lucy hat mir unten ihren Tanz gezeigt, und wir haben uns unterhalten. Es ist in Ordnung für sie, wenn ich bei der Aufführung nicht dabei bin.« Er zupfte an dem Stück Schinken herum, das auf dem Teller lag. »Weißt du eigentlich, warum sie bei dem Krippenspiel ein Blatt ist?«

Ruth lachte. »Lou, du willst mich wohl veräppeln. Ich hab dir schon vor einem Monat gesagt, du sollst dir den Termin in deinen Terminkalender schreiben, dann hab ich dich letzte Woche noch mal daran erinnert und sogar noch diese Tracey in deinem Büro angerufen …«

»Ah, jetzt verstehe ich, was schiefgelaufen ist!« Er schnippte mit den Fingern. »Da haben wir doch des Rätsels Lösung. Tracey ist weg, und Alison hat ihren Job übernommen. Vermutlich gab es bei dem Wechsel ein Problem im Informationsfluss.« Lou versuchte, ganz locker zu klingen, aber die Fröhlichkeit auf Ruths Gesicht ging immer mehr in Enttäuschung über, wozu sich langsam auch noch Hass und Abscheu gesellten. Und alles zusammen galt ihm.

»Ich hab es letzte Woche zweimal erwähnt. Aber du hörst mir ja nicht zu, obwohl ich mir manchmal schon vorkomme wie ein blöder Papagei. Erst sind wir bei der Schulaufführung, und danach essen wir hier mit deiner Mum, deinem Dad, Alexandra und Quentin zu Abend. Vielleicht ist Marcia auch da, falls sie ihre Therapiestunde verschieben kann.«

»Nein, die sollte sie keinesfalls verpassen«, meinte Lou und verdrehte die Augen. »Ruth, bitte, ich würde mir lieber Daumenschrauben anlegen lassen, als mit diesen Leuten zu essen.«

»Das ist deine Familie, Lou.«

»Quentin kennt nur ein einziges Thema, nämlich Segelboote. Boote, Boote und noch mal Boote. Ein Gespräch, in dem nicht Wörter wie Spiere und Klampe vorkommen, ist für ihn unvorstellbar.«

»Früher bist du gern mit Quentin segeln gegangen.«

»Ja, ich bin gern gesegelt. Nicht unbedingt mit Quentin, und es ist auch lange her. Heute könnte ich Spieren wahrscheinlich nicht mehr von Klampen unterscheiden.« Er stöhnte. »Und Marcia … die braucht keine Therapie. Die braucht nur einen ordentlichen Tritt in den Arsch. Alexandra ist okay.« Gedankenverloren verstummte er.

»Das Boot oder die Frau?«, fragte Ruth sarkastisch und warf ihm einen vielsagenden Seitenblick zu.

Entweder hörte Lou sie nicht, oder er zog es vor, ihre Frage zu ignorieren. »Ich habe keine Ahnung, was sie an Quentin findet. Sie ist doch ein ganz anderes Kaliber als er.«

»Eher dein Kaliber, meinst du?«, zischte Ruth.

»Sie ist eben Model, Ruth.«

»Und?«

»Das Einzige, was Quentin mit einem Model gemeinsam hat, ist die Tatsache, dass er Modellboote sammelt.« Er lachte, sprach aber sofort irritiert weiter. »Mum und Dad sind auch da?«, wollte er wissen. »Kommt nicht in die Tüte.«

»So ein Pech«, sagte Ruth und machte sich wieder an die Schulbrote. »Lucy erwartet, dass du bei ihrem Auftritt dabei bist, deine Eltern freuen sich auf das Essen, und ich brauche dich hier. Ich kann nicht gleichzeitig kochen und Gastgeberin spielen.«

»Mum hilft dir bestimmt gern.«

»Deine Mum hat gerade eine Hüftoperation hinter sich.« Ruth musste sich zusammennehmen, um nicht laut zu kreischen.

»Das weiß ich sehr wohl, schließlich hab ich sie vom Krankenhaus abgeholt und mir deshalb einen Mordsärger eingehandelt, genau wie ich es geahnt habe«, grummelte er. »Während Quentin mit seinem Boot unterwegs war.«

»Er hatte ein Rennen, Lou!« Jetzt ließ sie das Messer fallen und wandte sich ihm zu. »Bitte«, sagte sie sanfter, küsste ihn auf den Mund, und er schloss die Augen, um den seltenen Moment auszukosten.

»Aber ich hab bei der Arbeit so viel um die Ohren«, sagte er leise mitten in ihren Kuss hinein. »Das ist wichtig für mich.«

Ruth zog sich zurück. »Na ja, da bin ich aber froh, dass wenigstens *etwas* wichtig für dich ist, Lou. Einen Augenblick dachte ich schon, du wärst kein Mensch mehr.« Stumm wandte sie sich wieder den Broten zu und bearbeitete sie so ungestüm, dass das Messer Löcher in dem braunen Brot hinterließ. Ohne darauf zu achten, klatschte sie Schinkenscheiben und Käse darauf, drückte das Sandwich platt und zerteilte es diagonal mit einem scharfen Messer. Dann marschierte sie durch die Küche, knallte Schranktüren und riss mit heftigen Bewegungen Alufolie ab.

»Also, was ist denn los?«

»Was los ist? Das Leben besteht nicht nur aus Arbeit, es will auch *gelebt* werden! Wir müssen endlich wieder anfangen, Dinge gemeinsam zu tun, und das bedeutet, dass du auch Dinge für mich tust, selbst wenn du nicht unbedingt scharf darauf bist, und umgekehrt. Welchen Sinn hat das Ganze sonst?«

»Was meinst du denn bitte mit umgekehrt – wann verlange ich denn jemals von dir, etwas zu tun, was du nicht willst?«

»Lou«, begann sie zähneknirschend. »Die Leute, die zum Essen kommen, sind *deine* Familie, nicht meine.«

»Dann sag ihnen ab! Mich stört das nicht.«

»Du hast Verantwortung deiner Familie gegenüber.«

»Aber ich habe noch viel mehr Verantwortung meiner Arbeit gegenüber, denn die Familie kann mich nicht feuern, wenn ich nicht zu einem blöden Essen erscheine, oder?«

»Doch, das kann sie, Lou«, entgegnete sie leise. »Man nennt das nur nicht feuern.«

»Soll das vielleicht eine Drohung sein?« Er senkte die Stimme. »Du kannst mir solche Bemerkungen nicht einfach an den Kopf werfen, Ruth, das ist nicht fair.«

Ruth klappte eine Barbie-Lunchbox auf, stellte sie unsanft auf die Küchentheke, warf das Sandwich, ein paar Ananasscheiben und Kidneybohnen in einer Tupperdose hinein, knallte eine Barbie-Serviette obendrauf und schloss schwungvoll den Deckel. Trotz der ziemlich unsanften Behandlung hörte man von Barbie keinen Protest.

Schweigend starrte Ruth ihren Mann an und ließ ihren Blick für sich sprechen.

»Okay, gut, ich versuche, rechtzeitig da zu sein«, lenkte Lou ein – um Ruth einen Gefallen zu tun und gleichzeitig endlich aus dem Haus zu kommen. Dabei meinte er kein einziges Wort ernst. Als sie daraufhin den Blick nicht abwandte, korrigierte er sich und verstieg sich sogar zu dem Versprechen: »Ich werde da sein.«

Um acht traf Lou bei der Arbeit ein, eine Stunde früher als seine Kollegen, denn er legte Wert darauf, als Erster da zu sein – dann fühlte er sich wichtig und war den anderen einen Schritt voraus. Er wanderte in der engen Aufzugskabine auf und ab und wünschte sich, sie wäre immer so leer, er genoss es, nirgends anhalten zu müssen und direkt ins vierzehnte Stockwerk fahren zu können. Nachdenklich stieg er dort aus und trat auf den stillen Korridor. Er konnte noch die verschiedenen Reinigungsprodukte riechen, die gestern Abend von der Putzkolonne benutzt worden waren. Teppichschaum, Möbelpolitur und Lufterfrischer – alle diese Düfte hingen noch in den Gängen, unberührt von Morgenkaffee und Körpergeruch. Draußen vor den glänzenden Fenstern war es um diese frühe Stunde im Frühwinter noch stockdunkel, und die Scheiben wirkten kalt und hart. Der Wind fegte um das Gebäude, und Lou freute sich darauf, aus den gespenstisch leeren Korridoren in sein Büro zu kommen und dort seine Morgenroutine zu beginnen.

Doch auf dem Weg dorthin blieb er plötzlich stehen wie angewurzelt. Er sah, dass Alisons Schreibtisch leer war, wie immer um diese Zeit. Aber die Tür zu seinem Büro stand offen, und es brannte Licht. Energisch marschierte er darauf zu, und sein Herz begann vor Wut, heftig zu pochen, als er Gabe entdeckte, der ganz selbstverständlich in dem Raum umherging. Mit einem leisen Aufschrei rannte Lou los und schlug mit der Faust so energisch gegen die Tür, dass sie mit einem Ruck aufschwang. Er atmete tief ein, um seinem Ärger mit Gebrüll Luft zu machen, doch ehe ein Wort über seine Lippen kam, hörte er hinter der Tür eine Stimme.

»Meine Güte, wer ist das denn?«, sagte sein Chef erschrocken.

»Oh, Mr Patterson, tut mir leid«, erwiderte Lou atemlos und konnte gerade noch verhindern, dass ihm die Tür beim Zurückschwingen ins Gesicht schlug. »Ich wusste nicht, dass Sie hier sind.« Er rieb sich die Hand, die von dem Schlag ganz schön wehtat und jetzt zu pochen begann.

»Lou!«, rief Mr Patterson erschrocken und brachte sich, so rasch er konnte, ebenfalls vor der schwingenden Tür in Sicherheit. »Und nennen Sie mich bitte Laurence, das sage ich Ihnen doch schon die ganze Zeit. Sie sind ja heute so richtig … so richtig energiegeladen, was?« Er sah aus, als hätte er sich noch nicht ganz von seinem Schock erholt.

»Guten Morgen, Sir.« Unsicher blickte Lou von Mr Patterson zu Gabe. »Entschuldigen Sie, dass ich Sie erschreckt habe. Ich dachte, es wäre womöglich jemand unbefugt hier eingedrungen.« Unwillkürlich wanderten seine Augen zu Gabe.

»Guten Morgen, Lou«, begrüßte dieser ihn höflich.

»Guten Morgen, Gabe.« Lou nickte ihm zu und hätte sich dringend eine Erklärung gewünscht, warum sein Chef mit Gabe um acht Uhr morgens hier in seinem Büro stand.

Nachdenklich musterte er den leeren Postwagen und die ihm unbekannten Akten auf seinem Schreibtisch. Wie immer hatte er am vorhergehenden Abend gewissenhaft seinen Papierkram erledigt und abgelegt, denn er konnte sein Büro nicht verlassen, solange noch Arbeit auf dem Tisch lag. Weder er noch Alison, die um vier Feierabend gemacht hatte, konnten die Akten hier liegen gelassen haben. Er sah Gabe argwöhnisch an.

Aber Gabe erwiderte seinen Blick vollkommen ruhig.

»Ich hab mich gerade ein bisschen mit Gabe hier unterhalten«, erklärte Mr Patterson. »Er hat mir erzählt, dass er seit gestern hier arbeitet. Ist es nicht toll, dass er heute gleich als Erster gekommen ist? Das zeigt doch echtes Engagement.«

»Er war der Erste? Wirklich?« Lou setzte ein falsches Lächeln auf. »Wow. Sieht ganz danach aus, als hätten Sie mich heute früh überholt, denn normalerweise ist nie jemand vor mir da.« Lou wandte sich an Mr Patterson und bleckte erneut seine makellosen Zähne. »Aber das wussten Sie ja schon, richtig, Gabe?«

Gabe gab das Lächeln zurück. »Wie sagt man so schön? Morgenstund hat Gold im Mund.«

»O ja. Allerdings.« Wütend, aber immer noch lächelnd, starrte Lou ihn an. Ein wütender Blick und ein Lächeln. Beides zur gleichen Zeit.

Mr Patterson beobachtete den Austausch mit wachsendem Unbehagen. »Nun, es ist kurz nach acht, ich glaube, ich sollte jetzt lieber gehen.«

»Kurz nach acht, sagen Sie? Das ist ja komisch«, meinte Lou und wurde plötzlich wieder munter. »Da ist die Post ja noch gar nicht da. Was, äh, was haben Sie eigentlich in meinem Büro zu suchen, Gabe?« Die Schärfe in seiner Stimme war nicht zu überhören. Mr Patterson machte ein verlegenes Gesicht, und Gabe grinste seltsam.

»Na ja, ich bin früh gekommen, um mich ein bisschen mit dem Gebäude vertraut zu machen. Ich muss mich in so kurzer Zeit in so vielen verschiedenen Stockwerken zurechtfinden, da wollte ich mal in Ruhe nachsehen, wer wo sitzt.«

»Ist das nicht toll?«, fragte Mr Patterson in das darauf folgende Schweigen hinein.

»Ja, schon, aber Sie wussten doch, wo mein Büro ist«, entgegnete Lou verkniffen. »Damit haben Sie sich bereits gestern vertraut gemacht … Also, was haben Sie in meinem Büro zu suchen, wenn ich fragen darf?«

»Nun, nun, Lou, ich glaube, ich muss mich hier mal einmischen«, ging Mr Patterson ungelenk dazwischen. »Ich bin Gabe auf dem Korridor begegnet, und wir haben uns ein bisschen unterhalten. Ich habe Gabe gefragt, ob er netterweise ein paar Akten für mich in Ihr Büro bringen könnte, Lou. Dann habe ich gemerkt, dass ich eine Akte in meiner Mappe vergessen hatte, aber als ich mich umdrehte, war er schon weg. Paff! Einfach so.« Mr Patterson lachte leise.

»Paff«, wiederholte Gabe und grinste Lou an. »Ja, das passt zu mir.«

»Ich mag es, wenn jemand schnell ist, aber noch besser gefällt es mir, wenn jemand schnell *und* effizient arbeitet, und – meine Güte – das kann man bei Ihnen wirklich nicht abstreiten.«

Um ein Haar hätte Lou »danke schön« gesagt, aber Gabe kam ihm zuvor.

»Danke, Mr Patterson! Und wenn es noch etwas gibt, was ich für Sie tun kann, sagen Sie mir bitte Bescheid. Um die Mittagszeit ist meine Schicht zu Ende, aber ich bin gern bereit, den Rest des Nachmittags noch irgendwo anders auszuhelfen. Die Arbeit hier macht mir Spaß.«

Lous Magen zog sich zusammen.

»Das ist wunderbar, Gabe, danke. Ich behalte Ihr Angebot im Hinterkopf«, antwortete Mr Patterson und wandte sich dann so eindeutig an Lou, dass dieser erwartete, dass Gabe sich verziehen würde. Doch nichts dergleichen geschah. »Nun,

Lou«, fuhr Mr Patterson unbeirrt fort. »Ich wollte Sie fragen, ob Sie sich heute Abend mit Bruce Archer treffen können. Sie erinnern sich doch bestimmt noch an ihn.«

Lou nickte, und ihm wurde bange ums Herz.

»Ich wollte den Termin eigentlich selbst übernehmen, aber heute früh ist mir eingefallen, dass ich noch etwas anderes zu erledigen habe.«

»Heute Abend?«, hakte Lou nach, und seine Gedanken überschlugen sich.

Er dachte an Lucy, wie sie im Schlafanzug im Fitnessraum herumgehopst war, er dachte an Ruths Gesicht, als er bei ihrem Kuss die Augen geöffnet hatte – so entspannt hatte sie ausgesehen, so schön und glücklich, wie früher.

Auf einmal merkte er, dass die beiden Männer ihn unverwandt anstarrten.

»Ja, heute Abend. Nur wenn Sie Zeit haben, natürlich. Sonst frage ich Alfred – also machen Sie sich bloß keinen Stress.« Mr Patterson wedelte beschwichtigend mit der Hand.

»Nein, nein!«, rief Lou hastig. »Heute Abend, kein Problem. Überhaupt kein Problem.«

Vor seinem inneren Auge fiel Lucy, schwindlig vom Hopsen und Tanzen, plötzlich um, Ruth öffnete die Augen und befreite sich aus seiner Umarmung. Der Zauber des Augenblicks war zerstört, denn er hatte das Versprechen gebrochen, dass er seiner Frau vor nicht einmal einer Stunde gegeben hatte.

»Großartig. Großartig. Nun, Louise kann Sie über die Details informieren – Uhrzeit, Treffpunkt und so weiter. Ich habe heute Abend nämlich einen furchtbar wichtigen Termin«, verriet er und zwinkerte Gabe dabei zu. »Die Weihnachtsaufführung meiner Kleinen. Um ein Haar hätte ich sie vergessen, aber dann kam sie heute Morgen als Stern verkleidet zu mir gelaufen – ist das zu glauben. Ich möchte ihren Auftritt auf gar keinen Fall versäumen«, schloss Mr Patterson mit einem Lächeln.

»Na klar, das verstehe ich.« Lou hatte einen dicken Kloß im Hals. »Solche Dinge sind sehr wichtig.«

»Gut, dann viel Spaß heute Abend und mein Kompliment dafür, dass Sie diesen neuen Mitarbeiter für uns gefunden haben, Lou«, sagte Mr Patterson und klopfte Gabe anerkennend auf den Rücken.

Als Lou sich zu Gabe umwandte, um ihn noch einmal wütend anzufunkeln, hörte er hinter sich eine wohlbekannte muntere Stimme.

»Morgen, Laurence!«

»Ah, Alfred!«, rief Mr Patterson.

Alfred war groß, über eins achtzig, jungenhaft, mit weißblonden Haaren. Er war in England auf dem Internat gewesen und sprach, obwohl er in Irland geboren war und auch die Sommerferien immer hier verbracht hatte, mit einem arroganten britischen Akzent und dem entsprechenden Grinsen dazu. Der Höcker auf seiner Nase zeugte noch von seiner Rugby-Zeit, und er lief – wie Gabe gestern schon so treffend bemerkt hatte – ziemlich aufgeblasen durch die Gegend, schleuderte die Wildlederquasten an seinen Schuhen durch die Luft und wirkte, eine Hand immer locker in der Hosentasche, überhaupt wie ein Schuljunge, der es faustdick hinter den Ohren hat.

Alfreds Blick fiel auf Gabe, und er musterte ihn unverhohlen von oben bis unten, während er darauf wartete, mit dem Neuankömmling bekannt gemacht zu werden. Gabe nahm Alfred seinerseits gelassen und selbstbewusst in Augenschein.

»Schöne Schuhe«, meinte Gabe schließlich, und Lou schaute hinunter auf die braunen Slipper, die Gabe ihm gestern beschrieben hatte.

»Danke«, antwortete Alfred etwas verwundert.

»Ihre Schuhe finde ich auch sehr schön, Mr Patterson«, fuhr Gabe mit einem Blick in Mr Pattersons Richtung fort.

Es folgte ein etwas unbehaglicher Moment, in dem alle auf die Schuhe der beiden Angesprochenen starrten. Für die meisten Menschen wäre das seltsam gewesen, aber nicht für Lou, dessen Herz geradezu absurd zu rasen begann, als er die schwarzen Slipper und die braunen Quastenschuhe sah. Genau die beiden Schuhpaare, die Gabe ihm gestern Morgen beschrieben hatte. Also traf Alfred sich mit Mr Patterson! Lou blickte von einem zum andern und fühlte sich plötzlich hintergangen. Cliffs Job war noch nicht offiziell ausgeschrieben, und Lou war wild entschlossen, dafür zu sorgen, dass er ihn bekam – und nicht Alfred.

Mr Patterson verabschiedete sich und ging den Korridor hinunter, die Aktentasche fröhlich in der Hand schwenkend.

»Wer sind Sie eigentlich?«, erkundigte sich Alfred nun doch direkt bei Gabe, und Lou spitzte die Ohren.

»Ich bin Gabriel«, antwortete Gabe und streckte ihm die Hand entgegen. »Meine Freunde nennen mich Gabe, aber Sie können Gabriel zu mir sagen«, fügte er lächelnd hinzu.

»Charmant. Ich bin Alfred.« Alfred nahm die dargebotene Hand. Doch sein Händedruck war kühl und schlaff, und er ließ Gabe sofort wieder los. Danach wischte er sich – ob bewusst oder unbewusst – die Hand am Hosenbein ab. »Kenne ich Sie?«, fragte Alfred und kniff die Augen zusammen.

»Nein, wir sind uns noch nie begegnet, aber vielleicht erkennen Sie mich trotzdem.«

»Wie das? Waren Sie schon mal in einer Realityshow oder so?« Wieder studierte Alfred sein Gegenüber eindringlich, zwar immer noch mit einem Schmunzeln, aber schon deutlich weniger selbstbewusst.

»Sie sind jeden Tag an mir vorbeigegangen, draußen vor dem Gebäude.«

Ratlos wanderte Alfreds Blick weiter zu Lou. »Kannst du mir auf die Sprünge helfen, Kumpel?«

»Ich saß immer vor der Tür, aber dann hat Lou mir einen Job gegeben.«

Jetzt erschien ein breites, unverkennbar erleichtertes Grinsen auf Alfreds arrogantem Gesicht. Schlagartig veränderte sich sein ganzes Auftreten, und er war wieder der große Zampano. Ein Obdachloser konnte seine Position ja nicht bedrohen!

Mit einem ironischen Lachen wandte er sich an Lou und sagte in herablassendem Ton, als wäre Gabe gar nicht da: »Du hast ihm einen Job gegeben, Lou? Tja, es naht das Fest der Liebe, nicht wahr? Aber was hast du dir dabei gedacht?«

»Alfred, lassen wir das, bitte«, wehrte Lou ab. Die Situation war ihm extrem peinlich.

»Okay, okay.« Alfred streckte verteidigend die Hände in die Höhe und lachte dabei in sich hinein. »Stress hat vermutlich bei jedem unterschiedliche Auswirkungen. Hey, darf ich mal kurz dein Bad benutzen?«

»Was? Nein, hier nicht, Alfred, bitte geh zu den Toiletten.«

»Ach, komm schon, stell dich doch nicht so an.« Seine Stimme klang seltsam belegt. »Dauert nur eine Sekunde. Bis dann, Gabe, ich werde versuchen, mit meinem Kleingeld auf Ihren Wagen zu zielen, wenn Sie vorbeikommen«, witzelte Alfred, während er Gabe noch einmal von oben bis unten musterte. Dann feixte er wieder, zwinkerte Lou zu und verschwand rasch in Lous privatem Bad.

Kurz darauf hörten Lou und Gabe, wie er sich lautstark die Nase putzte.

»Anscheinend geht hier eine ganz gemeine Erkältung um«, stellte Gabe lächelnd fest.

Lou verdrehte die Augen. »Es tut mir leid, Gabe, Alfred ist einfach … na ja, wissen Sie, man darf ihn nicht so ernst nehmen.«

»Ach, eigentlich sollte man niemanden allzu ernst nehmen, schließlich kann jeder sowieso immer nur das kontrollieren, was direkt um ihn herum ist«, sagte er und beschrieb mit den Armen einen Kreis um sich selbst. »Solange man sich *darum* nicht kümmert, sollte man auch nicht ernst genommen werden. Hier, ich hab Ihnen was mitgebracht.« Er beugte sich zur unteren Ablage seines Wagens und holte von dort einen Pappbecher mit Kaffee. »Sie haben von gestern noch was bei mir gut. Es ist ein Latte macchiato, die Maschine hat wieder funktioniert.«

»Oh, danke.« Jetzt fühlte Lou sich noch schlechter. Dieser Mann löste übergangslos einfach die widersprüchlichsten Gefühle in ihm aus.

»So, dann gehen Sie heute Abend also zu einem Essen?« Gabe löste die Bremse von seinem Wagen und schob ihn zur Tür. Ein Rad quietschte ohrenbetäubend.

»Nein, wir trinken bloß einen Kaffee. Es ist kein richtiges Essen.« Lou war plötzlich unsicher, ob Gabe womöglich darauf hoffte, eingeladen zu werden. »Keine große Sache. Dauert garantiert nicht länger als eine Stunde.«

»Ach, kommen Sie, Lou«, grinste Gabe und klang dabei auf geradezu alarmierende Weise wie Ruth. *Ach, komm schon, das wusstest du doch.* Aber er vollendete den Satz anders. »Sie wissen doch, dass sich so ein Treffen immer bis zum Essen hinzieht«, fuhr er fort. »Dann kommen die Drinks und dann wahrscheinlich noch was *anderes* …« Er zwinkerte Lou zu. »Und dann kriegen Sie zu Hause Schwierigkeiten, stimmt's, Aloysius?«, schloss er mit singender Stimme, was Lou eine dicke Gänsehaut verursachte.

Dann war Gabe durch die Tür und unterwegs zum Aufzug, und das Quietschen des Wagenrads hallte durch den stillen Korridor.

»Hey!«, rief Lou ihm nach, aber Gabe drehte sich nicht um. »Wie haben Sie das rausgefunden? Das weiß hier keiner!«

Obwohl er allein im Büro war, sah Lou sich hektisch um, ob womöglich jemand zugehört hatte.

In diesem Augenblick öffnete sich die Badezimmertür, und Alfred kam heraus, rieb sich die Nase und schniefte. »Was soll der Lärm? Hey, woher hast du den Kaffee?«

»Von Gabe«, antwortete Lou geistesabwesend.

»Von wem? Ach ja, von dem Obdachlosen«, sagte Alfred ohne wirkliches Interesse. »Also echt, Lou, was hast du dir bloß dabei gedacht, der Kerl könnte dich ruinieren.«

»Was meinst du denn damit?«

»Komm schon, bist du vielleicht von gestern? Du hast einem Mann, der rein gar nichts hat, einen Job in einer Firma gegeben, wo man alles haben kann. Schon mal was davon gehört, dass Leute in Versuchung geraten? Na ja, eigentlich hätte ich das nicht fragen müssen, ich weiß ja, mit wem ich spreche.« Er zwinkerte vielsagend. »Du machst ja auch ungefähr jedes Mal schlapp, wenn eine kleine Versuchung am Horizont auftaucht. Vielleicht bist du gar nicht so viel anders als der Obdachlose«, fügte er hinzu. »Auf alle Fälle siehst du ihm ähnlich. Ihr solltet mal zusammen das Lied der Vogelfrau oder was Ähnliches vorsingen, dann können wir es noch besser beurteilen«, lachte er mit rasselnder Brust – das Ergebnis von vierzig Zigaretten pro Tag.

»Na, das sagt ja eine Menge über deine Allgemeinbildung, Alfred, wenn die einzige Obdachlose, die dir einfällt, aus *Mary Poppins* stammt«, fauchte Lou.

Sofort verwandelte sich Alfreds Keuchen in einen ausgewachsenen Husten. »Tut mir leid, Kumpel. Hab ich da etwa einen wunden Punkt getroffen?«

»Dieser Gabe und ich, wir sind uns kein bisschen ähnlich«, blaffte Lou weiter, während er zu den Aufzügen spähte.

Aber Gabe war bereits verschwunden. Mit einem Klingelton gab der Aufzug seine Ankunft bekannt, die Türen öffneten sich, aber die Kabine war leer, und es wollte auch niemand einsteigen. In dem Spiegel, der die hintere Wand der Kabine schmückte, konnte Lou die Verwirrung auf seinem eigenen Gesicht erkennen.

## 11

## Der Jongleur

Um fünf Uhr nachmittags, genau um die Zeit, als Lou hätte aufbrechen müssen, um noch rechtzeitig für Lucys Aufführung nach Hause zu kommen, wanderte er unruhig in seinem Büro hin und her, von der Tür zum Schreibtisch, vom Schreibtisch zur Tür und wieder zurück. Hin und her, her und hin. Die Tür stand sperrangelweit offen, als wartete sie darauf, dass Lou jeden Moment den Korridor hinunter und in Mr Pattersons Büro rennen würde, um dort zu verkünden, dass er sich leider doch nicht mit Bruce Archer zum Kaffee treffen konnte. Denn wie Mr Patterson hatte ja auch Lou familiäre Verpflichtungen. *Heute Abend ist meine Tochter ein Blatt, Laurence!* Doch jedes Mal, wenn Lou es bis zur Tür schaffte, blieb er dort wie angewurzelt stehen, machte schließlich wieder kehrt und begann erneut, um seinen Schreibtisch herumzutigern.

Alison beobachtete ihn neugierig von ihrem Schreibtisch aus und blickte jedes Mal vom Tippen auf, wenn Lou die Tür erreichte. Irgendwann verstummte das Geklapper ihrer Acrylnägel auf den Tasten ganz.

»Lou, kann ich irgendwas für Sie tun?«

Da endlich sah er sie an, als wäre ihm plötzlich aufgefallen, dass er sich in einem Büro befand und dass Alison schon die ganze Zeit über anwesend gewesen war. Er richtete sich auf, zupfte seine Krawatte zurecht und räusperte sich.

»Äh ... nein danke, Alison«, antwortete er, und es hörte sich förmlicher an, als er es gemeint hatte. Er war so erpicht darauf, sie von seiner Zurechnungsfähigkeit zu überzeugen, dass er sich anhörte wie ein Betrunkener, der um jeden Preis nüchtern klingen will.

Langsam näherte er sich wieder seinem Schreibtisch, aber dann hielt er abrupt inne und streckte den Kopf aus der Tür. »Hören Sie, Alison, dieses Meeting ...«

»Mit Bruce Archer, ja.«

»Er will sich doch wirklich nur zum Kaffee mit mir treffen, oder?«

»Ja, das hat Mr Patterson gesagt.«

»Und weiß er auch, dass ich es bin, mit dem er sich trifft?«

»Mr Patterson?«

»Nein, Bruce Archer.«

»Mr Patterson hat ihn vorhin angerufen und ihm erklärt, dass er selbst es nicht schafft und dass deshalb ein Kollege für ihn einspringt.«

»Gut. Dann erwartet Bruce Archer mich also vielleicht gar nicht?«

»Soll ich es noch mal für Sie bestätigen lassen?«

»Äh ... nein. Ich meine, doch, hm ...« Er dachte nach, während Alisons Hand unentschlossen über dem Hörer schwebte. »Nein«, sagte er schließlich fest, drehte sich um und ging in sein Büro zurück. Aber schon wenige Sekunden später streckte er wieder den Kopf durch die Tür. »Doch. Bestätigen Sie es bitte.« Dann verschwand er schnell wieder. Er setzte seine Wanderung fort, bis er Alison rufen hörte: »Hi, Gabe!«

Lou erstarrte und lief, aus Gründen, die er selbst nicht

begriff, zur Tür, wo er mit dem Rücken zur Wand stehen blieb und durch die offene Tür das Gespräch draußen belauschte.

»Hi, Alison.«

»Sie sind heute aber schick.«

»Danke. Mr Patterson hat mich gefragt, ob ich hier oben ein paar Dinge für ihn erledigen kann, deshalb dachte ich, ich sollte vielleicht ein bisschen gepflegter aussehen.«

Lou äugte durch die Ritze hinter den Türangeln und sah Gabe mit einem neuen Haarschnitt, ebenso perfekt frisiert wie er selbst. Über seiner Schulter lag, noch in Plastikfolie verpackt, ein offenbar neuer dunkler Anzug.

»Ist der neue Anzug auch für hier oben?«, fragte Alison.

»Oh, der? Der ist einfach nur für mich. Man weiß ja nie, wann man mal einen Anzug brauchen kann«, antwortete er – reichlich kryptisch, fand Lou. »Jedenfalls soll ich Ihnen das hier geben. Ich glaube, es sind Pläne. Ich glaube, Lou wollte sie sich ansehen.«

»Woher haben Sie die?«

»Die hab ich beim Architekten abgeholt.«

»Aber der arbeitet doch heute zu Hause«, sagte Alison, während sie verwirrt in den braunen Umschlag sah.

»Ja, ich hab die Sachen bei ihm zu Hause abgeholt.«

»Aber Lou hat Mr Patterson erst vor ungefähr fünf Minuten danach gefragt. Wie haben Sie das so schnell geschafft?«

»Oh, ich weiß auch nicht. Ich hab einfach nur, wissen Sie …« Lou sah, wie Gabe mit den Achseln zuckte.

»Nein, das weiß ich überhaupt nicht«, lachte Alison. »Aber ich würde es gern erfahren. Würde mich nicht überraschen, wenn Mr Patterson Ihnen Lous Job gibt.«

Die beiden lachten lauthals über diesen Witz, und Lou ärgerte sich so, dass er beschloss, Alison nach diesem Gespräch das Leben zur Hölle zu machen.

»Ist Lou da?«

»Ja, er ist in seinem Büro. Warum?«

»Geht er nachher zu dem Treffen mit Bruce Archer?«

»Ja. Glaube ich wenigstens. Warum?«

»Ach, nur so. Ist Alfred heute Abend frei?«

»Komisch, vorhin hat Lou mich das Gleiche gefragt. Ja, Alfred ist frei, ich hab mich bei seiner Sekretärin erkundigt. Sie heißt Melissa und würde Ihnen bestimmt gefallen«, sagte sie mit einem flirtigen Lachen.

»Damit ich das richtig verstehe: Lou weiß also, dass Alfred Zeit hat, sich mit Bruce zu treffen, falls er selbst sich entschließt abzusagen?«

»Ja, ich hab es ihm gesagt. Warum, was ist denn los?« Sie senkte die Stimme. »Was ist das denn für ein Theater wegen heute Abend? Lou hat sich schon die ganze Zeit deswegen so komisch benommen.«

»Ach ja? Hm.«

Das reichte, Lou hielt es nicht mehr aus. Er schloss so heftig seine Bürotür, dass die beiden vor Schreck zusammenzuckten. Dann setzte er sich an seinen Schreibtisch und nahm das Telefon ab.

»Ja?«, meldete sich Alison.

»Holen Sie mir Harry vom Postraum ans Telefon, und danach rufe ich Ronan Pearson an und frage ihn, ob Gabe die Pläne wirklich persönlich bei ihm abgeholt hat. Aber sorgen Sie dafür, dass Gabe nichts davon mitkriegt.«

»Ja, selbstverständlich, einen Augenblick bitte«, sagte sie ganz professionell mit ihrer besten Telefonstimme.

Kurz darauf klingelte das Telefon. Lou richtete noch einmal seine Krawatte, räusperte sich und drehte seinen riesigen Ledersessel so, dass er aus dem Fenster sehen konnte. Der Tag war kalt, aber klar und windstill. Einkäufer hasteten unter den zahllosen bunt blinkenden Neonschildern umher, völlig versunken in die Ausübung der Religion dieser Jahreszeit, die Arme beladen mit Tüten.

»Yello«, bellte Harry ins Telefon.

»Harry, hier ist Lou.«

»Was?«, brüllte Harry. Im Hintergrund waren laute Maschinengeräusche und Stimmen zu hören, und Lou blieb nichts anderes übrig, als ebenfalls laut zu sprechen. Vorsichtig sah er sich um, um sich zu vergewissern, dass er ungestört war, dann wiederholte er: »Hier ist Lou, Harry.«

»Lou wer?«

»Lou Suffern.«

»Oh, Lou, hi, wie kann ich Ihnen helfen? Ist Ihre Post mal wieder im zwölften Stock gelandet?«

»Nein, nein, ich hab alles bekommen, danke.«

»Gut. Der neue Mitarbeiter, den Sie mir geschickt haben, ist ein Genie, was?«

»Ach ja, wirklich?«

»Gabe? Absolut. Kriegt von allen hervorragende Kritiken. Man hat das Gefühl, er ist vom Himmel gefallen. Ich sag Ihnen, er hätte zu keinem günstigeren Zeitpunkt auftauchen können, ungelogen. Sie wissen ja, dass wir zu wenig Leute hatten. In der ganzen Zeit, die ich schon hier arbeite, ist es nie so wild zugegangen wie dieses Weihnachten. Scheint alles immer schneller zu werden. Daran muss es wohl liegen, ich werde nämlich garantiert nicht langsamer. Aber Sie haben echt eine gute Wahl getroffen, Lou, ich schulde Ihnen was. Womit kann ich Ihnen denn heute helfen?«

»Nun, wegen Gabe«, begann Lou langsam, und das Herz schlug ihm bis zum Hals. »Sie wissen doch, dass er noch ein paar andere Aufgaben hier im Gebäude übernommen hat. Andere Arbeiten, zusätzlich zu der in der Poststelle.«

»Ja, das hab ich gehört. Er war heute Morgen total aufgeregt. Hat sich in der Pause gleich einen neuen Anzug besorgt und alles. Keine Ahnung, wie er die Zeit dafür gefunden hat, manche Leute hier schaffen es ja nicht mal, sich eine Zigarette anzuzünden. Der ist echt von der schnellen Truppe, dieser Gabe. Würde sagen, es wird nicht lange dauern, dann ist er raus hier und treibt sich oben bei Ihnen rum. Mr Patterson hat ihn allem Anschein nach schon ins Herz geschlossen. Das freut mich für Gabe, er ist ein guter Kerl.«

»Ja … Ich wollte nur Bescheid sagen, damit die andere Arbeit sich nicht womöglich negativ auf die bei Ihnen auswirkt.« Lou versuchte es noch einmal. »Er sollte sich ja nicht *ablenken* lassen oder in Gedanken bei den anderen Dingen sein, die er sonst noch erledigen muss, wissen Sie? Hier ist es oft ganz schön hektisch, da kann so was leicht passieren.«

»Ich bin sehr dankbar für Ihren Hinweis, Lou, aber was Gabe nach dreizehn Uhr tut, überlasse ich ganz seiner eigenen Verantwortung. Ehrlich gesagt bin ich froh, dass er noch zusätzlich etwas gefunden hat. Er ist mit seinem Job hier so schnell durch, dass es schwer ist, ihn überhaupt bis zur ersten Pause zu beschäftigen.«

»Na gut. Okay. Aber falls es irgendwelche Schwierigkeiten mit ihm gibt, dann tun Sie einfach, was Sie tun müssen, Harry. Ich möchte nicht, dass Sie sich in irgendeiner Weise mir gegenüber verpflichtet fühlen, dass er an Bord bleibt. Verstehen Sie?«

»Ja, das weiß ich, Lou. Aber er ist ein guter Kerl, Sie brauchen sich überhaupt keine Sorgen zu machen.«

»Okay, danke. Passen Sie auf sich auf, Harry.«

Dann war die Leitung tot. Lou seufzte, drehte sich langsam in seinem Sessel und wollte den Hörer auflegen. Aber als er sich umwandte, blickte er mitten in Gabes Gesicht, der vor dem Schreibtisch stand und ihn aufmerksam musterte.

Lou stieß einen Schrei aus und fuhr so heftig zusammen, dass er den Hörer fallen ließ. »Herr des Himmels!« Er presste sich die Hand auf sein heftig klopfendes Herz.

»Nein, ich bin's bloß«, korrigierte ihn Gabe, und seine blauen Augen bohrten sich in die von Lou.

»Haben Sie schon mal was von Anklopfen gehört? Wo ist Alison?« Lou beugte sich seitwärts aus seinem riesigen Sessel, um ihren Arbeitsplatz ins Visier zu nehmen, und sah, dass er unbesetzt war. »Wie lange sind Sie schon hier?«

»Lange genug.« Gabes Stimme klang sanft, und genau das raubte Lou fast den letzten Nerv. »Wollen Sie mich in Schwierigkeiten bringen, Lou?«

»Was?« Noch immer pochte Lous Herz wie wild, denn er hatte sich von dem Schrecken keineswegs erholt. Außerdem war ihm die Kombination von Alisons Abwesenheit und Gabes Nähe extrem unangenehm. Allein die Gegenwart dieses Mannes brachte ihn aus dem Konzept.

»Nein«, beantwortete er Gabes Frage schließlich doch, schluckte schwer und hasste sich für seine plötzliche Schwäche. »Ich habe Harry nur angerufen, um zu hören, ob er mit Ihnen zufrieden ist. Weiter nichts.« Er war sich bewusst, dass er klang wie ein Schuljunge, der sich für irgendeine Missetat rechtfertigte.

»Und ist er mit mir zufrieden?«

»Ja, ist er. Aber Sie müssen verstehen, dass ich mich ihm gegenüber verantwortlich fühle, weil ich Sie gefunden und zu uns ins Boot geholt habe.«

»Sie haben mich gefunden.« Gabe lächelte und ließ sich die Worte auf der Zunge zergehen, als hätte er sie nie zuvor gehört oder ausgesprochen.

»Was ist daran denn so komisch?«

»Nichts«, antwortete Gabe, weiterhin lächelnd, und begann,

sich in Lous Büro umzuschauen, die Hände tief in den Taschen, mit seinem typischen herablassenden Gesichtsausdruck, der weder Neid noch Bewunderung beinhaltete.

»Es ist jetzt zweiundzwanzig Minuten und dreißig Sekunden nach fünf«, stellte Gabe fest, ohne auf die Uhr zu schauen. »Vierunddreißig, fünfunddreißig, sechsunddreißig …« Er wandte sich um und lächelte Lou erneut an. »Sie verstehen ja sicher, was ich meine.«

»Und?« Lou schlüpfte in sein Jackett und schielte verstohlen auf seine Armbanduhr, um sicherzugehen. Es war genau siebzehn Uhr zweiundzwanzig.

»Sie müssen jetzt los, richtig?«

»Was meinen Sie denn, was ich gerade mache?«

Gabe wanderte zum Konferenztisch hinüber, nahm drei Früchte aus der Schale – zwei Orangen und einen Apfel – und inspizierte sie gründlich. »Entscheidungen, Entscheidungen, immer diese Entscheidungen«, sagte er, die drei Stücke Obst fest in der Hand.

»Hungrig?«, fragte Lou nervös.

»Nein.« Wieder lachte Gabe. »Verstehen Sie was vom Jonglieren?«

Auf einmal hatte Lou wieder dieses seltsame Gefühl im Herzen, und ihm stand ganz klar vor Augen, was er an Gabe nicht leiden konnte: genau diese Art von Fragen, genau solche sonderbaren Kommentare – denn sie erwischten ihn jedes Mal auf dem falschen Fuß.

»Sie sollten lieber drangehen«, fuhr Gabe fort.

»Was? Wo dran denn?«

Ehe Gabe antworten konnte, klingelte das Telefon, und obwohl Lou sonst darauf bestand, dass Alison seine Anrufe vorfilterte, stürzte er sich diesmal sofort auf den Hörer.

Es war Ruth.

»Hallo, Schatz.« Lou gab Gabe mit einer Handbewegung zu verstehen, dass er gehen sollte, aber Gabe ignorierte ihn komplett und fing stattdessen an, mit den Früchten zu jonglieren. Da ihm nichts Besseres einfiel, wandte Lou ihm den Rücken zu. Aber das fühlte sich noch unangenehmer an, und er drehte sich schnell wieder um. So konnte er diesen seltsamen Jongleur wenigstens im Auge behalten.

»Hm, ja, wegen heute Abend … Mir ist leider was dazwischengekommen, und …«, begann er mit gesenkter Stimme.

»Lou, tu mir das nicht an«, erwiderte Ruth. »Es wird Lucy das Herz brechen.«

»Ich schaffe es ja bloß nicht zu der Aufführung, Liebes. Lucy wird mein Fehlen bestimmt nicht mal bemerken, im Zuschauerraum ist es ja stockdunkel. Du kannst doch einfach so tun, als wäre ich da. Der Rest des Abends ist kein Problem, aber Mr Patterson hat mich gebeten, mich mit einem unserer Klienten zu treffen. Der Termin ist ziemlich wichtig und könnte mir helfen, Cliffs Job zu kriegen, weißt du?«

»Ich weiß, ich weiß. Und wenn du tatsächlich eine Beförderung bekommst, hast du vermutlich noch weniger Zeit für uns als bisher.«

»Nein, nein, ich muss nur in den nächsten paar Monaten richtig reinhauen, um mich zu beweisen.«

»Vor wem willst du dich denn beweisen? Laurence weiß doch längst, was du kannst, schließlich bist du seit fünf Jahren in der Firma. Aber egal, ich möchte über dieses Thema jetzt nicht diskutieren. Kommst du nun zu Lucys Aufführung oder nicht?«

»Zu der Aufführung?« Lou biss sich auf die Lippe und warf einen Blick auf seine Uhr. »Nein, das werde ich wohl nicht schaffen.«

In diesem Moment ließ Gabe den Apfel fallen, fuhr aber

fort, mit den beiden Orangen zu jonglieren, während der Apfel gemächlich über den Teppich in Richtung Lous Schreibtisch kullerte. Mit einem kindischen Gefühl der Befriedigung nahm Lou zur Kenntnis, dass Gabe ein Missgeschick unterlaufen war.

»Dann kommst du also erst zum Essen nach Hause? Mit deinen Eltern, Alexandra und Quentin? Ich hab gerade mit deiner Mum telefoniert, und sie hat gesagt, dass sie sich sehr darauf freut. Du hast sie seit einem Monat nicht mehr besucht, weißt du.«

»Aber es ist noch längst keinen Monat her, dass ich sie gesehen habe. Ich hab Dad getroffen, und das war grade mal …« Er hielt inne und rechnete. »Na ja, vielleicht ist es doch *fast* einen Monat her.« Ein ganzer Monat? Wie die Zeit verflogen war.

Für Lou waren die Besuche bei seinen Eltern eine lästige Pflicht – ungefähr wie Bettenmachen. Wenn er sein Bett nicht gemacht hatte, musste er immer wieder an die unordentlichen Laken denken, bis ihn das schließlich so störte, dass er es lieber schnell hinter sich brachte. Sobald die Sache erledigt war, war er zufrieden. Aber dann, gerade wenn er dachte, die Angelegenheit sei abgehakt und aus der Welt, wachte er auf und wusste, dass alles wieder von vorne losging. Beim Gedanken daran, wie sein Vater sich darüber beklagte, dass sie sich so selten sahen, wäre Lou am liebsten auf der Stelle weggelaufen. Immer der gleiche jammerige Satz – es konnte einen in den Wahnsinn treiben. Natürlich machte ihm das Gejammer auch ein schlechtes Gewissen, aber hauptsächlich verspürte er den Wunsch, es nie mehr hören zu müssen – was dazu führte, dass er noch seltener den Kontakt zu seiner Familie suchte. Er musste genau in der richtigen Stimmung dafür sein, denn dann konnte er seine Gefühle aus einer gewissen Distanz betrachten. Wenn er das nicht schaffte, blaffte er unbeherrscht zurück und hielt seinem Vater in allen Einzelheiten vor, wie eingespannt und erfolgreich er war, nur um den alten Mann mundtot zu machen. Und heute war Lou ganz ohne Zweifel nicht in der richtigen Stimmung. Bestimmt war es für alle Beteiligten leichter, wenn er sich erst zu den anderen gesellte, nachdem sie schon etwas getrunken hatten.

»Womöglich schaffe ich es nicht zum Essen, aber auf jeden Fall komme ich zum Nachtisch. Ehrenwort.«

Gabe ließ eine Orange fallen, und Lou wäre vor Freude am liebsten an die Decke gesprungen. Mit spöttisch geschürzten Lippen fuhr er fort, Ruth Ausreden zu erzählen, wobei er es tunlichst vermied, sich zu entschuldigen – er konnte ja nichts dafür, dass die Dinge sich so entwickelt hatten! Schließlich legte er auf und verschränkte die Arme vor der Brust.

»Was ist denn so lustig?«, fragte Gabe, wobei er die letzte Orange mit einer Hand hochwarf und wieder auffing. Die andere Hand hatte er in die Tasche gesteckt.

»Sie können nicht so besonders gut jonglieren, was?«, grinste Lou.

»Touché«, gab Gabe lächelnd zurück. »Sie sind ein guter Beobachter. Ich kann tatsächlich nicht besonders gut jonglieren, aber ich hatte ja auch von Anfang an vor, die beiden anderen Früchte fallen zu lassen und nur diese hier in der Hand zu behalten. Das zählt dann eigentlich nicht als Jonglieren, oder?«

Lou nahm die seltsame Antwort mit einem Stirnrunzeln zur Kenntnis, ordnete noch ein paar Dinge auf seinem Schreibtisch, zog dann seinen Mantel über und machte sich bereit zu gehen.

»Nein, Gabe, es ist im engeren Sinne kein Jonglieren, wenn man sich so was *vorher* vornimmt …« Abrupt hielt er inne, denn plötzlich wurde ihm klar, was er da sagte, und er hörte Ruths Stimme in seinem Kopf. Ruckartig blickte er auf, spürte wieder die seltsame Kälte um sein Herz, aber Gabe war nicht mehr da, und die Orange lag vor ihm auf dem Schreibtisch.

»Alison!«, rief er und marschierte, die Orange fest in der Hand, aus seinem Büro. »Ist Gabe grade hier rausgegangen?«

Alison hob den Finger, um ihm zu signalisieren, dass er sich einen Moment gedulden musste, während sie etwas auf einen Notizblock kritzelte und der Stimme am anderen Ende der Telefonleitung lauschte.

»Alison«, unterbrach er sie rücksichtslos, und sie wurde panisch, kritzelte schneller, nickte hektischer, hielt aber diesmal die ganze Hand in die Höhe.

»Alison«, fauchte Lou ein drittes Mal und legte einfach die Hand über den Hörer, um das Gespräch gewaltsam zu beenden. »Ich hab nicht den ganzen Tag Zeit.«

Mit offenem Mund starrte sie ihn an, während der Hörer schlapp von ihrer Hand baumelte. »Ich kann nicht glauben, dass Sie gerade …«

»Jaja, ich habe Ihr Gespräch unterbrochen, richtig, aber Sie werden es überleben. Ist Gabe grade hier vorbeigekommen?«, fragte er. Seine Stimme klang gehetzt, denn sie musste rennen, hüpfen, springen, um mit seinem Herzen Schritt zu halten.

»Äh …« Alison überlegte. »Er stand vor ungefähr zwanzig Minuten bei mir am Schreibtisch und …«

»Jaja, das weiß ich doch alles. Aber vor einer Sekunde war er in meinem Büro, und dann ist er plötzlich verschwunden. Also – haben Sie ihn gesehen?«

»Na ja, er muss ja hier gewesen sein, aber …«

»Haben Sie ihn gesehen?«

»Nein, ich war am Telefon und …«

»Menschenskind!« Lou schlug mit seiner bereits lädierten Faust auf den Tisch. »Ach Mist!«, schrie er mit schmerzverzerrtem Gesicht.

»Was ist denn los, Lou? Beruhigen Sie sich doch bitte.« Alison stand auf und streckte ihm die Hand hin.

Aber Lou wich zurück. »Ach, übrigens«, sagte er, senkte die Stimme und kam wieder näher. »Kriege ich eigentlich jemals Post unter einem anderen Namen?«

»Wie meinen Sie das?«, fragte sie stirnrunzelnd.

»Na, Sie wissen schon ...« Er sah nach links und rechts und presste leise hervor: »Aloysius.«

»Aloysius?«, wiederholte Alison.

Er verdrehte die Augen. »Nicht so laut!«, flüsterte er.

»Nein«, antwortete sie gedämpft. »Den Namen Aloysius habe ich noch nie auf Ihrer Post gesehen.« Als erreichte ihre Stimme erst mit einer gewissen Zeitverzögerung ihr Ohr, lächelte sie dann plötzlich, schnaubte kurz und fing an zu lachen. »Warum in aller Welt sollte ein Name wie Aloy- ...« Als sie seinen Blick sah, erstarben die Worte auf ihren Lippen, und ihr Lächeln verschwand. »Oh. Oje. Das ist ein ...« – ganz unvermittelt wurde ihre Stimme eine Oktave höher – »... ein wunderschöner Name.«

Lou überquerte die Seán O'Casey Bridge, eine neue Fußgängerbrücke, die die beiden neu angelegten Kais im Norden und im Süden – den North Wall Quay und den Sir John Rogerson's Quay – miteinander verband. Noch hundert Meter, und er war am Ziel: The Ferryman, der einzige authentische Pub, den es in diesem Bereich der Kais noch gab. Der Ferryman war kein Lokal für Cappuccino und Ciabatta, und deshalb war auch die Kundschaft etwas Besonderes. In der Bar befanden sich eine Handvoll Weihnachtseinkäufer, die sich ein Stück von den ausgetretenen Touristenpfaden entfernt hatten, um sich eine Pause zu gönnen und die halb erfrorenen Finger an einem Glas mit einem heißen Getränk zu wärmen. Daneben wurde der Pub hauptsächlich von Angestellten jeden Alters frequentiert, die sich nach einem harten Tag hier entspannten. Menschen in Anzügen drängten sich auf den Bänken, Bier- und Schnapsgläser auf den Tischen. Schon um diese Zeit – kurz nach sechs – waren die Menschen dem Business District entflohen und suchten Zuflucht im nächstbesten Ort alkoholischer Erbauung.

Zu diesen Menschen gehörte auch Bruce Archer, der mit einem Guinness an der Bar saß und dröhnend über einen Witz lachte, den einer seiner Nachbarn – ebenfalls ein Anzugträger – gemacht hatte. Wie Hühner auf der Stange saßen die Männer am Tresen, Schulterpolster an Schulterpolster, fast durchweg in Nadelstreifen, karierten Socken und blank polierten Schuhen, Tabellen und Marktanalysen in den Aktentaschen. Keiner von ihnen trank Kaffee. Lou hätte es wissen müssen. Er hatte nicht daran gedacht, aber als er die Männer jetzt sah, wie sie lachten und sich gegenseitig auf den Rücken schlugen, war er kein bisschen überrascht, also musste er es gleichzeitig doch gewusst haben.

Bruce wandte sich um und entdeckte ihn sofort. »Lou!«, rief er quer durch den Raum. Er hatte einen ausgeprägten Bostoner Akzent, und mehrere Gäste wandten interessiert den Kopf, allerdings weniger wegen Bruce, sondern um den gut aussehenden und tadellos gekleideten Mann zu betrachten, der soeben hereingekommen war. »Lou Suffern! Schön, dass wir uns endlich mal wiedersehen!« Damit erhob er sich vom Barhocker, kam mit ausgestreckten Armen auf Lou zu, packte seine Hand und schüttelte sie überschwänglich wie ein Hund seine Beute, während er ihm mit der anderen kumpelhaft auf den Rücken klopfte. »Ich möchte Sie gern mit den Jungs bekannt machen. Jungs, das ist Lou. Lou Suffern, von Patterson Developments. Wir haben zusammen am Manhattan Building gearbeitet, von dem ich euch erzählt habe, und eines Abends hatten wir ein echt wildes Erlebnis zusammen. Wartet nur, bis ihr die Geschichte hört, ihr werdet's nicht glauben. Lou, das ist Derek aus …« Und so ging Lou in einem Meer von Namen unter, die er im gleichen Augenblick wieder vergaß. Er versuchte, das Bild seiner Frau und seiner Tochter aus seinem Kopf zu verjagen, während er eine Hand nach der anderen schüttelte, die seine entweder fast zerquetschte, zu feucht oder zu schlaff war oder ihm vor lauter Schütteln halb die Schulter ausrenkte. Er versuchte zu vergessen, dass er für das hier seine Familie im Stich gelassen hatte. Er versuchte, alles zu vergessen. Die Männer lachten ihn aus, als er Kaffee bestellte, und drängten ihm ein Bier auf, und als er nach dem ersten Pint gehen wollte, überhörten sie ihn einfach. Das Gleiche passierte nach dem zweiten Pint. Und nach dem dritten. Beim vierten hatte er die Diskussionen satt und ließ sich überreden, von Bier auf Jack Daniel's umzusteigen, und das Klingeln seines Handys wurde umgehend von pubertärem Gejohle übertönt. Danach brauchte Lou keine Überredung mehr. Während das Handy alle zehn Minuten vibrierend einen Anruf von Ruth anzeigte, feierte er mit Bruce Archer und seinen Jungs. Ruth würde es verstehen – und wenn nicht, war sie eine total uneinsichtige Person.

Auf der anderen Seite der Bar saß eine Frau, die Lous Aufmerksamkeit auf sich zog; auf dem Tresen standen der nächste Whisky und eine Coke. Sinn und Verstand waren mit den Rauchern nach draußen gegangen, und da standen sie und fröstelten, überlegten, ob sie ein Taxi rufen sollten, sahen sich aber gleichzeitig nach jemandem um, der sie mit nach Hause nehmen und nett zu ihnen sein würde. Und dann ging Sinn, halb erfroren und entsetzlich frustriert, mit den Fäusten auf Verstand los, während Lou der Szene den Rücken zuwandte und sich auf sein Ziel konzentrierte.

## 12

## Die Überholspur

Irgendwann musste Lou einsehen, dass er viel zu betrunken war, um die attraktive junge Frau abzuschleppen, die ihm in der Bar den ganzen Abend flirtige Blicke zugeworfen hatte. Auf dem Weg zu ihrem Tisch stolperte er über seine eigenen Füße und warf das Weinglas ihrer Freundin um, sodass der Inhalt auf ihrem Schoß landete. Auf dem der Freundin, nicht auf dem der Hübschen selbst. Zwar nuschelte er noch etwas, was ihm unglaublich schlagfertig und clever erschien, bei ihr aber anscheinend nur schmierig und beleidigend ankam. Die Grenze zwischen einer schmierig-beleidigenden Bemerkung und einer unwiderstehlichen Anmache ist eben schwer auszumachen, wenn man so viel Alkohol intus hat wie Lou Suffern an diesem Abend. Er schien seinen ganzen Charme und jegliches Feingefühl verloren zu haben, womit er bei seiner Ankunft noch so reich gesegnet gewesen war. Die Whisky- und Cola-Spritzer, die sein ehemals makelloses weißes Hemd und seine Krawatte zierten, kamen bei den smarten Businessfrauen nicht gerade gut an, und seine blauen Augen, die beim weiblichen Geschlecht für gewöhnlich das Gefühl auslösten, aus großer Höhe direkt in einen Bergsee zu fallen, waren jetzt blutunterlaufen und glasig und hatten nicht mehr den erwünschten Effekt. Er versuchte noch, die

Frau verführerisch mit den Augen auszuziehen, wirkte aber nur vulgär, und nachdem er – zu besoffen, um irgendetwas zu erreichen – auch noch die Freundin auf dem Rückweg von der Toilette, wo sie die Rotweinflecke auszuwaschen versucht hatte, erfolglos angebaggert hatte, blieb ihm, wenn er sich nicht endgültig blamieren wollte, eigentlich nichts anderes mehr übrig, als zu seinem Auto zurückzutrotten. Und heimzufahren.

Als er die kalte, dunkle Tiefgarage unter seinem Bürogebäude erreichte – für den Weg hatte er zwanzig Minuten länger als normal gebraucht –, merkte er, dass er vergessen hatte, wo er parkte. Er ging eine Weile mitten in der Garage im Kreis herum, drückte auf den Autoschlüssel und hoffte, die aufleuchtenden Scheinwerfer würden ihm den Standort des Wagens über kurz oder lang verraten. Leider gefiel ihm das Herumkreisen so gut, dass er immer wieder vergaß, die Autos zu beobachten, bis ihm schließlich doch ein Licht ins Auge fiel und er sein Auto auf dem für ihn reservierten Parkplatz entdeckte. Er kniff das eine Auge fest zu und konzentrierte sich mit dem anderen ganz auf den Weg zu seinem Porsche.

»Hallo, Baby«, säuselte er und räkelte sich an der Tür entlang – allerdings weniger aus Zuneigung als deswegen, weil er das Gleichgewicht verloren hatte. Dann küsste er die Kühlerhaube und stieg ein. Als er merkte, dass er auf dem Beifahrersitz gelandet war und es demzufolge kein Lenkrad gab, kletterte er wieder hinaus und ging um den Kühler herum zur Fahrerseite. Dort machte er es sich hinter dem Steuer bequem und schaute hinaus. Sein Blick fiel auf die Zementpfeiler, die das Dach der Garage trugen, obgleich sie auf höchst faszinierende Weise schwankten. Hoffentlich würden sie nicht auf sein Auto fallen, wenn er an ihnen vorbeifuhr. Das wäre nicht nur unverantwortlich von den Pfeilern, sondern könnte für ihn selbst ziemlich teuer werden.

Als Nächstes versuchte er, den Schlüssel ins Zündschloss zu stecken, und nachdem er eine Weile erfolglos mit der Schlüsselspitze auf dem umgebenden Metall herumgeschabt hatte, rutschte der Schlüssel endlich hinein, und der Motor heulte auf. Mit einem Jubelschrei trat Lou aufs Gaspedal. Dann fiel ihm plötzlich ein, dass er nach vorn schauen musste – und ihm entfuhr ein Schreckensschrei. Vor der Kühlerhaube stand Gabe, vollkommen regungslos.

»Herr des Himmels!«, brüllte Lou, nahm den Fuß vom Gaspedal und schlug mit seiner lädierten rechten Hand gegen die Windschutzscheibe. »Sind Sie denn verrückt? Sie hätten sich umbringen können!«

Dann verschwamm Gabes Gesicht auf einmal, und Lou hätte seinen Kopf darauf verwettet, dass er lächelte. Er hörte ein Klopfen, fuhr zusammen, und als er aufblickte, sah er Gabe durchs Fahrerfenster hereinschauen. Der Motor lief noch, und Lou öffnete das Fenster vorsichtig einen Schlitz.

»Hi.«

»Hi, Gabe«, antwortete Lou schläfrig.

»Wollen Sie nicht lieber den Motor abstellen, Lou?«

»Nein. Nein, ich fahre jetzt nach Hause.«

»Sie werden aber nicht weit kommen, wenn Sie weiter im Leerlauf bleiben. Und ich glaube auch nicht, dass es eine gute Idee ist heimzufahren. Warum steigen Sie nicht aus und nehmen sich ein Taxi?«

»Ich kann den Porsche doch nicht hier stehen lassen, sonst klaut ihn irgendein Irrer. Irgendein Spinner. Irgendein obdachloser Penner.« Er fing an zu lachen, und es klang reichlich hysterisch. »Ach, ich weiß was. Sie könnten mich doch nach Hause fahren, ja?«

»Nein, nein, ich glaube, das wäre auch keine gute Idee, Lou. Steigen Sie aus, dann suchen wir ein Taxi für Sie«, sagte Gabe und machte die Autotür auf.

»Nein. Kein Taxi«, lallte Lou und legte den ersten Gang ein. Gleichzeitig trat er wieder aufs Gas, und das Auto machte mit weit geöffneter Tür einen Sprung nach vorn, blieb stehen, ruckte ein Stück weiter, blieb wieder stehen. Gabe verdrehte die Augen und hielt sich an der Tür fest, die vorwärtshüpfte wie eine Grille mit einer Panikattacke.

»Na gut, in Ordnung«, sagte Gabe schließlich, als Lou den Weg bis zu der Steigung gefahren war, die zur Ausfahrt führte – obwohl »fahren« nicht gerade die korrekte Beschreibung für Lous Fortbewegungsart war. »*In Ordnung,* hab ich gesagt«, wiederholte er lauter, als das Auto erneut einen Sprung nach vorn machte. »Ich fahre Sie nach Hause.«

Sofort kletterte Lou über die Gangschaltung auf den Beifahrersitz, und Gabe nahm etwas nervös hinter dem Lenkrad Platz. Die Spiegel brauchte er nicht zu verstellen, Lou und er waren genau gleich groß.

»Können Sie überhaupt fahren?«, fragte Lou, plötzlich argwöhnisch.

»Ja.«

»Und haben Sie so ein Modell schon mal gefahren?«, fragte Lou und fing dann wieder hysterisch zu lachen an. »Vielleicht steht ja einer auf dem Parkplatz unter Ihrem Penthouse.«

»Schnallen Sie sich an«, befahl Gabe und ignorierte den Kommentar, ganz auf die bevorstehende Aufgabe konzentriert. Er musste Lou wohlbehalten nach Hause transportieren, das war im Moment das Wichtigste.

# 14

## Der Truthahnjunge III

Und – haben Sie ihn dann wieder beim Rasen erwischt?« Der Truthahnjunge, der das Kinn auf die Hände gestützt hatte, hob den Kopf. »Hoffentlich haben Sie ihn diesmal festgenommen. Er hätte schon wieder jemanden umbringen können. Und warum hängen Sie mit Ihrem Auto überhaupt immer an der gleichen Stelle rum wie ein Stalker?«

»Ich hab ihn nicht mit überhöhter Geschwindigkeit erwischt, nein«, erklärte Raphie, ohne auf die letzte Frage einzugehen. »Die beiden haben bloß eine rote Ampel überfahren.«

»Bloß? Ich hoffe, Sie haben den arroganten Arsch endlich verhaftet.«

»Na ja, wie hätte ich Lou verhaften sollen, also wirklich, überleg doch mal«, entgegnete Raphie in oberlehrerhaftem Ton. »Du hörst mir nicht zu. Nur nicht so eilig, eins nach dem anderen.«

»Aber Sie erzählen so nervig langsam. Kommen Sie doch endlich zum Punkt.«

»Das tu ich ja, aber wenn du dich nicht ordentlich benimmst, erzähl ich gleich überhaupt nichts mehr«, brummte Raphie und starrte den Truthahnjungen wütend an. Diesmal konterte dieser aber nicht, und so fuhr Raphie schließlich doch fort.

»Es war nicht Lou, der die rote Ampel überfahren hat, denn er saß ja nicht selbst am Steuer. Das hab ich dir doch schon vorhin erklärt.«

»Gabe würde nie eine rote Ampel überfahren. Der doch nicht«, wandte der Truthahnjunge ein.

»Na, woher hätte ich das denn wissen sollen? Ich hab den Kerl ja vorher nie gesehen, erinnerst du dich?«

»Die beiden haben auf dem Heimweg bestimmt die Plätze getauscht.«

»Nein, *Gabe* saß am Steuer. Wenn man bedenkt, wie ähnlich sich die beiden sahen, hätten sie das zwar leicht tun können. Aber ich weiß mit Sicherheit, dass Lou auf dem Beifahrersitz war, und zwar sternhagelvoll.«

»Wie kommt es, dass Sie ihn genau an der gleichen Stelle noch mal angehalten haben?«

»Ich hab nur ein Haus beobachtet, weiter nichts.«

»Das Haus von einem Mörder?« Der Truthahnjunge machte große Augen.

»Nein, das Haus gehört keinem Mörder, sondern nur jemandem, den ich kenne.«

»Haben Sie Ihre Frau beschattet?« Der Junge gab einfach keine Ruhe.

Raphie rutschte unbehaglich auf seinem Stuhl herum. »Was meinst du denn jetzt *damit?*«

»Vielleicht wollten Sie rausfinden, ob sie 'ne Affäre hat.«

Raphie verdrehte die Augen. »Du siehst zu viel fern, Kleiner.«

»Tja.« Offensichtlich war der Truthahnjunge enttäuscht. »Also, was haben Sie gemacht, als Sie die beiden erwischt haben?«

# 15

## Trautes Heim, Glück allein

Hallo, Sergeant«, sagte Gabe und blickte Raphie mit seinen großen blauen Augen an.

Er wirkte absolut ehrlich, und da Raphie überrascht war, dass der Mann seinen Rang so genau kannte, schlug er einen anderen Ton an, als er ursprünglich beabsichtigt hatte. »Sie haben gerade eine rote Ampel überfahren.«

»Ja, ich weiß, Sergeant, und ich möchte mich ehrlich dafür entschuldigen. Es war ein ganz dummer Zufall, das kann ich Ihnen versichern. Es war grade gelb geworden, und ich dachte, ich schaffe es noch ...«

»Als Sie über die Ampel gefahren sind, war es schon lange nicht mehr gelb.«

»Hm.« Gabe sah nach links zu Lou, der so tat, als würde er schlafen, laut schnarchte und gelegentlich ein wieherndes Lachen hervorbrachte. In der Hand hielt er einen langen Regenschirm.

Raphie betrachtete den Schirm in Lous Hand und folgte dann Gabes Blick zum Gaspedal.

»Herrgott!«, stieß er leise hervor.

»Nein, ich bin Gabe«, verbesserte ihn Gabe. »Ich bin ein Kollege von Mr Suffern und will dafür sorgen, dass er heil nach Hause kommt. Er hat ein bisschen zu viel getrunken.«

Wie aufs Stichwort schnarchte Lou besonders laut und produzierte noch ein Pfeifgeräusch. Dann lachte er.

»Ach wirklich«, erwiderte Raphie und konnte sich die Ironie nicht verkneifen.

»Ich fühle mich ein bisschen, als müsste ich heute Abend für ihn die Vaterrolle übernehmen«, erklärte Gabe. »Ein Vater, der dafür sorgt, dass sein Kind in Sicherheit ist. Das ist wichtig, oder nicht?«

»Was meinen Sie denn damit?«, fragte Raphie mit zusammengekniffenen Augen.

»Oh, ich denke, Sie wissen, was ich damit meine«, erwiderte Gabe mit einem unschuldigen Lächeln.

Raphie fixierte ihn und schlug einen etwas härteren Ton an, denn er war unsicher, ob er nicht doch einen Klugscheißer vor sich hatte. »Bitte zeigen Sie mir mal Ihren Führerschein.« Er streckte die Hand aus.

»Oh, ich, äh ... ich hab ihn leider nicht dabei.«

»Haben Sie überhaupt einen Führerschein?«

»Nicht bei mir.«

»Das sagten Sie gerade schon.« Raphie zog Stift und Notizblock heraus. »Wie war noch mal Ihr Name?«

»Mein Name ist Gabe, Sir.«

»Gabe wie weiter?« Raphie richtete sich mühsam ein wenig auf.

»Alles klar bei Ihnen?«, fragte Gabe.

»Warum fragen Sie?«

»Sie sehen aus, als fühlten Sie sich nicht wohl. Ist irgendwas nicht in Ordnung?«

»Nein, mir geht's gut.« Raphie trat ein Stück von dem Porsche zurück.

»Sie sollten das mal anschauen lassen«, meinte Gabe mit besorgter Stimme.

»Und Sie sollten sich lieber um Ihre eigenen Angelegenheiten kümmern«, blaffte Raphie ihn an und sah sich hastig um, ob auch niemand zuhörte.

Gabe blickte in den Rückspiegel. Der Streifenwagen war leer. Kein Partner, keine Verstärkung. Keine Zeugen.

»Kommen Sie im Lauf der Woche in die Garda Station von Howth, Gabe, bringen Sie Ihren Führerschein mit und melden Sie sich bei mir. Dann sehen wir weiter. Aber jetzt bringen Sie erst mal den Mann hier gut nach Hause.« Er nickte zu Lou hinüber, dann ging er zurück zu seinem Auto.

»Isser wieder betrunken?«, wollte Lou wissen, öffnete seine trüben Augen und sah Raphie nach.

»Nein, nein, er ist nicht betrunken«, entgegnete Gabe, während er beobachtete, wie Raphie langsam zum Streifenwagen zurücktrottete.

»Was dann?«, knurrte Lou.

»Irgendwas anderes.«

»Nein, Sie sind anders. Jetzt bringen Sie mich endlich nach Hause.« Er schnippte mit den Fingern und lachte. »Nein, eigentlich möchte ich lieber selber fahren«, brummte er dann, ruckelte auf seinem Sitz herum und machte Anstalten auszusteigen. »Ich möchte nicht, dass jemand denkt, der Wagen gehört Ihnen.«

»Alkohol am Steuer ist gefährlich, Lou. Da baut man leicht einen Unfall.«

»Na und?«, schnaubte Lou mit kindischem Trotz. »Das ist doch mein Problem, oder?«

»Ein Freund von mir ist vor Kurzem umgekommen«, sagte Gabe, ohne den Polizeiwagen aus den Augen zu lassen, der jetzt langsam die Straße hinunterfuhr. »Und glauben Sie mir, wenn Sie sterben, ist das am allerwenigsten Ihr Problem. Das Problem haben die anderen, die, die zurückbleiben. Mein

Freund hat ein wahres Chaos hinterlassen. Ich würde mich anschnallen, wenn ich Sie wäre, Lou.«

»Wie hieß denn Ihr Freund?«, fragte Lou, schloss die Augen und lehnte sich an die Kopfstütze zurück. Den Rat mit dem Sicherheitsgurt ignorierte er, aber wenigstens hatte er offenbar die Idee, selbst zu fahren, aufgegeben.

»Ich glaube nicht, dass Sie ihn kennen«, sagte Gabe. Sobald der Polizeiwagen verschwunden war, blinkte er und fuhr langsam wieder zurück auf die Straße.

»Wie ist er gestorben?«

»Autounfall«, antwortete Gabe und trat aufs Gaspedal. Der Wagen schoss los, und der Motor heulte laut und kraftvoll durch die stille Nacht.

Lou öffnete leicht die Augen und blickte Gabe argwöhnisch an. »Ja?«

»Japp. Echt tragisch. Er war noch jung. Eine junge Familie. Tolle Frau. Erfolgreicher Mann.« Er fuhr etwas schneller.

Jetzt waren Lous Augen wach und weit geöffnet.

»Aber das ist nicht das Traurige an der Geschichte. Das Traurigste war, dass er seinen Nachlass nicht rechtzeitig geklärt hatte. Natürlich war das nicht seine Schuld, er war ja noch jung und hatte nicht vor, sich schon so früh zu verabschieden, aber das zeigt einfach, dass man nie weiß, was die Zukunft bringt.«

Die Tachonadel näherte sich der Hundertkilometermarke, obwohl sie sich in einer Zone befanden, in der man höchstens fünfzig fahren durfte. Lou packte den Türgriff und hielt sich fest. Gleichzeitig richtete er sich aus seiner Fläzhaltung auf und rutschte mit dem Hintern auf dem Sitz ganz nach hinten. Jetzt saß er kerzengerade, beobachtete den Tacho und sah die verschwommenen Lichter der Stadt auf der anderen Seite der Bucht an sich vorbeisausen.

Aber als er gerade nach dem Sicherheitsgurt greifen wollte, nahm Gabe – genauso schnell, wie er gerade noch beschleunigt hatte – abrupt den Fuß vom Gaspedal, warf einen Blick in den Seitenspiegel, blinkte und lenkte ganz ruhig nach links. Dann schaute er Lou an, dessen Gesicht eine interessante grünliche Färbung angenommen hatte, und lächelte.

»Trautes Heim, Glück allein, Lou.«

Erst im Lauf der nächsten Tage, als der Katernebel sich allmählich wieder hob, fiel Lou auf, dass er sich nicht erinnern konnte, Gabe in jener Nacht auch nur ein einziges Mal Anweisungen gegeben zu haben, wie er zu seinem Haus kam.

»Mum, Dad, Marcia, Quentin, Alexandra!«, verkündete Lou dröhnend, sobald sich die Tür öffnete und er vor seiner ziemlich erschrocken dreinblickenden Mutter stand. »Ich bin wieder zu Hause!«, rief er, umarmte seine Mutter und gab ihr einen dicken Schmatz auf die Wange. »Tut mir leid, dass ich das Essen verpasst habe, wir hatten so viel zu tun im Büro. Arbeit, Arbeit, nichts als Arbeit.«

Allerdings konnte nicht einmal Lou diese Ausrede mit ernstem Gesicht vorbringen, und so stand er schließlich mit zuckenden Schultern im Esszimmer und fing keuchend, fast lautlos zu lachen an. Seine Familie beobachtete ihn erschrocken und nicht sonderlich begeistert. Ruth war erstarrt und musterte ihren Ehemann mit einer Mischung aus Wut, Kränkung und Verlegenheit. Irgendwo in ihr regte sich auch Eifersucht. Den ganzen Tag über hatte sie mit Lucys überbordender Aufregung zu kämpfen gehabt, die schließlich in einem tränenreichen Zusammenbruch gipfelte, bei dem sie sich weigerte, auf die Bühne zu gehen, solange ihr Vater nicht da war. Nachdem sie von der Aufführung wieder zu Hause angekommen waren, hatte Ruth die Kinder ins Bett gebracht und war dann den ganzen restlichen Abend herumgerannt, um das Essen und die Zimmer für die Gäste vorzubereiten. Von der Hitze in der Küche war ihr Gesicht knallrot, und ihre Finger brannten noch von den heißen Schüsseln und Töpfen, die sie hin- und hergeschleppt hatte. Sie war gleichzeitig aufgekratzt und von den Anstrengungen des Tages völlig ausgepowert. Nach Kräften war sie auf die Bedürfnisse beider Kinder eingegangen, wie es sich für Eltern gehört. Mit Pud war sie auf allen vieren auf dem Fußboden herumgekrochen, und für Lucy war sie die Trösterin gewesen, hatte ihr die Tränen der Enttäuschung abgewischt und ihr gut zugeredet, als klar wurde, dass ihr Vater – Ruths Beteuerungen zum Trotz – nicht zu ihrem Auftritt kommen würde.

Nun sah Ruth ihren Mann an, der schwankend, mit blutunterlaufenen Augen und geröteten Wangen im Türrahmen stand, und sie wünschte sich, sie wäre an seiner Stelle, könnte alle Vor- und Rücksicht einfach in den Wind schlagen und sich vor ihren Gästen wie ein Idiot aufführen. Aber das würde Lou nicht aushalten – und sie würde es auch nie tun. Genau darin bestand ja der Unterschied zwischen ihnen. Er machte sich ganz unbekümmert zum Affen, während sie sich frustriert fragte, wie in aller Welt sie in diese Rolle geraten war.

»Dad!«, fuhr Lou unterdessen lautstark fort. »Ich hab dich ja ewig nicht gesehen! Kaum zu glauben, dass schon wieder so viel Zeit vergangen ist, was?« Lächelnd und mit ausgestreckter Hand ging er auf seinen Vater zu, zog mit einem scheußlichen Kratzgeräusch einen Stuhl heran und nahm so dicht neben dem alten Mann Platz, dass sich ihre Ellbogen fast berührten. »Erzähl doch mal – was hast du gemacht? Oh, und ich hätte auch gern einen Schluck von dem Rotwein hier. Mein Lieblingswein, Schatz, toll gemacht.« Er zwinkerte Ruth zu und vergoss einen Großteil des Weins auf die weiße Leinentischdecke, als er sich mit unsteter Hand ein unbenutztes Glas vollschenkte.

»Komm, ich helfe dir, Junge«, sagte sein Vater leise und wollte ihm die Flasche abnehmen.

»Das geht schon, Dad«, wehrte Lou ab und spritzte den Wein seinem Vater aufs Hemd.

»Ach Aloysius!«, rief seine Mutter, und Lou verdrehte genervt die Augen.

»Ist schon in Ordnung, Liebes – kein Problem«, beschwichtigte sein Vater sie, offenbar fest entschlossen zu verhindern, dass die Situation eskalierte.

Aber Lous Mutter ließ sich nicht so leicht abwimmeln. »Das ist dein gutes Hemd!«, fuhr sie fort, griff nach ihrer Serviette, tunkte sie in ihr Wasserglas und fing an, die weißen Hemdsärmel ihres Mannes abzutupfen.

»Mum!«, rief Lou, lachte und sah sich am Tisch um. »Ich hab ihn nicht umgebracht, sondern bloß ein bisschen Wein verkleckert.«

Seine Mutter warf ihm einen zornigen Blick zu, sah dann weg und widmete sich wieder den Hemdsärmeln.

»Vielleicht hilft ja das hier.« Lou nahm den Salzstreuer und kippte seinem Vater eine großzügige Menge über den Arm.

»Lou!«, brüllte Quentin dazwischen. »Hör auf damit!«

Lou hielt inne und grinste albern zu Alexandra hinüber.

»Oh, hallo, Quentin«, rief er dann und nickte seinem großen Bruder zu. »Ich hab dich gar nicht bemerkt. Wie geht's dem Boot? Neue Segel? Sonst neue Ausrüstung? Irgendwelche Regatten gewonnen in letzter Zeit?«

Quentin räusperte sich und versuchte sich zu entspannen. »Wir sind sogar beim Finale in zwei Wo–«

»Alexandra!«, fiel Lou ihm abrupt ins Wort. »Wie kommt es, dass ich die entzückende Alexandra noch nicht geküsst habe?« Er stand auf und ging zu seiner Schwägerin hinüber, wobei er sämtliche Stuhllehnen umlief. »Wie geht es denn unserer wunderschönen Alexandra heute Abend? Du siehst wie immer hinreißend aus.« Mit unsicheren Bewegungen umarmte er sie und küsste sie auf den Nacken.

»Hi, Lou«, lächelte sie. »Schönen Abend gehabt?«

»Ach, weißt du, Arbeit, Arbeit – jede Menge Papierkram zu erledigen.« Er warf den Kopf zurück und lachte wieder, laut und abgehackt wie eine Maschinengewehrsalve. »Ach du gute Güte! Aber gibt es eigentlich irgendein Problem? Ihr macht ja ein Gesicht wie sieben Tage Regenwetter. Sieht aus, als könntet ihr ein kleines Feuerchen unterm Arsch gebrauchen, na los!«, rief er in viel zu aggressivem Ton und klatschte in die Hände, was wohl aufmunternd wirken sollte. »Seid nicht so laaang-weilig!« Er drehte sich um und sah seine Schwester an. »Marcia«, sagte er und seufzte tief. »Marcia«, wiederholte er. »Hi«, fügte er noch hinzu, dann ging er zu seinem Stuhl zurück, leise vor sich hin lächelnd wie ein Kind. Ein langes Schweigen folgte.

Gabe hatte Lous Auftritt etwas verlegen von der Esszimmertür aus beobachtet.

»Wen hast du denn da mitgebracht, Lou?«, brach Quentin schließlich das Schweigen und ging mit ausgestreckter Hand auf Gabe zu. »Tut mir leid, man hat uns noch gar nicht bekannt gemacht. Ich bin Lous Bruder Quentin, und das ist meine Frau Alexandra.«

Lou stieß einen Pfiff aus und lachte.

»Hallo, ich bin Gabe.« Nachdem er Quentins Hand geschüttelt hatte, trat Gabe endlich ganz ins Esszimmer, ging zum Tisch und begrüßte die Familie.

»Lou«, sagte Ruth leise, »vielleicht solltest du lieber Wasser trinken. Oder einen Kaffee – ich wollte grade noch welchen machen.«

Lou stieß einen lauten Seufzer aus. »Bin ich dir peinlich, Ruth?«, knurrte er. »Du hast mir doch gesagt, ich soll heimkommen. Also, hier bin ich!«

Wieder breitete sich ein unbehagliches Schweigen am Tisch aus, und alle schauten verlegen vor sich hin. Nur Lous Vater musterte seinen Sohn ärgerlich. Sein Kopf war hochrot, und seine Lippen zitterten, als wollte er etwas sagen. Aber er blieb stumm.

Gabe ging weiter um den Tisch herum.

»Hallo, Ruth. Ich freue mich sehr, Sie endlich kennenzulernen.«

Sie blickte kaum auf, sondern nahm nur kraftlos seine Hand.

»Hi«, antwortete sie leise. »Bitte entschuldigen Sie, ich räume nur eben schnell ab.« Damit stand sie auf und begann, die Platten mit den Käseresten und die gebrauchten Kaffeetassen in die Küche zu tragen.

»Ich helfe Ihnen«, bot Gabe sich an.

»Nein, nein, bitte setzen Sie sich doch.« Schwer beladen eilte sie in die Küche.

Aber Gabe ging ihr einfach hinterher. Als er in die Küche trat, lehnte sie, den Rücken zur Tür, an der Theke, wo sie das Geschirr abgestellt hatte. Sie hatte den Kopf gesenkt und die Schultern hochgezogen – das Inbild einer Frau, die seelisch und körperlich am Ende ist. Geräuschvoll lud Gabe die Teller neben der Spüle ab, damit sie merkte, dass sie nicht alleine war.

Sofort fuhr sie auf und nahm sich sichtlich zusammen.

»Gabe«, sagte sie, wandte sich zu ihm um und lächelte angestrengt. »Ich hab Ihnen doch gesagt, Sie sollen sich nicht bemühen.«

»Ich wollte aber gerne helfen«, erwiderte er sanft. »Es tut

mir leid wegen Lou. Übrigens war ich nicht mit ihm auf Kneipentour.«

»Nein?« Sie verschränkte die Arme vor der Brust und musterte ihn. Anscheinend war es ihr peinlich, dass sie es nicht gewusst hatte.

»Nein. Ich arbeite bei ihm im Büro und war noch da, als er zurückgekommen ist von … na ja, von seinem Treffen.«

»Als er ins Büro zurückgekommen ist? Warum ist er denn …« Verwirrt sah sie ihn an, dann dämmerte ihr, was los war, und ein Schatten fiel über ihr Gesicht. »Oh, verstehe. Er hat versucht, selbst zu fahren.«

Es war keine Frage, sondern ein laut ausgesprochener Gedanke, deshalb antwortete Gabe nicht. Aber Ruth war ihm gegenüber weniger verschlossen geworden.

»Gut. Vielen Dank, dass Sie ihn heil nach Hause gebracht haben, Gabe. Tut mir leid, wenn ich unhöflich zu Ihnen war, aber ich bin einfach, wissen Sie …« Gefühle überwältigten ihre Stimme, sie brach ab und machte sich daran, die Essensreste von den Tellern in den Mülleimer zu befördern.

»Ich weiß. Sie müssen es mir nicht erklären.«

Aus dem Esszimmer hörten sie, wie Lou ein lautes »Wow!« ausstieß, dann zersprang klirrend ein Glas, was er mit schallendem Gelächter quittierte.

Ruth hielt inne und schloss seufzend die Augen.

»Lou ist ein guter Mann, wissen Sie«, sagte Gabe leise.

»Danke, Gabe. Ob Sie es glauben oder nicht, aber das ist genau das, was ich momentan gern hören möchte. Allerdings hatte ich gehofft, dass es nicht ausgerechnet einer seiner Arbeitskumpel ist, der es mir sagt, sondern vielleicht seine Mutter« – sie sah ihn traurig an – »oder sein Vater. Oder seine Tochter. Ich weiß ja, dass Lou bei der Arbeit echt toll ist.« Wütend begann sie wieder, die Teller abzukratzen.

»Ich bin keiner von Lous Kumpeln, glauben Sie mir. Lou kann mich nicht ausstehen.«

Sie sah ihn verwundert an.

»Er hat mir gestern einen Job angeboten. Früher hab ich jeden Morgen vor dem Bürogebäude gesessen, und gestern ist Lou aus heiterem Himmel vor mir stehen geblieben, hat mir einen Kaffee in die Hand gedrückt und mich gefragt, ob ich bei ihm arbeiten möchte.«

»Stimmt, gestern Abend hat er so etwas erwähnt«, sagte Ruth nachdenklich und forschte in ihrem Gedächtnis nach einer deutlicheren Erinnerung. »Das hat Lou echt getan?«

»Überrascht Sie das?«

»Nein, eigentlich nicht. Na ja, doch, irgendwie schon. Ich meine … was für einen Job hat er Ihnen denn gegeben?«

»Ich arbeite in der Poststelle.«

»Was könnte er davon haben?«, überlegte sie und runzelte die Stirn.

Gabe lachte. »Meinen Sie, er hat es zu seinem eigenen Vorteil getan?«

»Oh, das ist schrecklich von mir, so was zu vermuten.« Sie biss sich auf die Lippen, um ihr Lächeln zu verbergen. »Ich hab es auch nicht so gemeint. Ich weiß, dass Lou ein guter Mann ist, aber in letzter Zeit ist er sehr … sehr beschäftigt. Oder eher *abgelenkt*. Es spricht ja nichts dagegen, beschäftigt zu sein – solange man in Gedanken nicht ständig anderswo ist.« Sie machte eine ungeduldige Handbewegung. »Aber Lou ist überhaupt nicht mehr richtig da. Immer ist er gleichzeitig auch woanders. Sein Körper ist bei uns, aber seine Gedanken sind weit weg. In letzter Zeit hat alles nur noch mit seiner Arbeit zu tun – wie er sie am besten organisiert, wie er es am schnellsten von einem Meeting zum nächsten schafft und so weiter und so fort. Als Sie vorhin sagten, er hat Ihnen einen

Job angeboten, dachte ich deshalb sofort … Gott, hör sich das bloß mal einer an.« Sie atmete tief durch. »Sie haben offensichtlich die gute Seite in Lou zum Vorschein gebracht, Gabe.«

»Er ist ein guter Mann«, wiederholte Gabe.

Ruth antwortete nicht, aber es war fast, als hätte Gabe ihre Gedanken gelesen, denn er sagte: »Aber Sie möchten, dass er noch besser wird, richtig?«

Erstaunt sah sie ihn an.

»Keine Sorge.« Er legte seine Hand auf ihre, und sie fühlte sich sofort getröstet. »Das wird er auch.«

Erst als Ruth ihrer Schwester am nächsten Tag von dem Gespräch erzählte und diese die Nase rümpfte und alles – wie es ihre Art war – ziemlich seltsam und verdächtig fand, fragte sie sich, warum sie Gabe nicht zur Rede gestellt und warum nichts von dem, was er gesagt hatte, bei ihr ein ungutes Gefühl hinterlassen hatte. Was zählte, war doch der Moment, was zählte, war, wirklich da zu sein – im jeweiligen Augenblick. Und in diesem Augenblick gestern hatte sie nicht das Gefühl gehabt, ihn mit Fragen löchern und überprüfen zu müssen. Sie hatte Gabe einfach geglaubt. Vielleicht hatte sie ihm auch glauben *wollen*. Ein freundlicher Mensch hatte ihr versichert, dass ihr Ehemann sich bessern würde. Was für einen Sinn hatte es, das nachträglich infrage zu stellen?

## 16

## Der Weckruf

Am nächsten Morgen erwachte Lou, weil ein Specht mit großer Hingabe auf seinen Schädel hämmerte. Der Schmerz arbeitete sich von seiner Stirn durch beide Schläfen und von dort zur Schädelbasis. Draußen hupte irgendwo ein Auto, was um diese Uhrzeit lächerlich war, und ein Motor brummte. Er schloss wieder die Augen und versuchte, sich in die Welt des Schlafs zurückzuziehen, aber die Pflicht, der Specht und etwas, das klang, als knalle jemand die Haustür ins Schloss, verhinderten nachhaltig, dass er in seinen Träumen Zuflucht fand.

Sein Mund war so trocken, dass seine Zunge am Gaumen klebte und er sie bewusst bewegen musste, um die letzten Feuchtigkeitsreserven aufzuspüren und den Brechreiz in Schach zu halten. Doch dann floss der Speichel plötzlich wieder, die Körpertemperatur schnellte in die Höhe, Schwindel überwältigte ihn, und die Feuchtigkeit breitete sich wellenartig in seinem Mund aus. Er warf die Decke zurück, rannte zur Toilette, so schnell seine Beine ihn trugen, fiel vor der Kloschüssel auf die Knie, umklammerte sie fest und begann zu würgen. Erst als seine Energiereserven verbraucht waren und auch aus seinem Magen nichts mehr zutage gefördert werden konnte, sank er in völliger Erschöpfung auf die warmen Fliesen und merkte plötzlich, dass helles Tageslicht durchs Fenster strömte. Sonst war es immer noch dunkel, wenn er aufstand, aber heute war der Himmel strahlend blau. Panik ergriff ihn, noch weit schlimmer als die Übelkeit, in deren Fängen er sich gerade noch befunden hatte – eine kindliche Panik, wie von einem gewissenhaften Schuljungen, dem mit abgrundtiefem Entsetzen klar wird, dass er keine Chance mehr hat, rechtzeitig zum Unterricht zu kommen.

Mühsam hievte Lou sich vom Boden hoch, schleppte sich zurück ins Schlafzimmer, schnappte sich den Wecker und hätte die Zeitanzeige, die ihm in leuchtend roten Ziffern entgegenstrahlte, am liebsten erwürgt: Es war neun Uhr. Sie hatten alle verschlafen. Sie hatten alle den Wecker überhört. Nein, Ruth war nicht mehr im Bett! Erst jetzt nahm Lou den Duft von Gebratenem wahr, der zu ihm hochwaberte und fast höhnisch unter seiner Nase vorüberstrich. Er hörte das Klappern und Klirren von Tassen und Untertassen. Babygeplapper. Morgengeräusche. Dabei sollte doch das Brummen des Faxgeräts und des Kopierers an sein Ohr dringen, das Rasseln der Aufzüge, die den Schacht hinauf- und hinunterfuhren, und gelegentlich das Bimmeln, wenn Leute aus- oder einstiegen, ein Ton, als wären die Menschen im Innern der Kabine jetzt gar. Alisons Acrylnägel auf den Tasten. Das Quietschen des Postwagens, den Gabe durch die Korridore schob …

Gabe!

Lou warf seinen Morgenmantel über und eilte nach unten, stolperte um ein Haar über seine eigenen Schuhe und die Aktentasche, die er auf der untersten Stufe hatte stehen lassen, und stürmte in die Küche. Da waren sie, die üblichen Verdächtigen: Ruth, sein Vater und seine Mutter. Zum Glück nicht auch noch Gabe. Eigelb tröpfelte über das graue Stoppelkinn seines Vaters, seine Mutter las die Zeitung, und sowohl sie als auch Ruth waren noch im Bademantel. Auch Pud war mit von der Partie und gab als Einziger Geräusche von sich, sang und quasselte vor sich hin, mit einer Mimik, als hätte das Ganze tatsächlich einen Sinn. Lou betrachtete die Szenerie, schaffte es aber nicht, auch nur ein Pixel davon wirklich zu würdigen.

»Was zum Teufel soll das, Ruth?«, sagte er so laut, dass alle sofort aufblickten und sich zu ihm umdrehten.

»Wie bitte?« Ruth starrte ihn mit großen Augen an.

»Es ist neun! Neun Uhr, verdammt noch mal!«

»Also bitte, Aloysius«, sagte sein Vater verärgert. Auch seine Mutter blickte ihn schockiert an.

»Scheiße, warum hast du mich denn nicht geweckt?« Er ging auf Ruth zu.

»Lou, warum redest du so mit mir?«, fragte sie ihn stirnrunzelnd und wandte sich dann wieder ihrem Sohn zu. »Komm schon, Pud, noch ein paar Löffelchen, Liebling.«

»Weil du gezielt versuchst, mich feuern zu lassen, deshalb! Stimmt's? Also, warum hast du mich nicht geweckt?«

»Na ja, ich wollte dich wecken, aber Gabe hat gesagt, ich soll dich lieber schlafen lassen. Er meinte, ein bisschen Ruhe würde dir guttun und ich könnte ruhig bis zehn mit dem Wecken warten. Und ich war der gleichen Ansicht«, antwortete sie sachlich, ohne weiter darauf einzugehen, dass er sie in Gegenwart seiner Eltern so unfair angegriffen hatte.

»Gabe?« Verständnislos glotzte er sie an. »GABE?«, wiederholte er dann noch lauter.

»Lou«, rief seine Mutter entsetzt. »Bitte schrei hier nicht so rum!«

»Gabe, der Postmann? Der verfluchte Postmann?«, fuhr er fort, ohne seine Mutter zu beachten. »Du hast auf ihn gehört? Er ist ein Schwachkopf!«

»Lou!«, ging seine Mutter erneut dazwischen. »Fred, tu

doch was«, fügte sie flehend hinzu und stieß ihren Mann in die Rippen.

»Dieser Schwachkopf hat dich gestern Abend immerhin heil nach Hause gebracht«, entgegnete Ruth und gab sich alle Mühe, ruhig zu bleiben. »Er hätte dich auch deinem Schicksal überlassen können. Dann wärst du jetzt vielleicht tot.«

Als wäre ihm gerade erst wieder eingefallen, dass Gabe ihn heimgebracht hatte, rannte Lou nach draußen auf die Auffahrt. Dort umkreiste er das Auto, hüpfte von einem Fuß auf den anderen, und seine Sorge um den Porsche war so groß, dass er nicht einmal merkte, wie sich die spitzen Kiesel in seine Fußsohlen bohrten. Er kontrollierte den Wagen von allen Seiten, fuhr mit den Fingern über den Lack, um sich zu vergewissern, dass nirgends Kratzer oder Dellen waren. Als er nichts fand, wurde er zwar etwas ruhiger, aber er konnte noch immer nicht verstehen, warum Ruth Gabes Rat gefolgt war. Warum maß sie seiner Meinung so viel Wert bei? Was war los in der Welt, dass alle diesem Gabe aus der Hand fraßen?

Er ging wieder hinein, wo seine Mutter und sein Vater ihm so böse Blicke zuwarfen, dass ihm ausnahmsweise nichts zu sagen einfiel. Schnell wandte er sich wieder an Ruth, die immer noch Pud fütterte.

»Ruthy«, begann er, räusperte sich und machte sich bereit für eine Entschuldigung im Lou-Stil, eine Entschuldigung, die niemals die Worte »es tut mir leid« enthielt. »Hör mal, Folgendes: Dieser Gabe hat es auf meinen Job abgesehen. Das konntest du nicht wissen, klar, aber es ist so. Deshalb ist er heute Morgen auch schön früh zur Arbeit gegangen ...«

»Er hat das Haus vor grade mal fünf Minuten verlassen«, fiel sie ihm ins Wort, ohne ihn anzusehen. »Er hat in einem der Gästezimmer übernachtet, weil ich nicht sicher war, ob er überhaupt eine Bleibe hat. Er ist als Erster aufgestanden, hat für uns alle Frühstück gemacht, und dann hab ich ein Taxi für ihn gerufen und auch bezahlt, damit er zur Arbeit fahren kann. Vor ungefähr fünf Minuten ist er, wie gesagt, aufgebrochen, also kommt er auch zu spät. Du kannst ihm mitsamt deinen Vorwürfen und Verdächtigungen gerne nachlaufen und das Arschloch spielen.«

»Ruthy, ich …«

»Du hast recht, Lou, dein Benehmen heute früh ist ein Beweis dafür, dass du alles voll unter Kontrolle hast und nicht das kleinste bisschen gestresst bist«, sagte sie sarkastisch. »Wie bin ich bloß auf die Idee gekommen, dass du mal eine Stunde Schlaf extra brauchst. So, Pud«, fügte sie hinzu, während sie das Baby aus dem Hochstuhl hob und ihm einen Kuss mitten auf das verschmierte Gesichtchen gab, »dann wollen wir dich jetzt mal baden.« Sie lächelte den Kleinen an.

Pud klatschte in die Hände, schmiegte sich wohlig an sie und genoss ihre Liebkosungen. Einen Moment lang wurde Lou beim Anblick seines kleinen Sohns, der so breit und strahlend lächelte, ganz warm ums Herz. Er machte sich schon bereit, Pud in die Arme zu nehmen, aber Ruth ging einfach an ihm vorbei, den vergnügt lachenden Pud fest an sich gedrückt, ohne Lou auch nur anzusehen. Die Zurückweisung war wie ein Schlag in den Magen. Ungefähr fünf Sekunden lang. Doch dann wurde ihm klar, dass diese fünf Sekunden von der Zeit abgingen, die er brauchte, um zur Arbeit zu kommen. Und er rannte los.

So schnell hatte er den Weg in die Stadt noch nie geschafft, denn da Sergeant O'Reilly nicht unterwegs war, konnte er rücksichtslos aufs Gaspedal drücken. Um Viertel nach zehn traf er im Büro ein – so spät war er noch nie angekommen. Da das Meeting erst in ein paar Minuten zu Ende sein würde, spuckte er in die Hände, strich sich die Haare glatt, die er heute nicht gewaschen hatte, fuhr sich über sein unrasiertes Gesicht, schüttelte den Schwindel ab, den der Kater mit sich brachte, atmete tief durch und betrat den Konferenzraum.

Alle hielten die Luft an, als sie ihn sahen. Nicht etwa, weil sein Anblick so furchtbar war, nein, er entsprach heute nur nicht seinen sonstigen Maßstäben. Denn sonst war Lou perfekt, immer, in jeder Hinsicht.

Er setzte sich auf den Platz Alfred gegenüber, der ihn überrascht anstrahlte und den Zusammenbruch seines Kollegen richtig zu genießen schien. »Tut mir leid, dass ich zu spät komme«, begann Lou – mit einer echten Entschuldigung – und blickte in die Runde seiner zwölf Kollegen. Seine Stimme klang ruhiger, als er sich fühlte. »Ich war die ganze Nacht mit Magen-Darm zugange, aber ich denke, jetzt bin ich wieder fit.«

Überall um ihn herum wurde mitfühlend und verständnisvoll genickt.

»Bruce Archer hat sich genau den gleichen Mist eingefangen«, grinste Alfred und zwinkerte Mr Patterson verschwörerisch zu.

Das war zu viel, und Lou spürte, wie er innerlich zu kochen anfing. Er hätte sich nicht gewundert, wenn ein lautes Pfeifen aus seinen Nasenlöchern gekommen wäre, denn er steuerte rasant auf den Siedepunkt zu. Trotzdem stand er das Meeting durch, kämpfte Hitzewallungen und Übelkeit erfolgreich nieder, konnte aber nicht verhindern, dass die Ader auf seiner Stirn heftig pochte.

»Der heutige Abend ist sehr wichtig, Leute«, sagte Mr Patterson. Dann wandte er sich direkt an Lou, der sich verzweifelt zu konzentrieren versuchte.

»Ja, ich habe die Videokonferenz mit Arthur Lynch«, sagte er. »Um halb acht, und ich bin sicher, es wird alles reibungslos laufen. Ich hab auf alle seine Fragen und Sorgen, die er letzte Woche geäußert hat, reichlich Antworten parat, und ich glaube nicht, dass wir sie noch mal besprechen müssen ...«

»Moment, Moment«, unterbrach ihn Mr Patterson und hob einhaltgebietend den Zeigefinger. Erst jetzt bemerkte Lou, dass Alfreds Mund sich zu einem breiten Grinsen verzogen hatte. Verzweifelt versuchte er, seine Aufmerksamkeit zu gewinnen und vielleicht irgendeinen Hinweis, irgendeinen Wink von ihm zu bekommen, aber Alfred mied gezielt seinen Blick.

»Nein, Lou, Sie und Alfred haben ein Essen mit Thomas Crooke und seinem Partner! Endlich ist das Meeting zustande gekommen, hinter dem wir schon das ganze Jahr her sind«, erklärte Mr Patterson und lachte nervös.

Bröckel, bröckel, bröckel. Alles brach in sich zusammen. Lou blätterte in seinem Terminkalender, fuhr sich mit zittrigen Fingern durch die Haare und wischte sich den Schweiß von der Stirn. Vor ihm lag der frisch ausgedruckte Terminplan, aber es fiel ihm schrecklich schwer, seine müden Augen scharf zu stellen. Ja, da war sie, die Telefonkonferenz mit Arthur Lynch. Aber nirgends ein Essen! Nein, keine Spur von einem verdammten Essen.

»Mr Patterson, mir ist natürlich klar, dass wir es schon lange auf das Treffen mit Thomas Crooke abgesehen haben«, sagte Lou, räusperte sich und blickte Alfred verwirrt an. »Aber mit mir hat niemand ein Essen abgesprochen, und ich habe Alfred letzte Woche informiert, dass ich heute Abend um halb acht mit Arthur Lynch konferiere«, wiederholte er ziemlich dringlich. »Alfred? Wusstest du etwas von diesem Essen?«

»Hm, ja, Lou«, antwortete Alfred ironisch lächelnd und mit dem dazugehörigen Achselzucken. »Selbstverständlich. Ich habe meine Termine entsprechend organisiert, als ich es erfahren habe. Schließlich ist es unsere größte Chance, das Manhattan-Projekt durchzuziehen. Wir sprechen ja seit Monaten darüber.«

Die anderen Kollegen rutschten unbehaglich auf ihren Stühlen herum, aber Lou war sicher, dass manche von ihnen den Moment von Herzen genossen und jedes Seufzen, jeden Blick und jedes Wort genau registrierten, um später, wenn sie den Raum verlassen hatten, die Gerüchteküche ordentlich anzuheizen.

»Sie können jetzt alle an die Arbeit zurückkehren«, beendete Mr Patterson das Meeting, fügte aber mit besorgter Stimme hinzu: »Aber ich fürchte, um diese Angelegenheit müssen wir drei uns dringend kümmern.«

Der Raum leerte sich, bis nur noch Lou, Alfred und Mr Patterson am Tisch saßen. An Alfreds Haltung, an seinem Gesichtsausdruck und auch an der Art, wie er die Finger unter dem Kinn aneinanderpresste, als wollte er beten, erkannte Lou, dass sein Freund und Kollege Alfred längst die Position des moralisch Überlegenen eingenommen hatte. Das war die Position, die ihm am meisten lag und aus der er seine Angriffe am allerliebsten startete.

»Alfred, wie lange weißt du schon von diesem Essen, und warum hast du mir nichts davon gesagt?«, ging Lou deshalb sofort in die Offensive.

»Ich hab es dir gesagt, Lou«, sagte Alfred betont geduldig, als wäre Lou schwer von Begriff.

Als verschwitztes, unrasiertes Wrack, dem Alfred makellos cool gegenübersaß, wusste Lou, dass er keine Chance hatte. Er nahm seine zittrigen Finger vom Terminplan und faltete ergeben die Hände.

»Was für ein Schlamassel.« Mr Patterson rieb sich heftig das Kinn. »Ich brauche Sie beide bei dem Essen mit Crooke, aber Sie können natürlich auch die Konferenz mit Arthur nicht absagen. Der Termin für das Essen lässt sich auch nicht verschieben, es war schon schwer genug, überhaupt einen zu finden. Wie wäre es, wenn Sie Arthur anrufen, Lou?«

Lou schluckte schwer. »Ich tue mein Möglichstes.«

»Wenn es nicht klappt, bleibt uns nichts anderes übrig, als dass Alfred den Anfang macht und dass Sie, Lou, sobald Ihre Schaltung vorbei ist, so schnell wie möglich nachkommen.«

»Lou muss wichtige Verhandlungen führen, da wird er es selbst mit ein bisschen Glück nicht mehr zum Essen schaffen. Aber ich denke, ich werde das auch alleine schaukeln, Laurence.« Das Grinsen, mit dem Alfred seine aus dem Mundwinkel gesprochenen Worte begleitete, weckte in Lou den Wunsch, ihm die Wasserkaraffe, die mitten auf dem Tisch stand, über den Schädel zu ziehen. »Ich kriege das schon hin.«

»Nun ja, hoffen wir, dass Lou schnell und erfolgreich verhandelt, sonst war der ganze Tag nur Zeitverschwendung«, entgegnete Mr Patterson, raffte seine Papiere zusammen und stand auf.

Lou kam sich vor wie mitten in einem Albtraum. Alles brach zusammen, seine ganze gute Arbeit wurde sabotiert.

»Na, das war ein enttäuschendes Meeting. Ich dachte, er würde uns sagen, wer seinen Posten übernimmt, wenn er geht«, meinte Alfred träge. »Aber kein Wort dazu, ist es zu glauben? Ich finde aber wirklich, er muss uns informieren, aber ich bin schon länger in der Firma als du, also …«

»Alfred?« Lou starrte seinen Kollegen verdattert an.

»Was?«, fragte Alfred, zog eine Packung Kaugummi aus der Tasche und steckte sich einen Streifen in den Mund. Dann bot er Lou einen an, doch der lehnte mit einem entschiedenen Kopfschütteln ab.

»Ich komme mir vor wie in einem Horrorfilm. Was zum Teufel ist denn hier los?«

»Du hast einen Kater, das ist alles. Du siehst heute einem Obdachlosen ähnlicher als unser Obdachloser«, lachte Alfred. »Und du solltest lieber einen Kaugummi nehmen«, fügte er hinzu und streckte Lou erneut die Packung entgegen. »Dein Atem stinkt nämlich nach Kotze.«

Aber Lou wedelte nur abschätzig mit der Hand.

»Warum hast du mir nichts von dem Essen gesagt, Alfred?«, fragte er wütend.

»Ich hab es dir gesagt«, beharrte Alfred und ließ seinen Kaugummi gegen den Gaumen klacken. »Ich hab es dir gesagt, ganz bestimmt. Na ja, vielleicht hab ich es Alison gesagt. War es Alison? Oder vielleicht die andere, die mit den großen Titten? Du weißt schon – die, mit der du gevögelt hast.«

Jetzt hatte Lou genug. Er ließ Alfred stehen und rannte geradewegs zu Alisons Schreibtisch, warf den Terminplan auf ihre Tastatur und hinderte damit die Acrylnägel am Weitertippen.

Sie kniff die Augen zusammen und las.

»Was ist das denn?«

»Ein Essen heute Abend. Ein sehr wichtiges Essen. Zwanzig Uhr. Ein Essen, bei dem ich unbedingt anwesend sein muss.« Er wanderte vor ihrem Schreibtisch auf und ab, während sie fertig las.

»Aber Sie haben doch die Videokonferenz.«

»Das weiß ich, Alison«, fauchte er. »Aber ich muss zu diesem Essen.« Wütend zeigte er mit dem Finger auf das Blatt. »Sorgen Sie dafür, dass es klappt.« Damit machte er kehrt, verschwand in seinem Büro und knallte die Tür hinter sich zu. Vor seinem Schreibtisch blieb er stehen, starr wie eine Salzsäule. Denn hier lag seine Post.

Er ging zurück zur Tür und öffnete sie.

Alison, die rasch begriffen hatte, worum es ging, legte das Telefon auf und sah ihn an. »Ja?«, erkundigte sie sich eifrig.

»Die Post.«

»Was ist mit der Post?«

»Wann ist sie gekommen?«

»Ganz früh heute Morgen. Gabe hat sie ausgeliefert, wie immer.«

»Das kann nicht sein«, widersprach Lou. »Haben Sie ihn gesehen?«

»Ja«, antwortete sie mit besorgtem Gesicht. »Er hat mir auch einen Kaffee gebracht. Kurz vor neun war das, glaube ich.«

»Aber das kann nicht sein. Er war bei mir zu Hause«, entgegnete Lou, mehr zu sich selbst als zu Alison.

»Äh, Lou, nur noch eins … ist jetzt kein guter Zeitpunkt, die Einzelheiten für die Geburtstagsparty Ihres Vaters zu besprechen?«

Doch der Satz war noch nicht ganz fertig, da war Lou schon wieder in seinem Büro verschwunden und hatte die Tür hinter sich zugeschlagen.

Es gibt auf der Welt viele Weckrufe. Für Lou Suffern war ein Weckruf die tägliche Pflicht seines BlackBerrys. Um sechs jeden Morgen, wenn er im Bett lag und gleichzeitig schlief und träumte, an gestern und an morgen dachte, brachte sein BlackBerry diensteifrig und sehr laut einen alarmierenden Kreischton hervor, der für menschliche Ohren absichtlich sehr unangenehm war. Vom Nachttisch aus drang er direkt in Lous Unterbewusstsein, holte ihn aus dem Schlaf und zerrte ihn in die Welt der Wachen. Dann war für Lou Schluss mit Schlafen, und seine bis dahin geschlossenen Augen öffneten sich. Erst war der Körper noch im Bett, dann nicht mehr, erst war er nackt, dann angekleidet. Für Lou war es genau das, worum es beim Aufwachen ging. Es war eine Übergangsperiode zwischen Schlafen und Wachsein.

Für andere Menschen sah ein Weckruf anders aus. Für Alison im Büro war es der Schreck, als sie mit sechzehn festgestellt hatte, dass sie schwanger war. Diese Entdeckung hatte sie gezwungen, Entscheidungen zu treffen. Für Mr Patterson war es die Geburt seines ersten Kindes gewesen. Seither sah er die Welt mit anderen Augen, und jede einzelne seiner Entscheidungen wurde von diesem Erlebnis beeinflusst. Für Alfred war es ein Weckruf gewesen, als er mit zwölf Jahren miterlebte, wie sein Vater seine Millionen verlor, und er von der Privatschule abgehen musste. Obwohl die Familie ihren Status zurückgewann, hatte diese Erfahrung Alfreds Einstellung zur Welt und zu den Menschen ein für alle Mal verändert. Für Ruth war der Weckruf gekommen, als sie in den Sommerferien ahnungslos ins Schlafzimmer getreten war und ihren Ehemann im Bett mit der sechsundzwanzigjährigen polnischen Kinderfrau vorgefunden hatte. Für die kleine Lucy mit ihren gerade mal fünf Jahren war es ein Weckruf gewesen, als sie bei ihrer Schulaufführung ins Publikum gespäht und neben ihrer Mutter nur einen leeren Platz hatte entdecken können. Es gibt viele Arten von Weckrufen, aber für jeden Menschen nur einen, der wirklich wichtig ist.

Heute jedoch erlebte Lou eine ganz andere Sorte Weckruf. Lou Suffern wusste nämlich nicht, dass ein Mensch geweckt werden kann, auch wenn seine Augen bereits offen sind. Ihm war nicht klar, dass ein Mensch geweckt werden kann, der längst aus dem Bett aufgestanden ist, einen schicken Anzug trägt, Deals aushandelt und Meetings leitet. Er hatte keine Ahnung, dass ein Mensch aufgeweckt werden kann, der sich selbst für ruhig und gelassen hält, der denkt, er ist fähig, mit dem Leben und all seinen großen und kleinen Schikanen fertigzuwerden. Die Alarmglocken bimmelten lauter und immer lauter in seinen Ohren, aber niemand außer seinem Unterbewusstsein nahm sie zur Kenntnis. Er versuchte, sie zum Schweigen zu bringen, versuchte, das ganze Geklingel abzuschalten, damit er sich wieder in den Lebensstil kuscheln konnte, den er so gemütlich fand. Aber es funktionierte nicht mehr. Ihm war nicht bewusst, dass es nicht an ihm war, dem Leben zu sagen, wann er bereit war, etwas zu lernen, sondern dass das Leben ihn lehren würde, wann die Zeit dafür reif war. Ihm war auch nicht klar, dass er nicht auf ein Knöpfchen drücken konnte, um plötzlich alles zu wissen. Und dass es die Knöpfe in seinem Innern waren, die betätigt werden würden.

Lou Suffern war überzeugt, dass er schon alles wusste.

Aber in Wahrheit war er nur dabei, ein bisschen an der Oberfläche zu kratzen.

# 17

## Ein Rums in der Nacht

Um sieben an diesem Abend, als Lous Kollegen bereits vom Bürogebäude ausgespuckt und vom um sich greifenden Weihnachtswahn draußen verschlungen worden waren, blieb er selbst noch an seinem Schreibtisch sitzen, fühlte sich jedoch weniger wie der weltgewandte Geschäftsmann, sondern – obwohl er sich in all den Jahren so bemüht hatte, ihn zu vergessen und endgültig hinter sich zu lassen – eher wie Aloysius, der Schuljunge, der wieder einmal nachsitzen musste. Aloysius starrte mit der gleichen mangelnden Begeisterung auf die Akten, die vor ihm auf dem Schreibtisch lagen, als würde er vor einem Teller mit Gemüse sitzen, das ihn allein kraft seiner grünen Existenz der Freiheit beraubte. Als klar wurde, dass sich die Videokonferenz unmöglich absagen und auch keinesfalls verschieben ließ, war Alfred zu Lou gekommen, hatte sich mit großen, scheinbar ehrlich enttäuschten Hundeaugen und mit der Energie eines Topstaubsaugers darum bemüht, sich von jedem Verdacht, er könnte an dem Terminchaos mitschuldig sein, zu befreien und Möglichkeiten zu finden, wie sie nun gemeinsam am besten mit der Situation zurechtkommen konnten. Da er so überzeugend war wie immer, hatte Lou irgendwann vergessen, was für ein Problem er mit Alfred gehabt hatte, und sich gefragt, warum er jemals überhaupt auf die Idee gekommen war, ihm Vorwürfe zu machen. Genau diesen Effekt hatte Alfred immer wieder auf andere Menschen – wie ein Bumerang, der durch den Dreck geschleift worden ist und trotzdem bereitwillig von den gleichen Händen wieder in Empfang genommen wird, die ihn anfangs hatten loswerden wollen.

Draußen war es schwarz und kalt. Autoschlangen verstopften Brücken und Kais, die Menschen waren auf dem Weg nach Hause und zählten die letzten Tage der Weihnachtshektik an den Fingern ab. Harry hatte ganz recht, es ging alles viel zu schnell, und die fieberhaften Vorbereitungen hatten inzwischen mehr Bedeutung als das Fest selbst. Lous Kopf dröhnte noch mehr als am Morgen – die Migräne hatte sich hinter dem linken Auge festgesetzt. Er musste die Schreibtischlampe wegdrehen, weil ihm das Licht wehtat, und konnte kaum noch denken, geschweige denn einen sinnvollen Satz bilden. So schlüpfte er schließlich in seinen Kaschmirmantel, wickelte sich den Schal um den Hals und verließ das Büro, um sich in der nächstgelegenen Apotheke Kopfschmerztabletten zu besorgen. Er wusste, dass ein großer Teil seines Zustands auf den Kater zurückzuführen war, aber er war auch überzeugt, dass er sich irgendetwas eingefangen hatte, denn er war schon die ganzen letzten Tage nicht richtig auf dem Damm gewesen. Desorganisiert, unsicher – Eigenschaften, die ihm sonst fremd und deshalb bestimmt einer Krankheit anzulasten waren.

Die Korridore waren dunkel; in den Privatbüros waren alle Lichter gelöscht, abgesehen von der schwachen Notbeleuchtung für die Sicherheitsleute, die regelmäßig ihre Runden machten. Lou drückte auf den Rufknopf bei den Aufzügen und wartete auf das Geräusch, mit dem die Seile in Aktion traten und die Kabine durch den Schacht zu ziehen begannen. Aber alles blieb still. Er drückte noch einmal auf den Knopf und schaute auf die

Anzeige. Es leuchtete das E für Erdgeschoss, und nichts rührte sich. Er drückte noch einmal. Nichts geschah. Er drückte noch ein paarmal und wurde schließlich so wütend, dass er anfing, den unschuldigen Knopf mit Fausthieben zu traktieren. Das Ding war außer Betrieb. Typisch.

Nach einer Weile beruhigte er sich wieder und machte sich auf die Suche nach der Feuertreppe. Das Dröhnen in seinem Kopf hatte nicht nachgelassen. Bis zu seiner Konferenz blieben ihm noch dreißig Minuten, gerade genug Zeit, um die dreizehn Stockwerke hinunterzurennen, die Tabletten zu holen und mit ihnen wieder hinaufzuhasten. Er verließ den vertrauten Hauptkorridor, drängte sich durch ein paar Türen, die er nie richtig wahrgenommen hatte, und gelangte auf wesentlich schmalere Gänge, in denen es keinen Teppichboden mehr gab. Statt der dicken Türen aus Walnussholz und der Wandvertäfelung gab es weiße Farbe und Spanholzplatten, und die Büros waren nur noch so groß wie Abstellkammern. Statt der Gemälde, über deren künstlerische Bedeutung er sich jeden Tag seine Gedanken machte, säumten Faxgeräte und Kopierer die Gänge.

Schließlich bog er um eine Ecke, stutzte und fing dann leise an zu lachen, denn hier offenbarte sich ihm das Geheimnis von Gabes unglaublichem Arbeitstempo. Vor ihm befand sich ein Lastenaufzug, die schmale graue Kabine vom gespenstisch weißgrünen Licht einer langen Neonröhre erhellt. Lou trat hinein. Das Licht tat ihm in den Augen weh, aber ehe er sich die Knöpfe genauer anschauen konnte, schlossen sich auch schon die Türen, und der Aufzug bewegte sich rasant nach unten. Er fuhr etwa doppelt so schnell wie die regulären Personenaufzüge, und wieder war Lou sehr zufrieden, dass er durchschaut hatte, wie Gabe so schnell von einem Ort zum andern gelangte.

Während der Aufzug weiter nach unten fuhr, drückte Lou auf den Knopf für das Erdgeschoss, aber der weigerte sich aufzuleuchten. Er drückte noch ein paarmal, heftiger und heftiger, und beobachtete besorgt, wie das Licht von einer Stockwerkzahl zur nächsten wechselte. Zwölf, elf, zehn … Der Aufzug nahm immer mehr Tempo auf. Neun, acht, sieben … Von einem Abbremsen war nichts zu merken. Rasselnd fuhr die Kabine an den Seilen hinunter, und mit wachsender Angst und Erregung begann Lou, auf alle Knöpfe zu drücken, die er finden konnte, einschließlich des Alarms. Ohne den geringsten Erfolg. Der Aufzug rauschte weiter durch den Schacht in die Tiefe, anscheinend nach seinem eigenen Plan.

Als ihn nur noch wenige Stockwerke vom Erdgeschoss trennten, trat Lou von der Tür zurück und kauerte sich vorsichtshalber in eine Ecke der Aufzugskabine. Dort ging er in die Hocke, steckte den Kopf zwischen die Knie und machte sich auf den Aufprall gefasst.

Kurz darauf wurde der Aufzug langsamer und blieb dann unvermittelt stehen. Die Kabine hüpfte ein paarmal am Ende des Seils und kam zitternd zur Ruhe. Als Lou seine fest zugekniffenen Augen öffnete, sah er, dass er im Keller gelandet war. Als hätte der Aufzug die ganze Zeit normal funktioniert, ertönte ein fröhliches »Pling«, und die Türen öffneten sich. Lou schauderte, denn der Keller vermittelte keineswegs die freundliche Vertrautheit des vierzehnten Stocks, an die er gewöhnt war. Nein, hier war es kalt und dunkel, kein Teppich, sondern staubiger, harter Betonboden. Er verspürte nicht die geringste Lust, hier auszusteigen, und drückte hektisch noch einmal auf den Erdgeschossknopf, um so schnell wie möglich zu Marmorboden und Teppichen, zu cremefarbenen Verzierungen und Chrom zurückzukehren. Aber der Knopf weigerte sich noch immer aufzuleuchten, der Aufzug reagierte nicht, und die Türen blieben offen. So blieb Lou schließlich nichts anderes übrig, als auszusteigen und die Feuertreppe zu suchen, die zum Erdgeschoss emporführte. Sobald er jedoch die Kabine verlassen hatte und mit beiden Füßen auf dem Betonboden stand, schlossen sich die Türen hinter ihm, und der Aufzug fuhr nach oben.

Der Keller war nur schwach beleuchtet. Am Ende des Korridors flackerte eine Neonröhre – an und aus, an und aus –, was seinen Kopfschmerzen ganz und gar nicht zusagte und ihn ein paarmal ins Stolpern brachte. Um ihn herum summten diverse Maschinen, an der unverkleideten Decke lagen die ganzen elektrischen Leitungen offen. Der Boden war kalt und hart unter seinen Lederschuhen, Wollmäuse stiegen auf und legten sich auf seine glänzend polierten Schuhspitzen. Doch als er so den schmalen Gang entlangwanderte und den Ausgang suchte, hörte er auf einmal Musik. Allem Anschein nach kam sie aus einer Tür am Ende eines weiteren Ganges, der nach rechts abbog – *Driving Home for Christmas* von Chris Rea. In dem Gang auf der anderen Seite sah er über einer Metalltür das grüne Schild des Notausgangs leuchten: ein Mann, der aus einer Tür eilte. Unschlüssig schaute er zurück zu dem Raum am Ende der Halle, wo Musik und Licht durch den Ritz unter der Tür drangen. Er warf einen Blick auf seine Uhr. Noch hatte er genug Zeit, zur Apotheke zu gehen und es rechtzeitig zur Videokonferenz zurück ins Büro zu schaffen – vorausgesetzt, der Aufzug funktionierte wieder. Schließlich gewann jedoch seine Neugier die Oberhand, er eilte die Halle hinunter und klopfte an die Tür. Weil die Musik so laut war, dass er sein eigenes Klopfen kaum hörte, öffnete er die Tür langsam und streckte den Kopf hinein.

Der Anblick, der sich ihm bot, verschlug ihm die Sprache.

Hinter der Tür befand sich ein kleiner Lagerraum mit

hohen Metallregalen, die vom Boden bis zur Decke reichten und mit allem erdenklichen Kleinkram gefüllt waren, von Glühbirnen bis Klopapier. Dazwischen waren zwei Gänge, beide nicht länger als drei Meter. Insbesondere der zweite zog Lous Aufmerksamkeit auf sich, denn durch die Regale hindurch drang Licht, und als Lou näher herantrat, sah er, dass auf dem Boden ein ihm wohlbekannter Schlafsack ausgebreitet war, von der Wand bis zu der Stelle, wo das Regal anfing. Auf dem Schlafsack lag Gabe und las in einem Buch, so vertieft, dass er nicht einmal aufschaute, als Lou hereinkam. Auf dem unteren Regalbord stand eine Reihe brennender Kerzen, Duftkerzen, wie sie auch in den Toiletten der Büros zu finden waren, und eine kleine Lampe ohne Schirm, die in der Ecke des Raums ihr Licht verbreitete. Gabe war in die gleiche schmutzige Decke gewickelt, die Lou von draußen vor dem Gebäude kannte. Außerdem stand ein Wasserkocher auf dem Regal, und daneben lag eine halb leere Sandwichpackung. Weiter oben hing Gabes neuer Anzug, in der Plastikhülle, offenbar noch ungetragen. Der Anblick des makellosen Anzugs, der an einem Metallregal in einem Abstellraum hing, erinnerte Lou an die gute Stube seiner Großmutter – etwas Kostbares, das man sich für ganz besondere Gelegenheiten aufsparte, die nie eintraten oder, wenn sie eintraten, nicht als solche erkannt wurden.

Schließlich schaute Gabe sich doch um und fuhr mit einem solchen Ruck hoch, dass ihm sein Buch aus der Hand flog. Zum Glück verfehlte es die Kerze.

»Lou!«, rief er erschrocken.

»Gabe«, antwortete Lou, ohne jedoch die Befriedigung zu empfinden, die er eigentlich erwartet hatte. Die Szenerie vor ihm war so traurig. Kein Wunder, dass dieser Mann jeden Morgen als Erster und jeden Abend als Letzter im Büro war.

Dieser mit Ramsch vollgestopfte kleine Raum war Gabes Zuhause geworden.

»Wofür ist der Anzug?«, fragte Lou und betrachtete ihn von oben bis unten. Das elegante Kleidungsstück wirkte in dem staubigen Raum, zwischen all dem billigen Zeug, das abgelegt und irgendwann vergessen worden war, völlig fehl am Platz. Ein sauberer, teurer Anzug, das passte einfach nicht.

»Oh, man weiß doch nie, wann man mal einen guten Anzug braucht«, antwortete Gabe und beobachtete Lou argwöhnisch. »Werden Sie mich verraten?«, fragte er, klang allerdings nicht besorgt, sondern eher interessiert.

Lou sah ihn an und spürte Mitgefühl in sich aufsteigen. »Weiß Harry denn, dass Sie hier sind?«

Gabe schüttelte den Kopf.

Lou dachte nach. »Von mir erfährt keiner ein Wort.«

»Danke.«

»Hausen Sie schon die ganze Woche hier unten?«

Gabe nickte.

»Ist ziemlich kalt hier drin.«

»Ja, die Heizung geht aus, wenn alle weg sind.«

»Ich kann Ihnen ein paar Decken besorgen oder vielleicht ein … äh … ein Heizgerät, wenn Sie möchten«, sagte Lou und fühlte sich wie ein Idiot, kaum dass die Worte aus seinem Mund waren.

»Ja, danke, das wäre schön. Nehmen Sie doch Platz.« Gabe zeigte auf eine Kiste, die auf dem untersten Regalbord stand. »Bitte.«

Lou krempelte die Ärmel auf, bevor er die Kiste zu sich heranzog, denn er wollte sich nicht den Anzug schmutzig machen. Dann ließ er sich langsam darauf nieder.

»Möchten Sie einen Kaffee? Leider hab ich nur schwarzen, die Maschine für den Latte funktioniert nicht.«

»Nein danke, ich wollte mir eigentlich nur eine Packung Kopfschmerztabletten aus der Apotheke holen«, erwiderte Lou ernst, denn Gabes Anspielung war ihm in seiner Verwirrung völlig entgangen. »Vielen Dank, dass Sie mich gestern heimgefahren haben.«

»Gern geschehen.«

»Sie sind gut mit dem Porsche zurechtgekommen.« Lou sah Gabe fragend an. »Haben Sie vielleicht doch schon mal einen gefahren?«

»Na klar, ich hab einen hinterm Haus stehen«, antwortete Gabe und verdrehte die Augen.

»Ja, stimmt. Entschuldigung … Woher wussten Sie eigentlich, wo ich wohne?«

»Das hab ich geraten«, antwortete Gabe sarkastisch und schenkte sich einen Kaffee ein. »Ihr Haus war das einzige in der Straße mit einem geschmacklosen Tor. Der Vogel obendrauf! Also wirklich – ein Vogel?« Er schaute Lou an, als würde sich schon bei der Vorstellung eines metallenen Vogels ein schlechter Geruch im Raum ausbreiten, was ohne die Duftkerzen vielleicht sogar der Fall gewesen wäre.

»Das ist ein Adler«, verteidigte sich Lou. »Wissen Sie, letzte Nacht war …« Er hatte den Impuls, sich zu rechtfertigen oder sein Verhalten zumindest zu erklären, aber dann überlegte er es sich anders, denn er war nicht in Stimmung, für irgendetwas Rede und Antwort zu stehen, schon gar nicht vor diesem Gabe, der in einem Abstellraum im Keller auf dem Boden schlief und sich trotzdem erdreistete, auf ihn herabzuschauen. »Warum haben Sie Ruth gesagt, sie soll mich bis zehn schlafen lassen?«

Gabe fixierte ihn mit seinen blauen Augen, und obwohl Lou ein sechsstelliges Jahreseinkommen und ein Haus für mehrere Millionen in einem der besten Stadtteile von Dublin sein Eigen nannte, während Gabe praktisch gar nichts besaß, fühlte Lou sich ihm schon wieder unterlegen. Und so, als würde er beurteilt.

»Ich dachte, Sie könnten ein bisschen Ruhe brauchen«, antwortete Gabe.

»Was gibt Ihnen das Recht, das zu entscheiden?«

Gabe antwortete nicht, sondern lächelte einfach nur.

»Was ist denn so komisch?«

»Sie mögen mich nicht besonders, stimmt's, Lou?«

Tja, das war direkt. Treffend, kein langes Herumgerede, und so etwas wusste Lou immer zu schätzen.

»Ich würde nicht sagen, dass ich Sie nicht *mag*«, entgegnete er.

»Meine Anwesenheit in diesem Gebäude beunruhigt Sie?«, vermutete Gabe.

»Beunruhigt mich? Nein. Sie können schlafen, wo Sie mögen. Das stört mich nicht.«

»Nein, das meine ich nicht. Bin ich eine Bedrohung für Sie, Lou?«

Lou warf den Kopf zurück und lachte. Natürlich wusste er, dass das Lachen übertrieben und unecht wirkte, aber das war ihm in diesem Augenblick egal. Und es hatte den gewünschten Erfolg, füllte den Raum, hallte durch die kleine Betonzelle mit den offenen Leitungen an der Decke, sodass sich Lous pure Anwesenheit größer anhörte als der Platz, den Gabe zur Verfügung hatte. »Ob Sie mich einschüchtern? Na ja, lassen Sie mich überlegen …« Mit einer ausladenden Geste deutete er auf das Kellerkabuff. »Muss ich wirklich mehr dazu sagen?«, antwortete er pompös.

»Oh, verstehe«, sagte Gabe mit einem breiten Grinsen, als hätte er gerade die Millionenfrage in einem Quiz richtig beantwortet. »Ich besitze weniger *Dinge* als Sie. Ich hatte ganz vergessen, dass das für Sie so wichtig ist.« Dann lachte er leise und knackte mit den Fingergelenken. Lou fühlte sich plötzlich sehr dumm.

»Nein, materielle Dinge sind gar nicht besonders wichtig für mich«, verteidigte er sich schwach. »Ich spende für mehrere Hilfsorganisationen und gebe dauernd irgendwelche Sachen her.«

»Ja«, bestätigte Gabe mit einem feierlichen Nicken. »Sogar Ihr Wort.«

»Was meinen Sie denn jetzt damit?«

»Sie versprechen irgendwas, ohne die Absicht zu haben, Ihr Versprechen zu halten.« Mit raschen Bewegungen stand Gabe auf und fing an, in einer Schuhschachtel auf dem zweiten Bord zu wühlen. »Macht Ihr Kopf Ihnen immer noch zu schaffen?«

Lou nickte und rieb sich müde die Augen.

»Hier.« Gabe hörte auf zu wühlen und hielt einen kleinen Pillenbehälter in die Höhe. »Sie fragen sich doch immer, wie ich von einem Ort zum anderen komme? Dann probieren Sie mal eine von denen hier.« Er warf Lou das Döschen zu.

Lou betrachtete es eingehend. Es hatte kein Etikett.

»Was sind das für Tabletten?«

»Ein bisschen Zauberei«, lachte Gabe. »Wenn man sie schluckt, sieht man plötzlich alles ganz klar.«

»Ich nehme keine Drogen«, sagte Lou bestimmt und legte die Pillen aufs Fußende des Schlafsacks.

»Das sind doch keine Drogen«, entgegnete Gabe und verdrehte die Augen.

»Was denn dann?«

»Ich kann es Ihnen nicht genau erklären, ich bin ja kein Apotheker, ich weiß nur, dass sie wirken. Nehmen Sie sie einfach.«

»Nein danke«, beharrte Lou, stand auf und wandte sich zum Gehen.

»Die würden Ihnen aber wirklich helfen, Lou.«

»Wer sagt denn, dass ich Hilfe brauche?« Lou drehte sich um. »Wissen Sie was, Gabe, Sie haben vorhin vermutet, dass ich Sie nicht mag. Aber das stimmt nicht, Sie stören mich überhaupt nicht. Ich bin ein viel beschäftigter Mensch, und was Sie machen, kümmert mich wenig, aber genau das ist es, was mir an Ihnen nicht gefällt – herablassende Bemerkungen wie die jetzt. Mir geht es gut, vielen Dank. Mein Leben ist vollkommen okay. Ich habe Kopfschmerzen, weiter nichts. Alles klar?«

Gabe nickte einfach nur, während Lou sich abwandte und zur Tür ging.

Doch da sagte Gabe: »Leute wie Sie sind –«

Lou wirbelte zu ihm herum. »Leute wie ich sind was, Gabe?«, blaffte er los, bevor Gabe seinen Satz vollenden konnte, bei jedem Wort ein wenig lauter. »Leute wie ich sind wie? Arbeiten sie vielleicht viel? Sorgen sie für ihre Familie? Sitzen sie nicht den ganzen Tag auf dem Arsch und warten, dass jemand vorbeikommt und ihnen etwas schenkt? Leute wie ich helfen Leuten wie Ihnen, geben euch Jobs, auch wenn es nicht einfach ist, und machen euer Leben besser …«

Hätte Lou das Ende von Gabes Satz abgewartet, hätte er gewusst, dass Gabe auf etwas ganz anderes hinauswollte. Gabe meinte Leute, die auf Konkurrenz aus waren – wie Lou. Ehrgeizige Leute, die nur Augen hatten für den Gewinn, nicht aber für die Aufgabe, die vor ihnen lag. Leute, die aus den falschen Gründen die Besten sein wollten und denen fast jedes Mittel recht war, um an die Spitze zu gelangen. Doch egal, ob man der Beste, der Schlechteste oder einfach nur Mittelmaß war, es lief am Ende immer aufs Gleiche hinaus – es war alles nur ein Zustand. Wichtig war, wie ein Mensch sich in diesem Zustand *fühlte* und *warum* er sich dort befand.

Gabe wollte Lou erklären, dass Menschen wie er sich ständig umschauten, um zu kontrollieren, was die anderen taten. Dass Menschen wie er sich unablässig mit anderen verglichen, dass sie um jeden Preis etwas Größeres erreichen, besser sein wollten. Und der Grund, warum Gabe Lou Suffern etwas über Menschen wie Lou Suffern erzählen wollte, war der, dass er ihn warnen wollte. Weil Menschen, die sich dauernd umschauen, dazu neigen, Dinge nicht zu sehen und einfach umzurennen.

Der Weg wird so viel einfacher, wenn Menschen aufhören, darauf zu schielen, was die anderen tun, und sich stattdessen auf sich selbst konzentrieren. Lou konnte es sich ungefähr an dieser Stelle seiner Geschichte nicht wirklich leisten, Dinge umzurennen. Denn dann wäre das Ende ruiniert gewesen – das Ende, zu dem wir noch kommen werden. O ja, Lou hatte eine Menge zu tun.

Aber er blieb nicht, um sich anzuhören, was Gabe ihm zu sagen hatte. Stattdessen verließ er die Rumpelkammer – Gabes Zimmer – mit einem Kopfschütteln, empört darüber, was dieser Mann sich wieder einmal herausgenommen hatte, und ging den Korridor mit dem flackernden Neonlicht, das die Umgebung abwechselnd hell und dunkel erscheinen ließ, wieder hinunter. Er fand den Ausgang und rannte die Treppe hinauf ins Erdgeschoss.

Dort war es sofort cremefarben und warm, und Lou befand sich wieder in dem Bereich, in dem er sich sicher fühlte. Der Sicherheitsmann blickte von seinem Schreibtisch auf, als Lou aus dem Notausgang kam, und runzelte die Stirn.

»Mit den Aufzügen stimmt irgendwas nicht!«, rief Lou ihm zu. Jetzt blieb ihm keine Zeit mehr, zur Apotheke zu laufen und rechtzeitig zur Konferenz wieder oben in seinem Büro zu sein, sondern er musste wohl oder übel gleich wieder hinauf, egal, wie lädiert er aussah, egal, wie krank er sich fühlte, mit heißem, matschigem Kopf und Gabes lächerlichem Geschwätz in den Ohren.

»Davon wusste ich gar nichts.« Der Sicherheitsmann eilte herbei und drückte auf den Rufknopf. Der leuchtete augenblicklich auf, und die Tür öffnete sich.

Der Mann sah Lou seltsam an.

»Oh. Na dann. Danke.« Lou stieg in den Aufzug und drückte auf den vierzehnten Stock. Allein in der Kabine, lehnte er den Kopf an den Spiegel, schloss die Augen und träumte, zu Hause im Bett zu sein, zusammen mit Ruth, die sich gemütlich an ihn kuschelte, einen Arm und ein Bein um ihn geschlungen, wie sie es im Schlaf immer tat – beziehungsweise getan hatte.

Als der Aufzugston im vierzehnten Stock erklang und die Tür sich öffnete, machte Lou die Augen wieder auf, fuhr heftig zusammen und stieß einen Schrei aus.

Direkt vor ihm stand Gabe im Korridor, mit ernstem Gesicht und so dicht, dass ihre Nasen sich fast berührten, als die Tür aufging. Er klapperte mit dem Pillendöschen, das er Lou vorhin angeboten hatte.

»Scheiße! Gabe!«

»Die haben Sie vergessen.«

»Die hab ich nicht vergessen, ich wollte sie nicht.«

»Aber sie helfen gegen Ihre Kopfschmerzen.«

Lou nahm Gabe die Tabletten aus der Hand und stopfte sie in seine Hosentasche.

»Viel Vergnügen«, sagte Gabe und lächelte zufrieden.

»Ich hab Ihnen doch gesagt, dass ich mit Drogen nichts am Hut habe.« Lou sprach leise, obwohl er wusste, dass er mit Gabe allein war.

»Und ich hab Ihnen gesagt, dass das keine Drogen sind. Sondern ein pflanzliches Heilmittel.«

»Ein Heilmittel wofür genau?«

»Für Ihre Probleme, und von denen haben Sie eine ganze Menge. Ich glaube, ich habe sie vor Kurzem für Sie aufgelistet.«

»Und das von einem, der in einem Kellerraum auf dem Boden schläft«, zischte Lou. »Wie wäre es, wenn Sie selber mal eine Pille schlucken und sich daranmachen, Ihr eigenes Leben auf die Reihe zu kriegen? Oder waren es vielleicht genau diese Pillen, die Sie in diese unangenehme Lage gebracht haben? Wissen Sie was – ich hab die Nase voll davon, dass Sie ständig Urteile über mich fällen, Gabe, wo ich hier oben bin und Sie dort unten im Keller.«

Gabes Gesicht nahm einen seltsamen Ausdruck an, und augenblicklich bekam Lou ein schlechtes Gewissen. »Sorry«, seufzte er.

Aber Gabe nickte einfach nur.

Da sein Kopf immer schlimmer dröhnte, betrachtete Lou die Tabletten nun doch etwas genauer. »Aus welchem Grund sollte ich Ihnen vertrauen?«

»Betrachten Sie es einfach als Geschenk«, wiederholte Gabe den Satz, den Lou ihm erst vor ein paar Tagen gesagt hatte.

Zusammen mit dem Geschenk bekam Lou Suffern eine heftige Gänsehaut.

# 18

## Erfüllt

Als er dann allein in seinem Büro saß, holte Lou die Tabletten aus der Tasche und stellte sie vor sich auf den Tisch. Dann legte er den Kopf auf den Tisch und schloss erschöpft die Augen.

»Mann, du bist aber ganz schön fertig«, hörte er jemanden direkt an seinem Ohr sagen und fuhr hoch.

»Alfred!«, rief er und rieb sich die Augen. »Wie viel Uhr ist es?«

»Sieben Uhr fünfundzwanzig. Keine Sorge, du hast deinen Termin nicht verpasst. Was du mir zu verdanken hast«, schmunzelte er, während seine nikotinfleckigen Wurstfinger mit den abgekauten Nägeln aufdringlich über Lous Schreibtisch wanderten und überall Schmierflecken hinterließen. Lou platzte fast vor Ärger. Konnte dieser Mann seine Griffel nicht bei sich behalten?

»Hey, was ist denn das hier?«, fragte Alfred plötzlich, hob den Pillenbehälter hoch und ließ den Deckel aufschnappen.

»Gib das sofort wieder her!« Lou griff nach den Tabletten, aber Alfred zog sie weg und kippte sich stattdessen ein paar davon auf seine schwitzige Handfläche.

»Alfred, gib mir meine Tabletten zurück«, sagte Lou streng und bemühte sich, sich nicht anmerken zu lassen, wie verzweifelt er war. Aber Alfred dachte gar nicht daran, seiner Aufforderung nachzukommen, sondern schwenkte den Behälter triumphierend vor Lous Nase herum. Schikane auf dem Niveau alberner Schuljungen, aber typisch für Alfred.

»Böser, böser Lou, was führst du denn wieder im Schilde?«, trällerte Alfred, und sein Singsang ging Lou durch Mark und Bein.

Ihm war klar, dass Alfred jede Möglichkeit nutzen würde, um diese Pillen gegen ihn zu verwenden, also zermarterte er sich den Kopf nach einer schnellen und plausiblen Erklärung.

»Sieht aus, als würdest du dir eine Ausrede ausdenken«, grinste Alfred. »Aber ich weiß doch, wenn du bluffst, das habe ich in jedem Meeting mitgekriegt, mich kannst du damit nicht an der Nase rumführen! Warum sagst du nicht einfach die Wahrheit? Traust du mir etwa nicht?«

Lou lächelte und antwortete ebenfalls in einem leichten, fast scherzhaften Ton, obwohl sie es alle beide todernst meinten. »Möchtest du eine ehrliche Antwort? Nein, in letzter Zeit hab ich kein Vertrauen mehr zu dir. Es würde mich nicht wundern, wenn du schon Pläne schmiedest, wie du diesen kleinen Behälter gegen mich verwenden könntest.«

Alfred lachte. »Also wirklich. Behandelt man denn so einen alten Freund?«

Lous Lächeln verblasste. »Ich weiß nicht, Alfred, sag du es mir.«

Einen Moment starrten sie einander an. Alfred sah als Erster weg.

»Denkst du an was Bestimmtes, Lou?«

»Was meinst du?«

»Schau mal«, begann Alfred, seine Schultern sackten herab, der Angeber Alfred verschwand von der Bühne, und an seiner Stelle erschien nun Alfred, der Bescheidene. »Wenn es dir um das Meeting heute Abend geht, da kannst du ganz sicher sein, dass ich den Termin nicht das kleinste bisschen manipuliert habe. Frag Melissa. Bei dem Wechsel von Tracey zu Alison gab es ein ziemliches Chaos, und da ist eine ganze Menge verloren gegangen.« Er zuckte die Achseln. »Obwohl mir Alison unter uns gesagt sowieso ein bisschen unzuverlässig vorkommt.«

»Schieb nicht Alison die Schuld in die Schuhe«, verteidigte Lou seine Sekretärin und verschränkte abwehrend die Arme.

»Ach ja«, grinste Alfred und nickte langsam. »Ich hab ja ganz vergessen, dass ihr beide was miteinander habt.«

»Wir haben *nichts*. Verdammt noch mal, Alfred.«

»Na gut, Entschuldigung.« Alfred machte eine Bewegung, als zöge er einen Reißverschluss über seinen Mund. »Von mir wird Ruth es jedenfalls nicht erfahren, das verspreche ich dir.«

Schon allein die Tatsache, dass er Ruths Namen erwähnte, ging Lou gegen den Strich. »Was ist denn bloß in dich gefahren?«, fragte er, jetzt unverhohlen im Ernst. »Was hast du denn? Liegt es an dem Zeug, das du dir jeden Tag in die Nase bläst? Was ist los? Hast du Angst vor der Umstellung …«

»Vor der Umstellung?«, schnaubte Alfred. »Das klingt ja, als wäre ich eine Frau in den Wechseljahren.«

Lou starrte ihn an.

»Mit mir ist alles paletti, Lou«, fuhr Alfred langsam fort. »Ich bin der Gleiche wie immer. Du bist es, der sich seltsam benimmt. Alle reden schon darüber, sogar Mr Patterson. Vielleicht lieg es ja an denen hier.« Wieder klapperte er mit dem Pillendöschen vor Lous Gesicht herum, genau wie vorhin Gabe.

»Das sind Kopfschmerztabletten.«

»Ich kann aber kein Etikett entdecken.«

»Die Kinder haben es abgekratzt. Würdest du jetzt bitte

so freundlich sein und die Dinger wieder rausrücken?« Lou streckte Alfred die offene Handfläche hin.

»Aha, Kopfschmerztabletten. Verstehe.« Alfred betrachtete das Döschen noch einmal prüfend. »Das sind also Kopfschmerztabletten, ja? Ich dachte nämlich, ich hätte den Obdachlosen irgendwas von Naturheilmittel faseln hören.«

Lou schluckte. »Hast du mir etwa nachspioniert, Alfred? Ist es das, womit du dir die Zeit vertreibst?«

»Nein«, entgegnete Alfred mit einem entspannten Lachen. »Das würde ich nie tun. Aber ich lasse mal ein paar von denen hier für dich analysieren, damit wir sichergehen können, dass es wirklich Kopfschmerztabletten sind und nicht doch was Stärkeres.« Damit holte er eine Pille aus dem Behälter, steckte sie in die Tasche und gab Lou das Döschen dann zurück. »Es ist schön, der Wahrheit auf den Grund gehen zu können, wenn meine Freunde mich anlügen.«

»Das Gefühl kenne ich«, stimmte Lou zu, froh, Gabes Pillen wieder in der Hand zu halten. »Zum Beispiel war es ziemlich stark, als ich erfahren habe, dass du dich vor ein paar Tagen morgens mit Mr Patterson getroffen hast und dass ihr letzten Freitag zusammen zum Lunch gegangen seid.«

Alfred starrte ihn ehrlich schockiert an, für ihn eine Seltenheit.

»Oh«, sagte Lou leise. »Du wusstest also nicht, dass ich es wusste, richtig? Tut mir leid. Aber jetzt solltest du dich lieber auf den Weg zu deinem Dinner machen, sonst verpasst du noch die Vorspeise. Immer nur Arbeit und nie Kaviar ist nicht gut für unseren Alfred.« Er führte seinen sprachlosen Kollegen zur Tür, öffnete sie für ihn, zwinkerte und machte sie leise, aber bestimmt direkt vor Alfreds Nase wieder zu.

Neunzehn Uhr dreißig kam und ging, ohne dass Arthur Lynch auf dem Fünfzig-Zoll-Plasmabildschirm vor Lou am Konferenztisch erschien. Da Lou bewusst war, dass er jeden Moment von den Teilnehmern der Konferenz gesehen werden konnte, bemühte er sich, möglichst entspannt dazusitzen, aber nicht einzuschlafen. Um neunzehn Uhr vierzig wurde er von Mr Lynchs Sekretärin informiert, dass Mr Lynch sich ein paar Minuten verspäten würde.

Während Lou dasaß, wartete und immer schläfriger wurde, stellte er sich Alfred im Restaurant vor: unverfroren wie immer, immer im Mittelpunkt, laut und bemüht, unterhaltsam zu sein – so würde er aller Wahrscheinlichkeit nach die Lorbeeren für einen Deal einheimsen, an dem Lou keinen Anteil hatte. Es sei denn, Alfred versagte. Dadurch, dass Lou diesen Termin versäumte – das wichtigste Meeting des Jahres –, entging ihm die größte Chance, sich vor Mr Patterson in ein gutes Licht zu rücken. Cliffs Job und das leer stehende Büro, das dazugehörte, tanzten ihm tagaus, tagein verlockend vor der Nase herum wie die Karotte vor dem Maulesel. Cliffs ehemaliges Zimmer lag ein Stück weiter den Korridor hinunter, direkt neben dem von Mr Patterson, mit offenen Jalousien, unbesetzt. Ein wesentlich größerer Raum mit wesentlich besserem Licht, der förmlich nach Lou rief. Sechs Monate waren inzwischen seit Cliffs Zusammenbruch verstrichen. Er hatte sich schon eine ganze Weile davor sonderbar verhalten, und eines Morgens hatte Lou ihn dann zusammengekauert unter seinem Schreibtisch gefunden, am ganzen Körper zitternd, die Tastatur, auf der seine Finger eine Art panischen Morsecode trommelten, fest an die Brust gedrückt. Mit weit aufgerissenen Augen und angsterfüllter Stimme stammelte er, immer wieder und mit wachsender Verzweiflung, »sie« würden kommen und ihn holen.

Wer »sie« waren, das hatte Lou nicht herausfinden können. Zwar versuchte er, Cliff behutsam unter dem Tisch hervorzulocken und dazu zu bewegen, Schuhe und Socken wieder anzuziehen, aber als er sich ihm näherte, holte Cliff aus, schwang die Maus an ihrem Kabel wie ein Cowboy sein Lasso und traf Lou damit mitten im Gesicht. Die kleine Plastikmaus tat ihm allerdings nicht halb so weh wie der Anblick dieses erfolgreichen jungen Mannes, der so vollkommen die Fassung verloren hatte. Nun stand Cliffs Büro schon seit Monaten leer, und obwohl die Berichte aus der Klinik nicht positiv klangen, nahm das Mitgefühl für Cliff ab, während die Konkurrenz um seinen Job sich rapide zuspitzte. Vor Kurzem hatte Lou gehört, dass Cliff angefangen hatte, wieder Kontakt mit anderen Menschen aufzunehmen, und sich fest vorgenommen, ihn bei der ersten sich bietenden Gelegenheit zu besuchen. Er wusste, dass es richtig gewesen wäre, dieses Vorhaben in die Tat umzusetzen, aber irgendwie fand er nie die Zeit dazu …

Immer frustrierter starrte Lou auf den schwarzen, leblosen Bildschirm. Sein Kopf pochte und dröhnte von der Schädelbasis bis zu den Augen, und er konnte keinen klaren Gedanken fassen. Vor lauter Verzweiflung holte er schließlich die Pillen aus der Tasche und betrachtete sie.

Er dachte daran, was Gabe ihm über Mr Patterson und Alfred erzählt hatte. Gabe hatte die Schuhsituation korrekt eingeschätzt, er hatte ihm gestern früh Kaffee gebracht, ihn nach Hause gefahren und Ruth für sich gewonnen. Lou grübelte und grübelte, bis er schließlich zu der Erkenntnis gelangte, dass Gabe ihn kein einziges Mal im Stich gelassen hatte und dass er ihm vertrauen konnte. Kurz entschlossen nahm Lou das Tablettendöschen, machte es auf und ließ eine der kleinen, weiß glänzenden Pillen langsam auf seine verschwitzte Handfläche kullern. Eine Weile spielte er damit, rollte die Pille zwischen den Fingern herum, leckte daran, aber als nichts Dramatisches passierte, steckte er sie schließlich in den Mund und spülte sie schnell mit einem Glas Wasser hinunter.

Dann wartete er, klammerte sich aber zur Sicherheit mit beiden Händen an den Konferenztisch, so fest, dass seine Hände auf der Glasplatte, die das massive Walnussholz schützte, schwitzige Abdrücke hinterließen. Aber nichts geschah. Schließlich nahm er die Hände vorsichtig vom Tisch und inspizierte sie, als könnte er die Wirkung des Naturheilmittels eventuell an seinen schweißnassen Handflächen erkennen. Doch noch immer konnte er nichts Ungewöhnliches feststellen – keine Halluzinationen setzten ein, nichts Lebensbedrohliches, außer dass sein Kopf weiterhin höllisch wehtat.

Um Viertel vor acht war Arthur Lynch noch immer nicht auf dem Bildschirm. Ungeduldig klopfte Lou mit seinem Stift auf die Glasplatte, denn inzwischen war es ihm gleichgültig, welchen Eindruck er bei den Leuten auf der anderen Seite der Kamera hinterließ. Paranoid, wie er bereits war, begann er sich einzureden, dass es überhaupt kein Meeting gab, sondern dass Alfred diesen Termin irgendwie inszeniert hatte, um allein zu dem Dinner mit Thomas Crooke gehen und den wichtigen Deal ohne ihn aushandeln zu können. Aber er würde nicht zulassen, dass Alfred noch mehr von seiner harten Arbeit sabotierte! Hektisch stand Lou auf, griff nach seinem Mantel und rannte zur Tür. Gerade hatte er sie aufgerissen und wollte den Fuß über die Schwelle setzen, da hörte er eine Stimme aus dem Fernseher hinter sich.

»Tut mir wirklich sehr leid, dass ich Sie habe warten lassen, Mr Suffern.«

Lou erstarrte, schloss die Augen, seufzte tief und verabschiedete sich wehmütig von seinem Traum vom Topbüro mit Panoramablick über Dublin. Dann überlegte er schnell, was er tun sollte – losrennen und noch rechtzeitig zum Dinner mit Crooke kommen oder sich umdrehen und sich den Dingen stellen, die jetzt von ihm erwartet wurden? Ehe er Zeit hatte, die Entscheidung zu treffen, hörte er eine andere Stimme im Büro, und nun blieb ihm fast das Herz stehen.

»Kein Problem, Mr Lynch. Bitte nennen Sie mich doch Lou. Ich habe Verständnis dafür, dass die Dinge manchmal etwas länger dauern können, Sie brauchen sich nicht zu entschuldigen. Kommen wir gleich zur Sache, ja? Wir haben eine Menge miteinander zu besprechen.«

»Selbstverständlich, Lou. Und nennen Sie mich doch bitte Arthur. Ja, wir haben ein gutes Stück Arbeit vor uns, aber bevor ich Sie mit den beiden Gentlemen neben mir bekannt mache – möchten Sie vielleicht erst noch Ihr momentanes Gespräch beenden? Ich sehe, Sie haben Gesellschaft?«

»Nein, nein, Arthur, ich bin allein im Büro«, hörte Lou sich sagen. »Alle anderen sind schon weg.«

»Aber da ist doch ein Mann an der Tür, ich sehe ihn auf dem Bildschirm.«

Da er nun entdeckt war, drehte Lou sich langsam um und nahm die Situation in Augenschein. Tatsächlich – er saß immer noch am Konferenztisch, am gleichen Platz wie vorhin, ehe er seine Flucht geplant, den Mantel gepackt und sich auf den Weg zur Tür gemacht hatte. Ein zutiefst schockiertes Gesicht starrte ihm entgegen. Der Boden schwankte unter seinen Füßen, und er musste sich am Türrahmen festhalten, um nicht umzufallen.

»Lou? Sind Sie noch da?«, fragte Arthur, und beide Köpfe im Büro wandten sich wieder dem Bildschirm zu.

»Äh, ja, ich bin hier«, stammelte der Lou am Konferenztisch. »Entschuldigen Sie, Arthur, der Gentleman hier ist ein … ein Kollege von mir. Er wollte gerade gehen, ich glaube, er hatte eine dringende Verabredung zum *Essen*.« Lou drehte sich um und warf dem Lou, der an der Tür stand, einen warnenden Blick zu. »Nicht wahr?«

Lou an der Tür nickte nur und verließ mit weichen Knien und zittrigen Beinen den Raum. Bei den Aufzügen hielt er inne, lehnte sich an die Wand, versuchte, wieder zu Atem zu kommen, und wartete, dass der Schwindel nachließ. Als der Aufzug ankam und seine Türen für ihn öffnete, stolperte Lou hinein, drückte Erdgeschoss und kauerte sich in die Ecke der Kabine. Immer weiter entfernte er sich von sich selbst, von dem Lou, der im vierzehnten Stockwerk zurückblieb.

Um acht saß Lou im Konferenzraum von Patterson Developments und verhandelte mit Arthur Lynch. Zur gleichen Zeit wurden Alfred und das Team seiner Verhandlungspartner zu ihrem Tisch geführt – und Lou betrat das Restaurant. Er gab dem Ober seinen Kaschmirmantel, rückte seine Krawatte zurecht, strich sich über die Haare und ging, eine Hand in der Tasche, die andere Hand locker im Rhythmus seiner Schritte schwingend, auf die Gruppe am Tisch zu. Endlich war sein Körper wieder entspannt, alles Steife, alle Beklemmungen waren von ihm gewichen. Um in seinem Job richtig zu funktionieren, musste er die Bewegungen seines Körpers spüren, die zwanglosen Bewegungen eines Mannes, dem die bevorstehende Entscheidung persönlich nicht wichtig ist, der aber alles daransetzt, sein Gegenüber vom Gegenteil zu überzeugen, nämlich davon, dass sein Interesse einzig und allein ihm, seinem Kunden, gilt.

»Entschuldigen Sie bitte, meine Herren, dass ich mich ein wenig verspätet habe«, begrüßte er die anderen Männer, die sich bereits in die Speisekarte vertieft hatten.

Alle schauten auf, und Lou ergötzte sich vor allem an

Alfreds Gesichtsausdruck: Eine La-Ola-Welle der Emotionen, von Überraschung über Ärger zu Wut. Jede Regung bestätigte Lou in seinem Verdacht, dass das ganze Terminchaos von Alfred doch absichtlich inszeniert worden war. Er ging um den Tisch herum, begrüßte die anderen Dinnergäste, aber als er zu Alfred kam, hatte sein Freund und Kollege bereits wieder seinen üblichen blasierten Ausdruck aufgesetzt und seinen Schock für den Augenblick verdrängt.

»Patterson wird dich umbringen«, stieß Alfred leise aus dem Mundwinkel hervor. »Aber wenigstens kriegen wir *einen* Deal heute Abend unter Dach und Fach. Willkommen, mein Freund.« Er schüttelte Lou die Hand, strahlend – wahrscheinlich, weil er die Illusion genoss, dass Lou morgen entlassen werden würde.

»Um die andere Sache habe ich mich schon gekümmert«, erwiderte Lou schlicht und wandte sich ab, um seinen Platz einzunehmen.

»Wie meinst du das?«, fuhr Alfred ihn an, in einem Ton, der zeigte, dass er ganz vergessen hatte, wo er sich befand, und packte Lou am Arm.

Lou lächelte ihren Gesprächspartnern charmant zu, drehte sich kurz um und entfernte diskret Alfreds Hand – einen Finger nach dem anderen – von seinem Arm. »Wie ich es gesagt habe – es ist alles geregelt«, wiederholte er.

»Du hast die Videokonferenz abgesagt?«, hakte Alfred nach und grinste nervös. »Komm, verrat mir, was los ist.«

»Nein, nein, nichts ist abgesagt. Keine Sorge, Alfred. Wollen wir unsere Aufmerksamkeit jetzt nicht unseren Gästen zuwenden?« Lou ließ seine weißen Zähne blitzen und setzte sich, ohne weiter auf Alfred zu achten. »Also, Gentlemen, was sieht auf dieser Speisekarte denn besonders lecker aus? Die Foie gras kann ich uneingeschränkt empfehlen, die habe ich hier schon einmal gegessen. Eine wahre Gaumenfreude.« Er lächelte wieder in die Runde und widmete sich dann ganz dem Vergnügen des Verhandelns.

Um zwanzig nach neun an diesem Abend war die Videokonferenz mit Arthur Lynch erledigt, und Lou stand erschöpft, aber fröhlich, beschwingt und siegessicher vor dem Fenster des Saddle Room Restaurant. Er hatte den Mantelkragen gegen den schärfer werdenden Dezemberwind hochgeschlagen und den Schal fest um den Hals geschlungen, aber er fühlte die Kälte nicht, als er sich selbst durchs Fenster beobachtete, wie er weltmännisch eine Anekdote zum Besten gab, während alle Anwesenden ihm gebannt lauschten. Alle bis auf Alfred natürlich. Nachdem Lou drinnen seine Kollegen fünf Minuten mit seinen lebhaften Gesten und seinem ausdrucksvollen Mienenspiel beglückt hatte, fingen die Männer im Chor an zu lachen, und Lou draußen erkannte, dass er die Geschichte erzählt hatte, wie er und seine Kollegen in London statt in einem Stripteaseschuppen aus Versehen in einer Schwulenkneipe gelandet waren. Doch während er seine eigenen Konversationskünste beobachtete, schwor er sich, nie wieder von dieser Begebenheit zu sprechen. Er sah aus und benahm sich wie ein arroganter Volltrottel.

Plötzlich spürte er jemanden neben sich.

»Verfolgen Sie mich etwa?«, fragte er, ohne die Augen von der Szene hinter dem Fenster abzuwenden.

»Nein, nein, ich dachte mir nur, dass Sie hierherkommen würden«, antwortete Gabe fröstelnd und steckte die Hände in die Taschen. »Wie machen Sie Ihre Sache da drin? Sie sind der Alleinunterhalter, wie üblich, was?«

»Was geht hier eigentlich vor, Gabe?«

»Sie sind ein viel beschäftigter Mann, richtig? Jetzt haben

Sie bekommen, was Sie wollten. Jetzt können Sie an zwei Orten gleichzeitig sein. Allerdings lässt die Wirkung bis morgen früh nach, darauf sollten Sie sich gefasst machen.«

»Welcher von beiden bin ich denn wirklich?«

»Keiner, wenn Sie mich fragen.«

Lou sah ihn an und runzelte die Stirn. »Mir reicht es für heute mit den tiefen Erkenntnissen. Die bringen mir nichts.«

Gabe seufzte. »Beide sind real. Beide Lous funktionieren so, wie Sie immer funktionieren. Wenn Sie wieder zu einem werden, sind Sie einfach wieder ganz normal.«

»Und wer sind Sie?«

Gabe verdrehte die Augen. »Sie haben zu viele Filme gesehen. Ich bin Gabe. Der Typ, den Sie von der Straße geholt haben.«

»Was ist in den Dingern eigentlich drin?«, wollte Lou wissen und holte die Pillen aus seiner Tasche. »Sind sie gefährlich?«

»Ein bisschen Einsicht ist drin. Und die hat noch keinem geschadet.«

»Aber damit könnten Sie bestimmt viel Geld machen. Wer weiß sonst noch von dem Zeug?«

»Nur die richtigen Leute – die Leute, die sie hergestellt haben. Und versuchen Sie bloß nicht, damit reich zu werden, sonst müssen Sie einigen Personen Rede und Antwort stehen.«

Für den Augenblick steckte Lou zurück. »Gabe, Sie können mich nicht verdoppeln und dann von mir erwarten, dass ich das einfach so hinnehme, ohne nachzufragen. Es könnte ja direkte gesundheitliche Konsequenzen für mich haben, ganz zu schweigen von den lebensverändernden psychischen Folgen. Außerdem muss der Rest der Welt unbedingt davon erfahren – das ist doch der Wahnsinn! Wir müssen uns zusammensetzen und darüber reden.«

»Na klar, wir setzen uns zusammen«, versprach Gabe und musterte Lou aufmerksam. »Und wenn Sie es dem Rest der Welt erzählen, landen Sie entweder in der Gummizelle, oder Sie werden in die Freakshow aufgenommen und können in der Zeitung jeden Tag einen Artikel über sich lesen – mit ungefähr der gleichen Zeilenzahl wie bei Dolly, dem geklonten Schaf. Wenn ich Sie wäre, würde ich alles einfach für mich behalten und das Beste aus einer sehr glücklichen Situation machen. Aber Sie sind so blass. Alles in Ordnung?«

Lou lachte hysterisch. »Nein! Überhaupt nichts ist in Ordnung. Dieses Zeug, das Sie mir gegeben haben, ist nicht normal. Warum tun Sie dauernd so, als wäre es etwas ganz Alltägliches?«

Gabe zuckte die Achseln. »Wahrscheinlich, weil ich daran gewöhnt bin.«

»Daran gewöhnt?« Lou knirschte mit den Zähnen. »Und – wohin soll ich jetzt gehen?«

»Na ja, Sie haben sich um den Termin im Büro gekümmert, und es sieht ganz danach aus, als würde sich Ihre andere Hälfte um das Treffen hier kümmern«, grinste Gabe. »Da bleibt für Sie noch ein ganz spezieller Ort, wo Sie hingehen könnten.«

Lou dachte darüber nach. Kurz darauf breitete sich ganz langsam ein Lächeln über sein Gesicht aus, seine Augen begannen zu strahlen, und er hatte zum ersten Mal an diesem Abend das sichere Gefühl, Gabe zu verstehen. »Okay, gehen wir.«

»Was?« Gabe schien verdutzt. »Wohin denn?«

»In den Pub. Der erste Drink geht auf mich. Mann, was machen Sie denn für ein Gesicht? War es nicht das, was Sie gemeint haben?«

»Nein. Ich meinte *nach Hause,* Lou.«

»Nach Hause?« Lou verzog das Gesicht. »Warum sollte ich nach Hause gehen?«

Er wandte sich noch einmal um und betrachtete sich selbst an dem Tisch im Restaurant, wie er gerade zur nächsten Anekdote ansetzte. »Oh, das ist die Geschichte, wie ich mal in Boston auf dem Flughafen festsaß. Da war diese Frau mit mir im Flieger …« Er lächelte und drehte sich zu Gabe um, aber Gabe war verschwunden.

»Na, wer nicht will, der hat schon«, murmelte Lou. Noch eine Weile beobachtete er sich selbst am Restauranttisch, wie in Trance und nicht ganz sicher, ob er das, was hier vorging, wirklich erlebte. Er hatte sich ein Pint mehr als verdient, und wenn seine andere Hälfte nach dem Essen nach Hause gehen wollte, bedeutete das, dass er die ganze Nacht unterwegs sein konnte und keiner etwas davon merkte. Niemand außer der Person, die mit ihm zusammen sein würde. Da konnte er sich doch ganz unbeschwert eine schöne Zeit machen.

# 19

## Lou trifft Lou

Siegestrunken fuhr Lou zu Hause vor, hörte voller Genugtuung den Kies unter den Rädern knirschen und freute sich an dem elektronischen Gartentor, das sich automatisch hinter ihm schloss. Das Dinner-Meeting war ein Erfolg gewesen: Lou hatte das Gespräch bestimmt, hatte hervorragende Überzeugungsarbeit geleistet, versiert verhandelt und interessant Konversation gemacht. Die anderen hatten über seine Witze gelacht – schließlich waren es ja auch seine besten gewesen! – und förmlich an seinen Lippen gehangen. In gutem Einvernehmen und sehr zufrieden waren die Männer aufgebrochen, und Lou hatte noch einen letzten Drink mit Alfred genommen, bevor er nach Hause gefahren war.

Im Erdgeschoss brannte kein Licht, aber oben war es so hell wie auf einer Landebahn.

Er trat ein in die Finsternis. Normalerweise ließ Ruth das Licht in der Eingangshalle brennen, aber heute musste er an den Wänden nach dem Lichtschalter tasten. Ein unangenehmer Geruch stieg ihm in die Nase.

»Hallo?«, rief er. Seine Stimme hallte drei Treppen hinauf bis zum Oberlicht im Dach.

Im Haus herrschte Chaos, was völlig unüblich war, denn sonst war immer alles ordentlich, wenn Lou heimkam. Überall lagen Spielsachen auf dem Fußboden herum. »Hm«, machte Lou missbilligend.

»Hallo?«, rief er, während er die Treppe hinaufstieg, noch einmal. »Ruth?«

Er wartete darauf, dass ihr »Schsch!« die Stille durchbrechen würde, aber nichts dergleichen geschah.

Stattdessen sah er, als er den Treppenabsatz erreichte, Ruth aus Lucys Zimmer laufen, die Hand vor dem Mund, die Augen weit aufgerissen. Sie rannte ins Badezimmer und schlug die Tür hinter sich zu. Dann hörte man, wie sie sich übergab.

Am anderen Ende des Flurs fing Lucy an zu weinen und rief nach ihrer Mutter.

Lou stand wie angewurzelt mitten auf dem Treppenabsatz, blickte von einem Zimmer zum anderen und wusste nicht, was tun.

»Geh zu ihr, Lou!«, rief Ruth aus dem Bad, ehe sie sich wieder der Kloschüssel widmete.

Aber Lou zögerte, und Lucys Weinen wurde lauter.

»Lou!«, schrie Ruth, dringlicher diesmal.

Er fuhr auf, denn ihr Ton erschreckte ihn. Langsam ging er zu Lucys Zimmer, öffnete vorsichtig die Tür und spähte hinein. Er kam sich vor wie ein Eindringling, denn er betrat eine Welt, in die er sich sonst nur selten vorwagte. Alle möglichen Spielzeugartikel von Dora the Explorer hießen ihn willkommen, und es roch durchdringend nach Erbrochenem. Lucy war nicht in ihrem Bett, aber die Laken und die rosarote Bettdecke waren zerwühlt. Lou folgte den Geräuschen ins Badezimmer und fand seine Tochter dort, Häschenhausschuhe an den Füßen, auf die Fliesen gekauert. Auch sie übergab sich in die Kloschüssel und schluchzte dabei leise vor sich hin. Sie spuckte und weinte, weinte und spuckte, und das Geräusch hallte unten in der Toilette wider.

Die Aktentasche noch in der Hand, stand Lou da und sah sich um. Was sollte er tun? Schließlich holte er ein Taschentuch aus seiner Tasche und hielt es sich vor Mund und Nase, um den Geruch etwas zu mildern und sich vor Ansteckung zu schützen.

In diesem Moment kam Ruth zurück, und als sie sah, dass ihr Mann tatenlos zuschaute, wie seine fünfjährige Tochter sich unter Qualen erbrach, drängte sie sich an ihm vorbei und eilte Lucy zu Hilfe.

»Alles okay, Herzchen.« Ruth fiel auf die Knie und schlang die Arme um ihre Tochter. »Lou, bitte hol mir doch mal zwei feuchte Waschlappen.«

»Feucht?«

»Halt sie unters kalte Wasser und drück sie dann aus, damit sie nicht mehr tropfnass sind«, erklärte sie ruhig.

»Mach ich, klar.« Kopfschüttelnd über seine eigene Unwissenheit, wanderte er langsam aus dem Schlafzimmer, blieb aber auf dem Treppenabsatz stehen, schaute unsicher nach links und nach rechts und ging schließlich ins Schlafzimmer zurück. »Waschlappen sind …?«

»Im Wäscheschrank«, ergänzte Ruth.

»Natürlich.« Er ging zum Wäscheschrank und betastete, ohne Tasche und Mantel abzulegen, die verschiedenfarbigen Waschlappen. Braun, beige oder weiß? Er konnte sich nicht entscheiden. Schließlich wählte er Braun, ging zurück zu Lucy und Ruth, hielt die Waschlappen im Badezimmer unter den Wasserhahn und gab sie dann seiner Frau, wobei er hoffte, dass er alles richtig gemacht hatte.

»Noch nicht«, erklärte Ruth. Lucy hatte gerade eine Pause, und Ruth streichelte ihr beruhigend den Rücken.

»Okay, wo soll ich sie hinlegen?«

»Neben Lucys Bett. Und könntest du bitte ihr Bett frisch beziehen? Sie hatte einen kleinen Unfall.«

Lucy begann wieder zu weinen und kuschelte sich erschöpft an die Brust ihrer Mutter, die ebenfalls bleich und müde wirkte, die Haare streng zurückgezurrt, die Augen rot und geschwollen. Offenbar war die Nacht ziemlich anstrengend gewesen.

»Die Laken sind auch im Wandschrank. Und das Iberogast steht im Arzneischrank in der Kammer.«

»Das was?«

»Iberogast. Magenmittel. Lucy mag Pfefferminz. O Gott«, sagte sie dann, schlug sich die Hand vor den Mund, sprang auf und rannte den Flur hinunter zum Elternbad.

Jetzt war Lou allein mit Lucy, die mit geschlossenen Augen an der Badewanne lehnte und schläfrig zu ihm aufschaute. Er verließ rückwärts das Bad, stellte endlich seine Aktentasche ab und fing an, ihr Bett abzuziehen. Während er dabei war, hörte er Pud aus dem Nebenzimmer weinen. Seufzend zog er Mantel und Jackett aus und schleuderte beides von sich, mitten in Doras Zelt. Dann öffnete er den obersten Hemdknopf und krempelte die Ärmel auf.

Lou starrte tief in seinen Jack Daniel's auf Eis und ignorierte den Barmann, der sich über den Tresen beugte und wütend in sein Ohr sprach.

»Haben Sie mich gehört?«, knurrte der Mann.

»Jaja, meinetwegen«, antwortete Lou, aber seine Zunge stolperte über die Worte wie ein Fünfjähriger über seine offenen Schnürsenkel. Außerdem hatte er sofort wieder vergessen, was der Barmann ihm gesagt hatte. Wegwerfend wedelte er mit der Hand durch die Luft, als wollte er eine Fliege verscheuchen.

»Nein, nicht *meinetwegen,* Kumpel. Lassen Sie die junge Dame in Ruhe, verstanden? Sie möchte sich nicht mit Ihnen unterhalten, sie möchte Ihre Geschichte nicht hören, sie interessiert sich nicht für Sie. Ist das klar?«

»Ja, okay«, brummelte Lou, und jetzt fiel ihm auch die unhöfliche Blondine wieder ein, die ihn einfach ignorierte. Er konnte gut auf ein Gespräch mit ihr verzichten, sie steuerte ja sowieso so gut wie nichts bei, und die Journalistin, mit der er vorhin geredet hatte, schien auch nicht viel mehr Interesse an seiner erstaunlichen Lebensgeschichte zu haben. Also glotzte er weiter in seinen Whisky. Heute Abend war etwas Außergewöhnliches geschehen, aber keiner wollte etwas davon hören. War die Welt verrückt geworden? Waren alle so an neue Erfindungen und wissenschaftliche Entdeckungen gewöhnt, dass die Vorstellung eines geklonten Menschen jede Schockwirkung verloren hatte? Nein, die jungen Besucher dieser trendigen Bar wollten lieber ihre Cocktails schlürfen. Die jungen Frauen gondelten mitten im Dezember mit gebräunten Beinen und kurzen Röcken durch die Gegend, die Haare blond gesträhnt, Designerhandtaschen über den ebenfalls gebräunten Armen, und alle sahen so exotisch und fehl am Platz aus wie eine Kokosnuss am Nordpol. Ihre Aufmachung war ihnen wichtiger als die wahrhaft großen Ereignisse im Land. Ein Mann war geklont worden. Heute Nacht existierten zwei Lou Sufferns in der Stadt. Bilokation war Realität geworden, ein Mensch konnte sich gleichzeitig an zwei verschiedenen Orten aufhalten. Lou lachte leise in sich hinein und schüttelte den Kopf. Das war alles so komisch. Er allein wusste Bescheid über die unendlichen Möglichkeiten des Universums, und niemand interessierte sich dafür.

Da er den Blick des Barkeepers wieder auf sich gerichtet fühlte, stoppte er sein Sologelache und konzentrierte sich stattdessen wieder auf das Eis in seinem Glas. Er beobachtete, wie es herumrutschte, und versuchte, es sich gemütlich zu machen, aber alles Drehen und Wenden half nichts, es versank nur immer tiefer in der Flüssigkeit. Allein vom Zuschauen konnten einem die Augen zufallen. Endlich wandte der Barmann sich wieder den anderen Leuten zu, die sich am Tresen drängten, und ließ Lou in Frieden. Um ihn herum wogte der Lärm von Menschen, die mit anderen Menschen zusammen waren: Feierabend-Flirts, Feierabend-Streitereien, junge Frauen, die sich in Gruppen um ihren Tisch zusammendrängten und ihre Umgebung ausblendeten, Gruppen junger Männer an der Bar, die mit ihren Blicken angestrengt alles verfolgten, was sich um sie herum abspielte. Auf vielen Tischen standen mit Bierdeckeln zugedeckte Gläser, und an den leeren Plätzen um sie herum konnte man ablesen, dass ihre Besitzer draußen waren, wo sie in den Raucherbereichen ihre Zigaretten anzündeten und neue Beziehungen sondierten.

Lou sah sich um und versuchte, Blickkontakt mit jemandem aufzunehmen. Anfangs war er wählerisch, denn er hätte lieber einer attraktiven Person seine Geschichte zum zweiten Mal erzählt, aber dann beschloss er, nicht so pingelig zu sein. Irgendjemand würde sich doch für das Wunder interessieren, das er erlebte, oder nicht?

Doch der einzige Blick, der seinem begegnete, war wieder der des Barmanns.

»Geb'n Sie mir noch ein'n«, lallte Lou, als er sich näherte. »Ein'n schön'n Jack on the rocks.«

»Ich hab Ihnen doch grade schon einen hingestellt«, entgegnete der Barmann, diesmal ein wenig amüsiert. »Und den haben Sie noch nicht mal angerührt.«

»Na und?« Lou schloss ein Auge, um den Mann besser fixieren zu können.

»Was würde es bringen, wenn Sie zwei auf einmal vor sich stehen haben?«

Das brachte Lou zum Lachen, ein keuchendes Lachen tief aus der Brust, in die sich vorhin der kalte Dezemberwind schutzsuchend geflüchtet hatte, wie eine verängstigte Katze, die beim Krachen des Feuerwerks durch die Türklappe flitzt.

»Ich fürchte, ich hab die Pointe nicht mitgekriegt«, lächelte der Barkeeper. Jetzt, wo es am Tresen ruhig war, konnte er zum Zeitvertreib zwar keine Drinks mehr ausgeben, hatte dafür aber Muße, sich den Betrunkenen zu widmen.

»Ach, hier interessiert sich niemand dafür«, antwortete Lou, auf einmal wieder wütend, und machte eine abschätzige Handbewegung zu den anderen Gästen in der Umgebung. »Die kümmern sich bloß um Sex on the Beach, Hypotheken auf dreißig Jahre und Saint-Tropez. Ich hab mal hingehört, und von was anderem reden die hier nicht.«

Der Barmann lachte. »Sagen Sie das lieber nicht so laut. Wofür interessiert sich keiner?«

Lou wurde wieder ernst und fixierte den Barmann mit todernstem Blick. »Fürs Klonen.«

Das Gesicht des Barmanns veränderte sich, und seine Augen leuchteten neugierig auf. Vielleicht bekam er endlich etwas anderes zu hören als das ewig gleiche Gejammer. »Fürs Klonen? Dafür interessieren Sie sich also, was?«

»Interessieren? Ich würde sagen, das ist mehr als Interesse«, lachte Lou herablassend und zwinkerte dem Barkeeper zu. Dann nippte er an seinem Whisky und nahm Anlauf, seine Geschichte zu erzählen. »Vielleicht ist es schwer zu glauben, aber ich …« – er holte tief Luft – »… ich bin geklont worden«, begann er. »So ein Typ hat mir Pillen gegeben, und ich hab sie genommen«, fuhr er fort und hickste laut. »Wahrscheinlich glauben Sie mir nicht, aber genau das ist passiert. Hab es mit eigenen Augen gesehen.« Dabei deutete er auf seine Augen, verschätzte sich aber in der Entfernung und piekte mit dem

Finger hinein. Doch schon ein paar Sekunden später hatte er sich die Tränen abgewischt und fuhr fort: »Es gibt mich zweimal.« Zur Veranschaulichung hob er vier Finger, dann drei, dann einen und schließlich zwei.

»Ach wirklich?«, fragte der Barkeeper, nahm ein Pint-Glas und begann, ein Guinness zu zapfen. »Wo ist denn der andere, Ihr Klon? Ich wette, der ist stocknüchtern.«

Lou lachte wieder keuchend. »Der ist zu Hause bei meiner Frau«, kicherte er. »Und meinen Kindern. Und ich bin hier mit der da.« Er deutete mit dem Daumen nach links.

»Mit wem?«

Lou schaute zur Seite und fiel dabei fast vom Barhocker. »Oh, sie ist – wo ist sie denn geblieben?« Er wandte sich wieder an den Barmann. »Vielleicht ist sie auf dem Klo – sie ist super, wir haben uns echt gut unterhalten. Journalistin. Sie will darüber schreiben. Aber das ist unerheblich. Jedenfalls bin ich hier und habe den ganzen Spaß …« – er lachte wieder laut – »… und mein Klon ist zu Hause bei meiner Frau und den Kindern. Und morgen, wenn ich aufwache, nehme ich gleich noch so eine Tablette – das sind keine Drogen, das ist was Pflanzliches, gegen meine Kopfschmerzen.« Mit ernster Miene deutete er auf seinen Kopf. »Und dann bleibe ich im warmen Bett liegen, und der Klon kann arbeiten gehen. Ha! Was ich alles machen werde, zum Beispiel …« Er dachte eine Weile angestrengt nach, ohne jedoch zu einem Ergebnis zu kommen. »Na ja, viele Dinge eben. Reisen werde ich. Ein verdammtes Wunder ist das. Wissen Sie, wann ich meinen letzten freien Tag hatte?«

»Wann denn?«

Lou dachte wieder scharf nach. »Letztes Weihnachten. Kein Telefon, kein Computer. Letztes Weihnachten.«

Der Barmann sah ihn zweifelnd an. »Sie haben dieses Jahr keine Ferien gemacht?«

»Eine Woche hab ich Urlaub genommen. Mit den Kindern.« Er verzog das Gesicht. »Überall nur Sand, widerlich. Auf dem Laptop, auf dem Handy. Und auch auf dem hier.« Er griff in die Tasche, zog seinen BlackBerry hervor und knallte ihn auf den Tresen.

»Vorsicht!«

»Dieses Ding hier. Folgt mir überallhin. Wenn Sand reinkommt, macht nichts, es funktioniert trotzdem. Die Droge der Nation. Dieses Ding.« Er fuchtelte mit dem Finger daran herum und drückte dabei aus Versehen auf irgendwelche Tasten. Der Bildschirm leuchtete auf, Ruth und die Kinder lächelten Lou an. Pud mit seinem albernen breiten zahnlosen Grinsen, Lucy mit ihren großen braunen Augen, die unter ihrem Pony hervorschielten, Ruth, die beide Kinder fest im Arm hatte. Ruth hielt die Familie zusammen. Lächelnd studierte Lou das Bild. Dann ging das Licht aus, das Display wurde schwarz, und das Gerät starrte ihn vorwurfsvoll an. »Auf den Bahamas waren wir«, fuhr er mit seiner Erklärung fort. »Und sogar da haben sie mich gekriegt mit ihrem *Biep-biep. Biep-biep, biep-biep,* so kriegen die mich immer«, lachte er wieder. »Und das rote Licht. Das sehe ich im Schlaf, unter der Dusche, jedes Mal, wenn ich die Augen schließe, das rote Licht und das *Biep-biep.* Ich hasse das verfluchte *Biep-biep.*«

»Dann nehmen Sie sich doch mal einen Tag frei«, schlug der Barmann vor.

»Kann ich nicht. Hab viel zu viel zu tun.«

»Na ja, jetzt, wo man Sie geklont hat, können Sie doch immer freimachen, wenn Sie Lust dazu haben«, scherzte der Barkeeper und schaute sich um, ob ihnen jemand zuhörte.

»Ja«, bestätigte Lou träumerisch. »Es gibt so vieles, was ich gerne tun möchte.«

»Was zum Beispiel? Was möchten Sie jetzt gerade am allerliebsten tun?«

Lou schloss die Augen. Der Schwindel ergriff die günstige Gelegenheit und breitete sich aus, um ihn vom Stuhl zu werfen.

»Hoppla!« Schnell riss er die Augen wieder auf. »Ich möchte nach Hause, aber das geht nicht. Der Klon lässt mich ja nicht. Vorhin hab ich ihn angerufen und ihm gesagt, dass ich müde bin und nach Hause möchte. Aber er lässt mich nicht.« Lou schnaubte. »Der allmächtige Bestimmer sagt Nein.«

»Wer sagt Nein?«

»Mein Klon.«

»Ihr Klon hat Ihnen gesagt, Sie sollen wegbleiben?« Der Barkeeper musste sich ein Lachen verbeißen.

»Er ist zu Hause, und ich kann da ja nicht noch mal aufkreuzen. Aber ich bin müde.« Seine Augenlider senkten sich. Aber dann fiel ihm etwas ein, und er schlug sie schnell wieder auf. Er beugte sich vertraulich zu dem Barmann und senkte die Stimme. »Ich hab ihn durchs Fenster beobachtet, wissen Sie«, sagte er leise.

»Den anderen?«

»Ja, Sie haben's kapiert. Ich bin nach Hause gegangen und hab ihn von draußen beobachtet. Er war da drin, ist mit Bettwäsche und Handtüchern rumgerannt, treppauf, treppab, als hielte er sich für was ganz Besonderes.« Wieder schnaubte er laut. »Grade noch seh ich ihm zu, wie er bei 'nem Geschäftsessen seine dämlichen Witze erzählt, und in der nächsten Sekunde macht er zu Hause die Betten. Glaubt, er kann beides.« Lou verdrehte die Augen. »Deshalb bin ich hierher zurückgekommen.«

»Vielleicht kann er es«, grinste der Barmann.

»Vielleicht kann er was?«

»Vielleicht kann er beides«, erklärte der Barmann und zwinkerte. »Gehen Sie nach Hause«, sagte er, nahm Lous Glas und ging zur anderen Seite des Tresens, weil dort ein Kunde auf Bedienung wartete.

Während der junge Gast seine Bestellung herunterratterte, dachte Lou lang und angestrengt nach. Wenn er nicht nach Hause durfte, konnte er nirgendwohin.

»Alles okay, Schätzchen, alles okay, Daddy ist ja da«, sagte Lou, hielt Lucys dunkle Haare aus ihrem Gesicht und rieb ihr sanft den Rücken, während sie sich über die Kloschüssel beugte und sich ungefähr zum zwanzigsten Mal in dieser Nacht übergab. In T-Shirt und Boxershorts saß Lou neben ihr auf den kalten Badezimmerfliesen und lehnte sich an die Badewanne, während der kleine Körper seiner Tochter sich immer wieder zusammenkrampfte und die letzten Reste ihres Mageninhalts nach oben beförderte.

»Daddy ...« Ganz klein war das Stimmchen, das durch die Tränen kam.

»Alles okay, Schätzchen, ich bin da«, wiederholte er verschlafen. »Es ist beinahe vorbei.« Wie viel mehr konnte ihr kleiner Körper denn noch von sich geben?

Alle zwanzig Minuten war er aus Lucys Bett aufgestanden, wo er neben ihr ein bisschen geschlafen hatte, war mit ihr ins Bad gewankt, wo sie sich erbrochen hatte und ihr Körper innerhalb weniger Augenblicke die Temperatur wechselte, von eiskalt zu glühend heiß und wieder zurück. Normalerweise war es Ruths Aufgabe, die ganze Nacht mit den Kindern aufzubleiben, ob sie krank waren oder nicht, aber zu Lous Pech – und ihrem eigenen – machte sie das Gleiche durch wie ihre kleine Tochter, in ihrem eigenen Badezimmer ein Stück weiter den Flur hinunter. Magen-Darm-Grippe, die sich häufig um die Weihnachtszeit ausbreitete, ein unwillkommenes Geschenk zum Jahresende für diejenigen, deren Abwehrkräfte sich schon vor dem offiziellen Datum vom alten Jahr verabschieden wollten.

Lou trug Lucy wieder ins Bett zurück, und sie schlang die Arme fest um seinen Hals. Sie schlief bereits wieder, völlig erschöpft von den Anstrengungen dieser Nacht. Lou legte sie ins Bett, deckte ihren jetzt wieder kühlen Körper warm zu und platzierte ihren Lieblingsteddy dicht neben ihrem Gesicht, wie Ruth es ihm in einer Brechpause gezeigt hatte. Da vibrierte wieder sein Handy auf dem Pink-Princess-Nachttischchen. Inzwischen war es vier Uhr morgens, und es war der fünfte Anruf, den er von sich selbst bekommen hatte. Als er einen Blick auf das Display warf, erschien sein eigenes Gesicht.

»Was ist jetzt schon wieder?«, flüsterte er ins Telefon, bemühte sich aber, Lautstärke und Wut so weit wie möglich in Schach zu halten.

»Lou! Ich bin's – Lou!«, ertönte die betrunkene Stimme am anderen Ende, gefolgt von einem dröhnenden Lachen.

»Hör auf, mich anzurufen«, sagte Lou, ein bisschen lauter.

Im Hintergrund hörte man stampfende Musik, laute Stimmen und ein Geschnatter unspezifischer Worte. Gläser klirrten, jemand rief etwas Unverständliches, und alle paar Sekunden ertönten Lachexplosionen aus unterschiedlichen Ecken des Raums. Man konnte sich fast einbilden, die Alkoholdämpfe zu riechen, die versuchten, sich durchs Telefon in Lucys friedlich unschuldige Welt zu schleichen. Instinktiv hielt Lou die Hand über den Hörer, um zu verhindern, dass die Erwachsenenwelt ihren kindlichen Schlaf störte.

»Wo bist du überhaupt?«

»Leeson Street. Irgendwo!«, brüllte er zurück. »Ich hab 'ne Frau kennengelernt, Lou«, faselte die Stimme weiter. »Verdammt heiß! Du wärst stolz auf mich. Nein, du wärst natürlich stolz auf dich!« Erneut das dröhnende Gelächter.

»Was?!«, blaffte Lou. »Nein! Fang bloß nichts mit ihr an!«, rief er. Einen Moment flatterten Lucys Augenlider wie zwei kleine Schmetterlinge, und große braune Augen starrten ihn erschrocken an. Aber als sie ihren Daddy erkannte, verschwand der alarmierte Ausdruck, ein kleines Lächeln erschien auf ihren Lippen, und die Augen schlossen sich wieder. Das Vertrauen, das sie mit diesem kurzen Blick ausgedrückt hatte, berührte Lou tief. Er begriff, dass er ihr Beschützer war, derjenige, der ihr die Angst nehmen und ein Lächeln auf ihr Gesicht zaubern konnte, und dieses Gefühl war besser als alles, was er jemals in seinem Leben gefühlt hatte. Besser als der Deal, den er vorhin beim Dinner abgeschlossen hatte, besser als Alfreds Gesichtsausdruck, mit dem er ihn im Restaurant empfangen hatte. Auf einmal hasste Lou den Mann am anderen Ende der Leitung, ja, er verabscheute ihn so, dass er ihn am liebsten geschlagen hätte. Seine Tochter kotzte sich die Seele aus dem Leib, sie war so fertig und erschöpft, dass sie kaum die Augen offen halten konnte, von Stehen ganz zu schweigen, und dieser Kerl hockte in der Kneipe, soff sich um den Verstand, baggerte irgendwelche Frauen an und erwartete ganz selbstverständlich von Ruth, dass sie all das hier ohne ihn erledigte. Er verabscheute den Mann am anderen Ende der Leitung von ganzem Herzen.

»Aber sie ist echt heiß, du solltest sie mal sehen«, lallte der unterdessen weiter.

»Vergiss es«, antwortete Lou scharf, mit leiser, drohender Stimme. »Ich schwöre bei Gott, wenn du irgendwas anstellst, dann …«

»Was dann? Dann bringst du mich um?« Abermaliges Dröhngelächter. »Das klingt, als wolltest du dir die Nase abschneiden, um dein Gesicht zu ärgern, mein Freund. Tja, wo zum Teufel soll ich denn hin, hä? Sag es mir! Ich kann nicht heim, ich kann nicht zur Arbeit – also, wohin soll ich gehen?«

In diesem Moment öffnete sich die Schlafzimmertür, und Ruth erschien. Sie machte einen ebenso erschöpften Eindruck wie ihre Tochter.

»Ich ruf dich zurück«, sagte Lou und beendete eilig das Gespräch.

»Mit wem telefonierst du denn um diese Zeit?«, fragte Ruth leise. Sie hatte ihren Bademantel übergezogen und die Arme schützend um ihren Körper geschlungen. Ihre Augen waren rot und geschwollen, die Haare immer noch zu einem strengen Pferdeschwanz zurückgebunden. Sie sah so zerbrechlich aus, als könnte eine laute Stimme sie umwerfen. Zum zweiten Mal in dieser Nacht wurde Lou warm ums Herz, und er ging mit offenen Armen auf sie zu.

»Das war bloß ein Typ, den ich kenne«, flüsterte er und strich ihr über die Haare. »Er ist total betrunken, irgendwo in einer Bar, und geht mir mit seinen Anrufen auf den Wecker. Ein echter Loser«, fügte er leise hinzu. Dann klappte er das Handy zu und warf es beiseite, mitten in einen Stapel Teddybären. »Wie geht es dir?«, fragte er, trat einen Schritt zurück und musterte Ruths Gesicht. Ihre Stirn glühte, aber sie fröstelte in seinen Armen.

»Ganz gut.« Sie schenkte ihm ein zittriges Lächeln.

»Nein, es geht dir nicht wirklich gut. Du solltest dich schnell wieder hinlegen, ich bringe dir einen feuchten Waschlappen.« Er küsste sie liebevoll auf die Stirn, sie schloss die Augen, und ihr Körper entspannte sich in seinen Armen.

Am liebsten hätte Lou die Faust in die Luft gereckt und laut gejubelt, aber er wollte die Umarmung nicht lösen. Denn zum ersten Mal seit langer Zeit spürte er, wie Ruth aufhörte, gegen ihn zu kämpfen. Jedes Mal, wenn er sie in den letzten sechs Monaten umarmt hatte, war sie sofort starr und steif geworden – als hätte sie das Gefühl, dadurch deutlich machen zu müssen, dass sie sein Verhalten nicht billigte. Doch nun genoss er diesen Moment, in dem sie in seinen Armen ganz weich wurde – es war ein stummer, aber unschätzbarer Etappensieg für ihre Ehe.

Auf einmal fing das Handy zwischen den Teddys wieder an zu vibrieren und in Bär Paddingtons Armen herumzuhüpfen. Lous Gesicht erschien erneut auf dem Bildschirm, und er musste schnell wegsehen, weil er seinen Anblick nicht ertragen konnte. Jetzt konnte er verstehen, wie Ruth sich ihm gegenüber fühlte.

»Da ist schon wieder dein Freund«, sagte Ruth und zog sich ein Stück zurück, damit er nach dem Telefon greifen konnte.

»Nein, lass ihn.« Er ignorierte das Handy und zog Ruth wieder an sich. »Ruth«, sagte er leise und hob mit den Fingern leicht ihr Kinn an, damit sie ihm ins Gesicht sehen konnte. »Es tut mir leid.«

Erschrocken starrte Ruth ihn an. Offensichtlich war sie sicher, dass seine Entschuldigung einen Haken hatte. Es musste einen Haken geben. Lou Suffern hatte gesagt, dass ihm etwas leidtat. Und das gehörte nicht zu seinem Wortschatz.

Aus dem Augenwinkel sah Lou das Telefon vibrieren, bis es sich schließlich aus Paddingtons Arm löste und auf Winnie Puhs Kopf landete, von wo es von einem Bären zum nächsten weitergereicht wurde wie eine heiße Kartoffel. Dann war es einen Moment still, fing aber gleich wieder an, Lous Gesicht erschien, lächelte, grinste ihn an, lachte ihn aus und erklärte ihm, dass er ein Schwächling war, weil er diese Worte in den Mund genommen hatte. Aber er kämpfte dagegen an, kämpfte gegen die betrunkene, dumme, kindische, unvernünftige Seite in sich an, weigerte sich, ans Telefon zu gehen, weigerte sich, seine Frau loszulassen. Er schluckte schwer.

»Ich liebe dich, weißt du.«

Es war, als würde sie das zum ersten Mal hören. Es war, als hätte man sie beide zurückversetzt unter den Weihnachtsbaum von Ruths Eltern in Galway, an ihrem allerersten gemeinsamen Weihnachten. Die Katze lag zusammengerollt auf ihrem Lieblingskissen am Feuer, der verrückte Hund, der schon viel zu viele Jahre auf der Welt war, vergnügte sich im Garten hinter dem Haus und bellte alles an, egal, ob es sich bewegte oder nicht. Damals hatte Lou ihr gesagt, dass er sie liebte, dort neben dem künstlichen weißen Weihnachtsbaum, über den sich Ruths Eltern noch wenige Stunden zuvor lautstark gestritten hatten – Mr O'Donnell wollte einen richtigen Tannenbaum, Mrs O'Donnell war dagegen, weil sie keine Lust hatte, ständig die Nadeln wegsaugen zu müssen. Grüne, rote und blaue Lichter leuchteten rhythmisch an dem furchtbar kitschigen Baum auf und verglommen wieder, unentwegt, und obwohl der Baum so hässlich war, wirkte er sehr entspannend – als würde ein Brustkorb sich beim Atmen gemächlich heben und senken. Es war der erste gemeinsame Augenblick, den Ruth und Lou an diesem Tag hatten, überhaupt die einzige ungestörte Zeit zu zweit, denn Lou musste auf der Couch übernachten, während Ruth abends züchtig in ihrem Zimmer verschwand. Er hatte nicht geplant, ihr seine Liebe zu gestehen, ja, eigentlich hatte er vorgehabt, diese Worte überhaupt nie auszusprechen, aber sie waren einfach ungefragt über seine Lippen gekommen. Eine Weile hatte er mit ihnen gekämpft, sie im Mund hin und her bewegt, sie nach vorn befördert und wieder zurückgeholt, weil er nicht den Mut hatte, sie herauszulassen. Aber dann waren sie plötzlich draußen, und augenblicklich veränderte sich seine Welt. Zwanzig Jahre später, hier im Schlafzimmer seiner Tochter, fühlte es sich an, als wäre derselbe Moment zurückgekehrt, mit dem gleichen Ausdruck der Freude und Überraschung auf Ruths Gesicht.

»O Lou«, sagte sie leise, schloss die Augen und gab sich ganz dem Moment hin. Doch dann machte sie abrupt die Augen wieder auf, und eine Besorgnis flackerte in ihnen, eine Unruhe, die Lou eine Höllenangst vor dem machte, was sie sagen würde. Was wusste sie? Sein Verhalten in der Vergangenheit stürzte sich auf ihn wie ein gespenstischer Piranhaschwarm, gemein und hinterlistig. Er dachte an diesen anderen Teil seiner selbst, der irgendwo betrunken da draußen umherstreifte und womöglich seine neu erwachte Beziehung zu seiner Frau zerstörte, die Reparaturen rückgängig machte, die sie beide so viel Anstrengung gekostet hatten. Er hatte eine Vision der beiden Lous: Einer baute eine Backsteinmauer, der andere schlug mit einem Vorschlaghammer alles sofort wieder kurz und klein. Genau das hatte Lou die ganze Zeit getan. Auf der einen Seite hatte er seine Familie aufgebaut, während er auf der anderen mit seinem Verhalten alles kaputtzumachen drohte.

Mit einem Ruck löste Ruth sich von ihm und rannte ins Bad. Lou hörte, wie sie die Klobrille hochklappte und sich ein weiteres Mal übergab. Da sie es hasste, wenn jemand in solchen Augenblicken bei ihr war, schaffte sie es sogar noch – wie immer eine Meisterin in Multitasking –, mit dem ausgestreckten Bein die Badezimmertür hinter sich zuzuschlagen.

Lou seufzte, ließ sich auf den Boden sinken und landete mitten in der Teddykolonie, wo zum x-ten Mal das Telefon zu vibrieren begann.

»Was ist denn jetzt schon wieder?«, fragte er mit dumpfer Stimme und erwartete, seine eigene betrunkene Stimme zu hören. Aber er irrte sich.

## 20

## Der Truthahnjunge IV

Schwachsinn«, sagte der Truthahnjunge, als Raphie eine Pause machte, um Luft zu holen. Statt etwas zu antworten, wartete Raphie, ob der Knabe ihm gegenüber vielleicht noch etwas Konstruktiveres in petto hatte.

»Totaler Schwachsinn«, wiederholte der jedoch nur noch einmal.

»Okay, das reicht«, sagte Raphie, stand auf und packte Becher, Papptasse und Bonbonpapiere zusammen. Während er seine Geschichte erzählte, hatte er einiges an Süßigkeiten vertilgt. »Dann lass ich dich jetzt in Frieden auf deine Mutter warten.«

»Nein, bleiben Sie hier!«, rief der Junge.

Aber Raphie machte einen Schritt zur Tür.

»Sie können die Geschichte doch nicht einfach an der Stelle abbrechen«, zeterte der Truthahnwerfer weiter. »Sie können mich doch nicht so hängen lassen!«

»Na ja, so geht es einem eben, wenn man etwas nicht zu würdigen weiß«, entgegnete Raphie achselzuckend. »Und wenn man mit einem Truthahn Fensterscheiben einschmeißt.« Damit verließ er den Verhörraum.

Jessica stand in der winzigen Küche der Station und trank die nächste Tasse Kaffee. Ihre Augen waren rot, entzündet, mit dunklen Ringen.

»Schon Kaffeepause?« Raphie tat, als würde er ihren lädierten Zustand nicht bemerken.

Sie blies auf den Kaffee, nippte und sagte, ohne beim Sprechen die Tasse vom Mund zu nehmen: »Du warst eine halbe Ewigkeit da drin.« Dabei studierte sie aufmerksam das Schwarze Brett, das direkt vor ihr hing.

»Ist dein Gesicht okay?«

Sie nickte einmal kurz – wahrscheinlich der ausführlichste Kommentar, den sie zu den Schnitten und Kratzern, die ihr Gesicht überzogen, abzugeben bereit war. Abrupt wechselte sie das Thema. »Wie weit bist du mit der Geschichte gekommen?«

»Bis zu Lou Sufferns erster Verdoppelung.«

»Was hat der Junge dazu gesagt?«

»Ich glaube, ›Schwachsinn‹ war der Ausdruck seiner Wahl, dicht gefolgt von ›totaler Schwachsinn‹.«

Jessica lächelte schwach, blies erneut auf ihren Kaffee und nippte wieder. »Du bist weiter gekommen, als ich dachte. Du solltest ihm die Videoaufnahmen von der Nacht zeigen.«

»Haben wir die Tapes von der Videoüberwachung in dem Pub denn schon?«, fragte Raphie und drückte noch einmal auf den Schalter am Wasserkessel. »Wer hat da an Weihnachten gearbeitet? Der Weihnachtsmann?«

»Nein, die Tapes sind noch nicht da, aber die von Patterson Developments. Da wissen sie anscheinend nicht, wie man einen Tag Urlaub nimmt.« Jessica verdrehte die Augen. »An Weihnachten, also ehrlich. Jedenfalls, auf der Aufnahme von der Konferenz sieht man einen Mann aus seinem Büro verschwinden, der genau aussieht wie Lou.«

»Aber bei der Videokonferenz könnte es doch dieser Gabe-Kerl sein. Er und Lou sehen sich total ähnlich.«

»Könnte sein, ja.«

»Wo bleibt der überhaupt? Er sollte doch schon vor einer Stunde hier sein.«

Jessica zuckte die Achseln.

»Na ja, er sollte zusehen, dass er seinen Hintern hier demnächst reinschafft und seinen Führerschein mitbringt, wie ich es ihm gesagt habe«, grollte Raphie. »Sonst werde ich ...«

»Sonst wirst du was?«

»Sonst werde ich ihn persönlich festnehmen.«

Langsam senkte Jessica die Kaffeetasse, und ihre tiefen, geheimnisvollen Augen bohrten sich in seine. »Mit welcher Begründung willst du ihn denn bitte festnehmen, Raphie?«

Aber Raphie ignorierte sie, goss sich noch einen Kaffee ein und schaufelte zwei Löffel Zucker hinein, wogegen Jessica – wahrscheinlich, weil sie seine grimmige Entschlossenheit spürte – nicht protestierte. Dann füllte er den Pappbecher mit Wasser und trottete wieder den Korridor hinunter.

»Wo gehst du hin?«, rief sie ihm nach.

»Die Geschichte fertig erzählen«, brummte er.

# Der Rest der Geschichte

# 21

## Der Mann der Stunde

Aufwachen, aufwachen«, durchdrang eine Singsangstimme Lous betrunkene Träume, in denen alles zum hundertsten Mal wiederholt wurde: Er wischte Lucy die Stirn ab, steckte Pud den Schnuller wieder in den Mund, hielt Lucys Haare zurück, während sie sich über die Toilette beugte, nahm seine Frau in den Arm, ihr Körper entspannte sich, dann ging es wieder zurück zu Lucys Stirn, Pud spuckte den Schnuller aus, und Ruth lächelte, als er ihr sagte, dass er sie liebte.

Der Duft von frischem Kaffee stieg ihm in die Nase. Endlich schlug er die Augen auf – und fuhr so erschrocken zurück, dass er mit seinem sowieso schon schmerzenden Kopf gegen die harte Betonwand schlug.

Wo war er überhaupt? Das, was seine frisch geöffneten Augen morgens begrüßte, war manchmal mehr und manchmal weniger angenehm. Weit häufiger als ein Kaffeebecher, wie er ihm in diesem Augenblick unter die Nase gehalten wurde, weckte ihn der Klang einer Klospülung, und gelegentlich – wenn auch sehr selten – war das Warten darauf, dass die geheimnisvolle Klospülerin aus dem Badezimmer zurückkehrte und ihr Gesicht im Schlafzimmer zeigte, so nervtötend gewesen, dass Lou in der Zwischenzeit vorsichtshalber aus dem Bett und sogar aus dem Gebäude verschwunden war, ehe die mysteriöse Dame wieder auftauchte.

An dem Morgen, nachdem Lou Suffern zum ersten Mal verdoppelt worden war, wurde er allerdings mit einem vollkommen neuen Szenario konfrontiert: Vor ihm stand ein Mann in seinem Alter und streckte ihm mit zufriedenem Gesicht einen Becher Kaffee entgegen. So etwas war noch nie da gewesen. Zum Glück war der andere Mann Gabe, und Lou stellte erleichtert fest, dass sie beide voll bekleidet waren und kein geheimnisvolles Klospülen drohte. Mit dröhnendem Schädel, im Mund den ekelhaften Geschmack verwesender Ratten – der sich ihm leider so heftig aufdrängte wie ein Präsidentschaftskandidat im Wahlkampf seinen potenziellen Wählern –, betrachtete er die Umgebung.

Er lag auf dem Boden. Das erkannte er, weil der Beton ziemlich nahe war, während die Decke mit den herunterhängenden Kabeln ziemlich hoch über ihm schwebte. Trotz des Schlafsacks, der sich unter ihm befand, war der Betonboden sehr hart. Er hatte einen Krampf im Nacken, weil sein Kopf ziemlich unbequem an die Betonwand gepresst gewesen war. Über ihm reckten sich hohe Metallregale bis zur Decke: hart, grau, kalt und deprimierend wie die Kräne, die Dublins Skyline durchsetzten, metallene Eindringlinge, die sich als Aufseher über eine sich entwickelnde Stadt aufspielten. Zu seiner Linken war die schirmlose Lampe, die schuld an dem gnadenlosen weißen Licht war, das nicht wirklich das Zimmer erhellte, sondern wie eine Pistole in einer ruhigen Hand ganz direkt auf Lous Kopf zielte. In diesem grellen Licht war kein Irrtum möglich – er befand sich in Gabes Abstellkammer im Keller des Bürogebäudes. Über ihm stand Gabe und streckte ihm den dampfenden Becher Kaffee entgegen. Der Anblick war vertraut, ein Spiegelbild der Szene letzte Woche, als Lou auf der Straße stehen geblieben war, um Gabe einen Kaffee anzubieten. Nur war das Bild diesmal verdreht und beunruhigend wie im Spiegelkabinett, denn Lou konnte nicht leugnen, dass er heute unten war und Gabe oben.

»Danke.« Er nahm Gabe den Becher ab und legte die Hände um das warme Porzellan. »Kalt hier drin«, stellte er fröstelnd fest. Seine ersten Worte waren ein Krächzen, und als er sich aufsetzte, spürte er, wie die Last der Welt auf seinen Kopf herniederkrachte, und der zweite Kater in Folge erinnerte ihn daran, dass das Älterwerden ihm zwar viele Gründe zum Feiern beschert hatte – zum Beispiel, dass seine Nase, die als Junge immer viel zu groß für sein Gesicht gewesen war, irgendwann recht wohlproportioniert wirkte –, aber dass seine Alkoholresistenz nicht dazugehörte.

»Ja, jemand hat mir ein Heizgerät versprochen, aber ich warte noch darauf, dass es ankommt«, grinste Gabe. »Keine Sorge, ich hab gehört, dass blaue Lippen zurzeit total in sind.«

»Oh, tut mir leid wegen des Heizgeräts, ich sage Alison Bescheid«, murmelte Lou und nahm einen Schluck von dem schwarzen Kaffee. Nachdem er die ersten Momente nach dem Aufwachen gebraucht hatte, um zu kapieren, wo er war, sich die Verwirrung über seinen Aufenthaltsort nun jedoch gelegt hatte und er sich über seine Lage im Klaren war, konnte er einigermaßen entspannt seinen Kaffee genießen. Doch gleich nach dem ersten Schluck fiel ihm ein anderes Problem ein.

»Was zum Teufel mache ich hier eigentlich?« Er setzte sich aufrecht hin und inspizierte sich nach eventuellen Hinweisen. Er trug noch den Anzug von gestern, ein zerknittertes, zerknautschtes Fiasko mit für sich selbst sprechenden Flecken auf Hemd, Krawatte und Jackett. Genau genommen war er überall ziemlich dreckig. »Was stinkt hier eigentlich so?«

»Ich glaube, das sind Sie«, antwortete Gabe. »Ich hab Sie

auf dem Hinterhof gefunden, wie Sie in einen Müllcontainer gekotzt haben.«

»O Gott«, flüsterte Lou und schlug die Hände vors Gesicht.

Dann blickte er verwirrt auf. »Aber ich war gestern Abend doch zu Hause. Ruth und Lucy waren krank, Magen-Darm-Grippe. Und als sie endlich eingeschlafen sind, ist Pud aufgewacht.« Er rieb sich müde das Gesicht. »Hab ich das nur geträumt?«

»Nein, nein«, antwortete Gabe fröhlich, während er heißes Wasser auf seinen Pulverkaffee goss. »Da waren Sie natürlich auch, gleichzeitig. Sie hatten ziemlich viel zu tun letzte Nacht, erinnern Sie sich nicht mehr?«

Es dauerte einen Moment, bis Lou die Ereignisse wieder aus seinem Gedächtnis abrufen konnte, aber dann fielen die Groschen auf einmal haufenweise – wie in einem kaputten Münzautomaten –, und eine Welle von Erinnerungen überrollte ihn: die Tablette, die Verdoppelung und alles, was damit einhergegangen war.

»Diese Frau, die ich kennengelernt habe …« Er brach mitten im Satz ab, denn er wollte einerseits wissen, was passiert war, und andererseits – absolut gleichzeitig! – auch wieder überhaupt nicht. Ein Teil in ihm war von seiner Unschuld überzeugt, während ein anderer ihn am liebsten nach draußen geschleppt und windelweich geprügelt hätte. Womöglich hatte er seine Ehe aufs Spiel gesetzt – und das nicht zum ersten Mal. Kalter Schweiß brach ihm aus allen Poren, was der Duftmischung im Raum eine neue Geruchsnote beifügte.

Gabe ließ ihn eine Weile schmoren, blies auf seinen Kaffee und trank winzige Schlückchen, wie eine Maus, die an heißem Käse knabbert.

»Sie haben also eine Frau kennengelernt?«, fragte er schließlich ganz unschuldig und mit großen Augen.

»Ich, äh … ich hab eine … Ist ja auch egal. War ich allein, als Sie mich heute Nacht gefunden haben?« Gleiche Frage, anders formuliert. Beides gleichzeitig.

»Ja, Sie waren allein, ganz allein. Allerdings nicht einsam, Sie schienen ganz zufrieden zu sein mit Ihrer eigenen Gesellschaft, aber Sie haben ständig irgendwas von einer Frau gemurmelt, das stimmt schon«, neckte ihn Gabe. »Anscheinend hatten Sie die junge Dame verloren und konnten sich nicht mehr erinnern, wo Sie sie hingesteckt hatten. Auf dem Boden des Müllcontainers war sie jedenfalls nicht.«

»Was habe ich gesagt? Ich meine, erzählen Sie es mir lieber nicht so genau, ich will nur wissen, ob es etwas war über … über … na, Sie wissen schon … Scheiße, wenn ich was mit dieser Frau angefangen habe, wird Ruth mich umbringen.« Tränen traten ihm in die Augen. »Ich bin so ein Riesenarschloch.« Frustriert kickte er die Kiste am Fußende des Schlafsacks weg.

Gabes Lächeln verblasste, denn er merkte, dass Lou es ernst meinte. »Nein, Sie haben nichts mit ihr angefangen«, versicherte er ihm mit Bestimmtheit.

»Woher wissen Sie das denn so genau?«

»Ich weiß es eben.«

Lou musterte ihn neugierig. Misstrauisch sogar. Obwohl er ihm andererseits vertraute. Gleichzeitig. In diesem Augenblick war Gabe alles, was er hatte. Zwar hatte er ihn einfach hierhergeschleppt, aber er sorgte für ihn wie ein Vater. Allmählich begann er, ihn zu mögen. Gabe war der einzige Mensch, der seine Lage verstand, aber gleichzeitig hatte er ihn auch in diese Lage gebracht. Eine gefährliche Beziehung.

»Gabe, wir müssen uns echt mal über diese Tabletten unterhalten. Ich möchte sie nicht mehr haben.« Lou holte den Pillenbehälter aus der Tasche. »Ich meine, letzte Nacht war eine Offenbarung, wirklich, in vielerlei Hinsicht.« Wieder rieb er sich die müden Augen und dachte an den Klang seiner besoffenen Stimme am Telefon. »Ich meine, gibt es mich jetzt zweimal?«

»Nein, jetzt sind Sie wieder einer«, erklärte Gabe. »Schokobrötchen?«

»Aber was ist mit Ruth?«, fuhr Lou fort, ohne auf das Angebot zu achten. »Wenn sie aufwacht, und ich bin nicht da, wird sie sich Sorgen machen. Bin ich einfach verschwunden?«

»Sie wird aufwachen, und Sie sind weg, bei der Arbeit, genau wie immer.«

Lou verdaute die Information und beruhigte sich ein bisschen. »Aber das ist doch nicht richtig, das ergibt keinen Sinn. Wir müssen uns darüber unterhalten, woher Sie diese Pillen haben.«

»Sie haben recht, das müssen wir«, antwortete Gabe ernst, nahm die Dose aus Lous Hand und stopfte sie in seine Tasche. »Aber jetzt noch nicht. Jetzt ist nicht der richtige Zeitpunkt.«

»Was meinen Sie damit – der richtige Zeitpunkt?«

»Damit meine ich, es ist gleich halb neun, und Sie haben noch ein Meeting, bei dem Sie unbedingt erscheinen sollten, ehe Alfred reinfegt und Ihnen die Show stiehlt.«

Sofort stellte Lou achtlos die Kaffeetasse auf einem Bord zwischen einem Verlängerungskabel und einem Stapel Mausefallen ab, sprang auf, vergaß alle Sorgen wegen der seltsamen Pillen und vergaß auch, sich zu wundern, woher Gabe von seinem Termin um halb neun wusste.

»Sie haben völlig recht, ich muss los. Wir reden dann später.«

»Gut, aber so können Sie sich beim Meeting wirklich nicht blicken lassen«, lachte Gabe, während er den Blick über Lous zerknautschten, schmutzigen Anzug gleiten ließ. »Außerdem riechen Sie bestialisch nach Kotze. Und nach Katzenpisse.

Glauben Sie mir, ich kann das beurteilen, ich habe für so was inzwischen eine ziemlich gute Nase.«

»Das geht schon«, entgegnete Lou, schaute auf die Uhr und zog gleichzeitig sein Jackett aus. »Ich dusche schnell in meinem Büro und zieh meinen Ersatzanzug an.«

»Das geht leider nicht. Den Ersatzanzug trage ich, haben Sie das schon vergessen?«

Lou schaute Gabe an, und plötzlich fiel ihm wieder ein, wie er ihm am ersten Tag, als er ihm den Job angeboten hatte, seine Klamotten überlassen hatte. Garantiert hatte Alison die Sachen noch nicht wieder ersetzt, denn für diese Art von Umsicht war sie noch nicht lange genug seine Sekretärin.

»Scheiße! Scheiße, Scheiße und noch mal Scheiße!« Lou tigerte in dem kleinen Raum auf und ab, kaute nervös an seinen manikürten Nägeln, riss ein Stück ab und spuckte es auf den Boden, riss und spuckte.

»Keine Sorge, meine Putzfrau kümmert sich darum«, grinste Gabe amüsiert, während er zusah, wie die abgebissenen Nagelstückchen auf dem Betonboden landeten.

Lou achtete nicht auf ihn und tigerte weiter. »Die Läden machen erst um neun auf. Wo zum Teufel kriege ich jetzt einen Anzug her?«

»Keine Angst, ich glaube, ich habe etwas hier in meinem Ankleidezimmer«, sagte Gabe, verschwand im Nebengang und kam mit dem neuen, noch in Plastik gehüllten Anzug wieder zum Vorschein. »Ich hab's ja gesagt – man weiß nie, wann man einen neuen Anzug brauchen kann. Genau Ihre Größe und alles. Fast, als wäre er eigens für Sie gemacht worden.« Er zwinkerte Lou zu und fügte, während er ihm den Anzug überreichte, gespielt theatralisch hinzu: »Möge Ihre äußere Würde die innere Würde Ihrer Seele widerspiegeln.«

»Äh, ja, sicher«, erwiderte Lou unsicher und nahm den Anzug von Gabes ausgestreckter Hand.

Im leeren Aufzug *betrachtete* Lou sich im Spiegel. Er hatte keinerlei Ähnlichkeit mehr mit dem Mann, der vor einer halben Stunde im Keller auf dem Fußboden aufgewacht war. Obwohl der Anzug, den Gabe ihm gegeben hatte, von einem gänzlich unbekannten Designer stammte – was Lou nicht gewohnt war –, saß er besser als alle anderen Anzüge, die er jemals getragen hatte. Das hellere Blau von Hemd und Krawatte brachte zusammen mit dem Marineblau von Jackett und Hose seine Augen zum Leuchten und ließ sie unschuldig und fast engelhaft wirken.

An diesem Tag entwickelten die Dinge sich wirklich prächtig für Lou Suffern. Er war wieder in seiner üblichen Topform, gepflegt und attraktiv, und seine von Gabe blitzblank polierten Schuhe tänzelten so leicht und locker über den Boden wie eh und je. Sein Gang war beschwingt, seine linke Hand steckte leger in der Tasche, während die rechte lässig im Rhythmus seiner Schritte schwang, jederzeit bereit, ans Handy zu gehen und/oder die Hand eines anderen Menschen zu schütteln. Lou war der Mann der Stunde. Nach einem Telefongespräch mit seiner Frau und mit Lucy war er für seine Tochter der Vater des Jahres, und auch seine Chancen, es in den nächsten ein bis zwei Jahrzehnten zum Ehemann des Jahres zu bringen, hatten sich deutlich verbessert. Er war glücklich – so glücklich, dass er vor sich hin pfiff und nicht einmal damit aufhörte, als Alison ihm sagte, dass seine Schwester ihn sprechen wollte. Fröhlich griff er zum Telefon und parkte seinen Hintern auf der Ecke von Alisons Schreibtisch.

»Marcia, guten Morgen«, sagte er munter.

»Na, du hast ja heute anscheinend richtig gute Laune. Ich weiß, du bist ein vielbeschäftigter Mann, Lou, aber ich wollte dir nur mitteilen, dass wir die Einladungen zu Dads Geburtstag bekommen haben. Sie sind … sehr hübsch … sehr aufwendig … nicht das, was ich ausgesucht hätte, aber … na ja, jedenfalls haben inzwischen schon ein paar Leute angerufen und gemeint, sie hätten noch keine Einladung gekriegt.«

»Oh, dann sind sicher welche in der Post verloren gegangen«, meinte Lou. »Wir können einfach morgen noch welche losschicken.«

»Aber das Fest *ist* morgen, Lou.«

»Was?« Er runzelte die Stirn und schaute mit zusammengekniffenen Augen auf den Wandkalender.

»Ja, morgen hat Dad Geburtstag«, erklärte sie, und ihre Stimme hatte wieder einen leicht panischen Unterton. »Die Einladungen kommen nicht mal mehr an, wenn du sie jetzt gleich in die Post gibst. Deshalb wollte ich mich nur vergewissern, dass es okay ist, wenn die Betreffenden einfach ohne Einladung aufkreuzen – ich meine, es ist ja nur eine Familienfeier.«

»Keine Sorge, schick uns die Liste einfach noch mal per E-Mail, die geben wir dann dem Türsteher. Alles unter Kontrolle.«

»Ich könnte ein paar Dinge mitbringen, die …«

»Alles unter Kontrolle«, unterbrach er sie mit fester Stimme.

Inzwischen beobachtete er, wie seine Kollegen den Korridor zum Konferenzzimmer hinuntereilten, Alfred ziemlich zum Schluss in seinem Blazer mit den großen Goldknöpfen, der aussah, als wollte er Kapitän auf einem Kreuzfahrtschiff werden.

»Was passiert denn auf der Party, Lou?«, fragte Marcia nervös.

»Was da passiert?« Lou lachte. »Ach, komm schon, Marcia, wir wollen doch, dass es für alle eine Überraschung ist.«

»Weißt du denn, was die vorhaben?«

»Ob ich weiß, was die vorhaben? Traust du meinen organisatorischen Fähigkeiten nicht, oder was?«

»Ich mach mir nur Sorgen, weil du bis jetzt jede meiner Fragen wiederholt hast, um mir auszuweichen«, entgegnete sie wie aus der Pistole geschossen.

»Natürlich kenne ich das Programm für die Feier! Glaubst du vielleicht, ich würde das alles Alison überlassen?« Wieder lachte er laut. »Alison kennt Dad überhaupt nicht, sie hat ihn noch nie gesehen«, fügte er hinzu, womit er wiederholte, was diverse Familienmitglieder bereits hinter seinem Rücken gemurmelt hatten.

»Na ja, es ist einfach wichtig, dass jemand von der Familie sich engagiert, Lou – diese Alison scheint ja eine nette junge Frau zu sein, aber sie war bislang nicht sonderlich entgegenkommend. Und ich möchte, dass Dad sich freut und wohlfühlt.«

»Das wird er auch, Marcia, das wird er.« Lous Magen grummelte unbehaglich. »Wir werden alle unseren Spaß haben, das verspreche ich dir. Also, du weißt ja, dass ich am Anfang noch nicht dabei sein kann, weil ich eine Weile auf der Feier hier im Büro bleiben muss. Aber danach komme ich sofort zu euch rüber.«

»Ich weiß, dafür habe ich volles Verständnis. O Gott, Lou, ich möchte doch nur, dass Dad die Feier gefällt. Er ist immer so damit beschäftigt, dafür zu sorgen, dass wir anderen alle glücklich sind. Jetzt soll er sich endlich auch mal entspannen und einfach nur Spaß haben.«

»Ja.« Lou schluckte, allmählich wurde er nervös. »Das will ich doch auch. Okay, aber jetzt muss ich los, ich hab ein Meeting. Bis morgen dann, ja?«

Er gab Alison das Telefon zurück, aber sein Lächeln war verschwunden. »Es ist doch wirklich alles unter Kontrolle, ja?«

»Was?«

»Die Party«, sagte er fest. »Die Geburtstagsfeier für meinen Vater.«

»Lou, ich versuche die ganze Zeit, Sie wegen aller möglichen Details zu fragen, die wir …«

»Ist nun alles unter Kontrolle oder nicht? Sie würden es mir doch sagen, wenn es nicht so wäre, oder?«

»Selbstverständlich.« Alison lächelte nervös. »Die Location, die Sie ausgesucht haben, ist sehr … äh … sehr cool, könnte man sagen, und die haben dort sogar ein eigenes Event-Management-Team. Das habe ich Ihnen im Lauf der letzten Woche ja schon ein paarmal erzählt«, fügte sie rasch hinzu. »Außerdem habe ich Ihnen das Angebot für das Essen und die Musik auf den Schreibtisch gelegt, damit Sie sich etwas aussuchen können, aber weil Sie es nicht gemacht haben, musste ich alles selbst entschei–«

»Okay, Alison, eine Anmerkung für die Zukunft: Wenn ich Sie frage, ob alles unter Kontrolle ist, möchte ich als Antwort nur ein einfaches Ja oder ein Nein hören«, sagte er höflich, aber bestimmt. »Ich habe wirklich keine Zeit für Fragen zwischendurch oder irgendwelche Memos auf meinem Schreibtisch, ich muss nur wissen, ob Sie dafür sorgen können, dass etwas klappt, oder nicht. Wenn nicht, ist das auch in Ordnung, dann müssen wir eben etwas anderes suchen. Alles klar so weit?«

Sie nickte hektisch.

»Super.« Er klatschte in die Hände und sprang vom Schreibtisch. »Dann gehe ich jetzt mal lieber zu meinem Meeting.«

»Hier.« Sie reichte ihm seine Akten. »Und herzlichen Glückwunsch zu den beiden Deals gestern, alle reden schon darüber.«

»Ach wirklich?«

»Ja«, antwortete sie und sah ihn mit großen Augen an. »Manche meinen auch, dass Sie bestimmt Cliffs Stelle kriegen.«

Das war natürlich Musik in Lous Ohren, aber er wiegelte rasch ab. »Wir sollten nichts überstürzen, Alison. Schließlich wünschen wir uns doch alle, dass Cliff bald wieder gesund wird.«

»Selbstverständlich tun wir das, aber … na ja, wie auch immer.« Sie lächelte. »Sehen wir uns dann bei der Weihnachtsfeier morgen?«

»Na klar«, antwortete er und erwiderte ihr Lächeln, aber erst im Weggehen, als er sich bereits dem Konferenzraum näherte, begriff er endlich, was sie damit gemeint hatte.

Als Lou den Konferenzraum betrat, standen alle zwölf Teilnehmer an dem runden Tisch auf, um ihm zu applaudieren, lächelten von einem Ohr zum anderen, mit blitzenden Zähnen, aber ohne dass das Lächeln die müden Morgenaugen erreichte, und an manch einer gestressten Schulter, die dringend eine Massage nötig gehabt hätte, erkannte man sogar eine gewisse Anspannung und Gereiztheit. Mit solchen Problemen musste sich jeder, den Lou kannte, auseinandersetzen. Die meisten bekamen nicht genug Schlaf, die meisten waren unfähig, sich von der Arbeit und den ganzen dazugehörigen Geräten wie Laptops, Handhelds und Handys loszureißen, und es gab mit Sicherheit kein Familienmitglied, das die ganzen Apparate nicht am liebsten ins Klo geschmissen und runtergespült hätte. Natürlich freuten sich diese Leute für Lou, aber eben auf ihre eigene gestresste, von elektromagnetischer Energie überladene Art. Sie funktionierten alle, um zu überleben und ihre Hypotheken abzuzahlen, sie machten ihre Präsentationen, bemühten sich, dem Chef zu gefallen, fuhren morgens extra früh los, um nicht in den Stoßverkehr zu geraten, und blieben abends länger, damit die schlimmsten Staus sich schon wieder aufgelöst hatten. Alle in diesem Raum Versammelten schoben unglaubliche Mengen von Überstunden, um vor Weihnachten rechtzeitig mit ihrer Arbeit fertig zu werden, und erreichten damit zuerst und vor allem, dass der Haufen persönlicher Probleme, der sich in ihrem Posteingang stapelte, ins Unermessliche anwuchs. Dieser Berg musste dann über Weihnachten abgetragen werden, wenn endlich Zeit war für Familienprobleme, die man das ganze Jahr über tunlichst beiseitegeschoben hatte. Das Fest des Familienwahnsinns.

Angeführt wurde der Applaus von Mr Patterson, der übers ganze Gesicht strahlte, und alle stimmten ein – alle außer Alfred, der sich auffallend langsam erhob. Als die anderen schon standen, war er noch dabei, umständlich seinen Stuhl zurückzuschieben, als die anderen klatschten, zupfte er noch seine Krawatte zurecht und knöpfte seine Goldknöpfe zu. Immerhin schaffte er es, einmal zu klatschen, bevor der Beifall wieder erstarb, ein einzelner Knall, der eher klang, als wäre ein Luftballon geplatzt.

Lou ging um den Tisch herum, schüttelte Hände und klopfte Schultern. Als er bei Alfred ankam, hatte sein Freund sich bereits wieder gesetzt und streckte Lou nur seine schlaffe, nervös verschwitzte Hand entgegen.

»Ah, der Mann der Stunde«, sagte Mr Patterson herzlich, ergriff mit seiner Rechten Lous Hand und legte die Linke fest auf seinen Oberarm. Dann trat er einen Schritt zurück und musterte Lou so stolz wie ein Großvater seinen Enkel am Kommunionstag, strahlend vor Stolz und Bewunderung.

»Sie und ich werden uns nachher noch unterhalten«, sagte Patterson leise, während die anderen noch unter sich redeten. »Wie Sie wissen, wird es nach Weihnachten hier ein paar Veränderungen geben, das ist ja kein Geheimnis«, meinte er feierlich und wählte seine Worte so, dass sie ihm nicht als Respektlosigkeit Cliff gegenüber ausgelegt werden konnten.

»Ja.« Lou nickte eifrig. Insgeheim war er sehr glücklich, persönlich in dieses Geheimnis eingeweiht zu werden – auch wenn natürlich jeder längst Bescheid wusste.

»Nun, wir unterhalten uns, okay?«, wiederholte Mr Patterson abschließend, und als die Gespräche um sie herum allmählich verstummten, setzte er sich, und alle wurden still.

Mit dem Gefühl zu schweben nahm Lou Platz, fand es aber schwierig, sich auf den Rest der morgendlichen Diskussion zu konzentrieren. Aus dem Augenwinkel konnte er sehen, dass Alfred zumindest einen Teil von Mr Pattersons Bemerkung mitbekommen hatte.

»Sie sehen müde aus, Lou, haben Sie gestern Abend gefeiert?«, erkundigte sich ein Kollege.

»Ich war die ganze Nacht auf, weil meine kleine Tochter und meine Frau Magen-Darm-Grippe hatten. War ziemlich anstrengend.« Er lächelte, als er daran dachte, wie Lucy gut zugedeckt im Bett gelegen hatte, das Gesicht halb unter ihren dichten Ponyfransen versteckt.

Alfred lachte, laut und keuchend wie üblich.

»Mein Sohn hatte die Grippe letzte Woche auch schon«, sagte Mr Patterson. »Das Zeug geht wirklich um zurzeit.«

»Ja, das Zeug geht um, das kann man wohl sagen«, wiederholte Alfred und sah Lou an.

Wie Hitze von einem Highway in der Wüste aufsteigt, so strahlte Alfred aus allen Poren Aggression aus. Sie sickerte aus seiner Seele, verpestete die Luft um ihn herum, und Lou fragte sich nur, ob die anderen es auch bemerkten. Gleichzeitig hatte er Mitleid mit Alfred, denn er konnte sehen, wie verloren und ängstlich er im Grunde war.

»Sie sollten nicht nur mir gratulieren«, verkündete er in die

Runde. »Alfred war an dem New-York-Deal genauso beteiligt. Und das mal wieder sehr erfolgreich.«

»Absolut.« Schlagartig hellte sich Alfreds Gesicht auf, auf einmal war er wieder ganz bei der Sache und fingerte an seiner Krawatte herum, was Lou wie immer nervös machte. »Es war nett von Lou, sich gegen Ende des Treffens doch noch bei mir einzufinden – gerade rechtzeitig, um den Abschluss mitzukriegen.«

Am Tisch lachten alle, aber die Bemerkung traf Lou an einer Stelle, die ziemlich wehtat. In diesem Moment war er plötzlich wieder Aloysius, acht Jahre alt und Mitglied im Fußballverein. Beim Endspiel um die Meisterschaft wurde er wenige Minuten vor dem Schlusspfiff vom Platz genommen, weil ein Teamkollege, der ihm seine Erfolge neidete, ihn so übel zwischen die Beine getreten hatte, dass Lou auf die Knie fiel, mit hochrotem Gesicht nach Luft schnappte und sich um ein Haar übergeben hätte. Genau wie jetzt bei Alfreds Kommentar war es auch weniger der Tritt zwischen die Beine, der wehtat, sondern weit mehr die Tatsache, dass jemand ihm so etwas antat – und aus einem so niederträchtigen Grund. Die Hand auf die Leiste gedrückt, das Gesicht heiß und verschwitzt, hatte er damals auf dem Platz gelegen und mit seiner Enttäuschung gekämpft, während seine Mannschaftskameraden um ihn herumstanden, ihn angafften und sich wahrscheinlich fragten, ob seine Qualen nur Theater waren.

»Ja, wir haben Alfred auch schon gelobt«, sagte Mr Patterson, ohne Alfred dabei anzuschauen, »aber zwei Deals auf einmal, Lou – wie in aller Welt haben Sie das bloß geschafft? Wir wissen ja alle, dass Sie was von Multitasking verstehen, aber das war ein außergewöhnlich erfolgreiches Zeitmanagement. Und obendrein natürlich noch eine Meisterleistung Ihres Verhandlungstalents.«

»Ja, außergewöhnlich«, stimmte Alfred seinem Chef zu. Sein Ton war beinahe scherzhaft, aber darunter spürte man Gift und Galle. »Geradezu unglaublich. Vielleicht sogar unnatürlich. Was war es denn, Lou – Speed?«

Ein paar nervöse Lacher ließen sich hören, ein Husten, dann war es still. Schließlich brach Mr Patterson das peinliche Schweigen, indem er das Meeting in Gang setzte, aber der Schaden war nicht mehr rückgängig zu machen. Alfreds Bemerkung hing unwidersprochen in der Luft, und hinter der ganzen Bewunderung für Lou stand plötzlich ein Fragezeichen. Die Saat des Zweifels war ausgestreut. Ganz gleich, ob man Alfred nun glauben wollte oder nicht, von nun an würde jedes Mal, wenn Lou etwas Besonderes leistete oder wenn auch nur sein Name erwähnt wurde, für einen Moment – wenn auch vielleicht nur unbewusst, aber trotzdem – dieser Verdacht wieder auftauchen. Der Samen würde aufgehen, bis sich ein hässlicher Schössling aus dem schmutzigen Boden erhob und weiterwucherte.

Lou hatte lange und hart geschuftet, hatte um der Arbeit willen seine Familie sträflich vernachlässigt, war zu den unpassendsten Zeiten von zu Hause weggerannt, um rechtzeitig ins Büro zu kommen, hatte Ruth hastig auf die Wange geküsst, um anschließend einem Wildfremden ausführlich und in aller Ruhe die Hand zu schütteln – und nun war endlich seine Stunde gekommen. Aber sie hatte bestenfalls zwei Minuten gedauert, zwei Minuten Schulterklopfen und Applaus. Gefolgt von der Saat des Zweifels.

»Sie sehen zufrieden aus«, bemerkte Gabe und legte ein Päckchen auf einen Schreibtisch in der Nähe.

»Gabe, mein Freund, ich werde Ihnen ewig zu Dank verpflichtet sein«, strahlte Lou beim Verlassen des Konferenzraums und hätte Gabe um ein Haar umarmt. Dann senkte er die Stimme. »Kann ich diese … kann ich bitte die Tabletten zurückhaben? Ich war heute Morgen sehr müde und emotional, und ich weiß nicht, was da in mich gefahren ist. Ich glaube nämlich inzwischen an die pflanzlichen Dinger, ohne Wenn und Aber!«

Doch Gabe reagierte nicht, sondern verteilte gelassen weiter Umschläge und Päckchen auf die verschiedenen Schreibtische. Lou schaute ihm mit hoffnungsvollem Gesicht zu, wie ein Hund, der darauf wartet, endlich Gassi gehen zu dürfen.

»Ich vermute, dass ich noch eine ganze Menge von der Sorte brauchen werde«, sagte Lou schließlich und zwinkerte verschwörerisch. »Verstehen Sie?«

Gabe sah ihn fragend an.

»Cliff kommt nicht mehr zurück.« Lou sprach leise und versuchte, seine Erregung zu unterdrücken. »Er ist total am Ende.«

»Ach – der arme Mann, der den Zusammenbruch hatte?«, fragte Gabe, ohne im Postverteilen innezuhalten.

»Ja.« Lous Stimme überschlug sich fast. »Aber verraten Sie bloß niemandem, dass ich Ihnen das gesagt habe.«

»Dass Cliff nicht zurückkommt?«

»Ja, das und … na, Sie wissen schon.« Er sah sich um. »Noch andere Sachen. Vielleicht gibt's einen neuen Job für mich, höchstwahrscheinlich eine Beförderung. Nette dicke Gehaltserhöhung.« Er grinste. »Garantiert wird der Chef bald mit mir darüber reden wollen.« Er räusperte sich. »Aber was auch immer er für mich in petto hat, dafür werde ich diese kleinen Dinger brauchen. Ich kann unmöglich mein bisheriges Arbeitspensum aufrechterhalten, ohne entweder bald geschieden zu sein oder mir die Radieschen von unten anzusehen.«

»Ach so. *Die* Dinger meinen Sie. Tja, die können Sie aber leider nicht mehr kriegen.«

Gabe schob seinen Wagen weiter den Korridor hinunter. Lou folgte ihm eifrig, wie ein Terrier, der nach den Hacken des Postboten schnappt.

»Ach, kommen Sie, ich zahle Ihnen alles, was Sie verlangen. Wie viel wollen Sie?«

»Ich möchte gar nichts.«

»Okay, Sie möchten das Wundermittel wahrscheinlich selbst behalten. Verstehe. Aber dann sagen Sie mir wenigstens, wo ich das Zeug kriegen kann.«

»Das kann man nirgends kriegen. Ich hab die Dose weggeworfen. Sie hatten nämlich ganz recht, die Tabletten taugen nichts. Psychologisch gesehen. Und wer weiß, was für körperliche Nebenwirkungen sie haben. Auf Dauer schaden sie den Leuten wahrscheinlich nur. Ich glaube nicht, dass man sie über längere Zeit anwenden sollte, Lou. Vielleicht waren sie Teil eines wissenschaftlichen Experiments und sind irgendwie aus dem Labor geschmuggelt worden.«

»*Was* haben Sie mit ihnen gemacht?«, fragte Lou in Panik, ohne auf all das zu achten, was Gabe sonst gesagt hatte. »Wo sind die Pillen denn jetzt?«

»Im Müllcontainer.«

»Na, dann holen Sie sie bitte wieder raus. Und wenn Sie reinsteigen und sie suchen müssen«, verlangte Lou wütend. »Wenn Sie sie erst heute Morgen reingeworfen haben, sind sie bestimmt noch da. Kommen Sie schon, los, beeilen Sie sich!« Er stupste Gabe ungeduldig in den Rücken.

»Sie sind weg, Lou. Ich hab die Tonne aufgemacht und die Pillen einzeln reinfallen lassen, und wenn man daran denkt, was Sie letzte Nacht dort unten deponiert haben, würde ich davon lieber wegbleiben.«

Aber Lou packte ihn am Arm und zerrte ihn zum Aufzug. »Zeigen Sie mir die Stelle.«

Gabe deutete auf den großen, schmutzig gelben Container im Hinterhof, und Lou stürzte sich sofort darauf. Als er hineinschaute, entdeckte er das Tablettendöschen ganz oben auf dem anderen Müll, so nahe, dass er es fast berühren konnte, und daneben lag ein Häufchen Tabletten in einer grünlichbraunen Pfütze. Der Gestank war nahezu unerträglich, und Lou musste sich die Nase zuhalten, weil sein Magen sich umzudrehen drohte. Was immer die grünliche Substanz sein mochte, die Pillen waren jedenfalls davon durchtränkt. Was sollte er jetzt machen? Hastig zog er das Jackett aus und warf es Gabe zum Festhalten zu. Dann krempelte er die Ärmel hoch und machte sich bereit, mit den Händen in den stinkenden Schmodder zu fassen. Aber dann hielt er doch noch einmal inne.

»Wenn ich die Pillen nicht rausangeln kann, wo kann ich dann welche kaufen?«

»Nirgends«, antwortete Gabe gelangweilt von der Hintertür her, wo er reglos mit verschränkten Armen stand und Lous Anstrengungen beobachtete. »Sie werden nicht mehr hergestellt.«

»Was?« Lou fuhr herum. »Wer hat sie denn früher hergestellt? Ich bezahle jeden Preis dafür!«

So ging es eine Weile hin und her, und Lou löcherte Gabe, woher er die Tabletten bekommen könnte, bis er schließlich zu seinem großen Entsetzen einsehen musste, dass das, was direkt vor ihm lag, das Einzige war, was er haben konnte.

»Scheiße. Vielleicht kann ich sie abwaschen«, überlegte er, trat näher und beugte sich über den Rand des Containers. Der Gestank brachte ihn sofort wieder zum Würgen. »Was zum Teufel ist das denn für ein ekliges Zeug?« Er trat einen Schritt zurück. »Verdammt«, schimpfte er, gab dem Container einen Tritt und bereute es sofort, als der Schmerz einsetzte.

»Oh, sieh mal an«, sagte Gabe in gelangweiltem Ton. »Sieht aus, als hätte ich eine Tablette auf den Boden fallen lassen.«

»Was? Wo?« Augenblicklich war der Schmerz im Zeh vergessen, und Lou rannte zurück zur Mülltonne, wie ein Kind, das bei der Reise nach Jerusalem den letzten freien Stuhl zu ergattern versucht. Hoffnungsvoll erforschte er den Boden um die Tonnen herum. In den Ritzen des Kopfsteinpflasters blitzte etwas Weißes. Er bückte sich – tatsächlich, es war eine Pille!

»Heureka! Ich hab eine gefunden!«

»Ja, ich musste das Zeug nämlich aus einiger Entfernung hineinwerfen, weil es hier so stinkt«, erklärte Gabe. »Da sind wohl ein paar runtergefallen.«

»Ein paar? Wie viele denn?«

Lou ging auf Hände und Knie und begann zu suchen.

»Lou, Sie sollten jetzt wirklich reingehen. Heute war ein guter Tag für Sie. Warum belassen Sie es nicht einfach dabei? Lernen etwas daraus und lassen die Vergangenheit hinter sich?«

»Ich habe doch etwas daraus gelernt!«, erwiderte er ungehalten, die Nase dicht über dem Kopfsteinpflaster. »Ich habe gelernt, dass ich mit den Dingern hier der Held bin. Aha, da ist noch eine.« Vorerst zufrieden mit den beiden Pillen, die er gerettet hatte, wickelte er sie in sein Taschentuch, stopfte alles in die Tasche, stand auf und klopfte sich die Hosenbeine ab.

»Zwei reichen mir fürs Erste«, verkündete er, während er sich den Schweiß von der Stirn wischte. »Ich sehe zwar noch zwei Tabletten direkt unter dem Container, aber die lasse ich erst mal dort liegen.«

Seine Hose war an den Knien schmutzverkrustet, seine Haare waren zerzaust, und als er sich umdrehte, bemerkte er, dass sich noch ein Zuschauer eingefunden hatte: Neben Gabe stand nun auch Alfred, auch er mit verschränkten Armen, einen selbstgefälligen Ausdruck im Gesicht.

»Hast du was verloren, Lou? Na, schau sich das mal einer an. Der Mann der Stunde, also wirklich.«

# 22

## ’s ist die Zeit …

Du kommst aber wirklich, ja, Lou?«, fragte Ruth und gab sich alle Mühe, die Panik aus ihrer Stimme zu verbannen. Sie wanderte barfuß im Zimmer umher, und das Geräusch ihrer nackten Fußsohlen auf dem Holzboden klang, als tapsten kleine Füßchen durchs Wasser. Ihre langen braunen Haare waren auf Lockenwickler gedreht, sie hatte ein Handtuch um sich geschlungen, und auf ihren Schultern schimmerten im Licht noch Wassertropfen vom Duschen.

Lou beobachtete die Frau, mit der er seit zehn Jahren verheiratet war, drehte den Kopf von rechts nach links und wieder zurück wie bei einem Tennismatch, um sie keinen Moment aus den Augen zu lassen. Sie hatten vor, mit zwei Autos zu unterschiedlichen Zeiten in die Stadt zu fahren: Lou zur Weihnachtsparty im Büro, Ruth zur Geburtstagsfeier seines Vaters, zu der auch er sich etwas später einfinden würde. Nach der Arbeit hatte Lou schnell geduscht und sich umgezogen, aber statt dann unten auf und ab zu wandern und ungeduldig auf seine Frau zu warten, hatte er sich heute lieber aufs Bett gelegt und schaute ihr beim Anziehen zu. So machte er ganz nebenbei die Erfahrung, dass Zuschauen wesentlich unterhaltsamer war als ungeduldiges Herumtigern. Gerade hatte sich sogar noch Lucy mit ihrer Kuscheldecke zu ihm gesellt. Sie kam frisch aus der Badewanne, hatte schon den Schlafanzug an und roch zum Anbeißen lecker nach Erdbeeren.

»Natürlich komme ich«, versicherte er und lächelte Ruth an.

»Es ist bloß, weil du das Haus eigentlich schon vor einer halben Stunde hättest verlassen müssen, und dadurch bist du jetzt schon von vornherein –«, erklärte sie im Vorbeilaufen und verschwand blitzschnell im begehbaren Wandschrank. Der Rest des Satzes verschwand mit ihr, dann drangen gedämpfte Laute ins Schlafzimmer heraus, aber die Worte blieben im Schrank stecken, auf Kleiderbügeln oder ordentlich zusammengefaltet auf den Regalen. Lou lehnte sich zurück, streckte die Arme über den Kopf und lachte laut.

»Sie redet so schnell«, flüsterte Lucy.

»Stimmt«, grinste Lou, streckte die Hand aus und strich seiner Tochter eine lose Haarsträhne hinters Ohr.

In diesem Moment erschien Ruth wieder, in Unterwäsche.

»Du siehst sehr schön aus«, sagte Lou lächelnd.

»Daddy!«, rief Lucy mit einem empörten Kichern. »Sie hat aber doch bloß Unterwäsche an!«

»Ja, aber sie sieht schön aus in Unterwäsche.« Er ließ Ruth nicht aus den Augen, während Lucy auf dem Bett herumrollte und sich vor Lachen über Lous komische Ansichten kaum halten konnte.

Ruth drehte sich um, warf ihm einen raschen Blick zu, und Lou sah, wie sie schluckte. Offenbar war sie solche Aufmerksamkeiten nicht mehr gewohnt. Vielleicht machte sie sich auch Sorgen, dass er versuchte, sein schlechtes Gewissen mit Komplimenten zu beruhigen. Vielleicht hatte sie Angst, sich Hoffnungen zu machen, weil es nur eine Vorbereitung auf die nächste Enttäuschung war. Für ein paar Augenblicke war sie im Bad verschwunden, dann kam sie wieder herein, immer noch in der Unterwäsche, und fing an, im Zimmer herumzuhüpfen.

Lucy und Lou lachten.

»Was machst du denn da?«, fragte Lou.

»Meine Bodylotion muss einziehen«, erklärte sie grinsend, ohne mit dem Gehüpfe aufzuhören. Lucy sprang auf und gesellte sich zu ihr, tanzte kichernd um sie herum, bis sie zu dem Schluss kam, dass ihre Mutter jetzt genug Creme getankt hatte, und sich wieder zu ihrem Vater aufs Bett kuschelte.

»Warum bist du eigentlich immer noch da?«, fragte Ruth leise. »Du willst doch Mr Patterson bestimmt nicht warten lassen.«

»Ach, hier hab ich aber viel mehr Spaß.«

»Lou«, lachte sie, »ich weiß es zwar sehr zu schätzen, dass du seit zehn Jahren zum ersten Mal nicht ständig auf dem Sprung bist, aber du musst wirklich gehen. Klar, du hast gesagt, du schaffst es, heute Abend da zu sein, aber …«

»Ich werde da sein!«, erwiderte er ein wenig eingeschnappt.

»Okay, aber bitte komm nicht zu spät«, beendete sie ihren Satz, während sie weiter im Zimmer herumwuselte. »Die meisten Gäste deines Vaters sind schon über siebzig, es könnte also sein, dass sie eingeschlafen oder schon nach Hause gegangen sind, wenn für dich der Abend gerade erst richtig anfängt.« Sie flitzte noch einmal in den begehbaren Wandschrank.

»Ich werde rechtzeitig da sein!«, wiederholte er, mehr zu sich selbst als zu ihr.

Er hörte, wie sie in den Fächern herumwühlte und Schubladen auf- und zuschob. Dann ertönte lautes Poltern und Rumoren, als hätte sie sich gestoßen oder etwas fallen lassen, und ein lautstarkes Fluchen folgte. Doch als Ruth wieder im Schlafzimmer auftauchte, trug sie ein elegantes schwarzes Cocktailkleid.

Normalerweise hätte Lou seiner Frau in einem solchen Fall ganz automatisch gesagt, dass sie schön war, und sie dabei kaum angeschaut. Derlei Komplimente gehörten zu seinem Pflichtprogramm, denn er ging davon aus, dass Ruth sie hören wollte. Wenn er die richtigen Worte fand, würden sie schneller das Haus verlassen können, und sie würde nicht die ganze Fahrt im Auto herumzappeln. Aber heute Abend verschlug es ihm schlicht die Sprache. Ruth war wunderschön. Er hatte es immer gewusst, aber plötzlich fühlte er sich, als würde er sie zum ersten Mal in seinem Leben wirklich sehen. Warum passierte ihm das nicht jeden Tag? Völlig fasziniert rollte er sich auf den Bauch und stützte den Kopf auf die Hände. Lucy machte es ihm nach, und so betrachteten sie beide das Wunder, das sich Ruth nannte. Zehn Jahre lang gab Lous Frau diese Vorführung nun schon – und er war unten herumgetigert und hatte sie womöglich auch noch angeblafft.

»Und vergiss nicht«, sagte sie, während sie vorüberging und dabei den Reißverschluss im Rücken hochzog, »vergiss nicht, dass du deinem Vater eine Kreuzfahrt zum Geburtstag geschenkt hast.«

»Ich dachte, wir schenken ihm eine Mitgliedschaft im Golfclub.«

»Lou, dein Dad hasst Golf.«

»Ach wirklich?«

»Ja, Opa hasst Golf«, bestätigte Lucy.

»Er wollte immer mal nach St. Lucia – erinnerst du dich an die Geschichte von Douglas und Ann und wie sie die Reise auf der Müslipackung gewonnen haben?«

»Nein.« Lou runzelte die Stirn.

»Das Müsli-Gewinnspiel!« Ruth hielt mitten im Flug zum Schrank inne und starrte Lou entgeistert an.

»Ja, was ist damit?«

»Er erzählt die Geschichte doch dauernd, Lou! Wie Douglas bei diesem Gewinnspiel mitgemacht hat, das hinten auf der Müslipackung stand, und die Reise nach St. Lucia gewonnen hat … Klingelt da nicht was bei dir?« Sie musterte ihn aufmerksam und hielt Ausschau nach dem Aufblitzen eines Fünkchens Erinnerung.

Aber Lou schüttelte nur weiter den Kopf.

»Wow, wie konntest du das *nicht* mitkriegen?« Sie setzte ihren Weg zum Schrank fort. »Das ist seine Lieblingsgeschichte. Da wird er ganz sentimental.«

»Dad wird nicht sentimental«, entgegnete Lou lächelnd. »Dad wird nie sentimental.«

Ruth verschwand und erschien kurz darauf wieder, einen Schuh am Fuß, den andern unter dem Arm. Rauf, runter, runter, rauf, so hinkte sie quer durchs Zimmer zur Frisierkommode.

Lucy kicherte.

Nun war der Schmuck an der Reihe – Ohrringe, Armband –, und dann zog Ruth endlich auch den anderen Schuh unterm Arm hervor und schlüpfte hinein.

Lächelnd sah Lou ihr nach, während sie ins Badezimmer stöckelte.

»Oh!«, rief sie mit lauter Stimme von drinnen. »Und wenn du mit Mary Walsh sprichst, dann erwähn bitte Patrick nicht.« Sie streckte den Kopf durch die Tür. Die Hälfte ihrer Haare war noch auf den Lockenwicklern, die andere fiel ihr bereits hübsch gelockt über die Schultern. Mit traurigem Gesicht fügte sie hinzu: »Er hat sie nämlich verlassen.«

»Okay«, nickte Lou und versuchte, ernst zu bleiben.

Als Ruths Kopf wieder verschwunden war, stupste er Lucy an. »Patrick hat Mary Walsh verlassen«, sagte er. »Wusstest du das?«

Lucy schüttelte heftig den Kopf.

»Hast du ihm dazu geraten?«

Sie fing an zu lachen und schüttelte abermals den Kopf.

»Wer hat dann geahnt, dass es passieren würde?«

Lucy zuckte mit den Schultern. »Vielleicht Mary?«

»Vielleicht!« Lou lachte.

»Oh, und bitte frag Laura nicht, ob sie abgenommen hat«, ertönte erneut die mahnende Stimme aus dem Badezimmer. »Das machst du immer, und sie hasst das.«

»Ist doch nett, so was zu sagen.«

»Aber nicht zu einer Frau, die die letzten zehn Jahre kontinuierlich zugenommen hat, Schatz«, lachte Ruth. »Laura kriegt dann das Gefühl, dass du sie veräppeln willst.«

»Laura ist eine Dickmadam«, flüsterte Lou seiner Tochter zu, und sie warf sich lachend aufs Bett zurück.

Auf einmal bemerkte er, wie spät es war, und sonderbarerweise wurde ihm mulmig im Magen. »Okay, ich muss jetzt wirklich los. Bis morgen dann«, sagte er zu Lucy und küsste sie auf den Kopf.

»Ich mag dich jetzt viel lieber, Daddy«, verkündete sie fröhlich.

Lou erstarrte mitten im Aufstehen.

»Was hast du gerade gesagt?«

»Dass ich dich jetzt viel lieber mag«, lächelte sie und entblößte die Lücke in ihrer unteren Zahnreihe. »Ich, Mummy und Pud gehen morgen Schlittschuhlaufen. Kommst du auch mit?«

Noch ganz verdutzt von ihrer Bemerkung und ihren Auswirkungen auf ihn, sagte er nur: »Ja. Klar.«

In diesem Augenblick kam Ruth in einer Parfümwolke wieder ins Zimmer geschwebt, die Haare in lockeren Wellen, wunderschön geschminkt. Lou konnte die Augen nicht von ihr abwenden.

»Mummy, Mummy!«, jubelte Lucy und hüpfte auf dem Bett auf und ab. »Daddy kommt morgen mit zum Schlittschuhlaufen.«

»Geh da runter, Lucy, du sollst doch nicht auf dem Bett hüpfen. Runter, bitte, Herzchen. Weißt du noch, wie ich dir erklärt habe, dass Daddy wahnsinnig viel zu tun hat und keine Zeit …?«

»Ich komme wirklich mit«, unterbrach Lou sie bestimmt.

Ruth blieb der Mund offen stehen. »Oh.«

»Ist das okay?«

»Ja, klar, ich dachte bloß … Ja. Absolut. Super.« Sie nickte und ging dann sichtlich verdutzt ins Bad. Leise schloss sich die Tür hinter ihr.

Er wartete fünf Minuten, mehr konnte er sich nicht leisten.

»Ruth?«, fragte er dann und klopfte leise an die Badezimmertür. »Ruth, ist alles in Ordnung bei dir?«

»Ja, alles klar.« Sie räusperte sich und setzte forscher, als sie es wahrscheinlich beabsichtigte, hinzu: »Ich musste mir nur … nur mal schnell die Nase putzen.« Zur Bekräftigung ertönte ein lautes Schnäuzen.

»Okay, wir sehen uns dann später!«, rief er. Eigentlich wäre er am liebsten hineingegangen und hätte sie zum Abschied umarmt, aber er wusste, dass die Tür aufgegangen wäre, wenn Ruth es gewollt hätte.

»Okay«, antwortete sie nur, allerdings ein bisschen weniger forsch. »Wir sehen uns dann bei der Feier.«

Da die Tür immer noch nicht geöffnet wurde, wandte er sich zum Gehen.

In den Büros von Patterson Developments drängten sich Lou Sufferns Kollegen und Kolleginnen, alle ganz unterschiedlich und teilweise recht spärlich bekleidet. Anders als Lou, der nach der Arbeit nach Hause gefahren war, waren die meisten direkt in einen Pub gegangen und nun ins Büro zurückgekehrt, um weiterzufeiern. Ein paar Frauen erkannte er kaum, denn unter den üblichen Hosenanzügen und Kostümen hatte man nichts von den Körpern geahnt, die heute Abend in den entsprechenden Kleidern vorgeführt wurden – für die sie zum Teil leider gar nicht geschaffen waren. Der Alltagstrott der Firma war durchbrochen, es herrschte eine fast pubertäre Atmosphäre, in der sich alle ein bisschen darstellen wollten. An diesem Tag wurden Regeln gebrochen, man sagte, was man dachte – ein gefährliches Terrain für alle Beteiligten. Über fast jeder Tür hing ein Mistelzweig, und als Lou aus dem Aufzug trat, wurde er sofort von zwei Frauen geküsst, die sich dort strategisch günstig positioniert hatten.

Anzugjacketts wurden abgelegt, und darunter kamen allerlei fantasievolle Krawatten zum Vorschein, es gab reichlich Nikolausmützen und Rentiergeweihe, an Frauen- und gelegentlich auch an Männerohren baumelte Weihnachtsschmuck. Da es sich bei den Anwesenden durchweg um hart arbeitende Menschen handelte, wurde nun ebenso kräftig gefeiert.

»Wo ist Mr Patterson?«, erkundigte sich Lou bei Alison, als er seine Sekretärin endlich fand – auf dem Schoß des fünften Weihnachtsmanns, den er bisher zu Gesicht bekommen hatte. Sie trug ein eng anliegendes rotes Kleid, das jede einzelne Kurve ihres Körpers sichtbar machte. Lou zwang sich, nicht so genau hinzusehen.

»Und was wünschst du dir zu Weihnachten, mein Kleiner?«, dröhnte die Stimme unter dem Kostüm hervor.

»Oh, hi, James!«, antwortete Lou höflich.

»Er wünscht sich eine Beförderung!«, rief jemand aus der Menge, und ein paar Lacher folgten.

»Nicht bloß eine Beförderung, er wünscht sich Cliffs Job«, ergänzte ein Rentiergeweih, und nun lachten alle.

Um seine Frustration und Verlegenheit zu verbergen, stimmte Lou in das Gelächter ein, aber als das Gespräch sich dann wieder einem anderen Thema zuwandte, verdrückte er sich unauffällig in der Menge und zog sich in sein Büro zurück. Kein Glitzer, keine Misteln. Während die Menge draußen *Grandma Got Run Over by a Reindeer* sang beziehungsweise brüllte, stützte er den Kopf in die Hände und wartete auf Mr Patterson. Plötzlich wurde die Musik lauter, die Bürotür ging auf, dann wurde es wieder leiser, und die Tür schloss sich. Noch ehe er aufblickte, wusste er, wer hereingekommen war.

In der einen Hand ein Glas Rotwein, in der anderen einen Whisky, schwebte Alison, die Hüften in ihrem engen roten Kleid schwingend, auf ihn zu, und auf ihren hohen Plateauabsätzen schwankte sie so, dass der Wein ein paarmal über den Glasrand schwappte.

»Vorsicht!«, warnte Lou. Seine Augen folgten jeder ihrer Bewegungen, ohne dass er den Kopf drehte, gleichzeitig selbstbewusst und unsicher.

»Ist schon okay«, flötete sie, setzte das Glas auf dem Tisch ab und lutschte mit einer sinnlichen Geste den Wein von ihrem Daumen, während sie Lou verführerisch anlächelte. »Ich hab dir einen Whisky mitgebracht.« Sie gab ihm das Glas und schlängelte sich um den Schreibtisch herum zu ihm. »Prost.« Dann ließ sie ihr Glas gegen seines klirren und nahm, ohne den Blick auch nur eine Sekunde von ihm abzuwenden, einen Schluck.

Lou räusperte sich und schob seinen Sessel zurück, weil er sich plötzlich beengt fühlte. Alison missverstand die Geste und rutschte mit dem Hintern am Schreibtisch entlang, bis sie direkt vor ihm stand. Ihre Brust befand sich auf seiner Augenhöhe, aber er zwang sich, zur Tür zu schauen. Die Lage war brisant. Es sah schlecht aus für Lou Suffern. Aber er fühlte sich verdammt gut.

»Wir hatten nie Gelegenheit, das zu Ende zu bringen, was wir neulich angefangen hatten«, lächelte sie. »Dabei reden doch alle davon, dass man über Weihnachten nichts Unerledigtes liegen lassen soll«, fügte sie mit leiser, sinnlicher Stimme hinzu. »Da dachte ich, vielleicht sollte ich mal nachsehen, ob ich dir helfen kann.«

Scheinbar unabsichtlich schubste sie ein paar Akten vom Tisch, die chaotisch auf dem Boden landeten.

»Uuups«, lächelte sie und ließ sich direkt vor ihm auf dem Schreibtisch nieder. Ihr kurzes rotes Kleid rutschte noch ein Stückchen höher und entblößte ihre langen, durchtrainierten, gebräunten Beine.

Schweißperlen bildeten sich auf Lous Stirn. Ihm ging alles Mögliche durch den Kopf. Er konnte aufstehen, das Zimmer verlassen und Mr Patterson suchen, oder er konnte hierbleiben. Zusammen mit Alison. Er hatte noch die beiden Pillen, die er vor dem Müllcontainer gefunden hatte, sorgsam in sein Taschentuch gewickelt. Er konnte also auch eine davon nehmen und beides tun. Wo lagen hier die Prioritäten? Mit Alison zusammen zu sein und zur Geburtstagsfeier seines Vaters zu gehen. Nein, Mr Patterson zu suchen und zur Geburtstagsfeier seines Vaters zu gehen. Beides gleichzeitig.

Alison streckte ihre langen Beine aus und zog Lous Sessel mit dem Fuß näher an den Tisch heran. Rote Spitze lugte verlockend zwischen ihren Schenkeln hervor, sie rutschte behutsam an den Rand des Schreibtischs und schob das Kleid dabei noch höher. So hoch, dass Lou seine Augen nicht mehr abwenden konnte. Aber da waren doch die Tabletten: Er konnte bei Alison sein und gleichzeitig bei Ruth!

Ruth.

Alison nahm seinen Kopf zwischen die Hände. Lou fühlte die Acrylnägel. Das Tipptapp auf der Tastatur, das ihn wahnsinnig machte, tagein, tagaus. Da waren sie, auf seinem Gesicht, auf seiner Brust, bewegten sich auf seinem Körper nach unten. Lange Finger auf dem Stoff des Anzugs, der doch seine innere Würde widerspiegeln sollte.

»Ich bin verheiratet«, stotterte er, als die Hand mit den Acrylnägeln in der Leistengegend anlangte. Seine Stimme klang panisch, wie die eines Kindes. Schwach und leicht zu beeinflussen.

Alison warf den Kopf in den Nacken und lachte. »Ich weiß«, gurrte sie, und ihre Hände gingen unermüdlich weiter auf Forschungsreise.

»Das war kein Witz«, entgegnete er fest, und Alison hielt abrupt inne und sah Lou an. Er erwiderte ihren Blick, und so starrten sie sich eine Weile an. Dann breitete sich ein Lächeln über Alisons Gesicht, aus dem Lächeln wurde ein Lachen, sie schüttelte sich geradezu und beugte sich zurück, bis ihre langen blonden Haare die Schreibtischplatte berührten.

»Ach, Lou«, stöhnte sie und tupfte sich die Lachtränen aus den Augenwinkeln.

»Es ist wirklich kein Witz«, beharrte Lou, nun mit festerer Stimme, in der man tatsächlich Würde und Selbstbewusstsein erkennen konnte. Auf einmal klang er wie ein Mann.

Als Alison merkte, dass er nicht zu Scherzen aufgelegt war, verstummte ihr Lachen.

»Es ist wirklich kein Witz?«, wiederholte sie, zog eine Augenbraue hoch und blickte ihm direkt in die Augen. »Vielleicht kannst du *ihr* was vormachen, Lou, aber *uns* nicht.«

»Euch?«

Sie machte eine vage Handbewegung zur Tür hinter sich. »Uns. Alle. Egal.«

Lou schob seinen Sessel vom Tisch weg.

»Oh, okay, soll ich ›uns‹ genauer definieren? Kein Problem: Gemma aus der Buchhaltung, Rebecca aus der Kantine, Caroline aus der Personalabteilung, Tracey – meine Vorgängerin –, und den Namen der Kinderfrau hab ich nicht rausgekriegt. Soll ich weitermachen?« Sie lächelte wieder, trank einen Schluck von ihrem Rotwein und musterte ihn. Ihre Augen tränten und waren gerötet, als würde der Wein direkt in ihre Augen fließen. »Erinnerst du dich noch an sie alle?«

»Das ist so …« Lou schluckte und hatte Schwierigkeiten beim Atmen. »Das ist schon so lange her. Ich habe mich geändert.«

»Das mit der Kinderfrau war gerade mal vor sechs Monaten«, entgegnete sie lachend. »Menschenskind, Lou, was meinst du, wie viel sich ein Mensch in einem halben Jahr ändern kann? Wenn überhaupt …«

Auf einmal wurde Lou schwindlig, ihm war übel. Panik ergriff ihn, und er fuhr sich mit der feuchten Hand durch die Haare. Was hatte er nur getan?

»Denk doch mal drüber nach«, meinte Alison und kam immer mehr in Fahrt. »Wenn du hier die Nummer zwei wirst, kannst du alle haben, die du willst – aber denk immer dran, dass ich die Erste war!« Sie lachte wieder, stellte das Weinglas weg, streckte erneut den Fuß aus und angelte nach seinem Sessel. »Und wenn du mich mitnimmst, dann kann ich mich um alle deine Bedürfnisse kümmern.«

Sie nahm ihm das Whiskyglas aus der Hand und stellte es neben ihr Weinglas auf den Tisch. Dann griff sie nach seiner Hand, zerrte ihn hoch, und er gehorchte wie eine willenlose Gliederpuppe. Sie strich mit den Händen über seine Brust, packte ihn am Revers und zog ihn noch dichter zu sich. Doch kurz bevor ihre Lippen seine berührten, drehte er rasch den Kopf zur Seite, sodass sein Mund auf ihrem Ohr landete. Ganz leise flüsterte er: »Meine Ehe ist kein Witz, Alison, und meine Frau ist ein wunderbarer Mensch. Sie sollten hoffen, eines Tages zu werden wie sie.«

Damit zog er sich endgültig von ihr zurück und trat einen Schritt vom Schreibtisch weg.

Wie erstarrt blieb Alison auf der Tischplatte sitzen. Nur ihr Mund öffnete sich, und sie begann, mit der Hand an ihrem Rocksaum herumzuzupfen.

»Ja«, sagte Lou, während er ihr zuschaute. »Sie sollten sich lieber wieder richtig anziehen. Lassen Sie sich Zeit, um sich zu sammeln, aber bevor Sie gehen, legen Sie bitte die Akten, die vorhin heruntergefallen sind, wieder an ihren Platz zurück«, fuhr er ruhig fort.

Dann steckte er die Hände tief in die Taschen, damit sie nicht sehen konnte, wie er zitterte, verließ das Büro und marschierte mitten in eine Karaoke-Veranstaltung hinein, bei der Alex aus der Buchhaltung gerade *All I Want for Christmas* von Mariah Carey zum Besten gab. Überall wirbelten Papierschlangen durch die Luft, und betrunkene Frauen und bärtige Männer überhäuften Lou mit Küssen, während er sich einen Weg zum Aufzug zu bahnen versuchte.

»Ich muss gehen«, sagte Lou, zu niemandem im Besonderen. Ein paar Leute versuchten, ihn zu packen und mit ihm zu tanzen, andere stellten sich ihm einfach in den Weg, rempelten ihn an und verschütteten dabei ihre Getränke. »Ich muss gehen«, sagte Lou immer wieder, jetzt schon etwas aggressiver. Sein Kopf dröhnte, ihm war übel, und er fühlte sich, als wäre er gerade im Körper eines anderen Menschen aufgewacht, der sein Leben an sich gerissen und auf den Kopf gestellt hatte.

»Mein Dad wird heute siebzig, ich muss gehen«, wiederholte er, während er sich weiter durch die Menge kämpfte. Endlich erreichte er die Aufzüge, drückte den Rufknopf und wartete mit gesenktem Kopf.

»Lou!«, hörte er da jemanden seinen Namen rufen. Aber er drehte sich nicht um. »Lou! Ich muss mich kurz mit Ihnen unterhalten!« Ohne darauf zu reagieren, beobachtete Lou die Anzeigetafel, auf der immer höhere Stockwerknummern aufleuchteten, trat nervös von einem Fuß auf den anderen und hoffte, rechtzeitig in die Kabine zu gelangen, um der Stimme entfliehen zu können.

Da fühlte er eine Hand auf seiner Schulter.

»Lou, ich hab nach Ihnen gerufen!«, sagte eine freundliche Stimme.

Nun drehte Lou sich doch um. »Oh, Mr Patterson, hallo! Tut mir leid.« Er merkte selbst, wie gereizt er sich anhörte, aber er konnte nicht anders, er musste weg von hier. Er hatte Ruth versprochen, rechtzeitig bei der Geburtstagsfeier zu sein. Rasch drückte er auf den Knopf. »Ich hab's ein bisschen eilig, mein Vater wird heute nämlich sieb–«

»Es dauert nicht lange, versprochen. Nur eine Minute.« Jetzt lag Mr Pattersons Hand auf seinem Arm.

»Okay.« Mit zusammengekniffenen Lippen wandte Lou sich ihm zu.

»Nun, ich habe eigentlich gehofft, wir könnten uns in meinem Büro unterhalten, wenn Sie nichts dagegen haben«, lächelte Mr Patterson. »Geht es Ihnen gut? Sie sehen ein bisschen mitgenommen aus.«

»Ja, mir geht's gut, danke, ich bin nur, na ja, nur ein bisschen in Eile.« Aber er ließ sich von seinem Chef wegführen, in Pattersons Büro, wo sie auf den beiden alten Ledersofas im etwas informelleren Bereich des Raums Platz nahmen. Lous

Stirn war schweißnass, er konnte es riechen und hoffte nur, dass Mr Patterson nichts davon merkte. Hastig griff er nach dem Glas Wasser, das vor ihm stand, führte es mit zitternder Hand an die Lippen und trank in großen Schlucken. Mr Patterson schaute ihm zu.

»Hätten Sie gern etwas Stärkeres, Lou?«

»Nein danke, Mr Patterson.«

»Nennen Sie mich doch Laurence, bitte.« Mr Patterson schüttelte den Kopf. »Ehrlich, Lou, ich komme mir vor wie ein Lehrer, wenn Sie immer so offiziell sind.«

»Entschuldigung, Mr Patter–«

»Na ja, ich genehmige mir trotzdem einen Drink.« Mr Patterson stand auf und ging zur Vitrine, wo er sich aus einer Kristallkaraffe einen Brandy einschenkte. »Wollen Sie wirklich nichts?«, wiederholte er sein Angebot. »Rémy XO«, erklärte er und schwenkte sein Glas verlockend durch die Luft.

»Okay, dann nehme ich auch ein bisschen«, gab Lou nach und entspannte sich etwas. Sein Drang, so schnell wie möglich zu der Feier auf der anderen Straßenseite zu gelangen, nahm ab.

»Gut.« Mr Patterson lächelte. »Also, Lou, dann sprechen wir doch einmal über Ihre Zukunft. Wie viel Zeit haben Sie denn für mich?«

Lou nahm einen kleinen Schluck von dem teuren Brandy und landete mit einem Ruck in diesem Raum, in der Gegenwart. Er zog die Manschette über seine Armbanduhr, damit die Zeit ihn nicht mehr ablenken konnte, und machte sich auf die große Beförderung gefasst, darauf, dass seine polierten Schuhe in Cliffs Fußstapfen treten würden – nicht wörtlich natürlich, nicht zu der Klinik, in der Cliff derzeit untergebracht war, sondern lediglich in das Büro mit dem Panoramablick über die Innenstadt von Dublin. Er atmete tief durch, ignorierte auch die Uhr an der Wand, die munter weitertickte, und versuchte, die Geburtstagsfeier seines Vaters ganz aus seinen Gedanken zu verbannen. Es würde sich auszahlen. Alle würden das verstehen. Bestimmt waren sie ohnehin viel zu sehr mit Feiern beschäftigt, um zu merken, dass er nicht da war.

»Ich habe so viel Zeit, wie wir brauchen«, antwortete Lou mit einem nervösen Lächeln und brachte die nach Aufmerksamkeit brüllende Stimme in sich entschlossen zum Schweigen.

# 23

## Überraschung!

Als Lou – sehr spät – in dem Etablissement ankam, in dem die Geburtstagsfeier seines Vaters stattfand, schwitzte er so heftig, als hätte er hohes Fieber, obwohl die kalte Dezemberluft draußen durch Mark und Bein ging, sich in alle Gelenke schmuggelte und dem ganzen Körper zu schaffen machte. Er war atemlos, und gleichzeitig war ihm übel. Erleichtert war er und gut gelaunt. Aber vor allem erschöpft.

Er hatte entschieden, die Geburtstagsfeier in dem Gebäude auszurichten, das Gabe an dem Tag, als sie sich kennenlernten, so bewundert hatte und für das seine Firma damals ausgezeichnet worden war. Es besaß die Form eines großen Segels, wurde nachts blau beleuchtet, und auch der Mast des Wikinger-Langschiffs vor dem Eingang war jetzt mit Weihnachtslichtern geschmückt. Das Ambiente würde seinen Vater und die Verwandten aus allen Teilen Irlands beeindrucken.

Als er zur Tür kam, fand er dort Marcia in einer hitzigen Debatte mit einem großen, schwarz gekleideten Portier. Darum herum standen ungefähr zwanzig Leute in dicken Mänteln, Mützen und Schals und stampften mit den Füßen aufs Pflaster, um sich warm zu halten.

»Hi, Marcia«, mischte sich Lou fröhlich in die Diskussion ein. Am liebsten hätte er ihr sofort von seiner Beförderung erzählt, aber er verkniff es sich, weil er zuerst Ruth die tolle Neuigkeit überbringen wollte. Doch sie war nirgends zu sehen.

Mit einem Ruck drehte Marcia sich zu ihm um. Ihre Augen waren rot, das Gesicht fleckig, die Wimperntusche verschmiert. »Lou!«, stieß sie hervor, und statt dass ihr Ärger verflog, als sie ihren Bruder erkannte, wurde er nur noch schlimmer und richtete sich nun voll und ganz auf ihn.

Vor lauter Aufregung begann sein Bauch zu grummeln. Normalerweise kümmerte es ihn nicht im Geringsten, was seine Schwester von ihm hielt, aber heute Abend war es ihm aus irgendeinem Grund wichtiger als sonst.

»Was gibt's?«

Sie stürzte sich auf ihn. »Ich versuch dich schon seit einer Stunde anzurufen!«

»Ich war bei der Weihnachtsfeier in der Firma, das habe ich dir doch gesagt. Was ist denn los?«

»Du hast *alles* versaut«, stieß sie mit vor Wut und Traurigkeit bebender Stimme hervor. Dann holte sie tief Luft und atmete langsam wieder aus. »Heute ist Dads Geburtstag, und ihm zuliebe werde ich nicht noch mehr kaputtmachen, indem ich mich mit dir streite. Deshalb bitte ich dich jetzt nur, diesem Grobian hier zu sagen, dass er gefälligst unsere Gäste reinlassen soll. Unsere Verwandten und Freunde …« – ihre Stimme hob sich zu einem zittrigen Kreischen – »… die von überallher zu Dads Siebzigstem angereist sind.« Dann glitt ihr Ton wieder ins Weinerliche ab. »Und statt mit seiner Familie zu feiern, sitzt er jetzt da oben in einem praktisch leeren Raum, während seine Gäste hier draußen in der Kälte rumstehen, weil dieser Mensch sie nicht reinlassen will. Fünf Leute sind inzwischen schon heimgegangen.«

»Was? Was?« Lous Herz schlug bis zum Hals, und er eilte auf die Türsteher zu. »Hallo, guten Abend, ich bin Lou Suffern.« Er streckte den beiden Männern die Hand hin, und diese schüttelten sie mit der Energie von toten Bratheringen. »Ich habe die Party heute Abend organisiert.« Hinter ihm schnaufte und grummelte Marcia weiter. »Wo liegt denn das Problem, bitte?« Er blickte zu der abgewiesenen Menschengruppe hinüber und erkannte die meisten Gesichter sofort – enge Freunde der Familie, die er von Kindesbeinen an kannte und schon oft besucht hatte, alle über sechzig, einige im Alter seines Vaters, einige noch älter. Sie standen auf dem eiskalten Pflaster in der eiskalten Dezemberluft, ältere Paare, die sich aneinander festhielten, einige auf Krücken, ein Mann sogar im Rollstuhl. In den Händen hielten sie glitzerbunte Tüten und Karten, Wein- und Sektflaschen, Geschenke, die sie hübsch und liebevoll für den großen Abend verpackt hatten. Und jetzt mussten sie hier in der Kälte ausharren, weil man ihnen den Eintritt zur Geburtstagsfeier ihres lebenslangen Freundes verweigerte.

»Wer keine Einladung vorweisen kann, kommt hier nicht rein«, erklärte der Türsteher trocken.

Wieder winkte eins der älteren Paare ein Taxi heran, doch Marcia lief den beiden Senioren nach und versuchte, sie zum Bleiben zu überreden.

Lou lachte ärgerlich. »Gentlemen, glauben Sie denn, dass diese Leute sich uneingeladen in eine Party schmuggeln wollen?« Er senkte die Stimme. »Kommen Sie, sehen Sie sich die Versammlung doch mal an. Mein Vater feiert heute seinen siebzigsten Geburtstag, und das sind seine Freunde. Offensichtlich ist beim Verschicken der Einladungen ein Fehler passiert. Aber ich habe mit meiner Sekretärin Alison abgesprochen, dass an der Tür eine Gästeliste ausliegt.«

»Diese Leute stehen aber nicht auf der Liste. Und die Regeln, nach denen entschieden wird, wer dieses Gebäude betreten darf und wer nicht, sind sehr strikt.«

»Vergessen Sie mal Ihre Regeln«, zischte Lou ihn mit zusammengebissenen Zähnen an. »Mein Vater hat heute Geburtstag, und das hier sind seine Gäste. Und da ich es bin, der die Party ausrichtet und bezahlt und außerdem noch dafür verantwortlich ist, dass dieses Gebäude überhaupt gebaut wurde, möchte ich, dass Sie die Leute jetzt unverzüglich einlassen.«

Wenig später trottete die Geburtstagsgesellschaft in das noble Gebäude. In der großen Lobby wärmten sich die alten Leute schon ein bisschen auf, während sie auf die Aufzüge warteten, die alle ins oberste Stockwerk bringen sollten.

»Jetzt kannst du dich entspannen, Marcia, ich hab alles geregelt«, sagte Lou zu Marcia, in dem Versuch, gut Wetter zu machen, als sie nebeneinander in der Kabine standen. In den letzten zehn Minuten, während sie die Gäste in die Aufzüge verfrachteten, hatte sie sich geweigert, ihn auch nur anzusehen, geschweige denn mit ihm zu reden.

»Ach, Marcia, komm schon«, meinte er mit einem leisen Lachen. »Sei doch nicht so.«

»Lou«, erwiderte sie endlich, aber ihr Blick vertrieb sein Lächeln auf der Stelle. »Lou, ich weiß, du findest, dass ich alles dramatisiere und kontrollieren will und außerdem nerve. Was du sonst noch so über mich denkst, will ich gar nicht wissen, aber momentan dramatisiere ich überhaupt nichts. Ich bin verletzt. Nicht meinetwegen, sondern an Mummys und Daddys Stelle.« Wieder füllten sich ihre Augen mit Tränen, und ihre Stimme, die sonst immer so sanft und verständnisvoll war, veränderte ihre Tonlage radikal. »Von all den egoistischen Dingen, die ich von dir erlebt habe, steht das, was du heute Abend angerichtet hast, ungeschlagen auf Platz eins. Ich habe mich zurückgehalten und mir auf die Zunge gebissen, während du Mum und Dad für selbstverständlich genommen, deine Frau betrogen, deinen Bruder verspottet, mit seiner Frau geflirtet, deine Kinder ignoriert und mich bei jeder sich bietenden Gelegenheit lächerlich gemacht hast. Ich war – wie wir alle, nebenbei bemerkt – wahnsinnig geduldig mit dir, Lou, aber es reicht. Heute Abend hast du bei mir endgültig verspielt. Du hast Mummy und Daddy wehgetan und bist nicht mehr mein Bruder.«

»Warte, warte! Moment mal, Marcia.« Er war völlig von den Socken. So hatte noch nie jemand mit ihm gesprochen, und er war tief getroffen. Er schluckte schwer. »Ich weiß, dass man die Leute nicht draußen hätte warten lassen dürfen, aber ich hab das in Ordnung gebracht. Wieso bist du denn auf einmal so sauer?«

Marcia lachte bitter. »Was du da draußen gesehen hast, ist ja nicht mal die Hälfte«, schniefte sie. »Überraschung!«, sagte sie matt, als die Aufzugstüren sich öffneten und der Festsaal sich vor ihnen auftat.

Der Anblick war wie ein Schlag in Lous Magen, und sein Herz wurde bleischwer. Im Raum waren Blackjack- und Roulettetische verteilt, und spärlich bekleidete Cocktailkellnerinnen stolzierten mit Tabletts dazwischen herum. Sicher, das sah stylish und beeindruckend aus, und Lou erinnerte sich auch sofort daran, dass die Einweihung des Gebäudes in einem ähnlichen Stil stattgefunden hatte, aber jetzt wurde ihm mit Schrecken klar, dass so etwas für seinen siebzigjährigen Vater absolut ungeeignet war. Für seinen Vater, der es hasste, im Mittelpunkt zu stehen, der es hasste, wenn Freunde und Familie sich nur seinetwegen trafen, und dessen Vorstellung von einem schönen Tag eine einsame Angelpartie war. Lous Vater war ein bescheidener Mann, dem schon der Gedanke an ein Fest zu seinen Ehren peinlich war, der sich aber zu seinem Siebzigsten von seiner Familie zum ersten Mal hatte überreden lassen, richtig groß zu feiern, mit Gästen aus dem ganzen Land. Erst hatte er das überhaupt nicht gewollt, aber mit der Zeit hatte er sich dann doch für die Idee erwärmt – und nun stand er in seinem besten Anzug in einem Casino, wo die Bedienungen Miniröcke und rote Fliegen trugen, wo ein DJ modernen Dancefloor auflegte und wo man für einen Mindestbetrag von fünfundzwanzig Euro dem Glücksspiel frönen konnte. Zu allem Überfluss thronte auf einem der Tische, mehr oder weniger verborgen zwischen Kuchen und Früchten, ein fast nackter Mann.

In einer Ecke des Raums hatte sich Lous Familie in einem betreten wirkenden Grüppchen zusammengefunden. Lous Mutter schaute sich unsicher um und umklammerte mit beiden Händen ihre Handtasche; sie war eigens beim Friseur gewesen und trug einen neuen violetten Hosenanzug mit einem adretten Halstuch. Lous Vater stand neben seinem Bruder und seiner Schwester – einer Nonne und einem Priester – und sah in dieser Umgebung verlorener aus, als Lou ihn jemals erlebt hatte. Alle blickten auf, starrten Lou an, als er hereinkam, und schauten schnell wieder weg. Der Einzige, der sich auch nur die Andeutung eines Lächelns abringen konnte, war sein Vater, der wie immer freundlich nickte und grüßte.

Lou sah sich nach Ruth um. Sie stand ganz auf der anderen Seite des Saals und machte höflich Konversation mit ein paar anderen, ebenfalls nicht sehr glücklich wirkenden Partygästen. Als sie auf ihn aufmerksam wurde, musterte auch sie ihn mit einem eiskalten Blick. Die Atmosphäre war angespannt – und das war einzig und allein Lous Schuld. Am liebsten wäre er im Boden versunken, so peinlich war ihm die Situation. Er schämte sich. Wie sollte er das jemals wiedergutmachen?

»Entschuldigung«, sagte Lou und trat auf den Mann im Anzug zu, der neben ihm stand und über die Gäste hinwegblickte, »sind Sie hier der Verantwortliche?«

»Ja, ich bin Jacob Morrison, der Manager.« Er streckte Lou die Hand entgegen. »Sie sind Lou Suffern, wir haben uns bei der Eröffnungsfeier vor ein paar Monaten kennengelernt. Ich weiß noch, dass es etwas spät geworden ist«, fügte er augenzwinkernd hinzu.

»Ja, stimmt«, antwortete Lou, obwohl er sich an den Mann nicht erinnerte. »Ich wollte nur fragen, ob Sie mir vielleicht behilflich sein könnten, ein paar Veränderungen vorzunehmen.«

»Oh.« Jacob machte ein schockiertes Gesicht. »Selbstverständlich richten wir uns so weit wie möglich nach Ihren Wünschen. Woran haben Sie denn gedacht?«

»Als Erstes brauchen wir Stühle.« Lou gab sich Mühe, nicht unhöflich zu klingen. »Mein Vater wird heute siebzig. Könnten wir für ihn und seine Gäste bitte Sitzgelegenheiten bekommen?«

»Oh.« Wieder verzog Jacob das Gesicht. »Ich fürchte, dieses Event ist als Stehparty gedacht. Wir haben nichts berechnet für …«

»Ich bezahle natürlich für alles.« Lou ließ lächelnd seine perlweißen Zähne blitzen. »Aber ich möchte gerne Sitzgelegenheiten für sämtliche Hinterteile, die noch ohne Rollstuhl sind.«

»Ja, selbstverständlich.« Jacob war schon dabei zu gehen, aber Lou rief ihn noch einmal zurück.

»Und die Musik«, sagte er. »Gibt es vielleicht auch etwas eher Traditionelles?«

»Etwas Traditionelles?« Jacob lächelte fragend.

»Ja, traditionelle irische Musik, meine ich. Für meinen siebzigjährigen Vater«, erklärte Lou mit zusammengebissenen Zähnen. »Anstelle dieser Acid-Jazz-Funk-House-Töne. Die mag mein siebzigjähriger Vater nämlich nicht so besonders.«

»Ich werde sehen, was ich tun kann.«

Allmählich baute sich eine gewisse Spannung zwischen den beiden Männern auf.

»Und was ist mit dem Essen? Hat Alison überhaupt etwas arrangiert? Abgesehen von dem halb nackten Mann mit Sahne, neben dem meine Mutter gerade steht?«

»O ja, selbstverständlich. Wir haben Shepherd's Pie, Lasagne, Snacks dieser Art.«

Lou freute sich im Stillen.

»Sie wissen ja, wir haben alle Fragen bereits eingehend mit Alison besprochen«, erklärte Jacob.

»Ach wirklich?«

»Nun ja, Sir, für gewöhnlich richten wir keine Geburtstagsfeiern zum Siebzigsten aus.« Er lächelte, doch das Lächeln erstarb rasch. »Wir haben eine Standardausstattung, vor allem für die Weihnachtszeit, und die sieht so aus«, fuhr er mit einer stolzen Geste in die Runde fort. »Das Casino-Thema ist bei Firmenfeiern und Ähnlichem sehr populär.«

»Aha. Nun, es wäre schön gewesen, wenn wir das vorher gewusst hätten«, entgegnete Lou höflich.

»Aber Sie haben unsere Vorschläge angenommen und abgezeichnet«, beteuerte Jacob. »In unserer Broschüre sind alle Details des Abends genau erklärt, und wir haben uns vergewissert, dass Alison sich alles von Ihnen unterschreiben lässt.«

»Gut«, räumte Lou ein, schluckte und blickte sich im Raum um. Also war wirklich alles seine Schuld. Natürlich. »Es ist mir wohl zwischenzeitlich entfallen. Danke.«

Als Lou auf seine Familie zuging, wichen die meisten ihm aus, als verbreitete er einen schlechten Geruch. Doch sein Vater lächelte seinem jüngeren Sohn freudig entgegen.

»Herzlichen Glückwunsch, Dad«, sagte Lou leise und streckte ihm die Hand hin.

»Danke.« Lous Vater nahm die Hand, immer noch lächelnd. Trotz der verfahrenen Situation, trotz allem, was Lou hier veranstaltet hatte – sein Vater lächelte.

»Ich hole schnell ein Guinness für dich«, sagte Lou und wandte sich nach der Bar um.

»Oh, Guinness haben die hier leider nicht.«

»Wie bitte?«

»Bier, Champagner und irgendeinen seltsamen grünen Cocktail«, erklärte sein Vater und nippte an seinem Glas. »Ich halte mich ans Wasser. Aber deine Mutter freut sich, sie mag Champagner, obwohl sie nicht in seiner Nähe aufgewachsen ist.« Er lachte und strengte sich sichtlich an, die Sache auf die leichte Schulter zu nehmen.

Als Lous Mutter hörte, dass von ihr gesprochen wurde, drehte sie sich um und warf Lou einen vernichtenden Blick zu.

»Weißt du«, fuhr sein Vater unterdessen fort, »ich kann heute Abend sowieso nichts trinken, ich geh morgen mit Quentin in Howth segeln«, verkündete er stolz. »Er fährt bei der Brass-Monkey-Regatta mit, und in seiner Crew fehlt ein Mann, also springt meine Wenigkeit ein.« Er stupste mit dem Daumen gegen seinen Brustkorb.

»Ausgeschlossen, Fred«, protestierte Lous Mutter. »Du kannst an einem windigen Tag nicht mal auf festem Boden aufrecht stehen, geschweige denn auf einem Schiff. Es ist Dezember, da herrscht ordentlicher Wellengang.«

»Ich bin siebzig Jahre alt, ich kann tun und lassen, was mir gefällt.«

»Du bist siebzig Jahre alt, du kannst nicht mehr tun und lassen, was dir gefällt, sonst erlebst du den einundsiebzigsten

Geburtstag nicht mehr«, fauchte sie, und die ganze Familie lachte, einschließlich Lou.

»Du musst dir jemand anderes suchen, mein Lieber«, fügte sie hinzu, an Quentin gewandt, der etwas niedergeschlagen aussah.

»Ich mach es«, sagte Alexandra, seine Frau, und nahm ihn in den Arm. Lou musste wegschauen, weil er plötzlich unerträglich eifersüchtig wurde.

»Du hast noch nie eine Regatta gesegelt«, lächelte Quentin. »Kommt nicht in die Tüte.«

»Wann ist das Rennen denn?«, fragte Lou.

Niemand antwortete ihm.

»Hör mal, ich kann das«, verteidigte sich Alexandra, ebenfalls mit einem Lächeln. »Bei einer Regatta macht man doch das Gleiche wie sonst, oder etwa nicht? Ich bring meinen Bikini mit, und der Rest der Crew steuert Erdbeeren und Champagner bei.«

Wieder lachten alle.

»Wann ist das Rennen denn?«, wiederholte Lou seine Frage.

»Na, wenn sie im Bikini erscheint, lass ich sie mitmachen«, neckte Quentin seine Frau.

Erneut Gelächter.

Als hätte er die Frage seines Bruder plötzlich doch gehört, antwortete Quentin, jedoch ohne Lou anzusehen: »Die Regatta beginnt um elf Uhr morgen früh. Vielleicht sollte ich Stephen mal anrufen.« Er holte sein Handy aus der Hosentasche.

»Ich fahr mit«, verkündete Lou, und alle glotzten ihn schockiert an.

»Ich fahr mit«, wiederholte er und lächelte.

»Vielleicht solltest du erst mal Stephen anrufen, Schatz«, schlug Alexandra leise vor.

»Ja«, antwortete Quentin und wandte sich wieder seinem

Telefon zu. »Gute Idee. Ich geh nur schnell nach draußen, da ist es ruhiger.« Ohne ein weiteres Wort drängte er sich an Lou vorbei und verließ den Raum.

Der Rest der Familie wandte sich ebenfalls ab, und Lou fühlte sich wie ein Aussätziger, während die anderen von Orten plauderten, an denen er noch nie gewesen war, und von Leuten, die er nicht kannte. Es tat weh, so daneben zu stehen, wenn die anderen über einen Witz lachten, den er nicht verstand, weil es ein Insiderscherz war, den alle kapierten außer ihm, fast, als würden sie eine Geheimsprache sprechen. Schließlich stellte er keine Fragen mehr, denn es antwortete ihm sowieso niemand. Und dann hörte er gar nicht mehr zu und merkte, dass auch das keinen interessierte. Er hatte sich so weit von seiner Familie entfernt, dass ein einziger Abend niemals ausgereicht hätte, sich wieder einen Platz in ihrem Schoß zu verschaffen. Und zurzeit war auch gar keiner frei.

# 24

## Die Seele holt auf

Lous Vater stand neben Lou und sah sich im Raum um wie ein verlorenes Kind, nervös und verlegen, weil all diese Menschen seinetwegen gekommen waren. Wahrscheinlich hegte er im Stillen die Hoffnung, dass sich doch noch jemand melden würde, der heute ebenfalls Geburtstag hatte, damit er nicht mehr allein im Rampenlicht stehen musste.

»Wo ist Ruth?«, fragte er seinen Sohn nach einer Weile.

»Hm.« Lou schaute sich um, konnte seine Frau aber nirgends entdecken. »Sie unterhält sich wahrscheinlich mit den Gästen.«

»Ach so. Hübsche Aussicht hat man von hier oben.« Mit einer Kopfbewegung deutete er zum Fenster. »Die Stadt hat sich ganz schön verändert, seit ich klein war.«

»Ja, ich hab mir gedacht, du würdest das mögen«, sagte Lou und freute sich, dass er anscheinend doch nicht alles falsch gemacht hatte.

»Welches ist denn jetzt eigentlich dein Büro?«, fragte sein Vater und schaute hinüber zu den Bürogebäuden auf der anderen Seite der Liffey, die um diese Zeit immer noch beleuchtet waren.

»Das dort, direkt gegenüber«, erklärte Lou und deutete hinüber. »Dreizehn Stockwerke hoch, im vierzehnten Stock.«

Sein Vater warf ihm einen verwunderten Blick zu. Wahrscheinlich verwirrte ihn die Erklärung, und zum ersten Mal konnte Lou nachvollziehen, was man an dieser Art Benennung verwirrend finden konnte. Aber diese Erkenntnis war nicht angenehm, sondern ein Gefühl, als zöge man ihm den Boden unter den Füßen weg. Dabei war er sich seiner Sache immer so sicher gewesen.

»Da, wo überall noch Licht brennt«, erklärte Lou etwas simpler. »Wegen der Weihnachtsfeier.«

»Ah, dort.« Sein Vater nickte. »Da verbringst du also einen Großteil deiner Zeit.«

»Ja«, bestätigte Lou stolz. »Übrigens habe ich heute Abend eine Beförderung gekriegt, Dad«, fügte er lächelnd hinzu. »Du bist der Erste, der es erfährt – was ja nur angemessen ist an deinem Festtag«, fügte er schnell hinzu.

»Eine Beförderung?« Die buschigen Augenbrauen seines Vaters wölbten sich nach oben.

»Ja.«

»Noch mehr Arbeit?«

»Größeres Büro. Besseres Licht«, scherzte Lou. Als sein Vater nicht lachte, wurde er ernst und räumte ein: »Ja, auch mehr Arbeit. Mehr Überstunden.«

»Aha«, sagte sein Vater nur und schwieg dann wieder.

Auf einmal spürte Lou, wie er wütend wurde. Hatte er nicht wenigstens einen Glückwunsch verdient?

»Bist du glücklich dort?«, fragte sein Vater nach einer Weile, den Blick immer noch aus dem Fenster gerichtet, in dem sich der Partyraum hinter ihnen spiegelte. »Es wäre doch vergeudete Zeit, wenn du so hart arbeitest, obwohl es dich nicht glücklich macht. Denn letztlich kommt es doch darauf an, nicht wahr?«

Lou ließ sich die Bemerkung durch den Kopf gehen. Zwar

war er enttäuscht darüber, dass sein Vater ihn nicht lobte, aber gleichzeitig fand er das angeschnittene Thema sehr interessant.

»Aber du hast mir doch immer gesagt, ich soll mich anstrengen«, gab er zurück und spürte wieder die Wut, von der er bis vorhin nichts gewusst hatte. »Du hast uns immer eingeschärft, dass wir uns nicht auf unseren Lorbeeren ausruhen sollen, nicht mal für eine Sekunde. So habe ich deine Formulierung jedenfalls in Erinnerung.« Er rang sich ein Lächeln ab, das jedoch ziemlich verkniffen ausfiel.

»Ja, sicher – ich wollte, dass ihr euch bemüht, das schon«, erwiderte sein Vater, wandte sich Lou zu und blickte ihm ganz direkt in die Augen. »Aber in *jedem* Bereich eures Lebens, nicht nur bei der Arbeit. Jeder Seiltänzer kann auf einer geraden Linie gehen und gleichzeitig einen Stab in der Hand halten. Aber das Balancieren auf dem Seil in schwindelerregender Höhe – das ist es, was er üben muss«, schloss er schlicht.

Eine Angestellte mit einem Stuhl in der Hand unterbrach ihr Gespräch und damit auch die Anspannung, die sich zwischen Vater und Sohn aufgebaut hatte. »Entschuldigen Sie, aber für wen ist der?«, fragte die junge Frau und sah sich suchend um. »Mein Chef hat mir gesagt, dass jemand aus Ihrer Gruppe um eine Sitzgelegenheit gebeten hat.«

»Hm, ja, das hab ich«, meinte Lou mit einem ärgerlichen Lachen. »Aber nicht um *eine* Sitzgelegenheit, sondern um Stühle für alle. Plural. Damit alle unsere Gäste sich hinsetzen können.«

»Oh, hm, so viele Stühle haben wir aber leider nicht«, entschuldigte sich die Bedienung eifrig. »Also, wer möchte diesen hier?«

»Meine Frau«, sagte Lous Vater rasch, denn er wollte um jeden Preis eine Szene vermeiden. »Nimm den Stuhl, Lou, und gib ihn deiner Mutter.«

»Nein, nein, ich kann gut stehen, Fred«, protestierte Lous Mutter. »Du hast Geburtstag, du kriegst den Stuhl.«

Lou schloss die Augen und atmete tief durch. Dafür hatte er nun zwölftausend Euro bezahlt? Dass seine Familie darüber diskutieren konnte, wer sich auf den einzigen verfügbaren Stuhl setzen durfte?

»Außerdem hat der DJ gesagt, dass er an traditioneller irischer Musik nur die Nationalhymne zu bieten hat. Soll er die auflegen?«, erkundigte sich die junge Frau.

»Wie bitte?«, knurrte Lou.

»Er spielt sie immer am Ende des Abends, aber sonst hat er nichts traditionell Irisches«, erklärte sie zerknirscht. »Wäre es Ihnen und Ihren Gästen recht, wenn er sie jetzt spielt?«

»Nein!«, fauchte Lou. »Das ist doch absurd. Sagen Sie das Ihrem DJ.«

»Aber vielleicht können Sie ihm das hier geben«, mischte sich Marcia ein und griff in eine Schachtel, die unter dem Tisch stand und aus der Partyhütchen, Papierschlangen und Girlanden hervorquollen. Lou sah sogar einen Kuchen, und jetzt überreichte Marcia der Bedienung eine Auswahl an CDs. Die Lieblingslieder ihres Vaters. Als die Bedienung damit verschwunden war, sah Marcia ihren Bruder an. »Die waren für den Fall, dass du Scheiße baust«, erklärte sie und schaute schnell wieder weg.

Diese kurze Bemerkung traf Lou härter als alles andere, was sie ihm an diesem Abend gesagt hatte. Er hatte immer gedacht, er sei das Organisationsgenie der Familie, derjenige, der wusste, wie man eine Party ausrichtet, wie man alles bekommt, was man will, und sich so richtig amüsiert. Aber während er sich noch in dieser Illusion sonnte, hatte seine Familie seine Fehler bereits vorausgeahnt und sich hinter seinem Rücken darangemacht, einen Notfallplan vorzubereiten. In einem Pappkarton!

Plötzlich brandete Applaus auf, und aus dem Aufzug traten Quentin und Gabe – Lou hatte nicht gewusst, dass auch er eingeladen worden war –, beide mit einem großen Stapel Stühle auf dem Arm.

»Und es sind noch mehr unterwegs!«, verkündete Quentin. Schlagartig hob sich die Stimmung – die vertrauten Gesichter, auf deren so deutlich älter gewordenen Zügen sich gerade eben noch die Anstrengung des langen Stehens abgezeichnet hatte, strahlten erleichtert und in freudiger Erwartung auf.

»Lou!«, rief Gabe fröhlich, als er ihn entdeckte. »Ich freue mich so, dass Sie doch noch gekommen sind.« Er stellte rasch ein paar Stühle für die Gäste in der Nähe auf und kam dann mit ausgestreckten Händen auf Lou zu, sodass dieser sich etwas irritiert fragte, wessen Feier das eigentlich war. »Haben Sie sich verdoppelt?«, erkundigte er sich dicht an Lous Ohr.

»Was? Nein«. Verärgert schüttelte Lou ihn ab.

»Oh.« Offenbar war Gabe überrascht. »Als ich Sie das letzte Mal gesehen habe, waren Sie gerade mit Alison in Ihrem Büro. Ich hab gar nicht gemerkt, dass Sie die Party verlassen haben.«

»Doch, natürlich bin ich da weggegangen. Warum müssen Sie denn gleich vom Schlimmsten ausgehen – dass ich eine dieser Pillen nehmen muss, um es zur Geburtstagsfeier meines Vaters zu schaffen?«, fragte er und mimte gekonnt den Gekränkten.

Aber Gabe lächelte nur. »Hey, es ist schon komisch, wie das Leben so spielt, was?«, meinte er und knuffte Lou kameradschaftlich in die Seite.

»Was soll das denn jetzt wieder heißen?«

»Na ja, wie man in einer Minute hier oben und in der nächsten wieder ganz unten sein kann.« Auf Lous aggressiven Blick hin fuhr er fort: »Ich wollte damit doch nur sagen, dass ich ganz da unten war, als wir uns kennengelernt haben. Ich hab sehnsüchtig hier raufgestarrt und davon geträumt, mir das alles mal von innen ansehen zu dürfen. Und jetzt, schauen Sie mich an. Ist doch seltsam, wie schnell sich alles verändert. Ich bin hier oben im Penthouse, Mr Patterson hat mir einen neuen Job angeboten …«

»Was hat Mr Patterson?«

»Ja, er hat mir einen neuen Job gegeben«, grinste Gabe und zwinkerte Lou zu. »Eine Beförderung.«

Ehe Lou Gelegenheit hatte zu reagieren, kam eine Kellnerin mit einem Tablett auf sie zu.

»Möchte jemand eine Kleinigkeit zu essen?«, erkundigte sie sich lächelnd.

»Oh, nein danke. Ich warte lieber auf die Shepherd's Pie«, antwortete Lous Mutter mit einem freundlichen Lächeln.

»Das *ist* die Shepherd's Pie«, erwiderte die Frau und deutete auf ein winziges Kartoffelhäufchen in einer minikleinen Muffin-Form.

Einen Augenblick herrschte betretenes Schweigen, und Lous Herz klopfte so heftig, dass er das Gefühl hatte, es würde ihm gleich aus der Brust springen.

»Gibt es denn später noch mal was zu essen?«, fragte Marcia.

»Außer dem Kuchen? Nein«, antwortete die Frau und schüttelte den Kopf. »Das ist alles für heute Abend. Eine Vorspeisenplatte.« Wieder lächelte sie verbindlich, als merkte sie die Verärgerung nicht, die ihre Bemerkung unter den Gästen ausgelöst hatte.

»Oh«, lenkte Lous Vater betont freundlich ein. »Dann lassen Sie das Tablett doch einfach hier stehen.«

»Das ganze Tablett?« Unsicher sah die Kellnerin ihn an und

warf dann einen Blick über die Schulter, ob der Manager vielleicht in der Nähe war, um ihr zu helfen.

»Ja, meine Gäste sind sehr hungrig«, erklärte der Jubilar unbeirrt, nahm der Frau ohne weitere Umstände das Tablett aus der Hand und stellte es auf den großen Tisch. Alle, die schon auf Stühlen saßen, mussten nun allerdings aufstehen, um an die Häppchen zu kommen.

»Na gut, okay.« Hilflos sah die Bedienung zu, wie die Senioren sich über das Essen hermachten, und trat dann zögernd und tablettlos den Rückzug an.

»Haben Sie gerade etwas von einem Kuchen gesagt?«, rief Marcia ihr nach. Ihrer hohen, überschnappenden Stimme hörte man den Stress an.

»Ja.«

»Darf ich ihn mir bitte ansehen?«, fragte Marcia hastig und warf Lou einen entsetzten Blick zu. »Welche Farbe hat er? Womit ist er verziert? Sind Rosinen drin? Daddy hasst nämlich Rosinen«, hörte man ihre erregte Stimme noch, während sie mit der Kellnerin in Richtung Küche verschwand, ihren Notkarton fest im Arm.

»Also, wer hat Sie eigentlich eingeladen, Gabe?«, erkundigte sich Lou, als seine Schwester weg war. Er hatte absolut keine Lust, sich über Gabes Beförderung zu unterhalten. Er war so gereizt, dass er Gabe bei diesem Thema wahrscheinlich einmal quer durch den Raum geschleudert hätte.

»Ruth«, antwortete Gabe schlicht und nahm sich vorsichtig ein Kartoffelhäufchen.

»Ach ja? Fällt mir schwer, das zu glauben«, lachte Lou.

»Warum?«, gab Gabe achselzuckend zurück. »Sie hat mich an dem Abend eingeladen, als ich bei Ihrer Familie zum Abendessen war und bei Ihnen übernachtet habe.«

»Was soll das heißen?«, zeterte Lou kindisch und baute

sich drohend vor ihm auf. »Sie waren nicht zum Essen eingeladen. Sie haben mich zu Hause abgesetzt und die Reste aufgemampft.«

Gabe sah ihn seltsam an. »Okay.«

»Wo ist Ruth überhaupt? Ich hab sie den ganzen Abend noch nicht gesehen.«

»Oh, wir haben uns die meiste Zeit auf dem Balkon unterhalten. Ich mag Ruth übrigens sehr gern«, antwortete Gabe. Ein bisschen Kartoffelpüree rutschte ihm aus dem Mundwinkel übers Kinn und landete auf seiner geborgten Krawatte. Lous Krawatte, genau genommen.

Lou biss die Zähne zusammen vor Wut. »Sie mögen Ruth sehr gern? Sie mögen *meine Frau* sehr gern? Na, das ist ja witzig, Gabe, denn ich mag meine Frau auch sehr gern. Wir beide haben so verdammt viel gemeinsam, nicht wahr?«

»Lou, vielleicht sollten Sie ein kleines bisschen leiser sprechen«, sagte Gabe mit einem nervösen Lächeln.

Lou sah sich um, lächelte in die neugierigen Gesichter der Umstehenden und legte Gabe dann den Arm um die Schulter, um zu demonstrieren, dass alles in Ordnung war und er sein Geschimpfe witzig meinte. Aber sobald die anderen wieder wegsahen, konfrontierte er Gabe erneut, und zwar ganz ohne Lächeln.

»Sie haben es also wirklich darauf abgesehen, mir mein Leben wegzunehmen, stimmt's, Gabe?«

Gabe machte ein einigermaßen schockiertes Gesicht, aber er hatte keine Gelegenheit zu protestieren, denn in diesem Moment öffneten sich die Aufzugstüren, und heraus stolperten Alfred, Alison und noch ein paar Leute von der Weihnachtsfeier in Lous Firma. Obwohl gerade das Lieblingsweihnachtslied von Lous Vater aus den Lautsprechern dröhnte, schafften es die Neuankömmlinge mit ihren Weihnachtsmannkostümen und Partyhütchen sofort, die Aufmerksamkeit auf sich zu ziehen. Gnadenlos bliesen sie jedem, der auch nur in ihre Richtung schaute, die mitgebrachten Tröten entgegen.

Lou ließ Gabe stehen, rannte die Stufen zum Aufzug empor und stellte sich Alfred in den Weg.

»Wir sind gekommen, um Paaaaaarty zu machen, mein Freund!«, verkündete Alfred und blökte Lou mit seiner Tröte ins Gesicht.

»Alfred, ihr seid hier nicht eingeladen«, erwiderte Lou laut.

»O doch, Alison hat mich eingeladen«, wieherte Alfred. »Und ich glaube, du weißt besser als wir alle, wie schwer es ist, eine Einladung von Alison abzulehnen.« Er grinste vielsagend. »Aber es macht mir nichts, zweite Wahl zu sein«, lachte er wieder, betrunken hin und her schwankend, aber dann wanderte sein Blick über Lous Schulter, und sein Gesicht veränderte sich plötzlich. »Hallo, Ruth! Wie geht es dir?«

Lou blieb beinahe das Herz stehen, als er sich umdrehte und Ruth direkt hinter sich stehen sah.

»Hallo, Alfred«, antwortete sie nur, verschränkte die Arme vor der Brust und starrte ihren Ehemann unverwandt an.

Angespanntes Schweigen folgte.

»Tja, das ist peinlich«, sagte Alfred unsicher. »Ich glaube, dann schließe ich mich mal lieber den anderen Partygästen an und lasse euch zwei in Ruhe aufeinander losgehen.«

Er verschwand und ließ Lou mit Ruth allein. Der Schmerz in ihrem Gesicht war wie ein Dolch in seinem Herzen. Wut wäre ihm wesentlich lieber gewesen.

»Ruth«, sagte er. »Ich hab dich schon den ganzen Abend gesucht.«

»Wie ich sehe, hat sich inzwischen auch Alison, die Partyplanerin, zu uns gesellt«, erwiderte sie, und ihre Stimme zitterte, obwohl sie sich sichtlich anstrengte, ruhig zu bleiben.

Lou blickte sich über die Schulter zu Alison um, die in ihrem kurzen Kleid verführerisch mit einem Weihnachtsmann tanzte.

Ruth starrte ihm fragend ins Gesicht.

»Nein, es ist nichts passiert«, sagte er, und auf einmal hatte er keine Kraft mehr. Er wollte einfach nicht mehr der Mann sein, den sie so anschaute. »Hand aufs Herz, es ist nichts passiert. Sie hat heute Abend versucht, mich rumzukriegen, aber ich habe mich nicht darauf eingelassen.«

Mit einem bitteren Lachen erwiderte Ruth: »Dass sie es versucht hat, kann ich mir allerdings sehr gut vorstellen.«

»Aber ich schwöre, ich hab nichts getan.«

»Du hast nichts getan? Nie?« Aufmerksam musterte sie sein Gesicht, und man sah ihr an, dass sie sich hasste. Man sah ihr an, wie unangenehm ihr die ganze Situation war, und man sah auch ihre Wut darüber, dass sie ihm diese Fragen stellen musste.

Lou schluckte. Er wollte sie nicht verlieren, aber er konnte auch nicht mehr lügen. »Wir haben uns geküsst. Einmal. Das war alles. Nichts weiter.« Er redete immer schneller, seine Panik wuchs. »Jetzt bin ich anders, Ruth. Ich bin …«

Aber sie hörte nicht mehr zu, sondern wandte sich ab, um ihre Tränen vor ihm zu verbergen. Mit einer schnellen Bewegung riss sie die Balkontür auf, und ein Schwall kalter Luft schlug Lou entgegen. Der Balkon war leer, denn die Raucher waren damit beschäftigt, mit den winzigen Shepherd's Pies ihren Hunger zu stillen.

»Ruth …« Er griff nach ihrem Arm, um sie wieder hereinzuziehen.

»Lou, lass mich los, ich bin ehrlich nicht in der Stimmung, mit dir zu diskutieren«, wehrte sie ihn wütend ab.

Also folgte er ihr schließlich auf den Balkon, und sie traten ein Stück von der Tür weg, damit sie von drinnen nicht gesehen werden konnten. Ruth lehnte sich an die Brüstung und blickte auf die Stadt hinaus, Lou trat dicht hinter sie, schlang die Arme um sie und weigerte sich, sie wieder loszulassen, obgleich ihr Körper bei seiner Berührung sofort wieder ganz steif wurde.

»Bitte hilf mir, das wieder hinzukriegen«, flüsterte er, den Tränen nahe. »Bitte, Ruth, hilf mir, das wieder hinzukriegen.«

Sie seufzte, aber ihre Wut war noch lange nicht verraucht. »Lou, was zum Teufel hast du dir bloß dabei gedacht? Haben wir dir nicht alle oft genug gesagt, wie wichtig dieser Abend ist?«

»Doch, ich weiß, ich weiß«, stotterte er, und seine Gedanken überschlugen sich. »Ich hab versucht, euch allen zu beweisen, dass ich …«

»Wag es ja nicht, mich noch mal anzulügen«, fiel sie ihm ins Wort. »Wag es nicht, mich anzulügen, nachdem du mich gebeten hast, dir zu helfen. Du hast überhaupt nichts zu beweisen versucht. Du hattest schlicht die Nase voll davon, dass Marcia dich dauernd anruft, du hattest die Nase voll davon, dass sie für deinen Vater alles ganz genau richtig machen wollte, du warst zu beschäftigt –«

»O bitte, ich muss das jetzt nicht alles noch mal hören«, unterbrach er sie, und jedes Wort von ihr traf ihn wie ein Migräneanfall.

»Doch, genau das musst du hören. Du warst zu beschäftigt mit deiner Arbeit, um auch nur einen Gedanken an deinen Vater oder an Marcia erübrigen zu können. Du hast eine wildfremde Frau die Geburtstagsfeier organisieren lassen, eine

Frau, die nichts, aber auch gar nichts über die siebzig Jahre weiß, die dein Vater auf dieser Welt zugebracht hat. Diese Frau dort!« Sie deutete nach drinnen, wo Alison unter dem Tisch mit dem Schokoladenfondue gerade den Limbo tanzte und dabei ihre rote Spitzenunterwäsche für jeden zur Schau stellte, der gewillt war hinzusehen. »Eine kleine Schlampe, die du wahrscheinlich gevögelt hast, während du ihr die Gästeliste diktiert hast«, stieß sie hervor.

Lou konnte es sich verkneifen, Ruth zu erklären, dass Alison eine qualifizierte Hochschulabsolventin und abgesehen von Partyplanung eine durchaus kompetente Fachkraft war – ihr Verhalten eben im Büro und bei der Feier seines Vaters war nicht gerade dazu angetan, ihre Ehre zu retten.

»Nein, ich hatte nichts mit ihr, das schwöre ich. Ich weiß, ich hab alles verbockt, und es tut mir furchtbar leid.« Inzwischen hatte er sich schon richtig ans Entschuldigen gewöhnt.

»Und wofür das alles? Für eine Beförderung? Noch mehr Arbeitsstunden am Tag, noch mehr Zeit im Büro, als menschenmöglich ist? Wann reicht es endlich, wann hast du genug? Wie hoch willst du denn noch hinaus, Lou? Letzte Woche hast du gesagt, man kann nur aus dem Job gefeuert werden, nicht aus der Familie. Aber ich denke, allmählich müsste selbst dir klar sein, dass auch eine Familie nicht alles mitmacht.«

»Ruth.« Er schloss die Augen und wäre bereit gewesen, auf der Stelle vom Balkon zu springen, wenn sie nicht bei ihm bleiben wollte. »Bitte verlass mich nicht, Ruth.«

»Ich meine nicht mich«, entgegnete sie. »Ich meine die da drin.«

Er drehte sich um und sah seine Familie, die sich gerade den anderen Gästen angeschlossen hatte, um gemeinsam mit ihnen eine Polonaise zu tanzen, wobei selbst die Ältesten alle paar Schritte flott das Bein in die Höhe warfen. »Aber ich begleite Quentin doch morgen zur Regatta«, beteuerte er und sah sie hoffnungsvoll an.

»Ich dachte, Gabe wollte das machen«, entgegnete Ruth stattdessen etwas verwirrt. »Er hat es ihm vorhin angeboten, ich stand dabei. Und Quentin hat Ja gesagt.«

Jetzt begann Lou vor Wut zu kochen. »Nein, das mache ich und kein anderer«, verkündete er wild entschlossen.

»Ach wirklich? Bevor du mit mir und den Kindern zum Schlittschuhlaufen gehst oder danach?«, fragte sie, machte auf dem Absatz kehrt und ließ ihn allein auf dem Balkon stehen und sich verfluchen, dass er sein Versprechen vergessen hatte.

Musik von drinnen drang nach draußen, und ein Schwall kalte Luft strömte in den Saal. Dann schloss die Tür sich wieder, aber Lou spürte, dass jemand hinter ihm stand. War Ruth doch nicht hineingegangen? Hatte sie ihn am Ende doch nicht stehen lassen?

»Was ich dir angetan habe, tut mir schrecklich leid, und ich möchte alles wiedergutmachen«, sagte er erschöpft. »Ich bin so müde. Aber ich möchte das, was ich falsch gemacht habe, in Ordnung bringen. Ich möchte allen sagen, dass es mir leidtut, und ich würde alles tun, damit sie das wissen und mir glauben. Bitte hilf mir, das hinzukriegen.«

Hätte Lou sich in diesem Augenblick umgedreht, hätte er gesehen, dass seine Frau tatsächlich nicht mehr da war – sie hatte sich in eine stille Ecke zurückgezogen und weinte, bitter enttäuscht von ihrem Mann, der sie doch noch vor wenigen Stunden in ihrem Schlafzimmer überzeugt hatte, dass er sich geändert hatte. Nein, es war Gabe, der auf den Balkon gekommen war, und es war Gabe, der nun Lous Geständnis hörte.

Gabe wusste, dass Lou Suffern am Ende seiner Kraft war. Jahrelang hatte er sich durch Minuten, Stunden und Tage gehetzt, so schnell, dass er irgendwann aufgehört hatte, das Leben zu spüren. Die Blicke, Gesten und Gefühle anderer Menschen hatten ihre Wichtigkeit für ihn verloren, er konnte sie nicht einmal mehr richtig sehen. Anfangs hatte Leidenschaft ihn vorangetrieben, doch in der Anstrengung, vorwärtszukommen und das zu erreichen, was er sich wünschte, war er über sein eigentliches Ziel weit hinausgeschossen. Immer war er in Eile gewesen, hatte sich nie eine Atempause gegönnt und war so in einen Rhythmus verfallen, dem sein Herz kaum nachkam.

Als Lou die kalte Dezemberluft einsog und sein Gesicht zum Himmel hob, um die eisigen Tröpfchen zu fühlen, die sanft auf seiner Haut landeten, wusste er, dass seine Seele dabei war, ihn zu sich zu holen.

Er konnte es spüren.

# 25

## Der schönste Tag

Um neun Uhr früh am Samstag – dem Tag nach der Geburtstagsfeier – saß Lou Suffern mit geschlossenen Augen draußen in seinem Garten und hielt sein Gesicht der Morgensonne entgegen. Er war über den Zaun geklettert, der ihren Achttausend-Quadratmeter-Landschaftsgarten mit seinen Kieselpfaden, Beeten und riesigen Blumenkübeln von dem rauen, verwilderten, von Menschenhand unberührten Terrain trennte. Überall verstreut, als hätte jemand in Dalkey eine Spritzpistole genommen und aufs Geratewohl die Nordseite der Landzunge mit gelber Farbe unter Beschuss genommen, wuchsen Ginsterbüsche. Lous und Ruths Haus stand ganz oben auf dem Hügelkamm, und von ihrem Garten aus hatte man einen Panoramablick auf das darunterliegende Dorf Howth, den Hafen und die Bucht bis hinaus zur Insel Ireland's Eye. Oft sah man sogar den hundertachtunddreißig Kilometer entfernten Mount Snowdon im walisischen Snowdonia National Park, aber an diesem klaren Tag hatte Lou Suffern ganz andere Dinge im Sinn.

Er saß auf einem Stein und atmete tief die frische Luft ein. Seine Nase war taub vor Kälte und lief, seine Wangen waren steif gefroren, seine Ohren schmerzten im eisigen Wind, und seine Finger hatten bereits eine rötlich-blaue Färbung angenommen, als würde an den Knöcheln die Blutzufuhr abgeschnürt. Kein gutes Wetter für diese lebenswichtigen Körperteile – aber ideal fürs Segeln. Anders als die Pflanzen in den gewissenhaft gepflegten Gärten der Nachbarschaft waren die wilden Ginsterbüsche sich selbst überlassen und konnten nach Lust und Laune wachsen – wie es manchmal bei zweitgeborenen Kindern der Fall ist, denen man mehr Raum gibt und weniger Regeln aufzwingt als den wohlbehüteten Erstlingen. So war der Ginster über den Hang gewandert und hatte sich überall auf der Landzunge etabliert. Das Gelände war hügelig und uneben, hob und senkte sich abrupt, entschuldigte sich für nichts und bot Wanderern wenig Hilfe an. Es war wie der Schüler in der hintersten Bank, still, aber stets voller verrückter Ideen, und so beobachtete es ganz entspannt die Reaktionen auf die Fallstricke, die es ausgelegt hatte. Obgleich die umliegenden Hügel diese ungestüme Seite besaßen und in Howth das für ein Fischerdorf typische geschäftige Leben herrschte, strahlte das Städtchen dennoch Ruhe und Frieden aus. Mit seinen Leuchttürmen, die die Seefahrer sicher zur Küste geleiteten, und den Klippen, die wie eine undurchdringliche Phalanx von Spartanern mit geschwellter Brust und Waschbrettbauch eine Verteidigungslinie gegen die Elemente bildeten, besaß es eine Aura von Bedachtsamkeit und fast großväterlicher Würde. Der Pier vermittelte zwischen Land und Meer und gab den Menschen die Möglichkeit, sich, ohne den Boden unter den Füßen zu verlieren, ein Stück hinaus auf den Ozean zu begeben. Einsam ragte der Martello Tower auf, wie ein alternder Soldat, der seinen Posten um keinen Preis verlassen möchte, obwohl längst Frieden eingekehrt ist. Trotz der Windböen, die unablässig über die Landzunge herfielen, war Howth ein standhaftes, stabiles Fleckchen Erde.

Doch Lou war nicht allein, wie er so auf dem Stein kauerte

und über sein Leben nachdachte. Er saß neben sich selbst, allerdings in einer ganz anderen Aufmachung: Ein Lou trug Segelkleidung für die bevorstehende Regatta mit seinem Bruder, der andere war zum Schlittschuhlaufen mit der Familie angezogen. Aber beide starrten hinaus aufs Meer, betrachteten das Schimmern der Sonne am Horizont. Unwillkürlich musste er an ein gigantisches amerikanisches Zehn-Cent-Stück denken, das jemand als Glücksbringer ins Wasser geworfen hatte und das jetzt unter den Wellen glitzerte. Eine ganze Weile saßen die zwei Lous schon so da, in ungezwungenem Schweigen, völlig entspannt in der Gesellschaft des anderen.

Der Lou auf dem moosigen Gras blickte zu dem Lou auf dem Stein hoch und lächelte. »Weißt du, wie glücklich ich in diesem Augenblick bin? Ich stehe sozusagen neben mir – na ja, genau genommen sitze ich natürlich«, schmunzelte er.

Lou auf dem Stein verbiss sich ein Grinsen. »Je mehr Witze ich von mir höre, desto klarer wird mir, dass ich nicht komisch bin.«

»Ja, so geht es mir auch.« Lou neben ihm pflückte einen langen Grashalm und schlang ihn sich um seine durchfrorenen, violett gefärbten Finger. »Aber ich merke auch, was für ein attraktiver Mistkerl ich bin.«

Jetzt lachten beide.

»Aber du unterbrichst die Leute oft«, stellte Lou auf dem Stein fest, denn er erinnerte sich, dass sein anderes Selbst gerne überflüssigerweise das Gespräch an sich riss.

»Ist mir auch schon aufgefallen. Ich sollte wirklich –«

»Und du hörst nicht richtig zu«, fügte er gedankenversunken hinzu. »Und deine Geschichten sind immer zu lang. Die meisten Leute sind längst nicht so an deinem Geschwafel interessiert, wie du dir einbildest«, bekannte er. »Du fragst andere auch nie, was sie machen. Das solltest du aber, unbedingt.«

»Sprich für dich«, entgegnete Lou auf dem Stein unbeeindruckt.

»Tu ich doch.«

Sie schwiegen eine ganze Weile, denn Lou Suffern hatte erst vor Kurzem am eigenen Leib erfahren, was aus Stille entstehen kann. Eine Möwe schoss zu ihnen herab, krächzte, betrachtete die beiden Lous misstrauisch und flog wieder davon.

»Die erzählt jetzt allen ihren Freundinnen von uns«, sagte Lou auf dem Stein.

»Wir sollten's uns aber nicht zu Herzen nehmen, für mich sehen die nämlich auch alle gleich aus«, meinte der andere Lou.

Wieder lachten beide.

»Ich kann nicht glauben, dass ich über meine eigenen Witze lache«, bemerkte Lou im Gras und rieb sich die Augen. »Wie peinlich.«

»Was geht hier eigentlich ab? Was meinst du?«, fragte Lou auf dem Stein ernst.

»Wenn du es nicht weißt, weiß ich es auch nicht.«

»Ja, aber wenn ich eine Theorie habe, dann hast du auch eine.«

Sie sahen einander an und wussten genau, was der jeweils andere gerade dachte.

Lou wählte seine Worte sorgfältig, bewegte sie eine Weile probeweise im Mund hin und her und sagte dann: »Ich bin nicht abergläubisch, aber ich denke, wir sollten diese Theorien für uns behalten, meinst du nicht? Es ist, wie es ist. Belassen wir es dabei.«

»Ich möchte aber nicht, dass jemand verletzt wird«, gab Lou auf dem Gras zu bedenken.

»Hast du gehört, was ich gerade gesagt habe?«, sagte Lou verärgert. »Dass du nicht darüber sprechen sollst.«

»Lou!«, rief Ruth aus dem Garten, und das brach den Bann zwischen ihnen.

»Komme!«, antwortete er und streckte den Kopf über den Zaun. Vor der Küchentür entdeckte er Pud, der dank seiner jüngst erworbenen Laufkünste ins Freie gelangt war und im Gras herumeierte wie ein zu früh geschlüpftes Küken. Er war hinter seinem Ball her, doch jedes Mal, wenn er in seine Nähe kam, kickte er ihn mit seinen übereifrigen Beinchen wieder weg. Schließlich aber zog er den richtigen Schluss daraus, hielt inne, ehe er den Ball erreicht hatte, schlich sich dann langsam von hinten an ihn heran, als rechnete er jederzeit damit, dass der Ball sich von alleine davonmachte, und hob kickbereit den Fuß. Weil er das Stehen auf einem Bein allerdings noch nicht geübt hatte, plumpste er mitten in der Bewegung um und landete auf seinem gut gepolsterten Hinterteil im Gras. In diesem Moment kam Lucy mit Schal und Mütze aus der Tür gelaufen, um ihrem kleinen Bruder beim Aufstehen zu helfen.

»Sie ist Ruth so ähnlich«, hörte Lou eine Stimme dicht an seinem Ohr und merkte, dass der andere Lou ihm gefolgt war.

»Ich weiß. Warte mal, was für ein Gesicht sie jetzt gleich macht.« Sie beobachteten, wie Lucy Pud mütterlich für seine Unachtsamkeit tadelte. Beide Lous lachten genau gleichzeitig über ihre ernste, erwachsene Miene.

Doch der Versuch, den kleinen Bruder an der Hand zu nehmen und ins Haus zurückzuführen, misslang gründlich. Pud protestierte lautstark, riss sich los und warf in einem Mini-Wutanfall die Ärmchen in die Luft. Kurz darauf beschloss er, allein ins Haus zurückzuwatscheln.

»Und an wen erinnert dich das?«, fragte Lou.

»Okay, wir sollten jetzt wirklich aufbrechen. Du gehst zum Hafen runter, ich fahre mit Ruth und den Kids in die

Stadt. Sorg dafür, dass du pünktlich auf dem Boot bist, ja? Ich musste Quentin praktisch bestechen, dass du ihm heute helfen darfst.«

»Natürlich werde ich pünktlich sein. Brich dir nicht die Beine auf den Schlittschuhen.«

»Und du geh nicht unter.«

»Wir werden den Tag genießen.« Lou schüttelte sich selbst die Hand, und im Nu wurde aus dem Händeschütteln eine Umarmung – die herzlichste und innigste, die er seit sehr Langem erlebt hatte.

Schon zwei Stunden vor dem Rennen traf Lou am Hafen ein. Er war so viele Jahre keine Regatta mehr gesegelt und wollte sich ein bisschen Zeit nehmen, um sich wenigstens wieder an den Jargon zu gewöhnen und ein Gefühl für das Boot zu bekommen. Außerdem musste er eine Beziehung zum Rest der Crew aufbauen: Kommunikation war der Schlüssel jeder erfolgreichen Segeltour, und er wollte keinen der Beteiligten hängen lassen. Nein, das stimmte nicht ganz – er wollte hauptsächlich Quentin nicht enttäuschen. Ohne Probleme fand er die *Alexandra*, das wunderschöne Vierzig-Fuß-Segelboot, das Quentin vor fünf Jahren gekauft hatte und auf dem er nicht nur jede freie Minute verbrachte, sondern in das er auch jeden Cent steckte, den er erübrigen konnte. Quentin und fünf seiner Teammitglieder waren bereits an Bord, hatten die Köpfe zusammengesteckt und besprachen den Kurs und ihr taktisches Vorgehen.

Lou überlegte: Es sollten nur sechs Leute an Bord sein, und wenn er sich den anderen anschloss, waren sie zu siebt.

»Hi, ihr alle!«, rief er im Näherkommen.

»Lou!« Überrascht blickte Quentin auf, und Lou wurde plötzlich klar, weshalb schon sechs Leute da waren: Quentin hatte nicht damit gerechnet, dass sein Bruder tatsächlich aufkreuzen würde.

»Ich komme doch hoffentlich nicht zu spät? Du hast halb zehn gesagt, oder?«

»Ja, klar, natürlich.« Quentin bemühte sich, seine Verwunderung zu überspielen. »Absolut. Ich wollte nur, äh ...« Er wandte sich zu den anderen Männern um, die abwartend dastanden. »Dann mache ich euch mal miteinander bekannt. Jungs, das ist mein Bruder Lou.«

Auch die anderen machten überraschte Gesichter.

»Wir wussten gar nicht, dass du einen Bruder hast, Quentin«, meinte einer lächelnd und trat dann vor, um Lou die Hand zu schütteln. »Ich bin Geoff. Hoffentlich weißt du, was du tust.«

»Ist schon eine Weile her«, gab Lou zu und schaute Quentin unsicher an. »Aber Quentin und ich sind früher viel gesegelt, und das vergisst man ja nie ganz. Ist wie Fahrradfahren, oder nicht?«

Alle lachten und hießen den Neuankömmling an Bord willkommen.

»Wo möchtest du mich haben?«, fragte Lou und schaute seinen Bruder an.

»Ist es wirklich in Ordnung für dich, heute mitzufahren?«, vergewisserte Quentin sich leise, außer Hörweite der anderen.

»Na klar«, antwortete Lou und gab sich alle Mühe, nicht beleidigt zu sein. »Gleiche Position wie früher?«

»Vorschiff?«, fragte Quentin.

»Aye, aye, Captain«, grinste Lou und salutierte.

Quentin lachte und wandte sich wieder dem Rest der Besatzung zu. »Okay, Jungs, ich möchte, dass wir alle harmonisch zusammenarbeiten. Denkt dran: miteinander reden, damit die Informationen auf dem Boot ungehindert fließen können. Wenn einer etwas nicht getan hat, was er hätte tun sollen, dann sagt Bescheid – wir müssen alle wissen, wo wir dran sind. Wenn wir gewinnen, geht die erste Runde auf mein Konto.«

Alle johlten.

»Gut, Lou«, sagte Quentin und zwinkerte seinem Bruder zu. »Ich weiß, dass du dich schon lange darauf freust.«

Obwohl das nicht stimmte, hatte Lou das Gefühl, dass er nicht widersprechen sollte.

»Endlich kriegst du die Chance zu sehen, was die *Alexandra* draufhat.«

Lou knuffte seinen Bruder spielerisch in die Seite.

Ruth schob Puds Buggy durch den Fusilier's Arch, und sie betraten St. Stephen's Green, den Park mitten im Stadtzentrum von Dublin. Hier war eine Eisbahn angelegt worden, die Einkaufsbummler aus den umliegenden Straßen und Eislauflustige aus dem ganzen Land anzog. Lou und seine Familie gingen am Ententeich vorbei, überquerten die O'Connell Bridge und befanden sich kurz darauf in einem wahren Wunderland. In der gepflegten Parkanlage war ein Weihnachtsmarkt aufgebaut, üppig geschmückt, wie aus einem Weihnachtsfilm. Stände, an denen heiße Schokolade mit Marshmallows, Mince Pies und Früchtekuchen verkauft wurden, säumten die Wege, und der Duft von Zimt, Nelken und Marzipan wehte durch die Gänge. Die Verkäufer waren als Weihnachtselfen verkleidet, aus den Lautsprechern dröhnte Weihnachtsmusik, tropfende Eiszapfen hingen von den Budendächern, und Schneemaschinen bliesen künstliche Flocken durch die Luft.

Das Iglu des Weihnachtsmanns bildete das Zentrum des Interesses; davor hatte sich eine lange Schlange gebildet, und

Elfen in grünen Kostümen und spitzen Schuhen taten ihr Bestes, den Wartenden die Zeit möglichst kurz zu machen. Riesige rot-weiß gestreifte Zuckerstangen bildeten vor dem Iglu eine Art Torbogen, aus dem Schornstein segelten Seifenblasen himmelwärts. Auf einer kleinen Wiese spielte eine Gruppe Kinder unter Aufsicht eines Elfen mit einem überdimensionalen Knallbonbon Tauziehen. Neben dem Iglu stand ein sechs Meter hoher Tannenbaum, geschmückt mit überdimensionalen Kugeln und Lametta. Von den Zweigen hingen gigantische Wasserballons, auf die eine Reihe Kinder – und noch weit mehr Väter – mit Stechpalmen umwickelte Bälle warfen und versuchten, die Ballons zum Platzen zu bringen und die Geschenke darin freizulegen. Ein rotgesichtiger Elf, der von den zerplatzenden Wasserbomben schon ganz nass war, rannte herum und hob die heruntergefallenen Geschenke vom Boden auf, während sein Gehilfe neue Ballons füllte und an einen Kollegen weiterreichte, der sie wieder an die Zweige hängte. Bei dieser Arbeit pfiff allerdings niemand entspannt vor sich hin.

Pud deutete mit seinem rundlichen kleinen Zeigefinger wild in alle Richtungen, wo etwas seine Aufmerksamkeit erregte. Lucy, die sonst so gerne plapperte, war auf einmal ganz still geworden, und ihre großen braunen Augen blickten wie gebannt unter dem dichten Pony ihres schokoladenbraunen kinnlangen Pagenkopfs hervor. Sie trug einen leuchtend roten, knielangen Mantel mit einer Doppelreihe großer schwarzer Knöpfe und einem schwarzen Pelzkragen, dazu cremefarbene Strumpfhosen und glänzende schwarze Schuhe. Mit einer Hand hielt sie sich an Puds Buggy fest, und so schien sie in ihrem ganz eigenen Paradies neben den anderen herzuschweben. Hin und wieder entdeckte sie etwas ganz Besonderes und blickte mit dem glücklichsten Lächeln, das man sich vorstellen kann, zu Lou und Ruth empor. Niemand sprach. Das war auch nicht nötig, denn sie wussten alle Bescheid.

Ein Stück vom Weihnachtsmarkt entfernt fanden sie die Eisbahn, auf der Hunderte von Menschen unterwegs waren, Alt und Jung. Die Warteschlange wand sich um die ganze Bahn herum, sodass jeder, der hinfiel, von neugierigen Zuschauern beäugt wurde, die natürlich über jeden lustigen Sturz lachten.

»Ihr könnt euch das da drüben anschauen«, schlug Lou vor und deutete auf den Pavillon, in dem eine Pantomime vorgeführt wurde. Dutzende Kinder saßen in Liegestühlen, fasziniert von der Zauberwelt, die sich vor ihnen entfaltete. »Ich stelle mich solange für uns an.«

Eine großzügige und gleichzeitig egoistische Geste – Lou Suffern konnte ja nicht über Nacht ein anderer werden. Er hatte sich fest vorgenommen, den Tag mit seiner Familie zu verbringen, aber inzwischen brannte sein BlackBerry ihm praktisch ein Loch in die Manteltasche, und er brauchte ein bisschen Zeit, um die Nachrichten durchzugehen, ehe er vor Spannung schlicht und einfach explodierte.

»Okay, danke«, sagte Ruth und schob Puds Buggy zu Lou in die Schlange. »Wir bleiben nicht lange.«

»Was machst du denn da?«, fragte Lou panisch.

»Na, ich geh mit Lucy rüber und seh mir die Vorstellung an.«

»Nimmst du ihn nicht mit?«

»Nein. *Er* ist eingeschlafen, da ist er bei dir gut aufgehoben.«

Hand in Hand mit Lucy, die fröhlich neben ihr herhüpfte, machte sich Ruth auf den Weg zum Pavillon, während Lou nichts anderes übrig blieb, als seine Panik in Schach zu halten und zu hoffen, dass Pud nicht so schnell aufwachen würde. Mit einem Auge am BlackBerry und dem anderen auf Pud entdeckte er, dass er sogar noch ein drittes Auge besaß, das die Gruppe Teenager vor ihm beobachtete, die in ihrem Hormonrausch plötzlich angefangen hatten, zu schreien und blöde herumzuhopsen – jeder Schrei und jedes ungeschickte Hopsen eine Bedrohung für den Schlaf seines Sohnes. Plötzlich fiel ihm auch auf, in welcher ohrenbetäubenden Lautstärke *Jingle Bells* aus den Lautsprechern hallte, und die Rückkoppelungen bei den Durchsagen, dass wieder ein verlorenes Familienmitglied am Elfen-Center wartete, klangen wie eine Massenkarambolage. Er hörte jedes einzelne Geräusch, jedes Kreischen der Kinder auf der Eisbahn, jeden Schrei, wenn wieder mal ein Daddy auf den Hintern fiel, jedes Knochenknirschen. In höchster Alarmbereitschaft – als müsste er jeden Moment mit einem tätlichen Angriff rechnen – ließ Lou den BlackBerry samt seinem wild blinkenden roten Licht wieder in die Tasche zurückgleiten. Langsam rückte die Schlange weiter, langsam schob er den Buggy ein Stückchen nach vorn.

Einer der fettighaarigen Pubertierenden vor ihm, der seinen Freunden mit explosionsartigen Lauten und gelegentlichen epileptisch anmutenden Gesten eine Geschichte erzählte, war besonders nervig. Als er zum Höhepunkt seiner Geschichte kam, sprang er ein Stück zurück – und stieß mit dem Arm gegen Puds Buggy.

»Sorry«, sagte er, drehte sich um und rieb sich den Arm. »Sorry, Mister. Alles klar mit dem Kleinen?«

Lou nickte. Und schluckte. Am liebsten hätte er den Knaben gepackt und erwürgt. Oder seine Eltern gesucht und ihnen einen Vortrag darüber gehalten, dass sie ihrem Sohn gefälligst das Geschichtenerzählen beibringen sollten, und zwar ohne ausladende Gesten und Spuckebomben. Vorsichtig spähte er zu Pud hinunter. O nein, das Monster war dabei zu erwachen. Langsam öffneten sich seine Augen, glasig und müde, noch längst nicht bereit, aus dem Winterschlaf zu kommen. Sie blickten nach links, blickten nach rechts, blickten in alle Richtungen, und Lou hielt den Atem an. Eine Weile sahen er und Pud einander in gespanntem Schweigen an. Dann kam der Kleine offenbar zu der Erkenntnis, dass ihm der entsetzte Ausdruck im Gesicht seines Vaters ganz und gar nicht gefiel, spuckte in hohem Bogen seinen Schnuller aus und begann zu schreien. Und zwar richtig.

»Alles ist gut, schsch«, säuselte Lou linkisch und sah flehend auf seinen Sohn hinunter.

Pud brüllte lauter, und in seinen müden Augen bildeten sich dicke Tränen.

»Hey, komm schon, Pud.« Lou lächelte den Kleinen mit seinem charmantesten Porzellanzahnlächeln an. Im Job hatte dieses Lächeln immer den gewünschten Erfolg.

Aber Pud schrie lauter.

Verlegen sah Lou sich um und entschuldigte sich bei allen, die seinen Blick erwiderten, vor allem bei dem selbstzufriedenen Vater, der ein kleines Baby vor sich auf dem Bauch trug und zwei weitere Kinder an den Händen hielt. Lou grummelte frustriert, wandte dem Mann den Rücken zu und versuchte, das Horrorgebrüll damit zu beenden, dass er den Buggy mit raschen Bewegungen vor- und zurückschob und dabei absichtlich dem Teenager in die Hacken fuhr, dem er das ganze Dilemma zu verdanken hatte. Mindestens zehn Mal steckte er Pud den Schnuller wieder in den Mund. Er legte ihm die Hand über die Augen, in der Hoffnung, der Kleine werde vielleicht wieder einschlafen, wenn es dunkel war. Nichts funktionierte. Puds kleiner Körper wand sich und versuchte, aus dem Sicherheitsgurt auszubrechen wie der Hulk aus seinen Kleidern. Inzwischen klang er wie eine Katze, die am Schwanz kopfüber ins Wasser getaucht und dann erdrosselt wird. Verzweifelt wühlte Lou in der Babytasche nach den Spielsachen, aber als er sie seinem Sohn anbot, schleuderte der sie nur voller Entrüstung auf den Boden.

Der selbstzufriedene Familienvater mit dem Baby auf dem Bauch bückte sich und half Lou beim Einsammeln. Lou nahm die Spielsachen entgegen, ohne den Mann anzusehen, und rang sich ein gegrunztes Dankeschön ab. Nachdem die meisten Gegenstände aus der Babytasche ein zweites Mal auf dem Boden gelandet waren, beschloss er, das kleine Brüllmonster freizulassen. Eine ganze Weile kämpfte er mit dem vertrackten Verschluss – was Puds Geschrei nur verstärkte und noch mehr Gestarre auf sich zog –, und gerade als ein besorgter Mensch den Sozialdienst rufen wollte, hatte er seinen Sohn endlich befreit. Allerdings hörte Pud nun keineswegs auf zu heulen, nein, er machte munter weiter, bis ihm der Rotz aus der Nase blubberte und sein Gesicht so rot war wie eine Himbeere.

Lou zeigte seinem Sohn Bäume, Hunde, Kinder, Flugzeuge, Vögel, Weihnachtsbäume, Geschenke, Elfen – bewegliche Dinge, unbewegliche Dinge und überhaupt alles, was es zu sehen gab, aber Pud ließ sich nicht beirren, sondern schrie weiter.

Zehn Minuten später kam Ruth angerannt, Lucy im Schlepptau.

»Was ist denn los?«

»Er ist aufgewacht, kaum dass ihr weg wart, und jetzt hört er nicht mehr auf zu brüllen«, erklärte Lou. Er schwitzte.

Pud warf einen Blick auf Ruth, streckte ihr die Hände entgegen und hüpfte förmlich aus Lous Armen. Als wäre ein Schalter umgelegt worden, verstummte das Geschrei, Pud klatschte in die Hände, sein Gesicht nahm wieder eine normale Farbe an, er plapperte fröhlich, strahlte seine Mutter an, spielte mit ihrer Halskette und benahm sich insgesamt, als hätte es so etwas wie das Horrorgebrüll nie gegeben. Lou war sicher, dass Pud ihn außerdem frech angrinste, wenn gerade niemand hinschaute.

Der andere Lou war unterdessen ganz in seinem Element. Inzwischen waren sie mit dem Boot unterwegs zum Startbereich nördlich von Ireland's Eye, und er beobachtete gespannt, wie die Küste sich immer weiter entfernte. Vom Leuchtturm am Ende des Piers winkten Freunde und Familienmitglieder, viele mit Ferngläsern in der Hand.

Dem Meer wohnte ein Zauber inne. Menschen fühlten sich unwiderstehlich zu ihm hingezogen, wollten am Meer leben, im Meer schwimmen, spielen, es anschauen. Das Meer war ein lebendiges Wesen, so unberechenbar wie ein großer Theaterschauspieler: Es konnte ruhig und freundlich sein, konnte sein Publikum mit offenen Armen willkommen heißen und schon im nächsten Moment sein stürmisches Temperament unter Beweis stellen, Menschen herumschleudern, als wollte es sie hinauswerfen, konnte Küsten attackieren und ganze Inseln zerstören. Es hatte verspielte Seiten, es mochte die Menschen, schaukelte Kinder, kippte Luftmatratzen, brachte Windsurfer aus dem Gleichgewicht, ging aber gelegentlich auch Seeleuten helfend zur Hand – alles mit einem verschmitzten Kichern. In voller Fahrt durch die Wogen zu preschen, den Wind in den Haaren, den Regen oder die helle Sonne im Gesicht – für Lou gab es nichts, was sich mit diesem Gefühl messen konnte. Es war lange her, dass er zum letzten Mal gesegelt war. Natürlich hatten er und Ruth oft die Ferien auf der Jacht von Freunden verbracht, aber er hatte sich eine Ewigkeit nicht mehr an dieser Art Teamsport beteiligt. Nun freute er sich unbändig auf die Herausforderung – nicht nur darauf, mit dreißig anderen Booten zu wetteifern, sondern vor allem auch darauf, dem Meer die Stirn zu bieten, dem Wind und den Wellen.

Sie näherten sich dem Startschiff, um sich identifizieren zu lassen. Die Startlinie befand sich zwischen einem rot-weißen Pfahl auf dem Startboot und einer zylindrischen, orangefarbenen Boje in Fahrtrichtung links, also backbords. Lou ging am Bug des Boots in Stellung, während sie den Startbereich umkreisten und versuchten, die perfekte Position zu finden, von der aus sie die Startlinie genau zur richtigen Zeit überqueren konnten. Der Wind kam aus Nordost, Windstärke vier bei Flut, was bedeutete, dass die See nicht gut gestimmt war. Man musste sie genau im Auge behalten, um das Boot möglichst schnell durchs kabbelige, unruhige Wasser steuern zu können. Wie in alten Zeiten hatten Lou und Quentin darüber gesprochen und wussten beide genau, was zu tun war. Wenn sie die Linie zu früh überquerten, wurden sie disqualifiziert, und nun war es Lous Aufgabe, den Countdown auszuzählen, sie korrekt in Stellung zu bringen und dabei ständig mit dem Steuermann – nämlich Quentin – in Verbindung zu bleiben. Als Teenager hatten sie diese Kunst aus dem Effeff beherrscht, hatten zahlreiche Rennen gewonnen und hätten wahrscheinlich auch mit geschlossenen Augen segeln können, einfach nach der Windrichtung. Aber das war lange her, und die Kommunikation zwischen ihnen hatte sich in den letzten Jahren dramatisch verschlechtert.

Lou bekreuzigte sich, als um 11 Uhr 25 das Ankündigungssignal gegeben wurde. Sie wendeten das Boot, gingen in Position, um möglichst früh und mit möglichst viel Fahrt die Startlinie zu überqueren. Um 11 Uhr 26 wurde die Vorbereitungsflagge gehisst. Um 11 Uhr 29 senkte sich die Einminuten-Signalflagge. Lou schwenkte heftig die Arme und gab Quentin Anweisungen, wo er das Boot platzieren sollte.

»Steuerbord, mehr nach Steuerbord, Quentin!«, brüllte er und schwenkte den rechten Arm. »Dreißig Sekunden!«

Sie kamen gefährlich nahe an eine andere Jacht heran. Lous Fehler.

»Eh, Backbord! BACKBORD!«, schrie Lou. »Zwanzig Sekunden!«

Alle Boote strengten sich an, eine gute Position zu finden, aber da dreißig von ihnen an der Regatta teilnahmen, würde nur ein kleiner Teil es schaffen, die Startlinie in der besten Stellung ganz in der Nähe des Startschiffs zu überwinden. Der Rest musste versuchen, das Beste aus dem Am-Wind-Kurs herauszuholen.

11 Uhr 30 kam das Startsignal, und mindestens zehn Boote überquerten die Startlinie vor ihnen. Nicht der beste Start, aber Lou weigerte sich, den Mut sinken zu lassen. Er war ein bisschen rostig, er brauchte Übung, aber dafür war keine Zeit, jetzt ging es ums Ganze.

Sie sausten dahin, Ireland's Eye zu ihrer Rechten, links die Landzunge, aber natürlich wäre es Unsinn gewesen, in einem solchen Moment die Umgebung zu bewundern. Lou bewegte sich nicht, nur seine Gedanken rasten, er schaute auf die anderen Jachten, die dicht neben ihnen durchs Wasser rauschten, der Wind zerzauste seine Haare, sein Herz klopfte wild, und er fühlte sich so lebendig wie seit Langem nicht mehr. Auf einmal war alles wieder da, was zum Segeln gehörte – wie es sich anfühlte, auf einem Boot zu sein. Vielleicht war er nicht mehr ganz so schnell, aber er hatte seinen Instinkt nicht verloren. So flogen sie übers Wasser, durchschnitten die Wellen auf dem Weg zur Luvmarke, etwa eine Meile von der Startlinie entfernt.

»Wenden!«, rief Quentin, und die Crew machte sich bereit. Er selbst behielt die anderen im Auge und steuerte. Alan, der

Vorschoter, löste die Fockschot aus der Klemme. Luke, der für das Genuasegel zuständig war, vergewisserte sich, dass auch die neue Fockschot dichtgeholt war, und drehte ein paarmal an der Winsch. Ohne sich von seiner Position wegzurühren, versuchte Lou vorauszuahnen, was als Nächstes zu tun war, und beobachtete gleichzeitig die anderen Boote, dass keines ihnen zu nahe kam. Instinktiv wusste er, dass sie auf der Backbordseite kreuzten und keine Vorfahrt gegenüber den Booten auf der Steuerbordseite haben würden. Seine alten Taktiken fielen ihm wieder ein, und er war im Stillen sehr angetan davon, wie er das Boot direkt auf der Anliegelinie zur Luvmarke positioniert hatte. Er spürte, wie Quentins Vertrauen in ihn zurückkehrte; mit voller Fahrt sausten sie auf die Marke zu. Und darum, dass Quentin wieder an ihn glaubte, kämpfte Lou mindestens ebenso sehr wie um den Sieg in diesem Rennen.

Quentin vergewisserte sich, dass er genügend Raum hatte, und begann die Wende. Geoff, der Mann im Cockpit, wandte sich rasch dem Vorsegel zu, und als es backwehte, löste er es. Das Boot ging durch den Wind, die Großschot wurde ein paar Fuß gefiert, und die Fock schwang über. Luke zog mit aller Kraft, und als er nicht mehr konnte, bediente er die Winsch. Quentin steuerte den neuen Kurs.

»Fock über!«, brüllte Lou, und alle hängten die Beine über die Luvseite.

Quentin stieß einen Freudenschrei aus, und Lou lachte in den Wind.

Nachdem sie die erste Marke umrundet hatten und mit dem Wind auf die zweite zuflogen, wurde Lou genau zur richtigen Zeit aktiv, setzte den Spinnaker und gab Quentin mit nach oben gerecktem Daumen das Okayzeichen. Sofort kam auch Leben in den Rest der Crew, und jeder ging seiner Aufgabe nach. Sicher, Lou hatte manchmal noch zwei linke Hände, aber er merkte, dass sein Fingerspitzengefühl nach und nach zurückkehrte.

Während er zuschaute, wie der Spinnaker emporstieg, stieß auch Lou einen Freudenschrei aus.

Alan trimmte das Segel, während Robert die Winsch übernahm. Sie segelten schnell, und wieder reckte Lou die Faust in die Luft und stieß ein Triumphgeheul aus. Hinter dem Steuer stand Quentin und lachte, während der Spinnaker sich mit Wind füllte. So rasten sie zur nächsten Marke. Quentin gestattete sich einen schnellen Blick nach achtern, wo sich ihm ein großartiger Anblick bot: Um die fünfundzwanzig Segelboote verfolgten sie mit geblähten Segeln. Nicht schlecht. Die beiden Brüder wechselten einen Blick und lächelten. Sie sagten kein Wort, aber das war auch nicht nötig. Sie wussten beide Bescheid.

Nach dreißig Minuten Wartezeit an der Eisbahn standen Lou und seine Familie endlich an der Spitze der Schlange.

»Ich wünsch euch viel Vergnügen«, sagte Lou, klatschte in die Hände und trat von einem Fuß auf den anderen, um sich warm zu halten. »Ich geh rüber in das Café und schau euch zu.«

Ruth begann zu lachen. »Nein, Lou – du hast gesagt, du kommst mit uns Schlittschuh laufen!«

»Lieber nicht.« Er verzog das Gesicht. »Ich hab in der letzten halben Stunde so viele Männer gesehen, die älter sind als ich und sich auf dem Eis total zum Affen machen. Was, wenn jemand mich hier sieht? Da bleib ich doch lieber draußen, vielen Dank. Außerdem ist die hier neu und darf nur chemisch gereinigt werden«, fügte er mit Blick auf seine Hose hinzu.

»Na gut«, meinte Ruth bestimmt. »Dann macht es dir sicher

nichts aus, auf Pud aufzupassen, solange Lucy und ich Schlittschuh laufen.«

Die Drohung verfehlte nicht ihre Wirkung. »Komm, Lucy«, sagte Lou und packte seine Tochter hastig bei der Hand. »Holen wir uns Schlittschuhe.« Er zwinkerte Ruth zu, die lachend mit Pud zurückblieb, und machte sich auf den Weg zu den Schlittschuhen. Direkt vor dem Supervater, der inzwischen im Stil des Rattenfängers von Hameln eine ganze Kinderschar im Schlepptau hatte, erreichte er die Ausgabetheke. Ha! Mit einem stillen Triumphgefühl nahm er zur Kenntnis, dass er dem Angeber zuvorgekommen war. Jetzt, wo die Eisbahn direkt vor ihm lag, freute er sich wie ein Kind auf das bevorstehende Abenteuer.

»Welche Größe?«, erkundigte sich der Mann hinter der Theke.

»44 ½ bitte«, antwortete Lou und sah Lucy erwartungsvoll an. Ihre großen braunen Augen erwiderten seinen Blick, aber sie blieb stumm.

»Sag dem Mann doch mal deine Schuhgröße, Schätzchen«, sagte er schließlich und spürte dicht hinter sich den Supervater, der ihm penetrant im Nacken saß.

»Die weiß ich nicht, Daddy«, antwortete Lucy, fast flüsternd.

»Na ja, du bist vier, richtig?«

»Fünf«, verbesserte sie ihn leise und runzelte die Stirn.

»Sie ist fünf«, erklärte er dem Mann. »Also bitte einmal die Größe für eine Fünfjährige.«

»Die Schuhgröße hängt sehr stark vom einzelnen Kind ab.«

Lou seufzte und zog sein BlackBerry heraus. Um keinen Preis war er bereit, sich noch einmal hinten anzustellen. Hinter ihm richtete sich der penetrante Supervater zu voller Größe auf und rief über Lous Kopf hinweg: »Zweimal Größe 36, einmal Größe 35 und eine 45 ½, bitte!«

Lou verdrehte die Augen und äffte ihn tonlos nach, was Lucy zum Schieflachen fand und ihrerseits imitierte, während sie auf Antwort warteten.

»Hallo?«

»Welche Schuhgröße hat Lucy?«

Ruth lachte. »Sechsundzwanzig.«

»Okay, danke.« Er legte auf.

Auf dem Eis angekommen, hielt er sich sorgfältig mit einer Hand an dem Zaun fest, der die Bahn umgab. Dann nahm er Lucy bei der Hand. Ruth stand mit Pud, der wieder bester Laune war, aufgeregt mit den Beinen strampelte und die Ärmchen schwenkte, auf der anderen Seite der Absperrung.

»Also, Schätzchen, hör mir gut zu«, sagte Lou, während er schwankend das Eis betrat. »Es ist sehr gefährlich, du musst ganz vorsichtig sein, okay? Halt dich hier am Geländer fest, ja?«

Brav tat Lucy, was er sagte, und nebeneinander wackelten sie los. Im Handumdrehen war sie sicherer als Lou, dessen Knöchel immer noch abwechselnd nach rechts oder nach links abknickten.

Nach einer Weile begann Lucy, schneller zu fahren. »Süße!«, rief Lou, und seine Stimme zitterte, während er auf das kalte, harte Eis hinuntersah und sich vorstellte, wie es sich anfühlen würde, wenn er hinfiel. Er konnte sich überhaupt nicht mehr erinnern, wann ihm so etwas zum letzten Mal passiert war. Wahrscheinlich war er noch ein kleiner Junge gewesen, schließlich gehörte Hinfallen ja in die Kindheit.

Der Abstand zwischen ihm und Lucy wurde größer.

»Hol sie ein, Lou!«, forderte Ruth ihn von der anderen Seite der Abgrenzung auf. Sie ging neben ihm her, während er ungeschickt vorwärtsschlurfte, und Lou konnte das Lächeln in ihrer Stimme hören.

»Ich wette, du amüsierst dich köstlich«, sagte er, konnte aber nur ganz kurz zu ihr aufblicken, so sehr musste er sich darauf konzentrieren, nicht umzufallen.

»O ja, das tu ich.«

Langsam schob er den linken Fuß vor, glitt aber weiter als beabsichtigt und landete fast im Spagat. Tapsig wie Bambi, das sich zum ersten Mal auf seine dünnen Beinchen stellt, wackelte und schlingerte er herum, schwenkte die Arme im Kreis wie eine im Marmeladenglas gefangene Fliege und hörte Ruth wieder lachen. Aber er machte Fortschritte. Ab und zu schaute er sich nach Lucy um, die in ihrem feuerwehrroten Mantel zum Glück gut zu sehen war und inzwischen schon den halben Weg um die Bahn herum geschafft hatte.

Der penetrante Supervater rauschte an ihm vorüber, mit wild schwingenden Armen, als wollte er an einem Rodelrennen teilnehmen, und sein Fahrtwind hätte Lou fast aus dem Gleichgewicht gebracht. Hinter ihm kam die Kinderschar angesaust, alle Hand in Hand. Und was war das – sangen sie etwa beim Schlittschuhlaufen? Das war zu viel. Langsam ließ Lou die Abgrenzung los und versuchte, sich mit wackligen Knien aufrecht zu halten. Langsam rutschte er mit einem Fuß nach vorn, leider wieder ein wenig zu weit – sein Rücken bog sich gefährlich durch, er kippte nach hinten und drohte wie ein Käfer auf dem Rücken zu landen. Im allerletzten Moment gewann er das Gleichgewicht zurück und setzte den anderen Fuß nach.

»Hi, Daddy!«, rief Lucy im Vorübersausen. Sie hatte die erste Umrundung der Eisbahn unfallfrei hinter sich gebracht.

Entschlossen entfernte sich Lou vom Rand der Eisbahn und den Anfängern, die sich dort zentimeterweise voranhangelten. Er würde den penetranten Supervater übertrumpfen, der da im Kreis herumfegte wie Roadrunner persönlich.

Auf halbem Weg zwischen der Abgrenzung und dem Bahninneren war Lou jetzt ganz auf sich selbst gestellt, doch er bewegte sich schon ein wenig sicherer vorwärts und versuchte auch, zum Balancieren die Arme zu schwingen wie die anderen. Allmählich nahm er Tempo auf. In ziemlich primitiver Lauftechnik, gebückt und mit wedelnden Armen – eher ein Eishockeyspieler als ein anmutiger Eisläufer –, umkreiste er das Rund und wich dabei Kindern und alten Leuten, so gut es ging, aus. Gelegentlich rempelte er jemanden an, und einmal hörte er ein Kind nach einem Zusammenstoß laut weinen. Ein Pärchen, das ihm Hand in Hand entgegenglitt, riss er glatt auseinander. Doch er war so darauf konzentriert, nicht umzufallen, dass er kaum Zeit fand, sich zu entschuldigen. Er überholte Lucy, ohne anhalten zu können, raste weiter und immer weiter, schneller und immer schneller, rundherum. Geräusche und Farben verschwammen, Lou kam sich vor wie auf einem Karussell. Unwillkürlich lächelte er. Abermals kam er an dem Supervater vorbei, dann zum dritten Mal an Lucy, an Ruth, hörte, wie sie seinen Namen rief, und nahm wahr, dass sie ihn fotografierte. Aber er konnte und wollte nicht anhalten. Er genoss den Wind in seinen Haaren, die vorbeiwirbelnden Lichter der Stadt, die frische kalte Luft, den sternbedeckten Himmel des früh hereinbrechenden Abends. Er fühlte sich frei und lebendig, so ausgelassen, wie er schon lange nicht mehr gewesen war. Und weiter ging es, rundherum, immer im Kreis.

Zum dritten und letzten Mal gingen die *Alexandra* und ihre Crew auf Kurs. Tempo und Koordination waren im Lauf der letzten Stunde wesentlich besser geworden, und Lou hatte alle Schnitzer wiedergutgemacht, die ihm anfangs unterlaufen waren. Jetzt näherten sie sich der Leetonne und mussten ein weiteres Mal das Spinnaker-Manöver vollführen.

Lou vergewisserte sich, dass die Leinen genug Spiel hatten, um ausgebracht zu werden. Geoff setzte die Fock, Lou führte sie in die Vorlieksnut, und Luke sorgte dafür, dass das Vorsegel belegt war. Robert ging in Position, um die lose Schot unter dem Großsegel zu packen, damit sie den Spinnaker einholen konnten. Sobald er in Stellung war, ging alles Schlag auf Schlag. Geoff machte das Fall los und half, den Spinnaker darunter einzuholen. Joey löste die Bergeleine und straffte sie so, dass der Spinnaker wie eine Flagge außerhalb des Boots fliegen konnte. Als der Spinnaker im Boot war, trimmte Joey das Großsegel, Geoff senkte den Spinnakerbaum, und Lou barg ihn.

Zum letzten Mal war der Spinnaker unten, und sie näherten sich der Ziellinie. Nun funkten sie den Rennleiter auf Kanal 37 an und baten um Bestätigung. Obwohl sie nicht als Erste durchs Ziel gingen, waren sie überglücklich. Lou und Quentin sahen einander an und lächelten. Keiner sagte etwas. Aber das war auch nicht nötig. Denn sie wussten beide Bescheid.

Inzwischen war der andere Lou doch hingefallen, lag auf dem Rücken, hielt sich die schmerzenden Rippen und konnte nicht aufhören zu lachen, während die anderen Eisläufer unbeirrt an ihm vorbeischwirrten. Ihm war genau das passiert, wovor ihm so sehr gegraut hatte – er hatte den komischsten Sturz des Tages hingelegt. Mitten auf der Eisbahn war er gelandet, und Lucy, die sich vor Lachen ebenfalls kaum halten konnte, versuchte, ihn am Arm zu packen und hochzuziehen. Sie waren Hand in Hand eine Weile nebeneinander ihre Runden gelaufen, als Lou übermütig wurde, prompt über seine eigenen Füße stolperte, das Gleichgewicht verlor und käfergleich auf dem Rücken landete. Zum Glück hatte er sich nichts gebrochen, höchstens sein Stolz hätte verletzt sein können, aber das war ihm vollkommen gleichgültig. Er ließ sich von

Lucy aufhelfen – obwohl er es auch alleine geschafft hätte – und merkte an dem Blitz, der aus Ruths Richtung aufleuchtete, dass sie sich auch dieses Motiv nicht hatte entgehen lassen. Dann trafen sich ihre Blicke, und er lächelte ihr zu.

Sie sprachen am Abend nicht über diesen Tag. Das war auch nicht nötig. Denn sie wussten alle Bescheid.

Es war der schönste Tag ihres Lebens gewesen.

## 26

### Alles begann mit einer Maus

An dem Montag, der auf das Wochenende mit der Segelregatta und dem Eislaufen folgte, schwebte Lou Suffern den Korridor hinunter zu dem Büro mit dem größeren Schreibtisch und dem besseren Licht. Es war Heiligabend und das Bürogebäude fast menschenleer, aber die wenigen Kollegen, die noch – leger gekleidet – durch die Gänge geisterten, klopften Lou anerkennend auf den Rücken, drückten ihm die Hand und gratulierten ihm zu seinem Erfolg. Hinter Lou trabte Gabe mit einer großen Aktenkiste. Er hatte sich bereit erklärt, Lou beim Umziehen zu helfen, denn Lou wollte unbedingt die Chance nutzen, sich vor der Weihnachtspause noch schnell ein bisschen auf seine neue Arbeit vorzubereiten. Ruth hatte sich zwar gewünscht, mit ihm und den Kindern durch die Stadt zu bummeln und die vorweihnachtliche Atmosphäre zu genießen, aber Lou wusste, dass es das Beste für ihn war, sich einen kleinen Vorsprung zu verschaffen und im neuen Jahr keine Zeit verschwenden zu müssen. Weihnachten hin oder her – er brannte darauf, sich jetzt gleich mit dem neuen Job vertraut zu machen.

So näherten Gabe und er sich zielbewusst dem langersehnten größeren Büro. Als sie die Tür öffneten und hineingingen, hätte nur noch ein Engelschor gefehlt: Die Morgensonne malte einen goldenen Lichtpfad von der Tür zum Schreibtisch und schien direkt auf den riesigen neuen Ledersessel, als wäre er eine überirdische Erscheinung. Lou war am Ziel seiner Träume angekommen. Und obgleich er einen Seufzer der Erleichterung ausstoßen konnte, holte er bereits wieder tief Luft für den Start in die neue Aufgabe, die nun vor ihm lag. Ganz gleich, was er erreicht hatte – der Wunsch, noch weiter aufzusteigen, war nie erfüllt. Für ihn war das Leben wie eine endlose Leiter, die irgendwo hoch oben in den Wolken verschwand, eine schwankende, wacklige Leiter, die jederzeit zu kippen und ihn in die Tiefe zu reißen drohte. Er konnte nicht hinunterschauen, sonst wäre er vor Angst erstarrt. Nein, er musste den Blick nach vorn richten, nach vorn und nach oben.

Gabe stellte die Aktenkiste nach Lous Anweisungen ab, sah sich um und stieß einen Pfiff aus.

»Tolles Büro, Lou.«

»Ja, stimmt«, grinste Lou und sah sich ebenfalls um.

»Warm hier«, fügte Gabe hinzu, während er, die Hände in den Taschen, im Raum herumwanderte.

Lou runzelte die Stirn. »Warm? Das wäre mir nicht als Erstes in den Sinn gekommen, um dieses Büro zu beschreiben«, entgegnete er mit einer vagen Geste durch das riesige Zimmer. »Ich finde, etwas in der Art wie ›verdammt gigantisch riesenhaft‹ passt besser.« Er fing an zu lachen, und irgendwie fühlte er sich leicht fiebrig. Erschöpft, stolz und ein wenig ängstlich, bemühte er sich nach Kräften, seine neue Situation zu begreifen.

»Was genau machen Sie jetzt eigentlich?«, erkundigte sich Gabe.

»Ich bin der Business Development Director, was bedeutet, ich habe wesentlich mehr Autorität als bisher, und gewisse kleine Scheißer müssen tun, was ich ihnen sage.«

»Kleine Scheißer wie Sie?«

Lou fuhr herum wie ein Radar, der ein Signal aufgefangen hat, und starrte Gabe empört an.

»Ich meine nur – vor ein paar Tagen waren Sie selbst doch noch einer dieser kleinen Scheißer, die tun müssen, was man ihnen sagt … ach, vergessen Sie's«, wiegelte Gabe ab. »Wie hat Cliff es aufgenommen?«

»Was aufgenommen?«

»Dass er seinen Job los ist.«

»Oh.« Lou sah zur Decke und zuckte die Achseln. »Ich weiß es nicht. Ich hab es ihm nicht gesagt.«

Gabe schwieg.

»Ich glaube nicht, dass er inzwischen wieder weit genug auf dem Damm ist, um mit jemandem zu reden«, fügte Lou hinzu, weil er plötzlich den Drang spürte, sich zu rechtfertigen.

»Aber er bekommt doch wieder Besuch«, wandte Gabe ein.

»Woher wissen Sie das?«

»Ich weiß es eben. Sie sollten ihn unbedingt mal besuchen. Vielleicht hat er ein paar gute Ratschläge für Sie, und Sie könnten etwas von ihm lernen.«

Lou lachte spöttisch.

Aber Gabe ließ sich nicht beeindrucken und starrte Lou nur stumm an.

Nach einer Weile hörte Lou auf zu lachen und räusperte sich verlegen.

»Es ist Heiligabend, Lou. Was machen Sie hier im Büro?« Gabes Stimme klang sehr sanft.

»Wie meinen Sie das – was ich hier mache?«, hakte Lou nach. »Wonach sieht es denn aus? Ich arbeite.«

»Außer den Sicherheitsleuten sind Sie fast der einzige Mensch, der noch im Gebäude ist. Ist Ihnen das schon aufgefallen? Alle anderen sind da draußen.« Gabe deutete hinaus auf die geschäftige Stadt.

»Na ja, die da draußen haben auch nicht so viel zu tun wie ich«, entgegnete Lou mit kindischem Trotz. »Außerdem sind Sie ja auch noch hier, oder nicht?«

»Ich zähle aber nicht.«

»Na, das ist ja eine tolle Antwort. Ich zähle auch nicht.«

»Wenn Sie so weitermachen, zählen Sie bald wirklich nicht mehr. Wissen Sie, einer der erfolgreichsten Geschäftsmänner aller Zeiten, ein gewisser Walt Disney – der Name sagt Ihnen bestimmt etwas, er hat ja hier und dort eine Firma …« – Gabe lächelte – »… dieser Walt Disney also hat einmal gesagt: ›Ein Mann sollte nie wegen seiner Arbeit die Familie vergessen.‹«

Eine lange, unbehagliche Stille trat ein. Lou biss die Zähne zusammen, entspannte den Kiefer wieder und überlegte dabei angestrengt, ob er Gabe bitten sollte zu gehen oder ob er ihn einfach packen und hinauswerfen sollte.

»Andererseits«, lachte Gabe plötzlich, »andererseits hat er auch gesagt: ›Es hat alles mit einer Maus angefangen.‹«

»Okay, na gut, aber ich muss jetzt wirklich arbeiten, Gabe. Ich wünsche Ihnen schöne Weihnachten.« Lou bemühte sich, seinen Ton so im Gleichgewicht zu halten, dass er weder zu fröhlich noch zu feindselig klang.

»Danke, Lou. Und schöne Weihnachten auch für Sie. Und Glückwünsche zu Ihrem warmen, verdammt gigantisch riesenhaften Büro.«

Ganz gegen seinen Willen musste Lou lachen. Die Tür schloss sich hinter Gabe, und dann war Lou zum ersten Mal allein in seinem neuen Büro. Langsam ging er zum Schreibtisch, fuhr mit dem Finger über den Rand aus Walnussholz und die Oberfläche aus Schweinsleder. Darauf stand nur ein großer weißer Computer mit einer Tastatur und einer Maus.

Er setzte sich auf den Ledersessel, drehte sich schwungvoll zum Fenster und betrachtete die Stadt unter sich, die sich auf die Feiertage vorbereitete. Ein Teil seiner selbst sehnte sich danach, dabei zu sein, aber er war hinter diesem Fenster gefangen, durch das er die Welt sehen, aber nicht anfassen konnte. Er fühlte sich oft wie in einer riesigen Schneekugel, umwirbelt von Pflichten und Misserfolgen.

Über eine Stunde saß er in dem großen Sessel, an seinem neuen Schreibtisch, und dachte nach. Er dachte an Cliff, er dachte an die Ereignisse der letzten Wochen, an den schönsten Tag seines Lebens. Erst vorgestern war es gewesen. Als eine leichte Panik in ihm aufzusteigen begann, drehte er den Sessel und bot dem Büro und allem anderen die Stirn.

Er starrte auf die Tastatur. Starrte sehr intensiv. Dann folgte sein Blick dem dünnen weißen Kabel, das die Tastatur mit der Maus verband, und er dachte an Cliff, dachte daran, wie er ihn unter genau diesem Schreibtisch gefunden hatte, mit dieser Tastatur im Arm. Wie Cliff ihm mit weit aufgerissenen, gehetzten Augen die Maus entgegengeschleudert hatte.

Dann tat er Cliff zu Ehren etwas, was er die ganze Zeit, die sein Kollege nun schon fehlte, nicht geschafft hatte: Er schleuderte seine Schuhe von sich, löste das Kabel, das die Tastatur mit dem Monitor verband, und schob den Ledersessel zurück. Dann ging er auf alle viere, kroch unter den Schreibtisch und drückte die Tastatur fest an seine Brust. So saß er eine weitere Stunde da, und wieder dachte er einfach nur nach.

Die Uhr an der Wand tickte laut in der Stille. Der Rummel, der sonst im Bürogebäude herrschte, war verstummt. Kein Telefon klingelte, kein Kopierer brummte, kein Computer summte, keine Stimmen, keine vorübereilenden Schritte. Ehe Lou auf die Uhr geschaut hatte, hatte er die Sekunden überhaupt nicht wahrgenommen, aber jetzt, wo er das Ticken hörte, schien es unablässig lauter zu werden. Lou schaute auf die Tastatur, dann auf die Maus. Auf einmal zuckte er so heftig zusammen, dass die Maus zum zweiten Mal in diesem Jahr gegen seine Stirn knallte – doch diesmal erreichte ihn Cliffs Botschaft. Was auch immer es gewesen sein mochte, wovor Cliff sich gefürchtet und wovon er sich verfolgt gefühlt hatte, Lou wollte auf gar keinen Fall in die gleiche Falle geraten.

So schnell er konnte, krabbelte er unter dem Schreibtisch hervor, fuhr mit den Füßen hastig in seine polierten schwarzen Lederschuhe und verließ das Büro.

# 27

## Heiligabend

In der Grafton Street, der belebten Einkaufsstraße mitten in der Dubliner Innenstadt, wimmelte es von Menschen, die in letzter Minute Geschenke kauften. Man kämpfte um die letzten auf den Regalen verbliebenen Waren, traf überstürzte Entscheidungen, ohne an das Haushaltsbudget oder überhaupt irgendetwas Vernünftiges zu denken, rein nach dem verfügbaren Angebot und der Zeit, die noch blieb. Ob man dabei den Empfänger im Kopf hatte, war zumindest fraglich. Zuerst und vor allem galt es, die benötigten Geschenke einzufahren – die Frage, wer was bekommen sollte, sparte man sich für später auf.

Dieses eine Mal passte sich Lou nicht der panischen Hast an, die um ihn herum ausgebrochen war, sondern schlenderte Hand in Hand und ganz gemächlich mit Ruth und den Kindern durch die Straßen von Dublin und überließ die Hektik den anderen, die an ihnen vorbeieilten und -drängelten. Lou hatte alle Zeit der Welt. Ruth hatte nicht schlecht gestaunt, als er sich trotz seines vorherigen strikten Neins mit ihr verabredet hatte, aber wie üblich hatte sie keine weiteren Fragen gestellt. Offensichtlich erfreut, aber auch mit einer Portion Skepsis hatte sie die Planänderung zur Kenntnis genommen, ohne ein Wort darüber zu verlieren. Lou Suffern musste ihr noch sehr viel beweisen.

So spazierten sie nun die von Marktständen gesäumte Henry Street entlang, wo Straßenhändler ihre letzten Waren anboten: Spielzeug und Geschenkpapier, übrig gebliebenes Lametta und Weihnachtsbaumkugeln, ferngesteuerte Autos, die auf dem Gehweg zu demonstrativen Zwecken hin und her fuhren – alles wurde den potenziellen Kunden in diesen letzten manischen Stunden des Weihnachtseinkaufs noch einmal schmackhaft gemacht. Auf der sich ständig verändernden Moore Street war neben den traditionellen Ständen auch ein bunter Mix aus asiatischen und afrikanischen Waren ausgestellt. Lou kaufte Rosenkohl bei einem dieser schlagfertigen Marktleute, deren fantasievolle Kommentare an sich schon für Unterhaltung sorgten, dann ging er mit seiner Familie zur frühen Christmesse, und anschließend aßen sie zu Mittag im Westin Hotel am College Green. Das historische Gebäude stammte aus dem neunzehnten Jahrhundert und war früher eine Bank gewesen, inzwischen aber in ein Fünfsternehotel umgewandelt worden. Sie aßen in der Banking Hall. Pud legte den Kopf in den Nacken und konnte die Augen nicht abwenden von der kunstvoll handgeschnitzten Decke, an der vier Kronleuchter mit insgesamt achttausend ägyptischen Kristallen glitzerten und funkelten. Immer wieder stieß er kleine faszinierte Schreie aus und lauschte dann hingerissen dem Echo seiner eigenen Stimme.

An diesem Tag sah Lou Suffern die Welt in einem ganz neuen Licht. Statt sie aus dem dreizehnten Stock durch getönte Panzerglasscheiben aus einem überdimensionalen Ledersessel zu betrachten, hatte er sich heute dafür entschieden, sich mitten ins bunte Leben zu stürzen. Gabe hatte recht gehabt mit dem, was er über Walt Disney und die Maus gesagt hatte, er hatte recht gehabt mit der Vermutung, dass Lou Suffern aus Cliffs Schicksal etwas zu lernen hatte. Genau genommen hatte der Lernprozess schon vor sechs Monaten angefangen, als die Plastikmaus ihn im Gesicht getroffen hatte, und tatsächlich waren damals zum ersten Mal seit Langem Lous verdrängte Ängste wieder an die Oberfläche gestiegen, und auch sein lange geleugnetes Gewissen hatte sich gemeldet. Gabe hatte mit einer ganzen Reihe von Dingen ins Schwarze getroffen, auch wenn Lou sich anfangs dagegen gewehrt und nichts davon hatte wissen wollen. Inzwischen wusste er, dass er Gabe viel zu verdanken hatte. Als der Abend sich herabzusenken begann und die Kinder nach Hause mussten – sie durften ja nicht mehr draußen sein, wenn der Weihnachtsmann sich auf den Weg machte –, brachte Lou seine Familie zum Auto, küsste sie, verabschiedete sich und ging zurück ins Büro. Er hatte noch etwas zu erledigen.

In der Lobby wartete er auf den Aufzug, und als die Türen sich öffneten und er einsteigen wollte, kam ihm Mr Patterson entgegen.

»Lou«, rief er überrascht. »Ich kann nicht glauben, dass Sie heute hier sind! Sie sind wirklich ein Arbeitstier.« Verstohlen schaute er auf die Schachtel in Lous Hand.

»O nein, ich arbeite nicht. Heute ist doch Feiertag«, lächelte Lou in dem Versuch, möglichst subtil, aber unmissverständlich die Eckpfeiler seiner neuen Position klarzumachen. »Ich muss nur … äh«, fuhr er fort, aber da er Gabe nicht in Schwierigkeiten bringen wollte, indem er seinen Aufenthaltsort verriet, überlegte er kurz und sagte dann: »Ich muss nur noch schnell in mein Büro, ich hab etwas vergessen.«

»Gut, gut. Nun, Lou«, erwiderte Mr Patterson und rieb sich müde die Augen, »ich muss Ihnen etwas mitteilen. Ich habe lange hin und her überlegt, aber ich glaube, es ist das Beste, wenn ich es Ihnen gleich sage. Ich bin nämlich auch nicht zum Arbeiten hergekommen«, gestand er, »sondern Alfred hat mich angerufen. Er meinte, es wäre dringend. Nach der Geschichte mit Cliff sitzen wir ja alle auf glühenden Kohlen, deshalb bin ich auch gleich hergefahren.«

»Ich bin ganz Ohr«, sagte Lou. Panik stieg in ihm auf. Die Aufzugstüren schlossen sich. Damit war ihm der Fluchtweg versperrt.

»Alfred wollte sich mit mir unterhalten über … na ja, über Sie.«

»Aha«, brachte Lou mühsam hervor.

»Er hat mir das hier gebracht.« Mr Patterson griff in die Tasche und zog den Tablettenbehälter hervor, den Lou damals von Gabe bekommen hatte. Nur eine einzige Pille kullerte noch darin herum. Offensichtlich war Alfred – diese Ratte! – zum Müllcontainer geschlichen und hatte Beweismittel gesucht, um Lous Karriere zu zerstören.

Entsetzt starrte Lou auf das Pillendöschen und überlegte krampfhaft, ob es besser war, alles abzustreiten oder die Wahrheit zu gestehen. Schweißperlen bildeten sich auf seiner Oberlippe, während er hektisch versuchte, sich eine Geschichte auszudenken. Die Pillen gehörten seinem Vater. Nein. Seiner Mutter. Für ihre Hüfte. Nein. Lou hatte selbst Rückenschmerzen. Auf einmal merkte er, dass Mr Patterson etwas sagte, und schaltete hastig wieder auf Empfang.

»Alfred hat gesagt, er hätte das hier unter dem Müllcontainer gefunden. Ich weiß nicht, wie, aber er wusste, dass die Dose Ihnen gehört.« Mit gerunzelter Stirn sah Mr Patterson Lou an, offensichtlich wartete er auf irgendeine Bestätigung.

Lous Herz pochte laut in seinen Ohren.

»Ich weiß, dass Sie und Alfred befreundet sind«, fuhr Mr Patterson schließlich fort, ein wenig verwirrt, und auf einmal sah man ihm seine fünfundsechzig Lebensjahre deutlich an. »Aber seine Sorge um Sie erschien mir etwas übertrieben. Mir kam es vor, als plante er, Ihnen mit der Aktion zu schaden.«

»Äh«, begann Lou, schluckte und betrachtete den braunen Behälter. »Das ist nicht, das sind nicht, äh …« Er geriet ins Stottern und brach ab.

»Ich mische mich nicht ins Privatleben anderer Leute ein, Lou – was meine Kollegen in ihrer Freizeit tun, ist mir einerlei, solange es den Betrieb hier nicht durcheinanderbringt. Deshalb hat es mir auch ganz und gar nicht gefallen, dass Alfred mir diese Dose gegeben hat«, schloss er stirnrunzelnd. Als Lou nicht antwortete, sondern nur weiterschwitzte, fügte Mr Patterson hinzu: »Aber vielleicht wollten Sie ja, dass er sie mir bringt?«, fragte er, auf der Suche nach einer plausiblen Erklärung.

»Was?« Lou wischte sich die Stirn. »Warum sollte ich wollen, dass Alfred Ihnen diese Tabletten bringt?«

Mr Patterson starrte ihn an, und seine Lippen zuckten leicht. »Ich weiß nicht, Lou. Sie sind ein cleverer Mensch.«

»Was?«, erwiderte Lou, vollkommen verwirrt. »Ich verstehe nicht.«

»Korrigieren Sie mich, wenn ich mich irre, aber ich habe angenommen, dass Sie Alfred mit diesen Pillen absichtlich an der Nase herumgeführt haben«, erklärte er, und aus dem Zucken seiner Lippen wurde allmählich ein Lächeln. »Dass Sie ihm irgendwie den Eindruck vermittelt haben, es könnte mehr dahinterstecken. Habe ich recht?«

Lou blieb der Mund offen stehen, und er starrte Mr Patterson verdutzt an.

»Wusste ich es doch«, schmunzelte Mr Patterson und schüttelte den Kopf. »Sie sind wirklich gut. Aber ich hab Sie durchschaut, weil ich das blaue Zeichen entdeckt habe.«

»Was meinen Sie? Welches blaue Zeichen?«

»Sie haben es nicht geschafft, die Markierung vollständig wegzukratzen«, antwortete er, öffnete den Behälter und hielt Lou die Pille auf der ausgestreckten Handfläche entgegen. »Sehen Sie das blaue Zeichen? Wenn Sie ganz genau hinschauen, können Sie noch die Reste von einem D erkennen. Ich kenne mich aus, glauben Sie mir. Ich schwöre auf das Zeug, es hat mir hier auf der Arbeit schon oft das Leben gerettet.«

Lou schluckte wieder. »War das die einzige Tablette mit einem blauen Zeichen?«

Faul bis zum Letzten, konnte Alfred nicht mal in einen Müllcontainer greifen, um seine Haut zu retten – anscheinend hatte er einfach das Warenzeichen von einer stinknormalen Kopfschmerztablette abgekratzt.

»Nein, es waren zwei Pillen. Beide mit dem blauen Zeichen. Eine davon hab ich geschluckt. Hoffentlich sind Sie mir deswegen nicht böse, Lou. Ob Alfred sie nun unter dem Container gefunden hat oder nicht, mein Kopf hat dermaßen gedröhnt, dass ich dringend eine brauchte. Die verdammte Vorweihnachtszeit wird mich noch vorzeitig ins Grab bringen.«

»Sie haben eine davon geschluckt?«, fragte Lou ungläubig.

»Ich ersetze sie Ihnen natürlich.« Patterson wedelte mit der Hand. »Man kriegt sie ja in jeder Apotheke. Sogar am Kiosk, die Dinger sind nicht mal verschreibungspflichtig.«

»Was ist denn passiert, als Sie die Tablette genommen haben?«

»Na ja, die Kopfschmerzen sind verschwunden.« Wieder runzelte Patterson die Stirn, ehe er fortfuhr: »Aber ehrlich gesagt, wenn ich nicht innerhalb der nächsten Stunde zu Hause bin, fangen sie wieder an, unter Garantie.« Er warf einen Blick auf seine Uhr.

Lou war sprachlos vor Staunen.

»Jedenfalls wollte ich Sie wissen lassen, dass mir Alfreds Verhalten sehr unangenehm ist und dass ich nicht glaube, dass Sie ein … na ja, dass Sie so sind, wie Alfred mir weismachen wollte. Bei uns hat jemand wie er jedenfalls keinen Platz. Deshalb musste ich ihn gehen lassen. An Heiligabend. Gott, manchmal macht der Job wirklich Monster aus uns«, sagte er müde und sah auf einmal noch viel älter aus als fünfundsechzig.

Lou schwieg, und in seinem Kopf jagte eine Frage die nächste. Entweder hatte Alfred die Pillen ausgetauscht, oder er selbst hatte beide Male, als er sich verdoppelt hatte, eine ganz ordinäre Kopfschmerztablette geschluckt. Vorsichtig zog er sein Taschentuch aus der Tasche, faltete es auseinander und untersuchte die übrig gebliebene Pille. Ihm stockte der Atem. Ganz schwach war auch hier der Anfangsbuchstabe einer bekannten Kopfschmerztablettenmarke zu erkennen. Warum war ihm das bisher nicht aufgefallen?

»Ach, wie ich sehe, tragen Sie noch eine mit sich herum!« Mr Patterson lachte leise. »Da hab ich Sie sozusagen in flagranti ertappt, Lou. Kommen Sie, ich gebe Ihnen die letzte auch noch dazu. Als Beitrag zu Ihrer Sammlung.« Lächelnd überreichte er Lou den Behälter.

Lou klappte den Mund auf und zu wie ein Goldfisch, ohne dass ein Wort herauskam, aber er streckte die Hand aus und nahm die letzte Wunderpille von seinem Chef entgegen.

»Jetzt muss ich aber wirklich los«, erklärte Mr Patterson. »Ich muss noch eine Modelleisenbahn aufbauen und eine Little Miss Soundso, die erstaunlich schmutzige Worte in den Mund nimmt, mit Batterien ausstatten. Garantiert zwingt man mich, ihr Geplapper die ganze Woche anzuhören, tagein, tagaus. Ich wünsche Ihnen wunderschöne Weihnachten, Lou.« Er streckte die Hand aus.

Lou schluckte schwer, und sein Kopf schwirrte immer noch. Was war passiert? War er vielleicht allergisch gegen diese Tabletten? War die Verdoppelung eine Art Nebenwirkung gewesen? Oder hatte er sowieso alles nur geträumt? Nein. Nein, seine Erlebnisse waren real, seine Familie konnte seine Anwesenheit für beide Male bezeugen. Aber wenn es nicht die Pillen waren, dann war es …

»Lou?«, sagte Mr Patterson fragend, die ausgestreckte Hand in der Luft.

»Wiedersehen«, brachte Lou mit heiserer Stimme hervor. Aber dann räusperte er sich und fügte hinzu: »Ich meine, fröhliche Weihnachten, Mr Patterson.« Er ergriff die Hand seines Chefs und schüttelte sie.

Doch kaum hatte Mr Patterson ihm den Rücken gekehrt, rannte Lou zum Notausgang und die Treppe in den Keller hinunter. Es war kälter als sonst, das Licht am Ende der Halle war repariert worden und flackerte nicht mehr wie ein Achtziger-Stroboskop. Unter der Tür drang Weihnachtsmusik hervor – *Driving Home for Christmas* von Chris Rea – und echote durch den langen, staubig-kahlen Gang.

Lou klopfte nicht an, sondern stieß, da er in der Hand immer noch die Schachtel hielt, mit dem Fuß die Tür auf und trat einfach ein. Der Raum war viel leerer als das letzte Mal. Gabe war im zweiten Gang und rollte gerade seinen Schlafsack zusammen.

»Hi, Lou«, sagte er, ohne sich umzudrehen.

»Wer sind Sie?«, fragte Lou, und seine Stimme zitterte, während er die Schachtel auf einem Regalbord abstellte.

Gabe stand auf und kam auf ihn zu. »Okay«, sagte er langsam und musterte Lou von oben bis unten. »Das ist eine interessante Einleitung, ehrlich.« Dann wanderten seine Augen zu der Schachtel auf dem Regal, und er lächelte. »Ist das ein

Geschenk für mich?«, fragte er leise. »Wäre aber echt nicht nötig gewesen.« Damit trat er noch ein Stückchen weiter auf Lou zu, um die Schachtel entgegenzunehmen, und Lou machte unwillkürlich einen Schritt zurück, während er sein Gegenüber unruhig ansah.

»Hm«, brummte Gabe, runzelte die Stirn und wandte sich dann der in Geschenkpapier eingepackten Schachtel auf dem Regal zu. »Darf ich es schon aufmachen?«

Lou antwortete nicht. Sein Gesicht war schweißnass, und er verfolgte aufmerksam jede von Gabes Bewegungen.

Aber Gabe ließ sich Zeit und öffnete das wunderschön eingewickelte Paket ganz langsam. Vorsichtig entfernte er das Klebeband, um das Papier nicht zu beschädigen.

»Ich mache schrecklich gern Geschenke«, erklärte er, im gleichen entspannten Ton wie bisher. »Leider bekomme ich nicht oft selbst etwas geschenkt. Aber Sie sind eben anders, Lou, das habe ich schon immer gewusst.« Er lächelte Lou an. Dann widmete er sich wieder dem Auspacken, und schließlich kam das Geschenk zum Vorschein – ein Heizgerät für den kalten Kellerraum. »Oh, das ist aber wirklich sehr aufmerksam von Ihnen. Danke! Damit wird meine nächste Bleibe bestimmt schön warm – leider nicht mehr diese hier, denn ich ziehe weiter.«

Inzwischen war Lou bis zur Wand zurückgewichen, so weit von Gabe entfernt wie nur möglich. »Die Pillen, die Sie mir gegeben haben, waren Kopfschmerztabletten.«

Gabe studierte weiter das Heizgerät. »Vermutlich hat Mr Patterson Ihnen das gesagt, ja?«

Verdutzt nahm Lou zur Kenntnis, dass Gabe nichts abstritt. »Ja«, antwortete er. »Alfred hat sie unter dem Müllcontainer vorgeholt und sie ihm gegeben.«

»Diese kleine Ratte.« Gabe schüttelte lächelnd den Kopf.

»Der gute alte Alfred, ich hab's mir schon halb gedacht. Na ja, aber er hat schon ein paar Pluspunkte verdient für seine Hartnäckigkeit – es war ihm wirklich *sehr* wichtig zu verhindern, dass Sie diesen Job kriegen, was?«

Als Lou nicht antwortete, fuhr Gabe fort: »Ich wette, es hat ihm nicht den erwünschten Erfolg gebracht, dass er zu Patterson gerannt ist, oder?«

»Mr Patterson hat ihn gefeuert«, antwortete Lou leise. Er bemühte sich immer noch, die Situation zu verstehen.

Gabe lächelte und schien nicht im Geringsten überrascht zu sein. Nur zufrieden – vor allem mit sich selbst.

»Erzählen Sie mir was über die Pillen«, sagte Lou, und seine Stimme zitterte immer noch.

»Ja, es waren Kopfschmerztabletten. Ich hab sie am Zeitungskiosk gekauft. Hat eine halbe Ewigkeit gedauert, die winzige Schrift wegzukratzen. Es gibt heutzutage kaum noch Pillen ohne Markenzeichen, wissen Sie.«

»WER SIND SIE?«, sagte Lou ganz laut, und seine Stimme war voller Angst.

Gabe fuhr zusammen und sah ein bisschen beunruhigt aus. »Haben Sie jetzt etwa Angst vor mir? Weil Sie herausgefunden haben, dass es nicht die kleinen Pillen waren, die Sie geklont haben? Was haben die Leute heutzutage bloß mit der Wissenschaft? Alle sind so schnell dabei, an die ganzen neuen Erkenntnisse zu glauben – Pillen für dies, Pillen gegen jenes, Schlankheitspillen, Haarwuchspillen, was das Herz begehrt. Aber wenn es um Vertrauen geht, dann dreht ihr alle durch.« Er schüttelte den Kopf. »Wenn ein Wunder sich mithilfe einer chemischen Formel erklären ließe, würden alle auf der Stelle daran glauben. Das ist so deprimierend. Ich musste so tun, als wären es die Pillen, Lou, sonst hätten Sie mir nicht vertraut. Stimmt doch, oder nicht?«

»Was meinen Sie denn damit, ich hätte Ihnen nicht vertraut? Wer zum Teufel sind Sie denn, und was soll das überhaupt alles?«

»Hm, ich dachte, das wäre inzwischen ziemlich klar«, erwiderte Gabe und sah Lou traurig an.

»Klar? Ich finde, es könnte kaum weniger klar sein.«

»Die Tabletten. Das war bloß Wissenschaftsschwindelei. Ein Schwindel der Wissenschaft. Schwindelwissenschaft.«

Lou rieb sich müde das Gesicht, verwirrt und beunruhigt.

»Es ging nur darum, Ihnen eine Chance zu geben, Lou. Jeder verdient eine Chance. Sogar Sie, egal, wie Sie darüber denken.«

»Eine Chance worauf denn?«, schrie Lou verzweifelt.

Gabes Antwort verursachte ihm eine Gänsehaut, und am liebsten wäre er auf der Stelle geflohen, heim, zu seiner Familie.

»Kommen Sie, Lou, das wissen Sie doch.«

Das Gleiche hatte Ruth ihm auch schon gesagt. Es war Ruths Antwort.

Lou zitterte am ganzen Körper, aber Gabe sprach ruhig und gelassen weiter.

»Die Chance, Zeit mit Ihrer Familie zu verbringen, sie wirklich kennenzulernen, bevor … nun ja, einfach die Chance, Zeit mit diesen Menschen zu verbringen.«

»Sie kennenzulernen, bevor was?«, fragte Lou, ganz leise jetzt.

Gabe antwortete nicht, sondern wandte den Blick ab, wohl wissend, dass er zu viel gesagt hatte.

»BEVOR WAS?«, wiederholte Lou, doch diesmal brüllte er und beugte sich dicht zu Gabe.

Aber Gabe schwieg, und seine kristallblauen Augen bohrten sich in die von Lou.

»Wird meiner Familie etwas zustoßen?« Lous Stimme zitterte wieder heftig, und seine Panik stieg ins Unermessliche. »Ich wusste es. Ich habe es die ganze Zeit schon befürchtet. Was wird ihnen passieren?« Er knirschte mit den Zähnen. »Wenn Sie ihnen etwas getan haben, dann werde ich …«

»Nein, Ihrer Familie ist nichts zugestoßen, Lou«, entgegnete Gabe ruhig.

»Das glaube ich Ihnen aber nicht«, gab er panisch zurück, fasste in seine Tasche und holte seinen BlackBerry heraus, um auf dem Display nachzusehen: keine Anrufe in Abwesenheit. Hastig wählte er seine Festnetznummer von zu Hause, warf Gabe noch einen letzten bösen Blick zu, drehte sich um und verließ den Kellerraum. Und dann rannte er los, rannte, rannte und rannte.

»Denken Sie dran, sich anzuschnallen!«, rief Gabe ihm nach, und seine Stimme dröhnte noch in Lous Ohren, als er die Tiefgarage erreichte.

Er stellte den BlackBerry auf automatische Wahlwiederholung und fuhr in rasantem Tempo aus der Garage. Als er ins Freie kam, pladderten dicke, schwere Regentropfen auf die Windschutzscheibe. Er stellte die Scheibenwischer auf Höchstgeschwindigkeit, trat aufs Gaspedal und raste die inzwischen menschenleeren Kais hinunter. Das Warnsignal für den Sicherheitsgurt wurde lauter und lauter, aber vor lauter Sorgen konnte er es nicht hören. Als er von den Kais abbog, schlidderte sein Porsche kurz auf dem nassen Asphalt, aber er raste weiter, über die Clontarf-Küstenstraße hinauf nach Howth. Auf der anderen Seite der Bucht ragten die beiden rot-weiß gestreiften Schornsteine des Elektrizitätswerks mit ihren gut zweihundert Metern wie zwei warnende Finger in den Himmel. Inzwischen goss es in Strömen, und die Sicht war extrem schlecht. Aber Lou kannte den Weg in- und auswendig, er war ihn sein Leben lang gefahren, und jetzt hatte er nur einen

Gedanken im Kopf: die Entfernung, die ihn von seiner Familie trennte, so schnell wie möglich hinter sich zu bringen. Es war halb sieben und stockdunkel. Die meisten Menschen waren in der Kirche oder im Pub, packten Geschenke ein, stellten für den Weihnachtsmann ein Glas Milch, ein Stück Früchtekuchen und ein paar Karotten für seine Rentiere bereit. Lou hatte versprochen, rechtzeitig zum gemeinsamen Abendessen zu Hause zu sein – aber warum ging denn keiner ans Telefon? Er warf einen hastigen Blick auf seinen BlackBerry, um sich zu vergewissern, dass die Wahlwiederholung noch funktionierte, und ließ dabei notgedrungen die Straße einen Moment aus den Augen. Der Wagen scherte aus, schwenkte über die Mittellinie, und ein entgegenkommendes Auto hupte laut. Rasch steuerte Lou zurück auf seine Spur und passierte mit unverminderter Geschwindigkeit das Marine Hotel am Sutton Cross, in dem schon fröhlich gefeiert wurde. Als er sah, dass die Straße vor ihm jetzt völlig frei war, drückte er aufs Gaspedal, raste an der Sutton Church vorbei und ließ die Schule ebenso hinter sich wie die sicheren, freundlichen Wohnviertel, wo Kerzen in den Fenstern brannten, Weihnachtsbäume glitzerten und Plastikweihnachtsmänner sich an Balkonbrüstungen hochhangelten. Auf der anderen Seite der Bucht funkelten Weihnachtslichter an den zahllosen Kränen in der Dubliner Skyline. Lou bog von der Küste auf die steile Straße ein, die zu seinem Haus ganz oben auf dem Hügelkamm führte. Noch immer goss es in Strömen, wahre Sturzbäche behinderten die Sicht. Auf der Windschutzscheibe bildete sich Kondenswasser, und Lou beugte sich vor, um die beschlagene Scheibe mit dem Ärmel seines Kaschmirmantels trocken zu wischen. Dann stellte er am Armaturenbrett die Lüftung ein, die hoffentlich wieder für klare Sicht sorgen würde. Das *Bimbimbim* des Gurt-Alarms dröhnte in seinen Ohren, und da es im Auto wärmer wurde, beschlug die Scheibe immer mehr. Doch er raste weiter, sein Telefon wählte die immer gleiche Nummer, und der Wunsch, endlich bei seiner Familie zu sein, war stärker als alle anderen Gefühle, auf die er dringend hätte achten müssen. Zwölf Minuten nachdem er im Büro aufgebrochen war, erreichte er die Straße auf dem Hügelkamm.

Endlich piepte der BlackBerry und signalisierte, dass ein Anruf eingegangen war. Lou blickte hinunter, mitten in Ruths Gesicht – ihr Caller-ID-Foto. Ihr Lächeln, ihre braunen Augen, sanft und herzlich. Wenigstens war sie so weit in Sicherheit, dass sie ihn anrufen konnte. Erleichtert griff Lou nach dem BlackBerry.

Der Porsche 911 Carrera 4S besitzt einen einzigartigen Vierradantrieb, der für eine bessere Straßenhaftung sorgt als bei anderen Sportwagen. Fünf bis vierzig Prozent der Power verteilen sich dabei auf die Vorderräder, je nach dem Widerstand der Hinterräder. Wenn man in einer Kurve also so heftig beschleunigt, dass die Hinterräder durchdrehen, wird der Antrieb nach vorn verschoben, was das Auto in die richtige Richtung zieht. Kurz gesagt bedeutet dieser Allradantrieb, dass der Carrera 4S auf eisglatter Fahrbahn wesentlich besser zurechtkommt als die meisten anderen Sportwagen.

Leider jedoch besaß Lou dieses Modell noch nicht. Es sollte im Januar kommen – in einer guten Woche.

Als er den Blick von der Straße abwendete, auf seinen BlackBerry hinunterschaute und dort das Gesicht seiner Frau entdeckte, ging er, überwältigt von einer unermesslichen Erleichterung, viel zu schnell in die Kurve. Reflexartig nahm er den Fuß vom Gaspedal, was das Gewicht des Wagens nach vorn warf, und griff heftig ins Lenkrad. Die Hinterräder blockierten, und der Wagen wurde auf die andere Straßenseite geschleudert, hin zum Steilabfall der Klippe.

Die Augenblicke, die folgten, waren absoluter Horror und völlige Verwirrung. Der Schock betäubte den Schmerz. Einmal, zweimal und noch ein drittes Mal überschlug sich der Wagen. Bei jeder Umdrehung wurde Lou – Kopf, Körper, Gliedmaßen, hilflos wie eine Puppe in der Waschmaschine – wild umhergeschleudert, und er stieß einen lauten Schrei aus. Der Airbag schlug ihm ins Gesicht, seine Nase begann zu bluten, und er verlor vorübergehend das Bewusstsein, sodass die nächsten Sekunden in einem stillen, blutigen Chaos versanken.

Wenig später öffnete Lou die Augen. Er versuchte, die Situation einzuschätzen, aber sosehr er sich anstrengte, er konnte es nicht. Um ihn war nichts als Finsternis, und er war unfähig, sich zu rühren. Ein Auge war von einer dicken, öligen Substanz überzogen, sodass er es nicht richtig öffnen konnte, und mit der Hand, die sich mühsam bewegen ließ, ertastete er überall auf seinem Körper die gleiche widerliche Masse. Vorsichtig bewegte er die Zunge im Mund und nahm einen metallischen Geschmack wahr. Blut. Er versuchte, die Beine zu strecken, aber es gelang ihm nicht. Immerhin gehorchte ihm ein Arm. Er redete sich gut zu. Ruhe bewahren. Was sollte er tun? Zum ersten Mal in seinem Leben gelang es ihm nicht, auch nur einen einzigen Gedanken in Worte zu fassen. Als der Schock nachließ, traf ihn der Schmerz mit voller Wucht.

Die Bilder von Ruth gingen ihm nicht aus dem Kopf. Von Lucy, von Pud, von seinen Eltern. Sie waren ganz in der Nähe, irgendwo da oben auf dem Hügel, er hatte es fast geschafft. Und so begann Lou Suffern in der Dunkelheit – eingeschlossen in einem zerschmetterten Auto, mitten zwischen Ginster und Strauchveronika, irgendwo am Hang von Howth – leise zu weinen.

Raphie und Jessica fuhren ihre übliche Runde und kabbelten sich gerade über Raphies Country-Kassette, mit der er Jessica gerne quälte, als sie an die Stelle kamen, wo Lou von der Straße abgekommen war.

»Warte mal, Raphie«, unterbrach Jessica sein Gejaule über sein »achy breaky heart«.

Aber er sang nur noch lauter.

»RAPHIE!«, brüllte sie und drückte auf Stopp.

Überrascht sah er sie an. »Okay, okay, dann schieb eben deine Freezing Monkeys rein oder wie die sich nennen.«

»Nein, halt an, Raphie«, sagte Jessica in einem Ton, dass er sofort an den Rand fuhr. Sie sprang aus dem Wagen und rannte die wenigen Schritte zurück zu der Stelle, auf die sie wegen der umgeknickten Äste und Sträucher aufmerksam geworden war. Hastig zog sie ihre Taschenlampe hervor und leuchtete den Abhang hinunter.

»O Gott, Raphie, wir müssen die Rettung alarmieren!«, rief sie ihrem Partner zu. »Notarzt und Feuerwehr!«

Raphie machte augenblicklich kehrt und rannte zurück zum Streifenwagen, wo er den Funkspruch durchgab.

»Ich geh runter!«, rief sie und bahnte sich auch schon einen Weg durchs Unterholz, den steilen Hang hinunter.

»Nein, nicht, Jessica!«, hörte sie Raphie antworten, aber sie kümmerte sich nicht darum. »Komm zurück, das ist gefährlich!«

Schon nach kurzer Zeit hatte sie seine Stimme vollkommen ausgeblendet und hörte nur noch ihren eigenen Atem, schnell und heftig, und den Puls in ihren Ohren.

Ein Anblick wie der des Autowracks, das zur Unkenntlichkeit zerfetzt, zerquetscht und verbeult auf dem Dach lag, hätte Jessica, die neu war bei der Polizei, erspart bleiben sollen. Aber sie hatte genau so etwas schon einmal gesehen. Ja, was sie da vor sich hatte, war ihr nur allzu vertraut: Ähnliche Szenen verfolgten sie in ihren Träumen und ließen ihr auch in vielen wachen Momenten keine Ruhe. Als sie nun in dieser Nacht ihrem persönlichen Albtraum gegenüberstand, der Wiederholung einer traumatischen Erfahrung, wurde sie von einem so heftigen Schwindel überfallen, dass sie schnell in die Hocke ging und den Kopf zwischen die Knie steckte. Eines von Jessicas mühsam verdrängten Geheimnissen war gekommen, um sie heimzusuchen. Sie hoffte inständig, dass sich kein Mensch in diesem Wrack befand, denn das Auto war völlig zerstört, sogar das Nummernschild fehlte, und in der Dunkelheit konnte sie nicht erkennen, ob es blau war oder schwarz.

Im eisigen Regen, der erbarmungslos auf sie herabprasselte und sie im Handumdrehen durchnässte, kletterte sie weiter auf die Überreste des Wagens zu. Der Boden unter ihren Füßen war nass und schlammig, und sie geriet immer wieder ins Rutschen, aber sie spürte den Schmerz nicht, als ihr Knöchel umknickte, spürte nicht die Äste und Zweige, die ihr das Gesicht zerkratzten, und auch nicht die unter den Ginsterbüschen verborgenen Felskanten, die ihr in die Beine schnitten. Ihr Herz raste, und sie war wie gefangen in einer fernen Erinnerung.

Behutsam ging sie um das Wrack herum, und als sie auf der anderen Seite ankam, sah sie einen Menschen. Oder zumindest einen menschlichen Körper. Ihr wurde bange ums Herz. Vorsichtig richtete sie den Strahl der Taschenlampe auf die Gestalt und entdeckte Blut. Überall. Die Tür war eingedrückt, und Jessica konnte sie nicht öffnen, aber die Fensterscheibe auf der Fahrerseite war zerschmettert, sodass sie wenigstens die obere Hälfte des Körpers erreichen konnte. Sie gab sich alle Mühe, ruhig zu bleiben.

»Tony«, hauchte sie. »Tony.« Tränen traten ihr in die Augen. »Tony.« Sie streckte die Hände nach dem Mann aus, strich über sein Gesicht, flehte ihn an aufzuwachen. »Tony, ich bin's«, sagte sie. »Ich bin da.«

Der Mann stöhnte, aber seine Augen blieben geschlossen.

»Ich hol dich hier raus«, flüsterte sie ihm ins Ohr und küsste ihn sanft auf die Stirn. »Ich bringe dich nach Hause.«

Langsam öffneten sich seine Augen, und Jessica zuckte zusammen. Die Augen waren blau. Nicht braun. Tony hatte doch braune Augen!

Er sah sie an. Sie sah ihn an. Auf einmal erwachte sie aus ihrem Albtraum.

»Können Sie mich hören?«, fragte sie, aber sie konnte nicht verhindern, dass ihre Stimme zitterte. Sie holte tief Atem und begann noch einmal. »Können Sie mich hören? Ich heiße Jessica. Verstehen Sie mich? Der Notarzt wird bald hier sein, okay? Wir helfen Ihnen.«

Der Mann stöhnte und schloss die Augen wieder.

»Sie sind unterwegs!«, rief Raphie keuchend von oben und begann, sich ebenfalls an den Abstieg zu machen.

»Raphie, es ist total glitschig hier unten. Bleib lieber, wo du bist, damit sie dich sehen können.«

»Gibt es Überlebende?«, fragte er, ohne auf ihre Warnung zu achten, und kletterte weiter, immer einen Fuß vor dem anderen.

»Ja!«, rief sie zurück. »Geben Sie mir Ihre Hand«, sagte sie dann leise zu dem Verletzten, aber als sie mit der Taschenlampe auf seine Hand leuchtete, drehte sich ihr fast der Magen um. Es dauerte einen Moment, bis sie wieder atmen konnte, und sie hielt die Taschenlampe ein Stück höher. »Nehmen Sie meine Hand. Hier bin ich, spüren Sie es?« Sie drückte seine Hand.

Er stöhnte.

»Bleiben Sie bei mir, wir holen Sie hier raus.«

Er stöhnte wieder.

»Was? Ich kann nicht ... Keine Sorge, der Krankenwagen ist schon unterwegs.«

»Wer ist es?«, rief Raphie. »Jemand, den du kennst?«

»Nein!«, rief sie zurück. Mehr erklärte sie nicht, denn sie wollte ihre Aufmerksamkeit nicht von dem verletzten Mann abwenden, wollte ihn nicht verlieren.

»Meine Frau«, hörte sie ihn flüstern, so leise, dass es vielleicht nur ein mühsames Atmen gewesen war. Aber sie brachte ihr Ohr dicht an seine Lippen, so dicht, dass sie seinen Mund an ihrem Ohrläppchen spürte – den Mund und das klebrige Blut.

»Sie haben eine Frau?«, fragte sie leise. »Sie werden sie wiedersehen, das verspreche ich Ihnen. Sie werden Ihre Frau wiedersehen. Wie heißen Sie?«

»Lou«, antwortete er, und dann begann er, leise zu weinen. Aber sogar das Weinen war zu anstrengend, und er hörte wieder auf.

»Bitte bleiben Sie bei uns, Lou.« Jessica kämpfte mit den Tränen. Als sie merkte, dass er noch etwas sagen wollte, legte sie ihr Ohr wieder an seine Lippen.

»Eine Pille? Ich hab keine Pillen, Lou ...«

Abrupt ließ er ihre Hand los und fing an, an seinem Mantel zu zupfen, klopfte mit der Hand auf seine Brust, und die Bewegung wirkte so angestrengt, als müsste er eine Zentnerlast hochheben. Vor Schmerz und Erschöpfung begann er zu wimmern. Behutsam griff Jessica in seine blutdurchtränkte Brusttasche und holte den Behälter heraus. Darin befand sich eine einzige Pille.

»Ist das Ihre Medizin, Lou?«, fragte sie unsicher. »Soll ich ...?« Sie blickte zu Raphie empor, der immer noch mit dem steilen Abhang und dem unwegsamen Terrain kämpfte. »Ich weiß nicht, ob ich Ihnen das geben darf …«

Aber da nahm Lou ihre Hand und drückte sie so kräftig, dass sie augenblicklich den Behälter öffnete und mit zitternden Händen die Tablette herausgleiten ließ. Vorsichtig öffnete sie mit den Fingern den blutigen Mund, legte Lou die Pille auf die Zunge und drückte seinen Mund wieder zu. Dann schaute sie sich rasch um, ob Raphie etwas mitbekommen hatte. Aber er hatte es erst den halben Abhang heruntergeschafft.

Als Jessica wieder zu Lou hinunterblickte, sah sie, dass er sie mit großen Augen anstarrte, voller Liebe und Dankbarkeit für das, was sie getan hatte, und ihr Herz füllte sich mit Hoffnung. Dann holte er noch einmal tief und mühevoll Atem, ein Beben durchlief seinen Körper, er schloss die Augen und verließ die Welt.

# 28

## Um der alten Zeiten willen

Um genau die gleiche Zeit, als Lou Suffern diese Welt verließ und eine andere betrat, stand er im Vorgarten seines Hauses in Howth, nass bis auf die Haut. Er zitterte noch von den Strapazen, die er gerade durchgemacht hatte, viel Zeit blieb ihm nicht mehr, aber in diesem Moment wollte er nirgendwo anders auf der Welt sein als hier.

Er öffnete die Haustür, und seine Schuhe gaben auf den Fliesen ein nasses, schmatzendes Geräusch von sich. Im Wohnzimmer brannte ein munteres Feuer, und auf dem Boden unter dem Baum stapelten sich hübsch eingepackte und mit Bändern geschmückte Geschenke. Bisher waren Lucy und Pud die einzigen Kinder in der Familie, daher war die Tradition entstanden, dass Lous Eltern, Quentin, Alexandra und dieses Jahr – so kurz nach ihrer Trennung – auch Marcia an Heiligabend hier übernachteten. Alle freuten sich so darauf, am Weihnachtsmorgen Lucys strahlendes Gesicht zu sehen, dass man ihnen diesen Wunsch nicht abschlagen konnte. Für Lou wäre es undenkbar gewesen, den heutigen Abend nicht mit ihnen allen zu verbringen, und er freute sich von ganzem Herzen darauf. Als er das Esszimmer betrat, hoffte er, dass sie ihn sehen konnten und Gabes Zaubergeschenk ihn nicht im Stich lassen würde.

»Lou!« Ruth entdeckte ihn zuerst, sprang sofort auf und eilte ihm entgegen. »Lou, Schatz, du bist ja ganz nass! Alles okay? Ist irgendwas passiert?«

Lous Mutter stand ebenfalls auf, um ihm ein Handtuch zu holen.

»Mir geht's gut«, beruhigte er sie, nahm ihr Gesicht in beide Hände und konnte sich gar nicht daran sattsehen. »Jetzt geht es mir gut. Ich hab angerufen«, fügte er flüsternd hinzu. »Aber es ist keiner drangegangen.«

»Pud hat mal wieder das Telefon versteckt«, erklärte sie und betrachtete ihn besorgt. »Bist du betrunken?«, fragte sie schließlich ganz leise.

»Nein«, lachte er. »Ich bin verliebt«, fügte er, wieder im Flüsterton, hinzu, hob dann aber die Stimme, damit alle ihn hören konnten. »Ich bin verliebt in meine wunderschöne Frau«, wiederholte er, küsste Ruth auf den Mund, küsste sie auf den Hals, küsste jeden Zentimeter ihres wunderschönen Gesichts, und es war ihm vollkommen egal, wer ihn beobachtete. »Es tut mir so leid«, flüsterte er erneut und konnte kaum sprechen vor lauter Tränen.

»Was tut dir leid? Was ist denn los?«

»Was ich dir angetan habe, das tut mir leid. Dass ich so war, wie ich war. Ich liebe dich. Ich wollte dir nie wehtun.«

Nun stiegen auch Ruth die Tränen in die Augen. »Oh, das weiß ich doch, Schatz, das hast du mir schon gesagt. Ich weiß es.«

»Mir ist nur grade klar geworden – wenn ich nicht bei dir bin, dann bin ich nicht nur ruthlos, sondern völlig ratlos«, lächelte er, und seine Mutter, die inzwischen – ebenfalls mit Tränen in den Augen – mit dem Handtuch zurückgekehrt war, applaudierte und ergriff dann die Hand ihres Mannes, der am Tisch saß.

»Das betrifft euch alle«, fuhr Lou fort, ohne Ruths Hand loszulassen, »denn ich möchte mich bei euch allen entschuldigen.«

»Das wissen wir, Lou«, erwiderte Quentin lächelnd, und auch ihm hörte man an, dass er gerührt war. »Aber das ist jetzt alles Vergangenheit. Okay? Hör auf, dir Sorgen zu machen, und setz dich zu uns an den Tisch. Es ist alles in Ordnung.«

Lou sah seine Eltern an, die lächelten und heftig nickten. Sogar sein Vater hatte Tränen in den Augen, und Marcia blinzelte angestrengt, um nicht zu weinen, während sie in einer Art Übersprungshandlung das Besteck auf dem Tisch herumschob.

Dann wurde Lou abgetrocknet, alle sagten ihm, dass sie ihn liebhatten, sie küssten und drängten ihn, etwas zu essen, obwohl er kaum etwas hinunterbrachte. Auch er sagte ihnen, wie sehr er sie liebte, sagte es immer und immer wieder, bis sie anfingen zu lachen und ihn beschworen, damit aufzuhören. Nach einer Weile ging er hinauf ins Schlafzimmer, um sich trockene Sachen anzuziehen – damit er sich, wie seine Mutter sagte, nicht noch eine Lungenentzündung holte. Während er dabei war, sich etwas auszusuchen, hörte er plötzlich Pud weinen und rannte sofort ins Zimmer seines Sohnes.

Dort war es ziemlich dunkel, nur ein kleines Nachtlicht brannte. Lou sah, dass Pud putzmunter war und aufrecht am Gitter seines Bettchens stand – ein Gefangener der Schlafarmee, der gerade aufgewacht war. Lou knipste das Licht an und ging zu ihm hinein. Zuerst musterte Pud ihn ziemlich ungehalten.

»Hallo, kleiner Mann«, sagte Lou leise. »Warum bist du denn wach?«

Als Antwort gab Pud nur ein leises Seufzen von sich.

»Ach, komm doch mal her.« Lou beugte sich über das Gitter und hob Pud aus dem Bettchen. Behutsam nahm er ihn auf den Arm, redete ihm mit allerlei beruhigenden Lauten gut zu, und zum allerersten Mal brüllte Pud nicht das ganze Haus zusammen, als sein Vater sich in seine Nähe traute. Stattdessen lächelte er freundlich, piekte den Zeigefinger erst in Lous Auge, dann in seine Nase und schließlich in seinen Mund, wo er seine Zähne herauszuziehen versuchte.

Lou lachte. »Hey, die kriegst du nicht. Schließlich bekommst du ja bald eigene.« Er küsste Pud auf die Wange. »Wenn du groß bist, passiert nämlich so alles Mögliche.« Er betrachtete seinen Sohn, und eine tiefe Traurigkeit erfüllte ihn, weil er diese Zukunft nicht miterleben würde. »Pass gut auf Mummy auf, ja?«, flüsterte er mit bebender Stimme.

Pud lachte und machte Spuckeblasen. Auf einmal war er richtig aufgedreht.

Beim Klang von Puds Lachen hörten Lous Tränen rasch auf zu fließen, er hob seinen Sohn hoch, legte ihn sich bäuchlings auf den Kopf und ließ ihn auf und ab wippen. Das brachte Pud noch mehr zum Lachen, und Lou konnte nicht anders, als einzustimmen.

Da entdeckte er aus dem Augenwinkel plötzlich Lucy, die an der Tür stand und sie beobachtete.

»Also, Pud«, sagte Lou laut. »Wie wäre es, wenn du und ich jetzt in Lucys Zimmer gehen und so lange auf ihrem Bett herumhopsen, bis sie aufwacht – was meinst du?«

»Nein, Daddy!«, kicherte Lucy und kam ins Zimmer gerannt. »Ich bin doch schon wach!«

»Na, dann aber marsch, marsch zurück ins Bett! Wenn der Weihnachtsmann mitkriegt, dass du auf bist, dann kommt er nicht ins Haus.«

»Und wenn er dich sieht?«, fragte sie.

»Wenn er mich sieht, gibt's extra Geschenke«, grinste Lou.

Plötzlich rümpfte Lucy die Nase. »Pud stinkt nach Kacka. Ich hole Mummy.«

»Nein, lass nur, das kann ich auch.« Er sah Pud an, der seinen Blick erwiderte und lächelte.

Aber Lucy starrte ihren Vater an, als wäre er übergeschnappt.

»Schau mich nicht so an«, lachte er. »Windelnwechseln kann doch nicht so schwer sein, oder? Komm, Kumpel, hilf mir mal ein bisschen.« Er lächelte Pud aufmunternd zu, der ihm mit der offenen Handfläche freundschaftlich eine Ohrfeige verpasste. Lucy schrie vor Lachen.

Vorsichtig legte Lou Pud auf den Boden, denn er wollte nicht riskieren, dass er ihm von der Wickelkommode rollte, obwohl dort die Wickelmatte lag, die Ruth sonst immer benutzte.

»Mummy legt ihn immer hier drauf«, gab Lucy auch sofort zu bedenken.

»Tja, Daddy aber nicht«, entgegnete Lou, während er nach einer Methode forschte, wie er Pud aus seinem Strampelanzug befreien konnte.

»Die Knöpfe sind unten«, erklärte Lucy hilfsbereit und setzte sich neben ihren Daddy und ihren Bruder auf den Boden.

»Oh. Danke.« Lou öffnete die Knöpfe und rollte den Strampelanzug hoch, damit er ihm beim Wickeln nicht in die Quere kam. Dann löste er vorsorglich die Klebebänder der neuen Windel und klappte sie langsam auf. Drehte sie um. Betrachtete sie von allen Seiten und versuchte zu enträtseln, was vorne und was hinten war.

»Oh, Kacka!« Lucy wich zurück und hielt sich die Nase zu.

Während Lou sich anstrengte, die Situation mit der Windel in den Griff zu bekommen, rollte Lucy auf dem Boden herum und fächelte sich mit theatralischer Gebärde Luft zu. Doch Pud machte es seinem Vater nicht leicht. Weil es ihm nicht schnell genug vorwärtsging, begann er, so heftig zu strampeln, dass Lou ein Stück zurückwich. Das nutzte der Kleine gnadenlos aus und versuchte zu entkommen. Doch Lou nahm die Verfolgung auf, immer dicht an Puds Hinterteil. Ein Feuchttuch in der Hand, näherte er sich dem vor ihm herwackelnden Babypopo wie mit einem Staubwedel. Leider richteten seine zaghaften Wischversuche nicht viel aus. Er musste aufs Ganze gehen. Als Pud einen interessanten Ball entdeckte, ergriff Lou seine Chance, brachte seinen Sohn unter Kontrolle und vollendete, von Lucy fachmännisch assistiert, sein Werk.

»Die Creme hier kommt als Nächstes drauf.«

»Danke. Du musst immer gut auf Pud achtgeben, ja, Lucy?«

Sie nickte feierlich.

»Und auf Mummy auch.«

»Jawohl!« Sie reckte die Faust in die Luft.

»Und Pud und Mummy geben acht auf dich«, fügte er hinzu, während es ihm endlich gelang, Pud, der schon wieder ausrücken wollte, an seinen pummeligen Beinchen zu packen. Er zog ihn über den Teppich zu sich, und Pud quiekte vergnügt wie ein Ferkel.

»Und wir alle geben acht auf Daddy!«, jubelte Lucy und tanzte wild durchs Zimmer.

»Ach, um den braucht ihr euch keine Sorgen zu machen«, meinte Lou leise, während er rätselte, wie die Windel funktionierte. Schließlich begriff er das Prinzip, handelte entsprechend und knöpfte dann schnell die Knöpfe des Stramplers zu. »Heute lassen wir ihn ohne Pyjama schlafen«, verkündete er und versuchte, selbstsicher zu klingen.

»Mummy macht immer das Licht aus, damit er besser einschläft«, flüsterte Lucy.

»Oh, okay, gute Idee«, flüsterte Lou zurück und knipste das Licht aus, sodass nur noch das Nachtlicht mit Pu dem Bären an der Decke zirkulierte.

Zufrieden vor sich hin gurgelnd – nachdenkliche Nichtwörter, die nur er verstand –, beobachtete Pud die Lichter.

Lou kauerte sich auf den Boden und zog Lucy zu sich, und so saßen sie eng aneinandergeschmiegt auf dem Teppich und sahen zu, wie Pu – ein Bär von geringem Verstand – an der Zimmerdecke einem Honigtopf nachjagte. Nun war der Moment gekommen, es ihr zu sagen.

»Lucy, du weißt ja, ganz gleich, wo Daddy ist, ganz gleich, was in deinem Leben passiert, egal, ob du dich fröhlich oder traurig oder einsam oder verloren fühlst – ich bin immer für dich da. Selbst wenn du mich nicht siehst, musst du daran denken, dass ich da drin bin« – er berührte ihren Kopf – »und hier.« Er legte die Hand auf ihr Herz. »Und ich seh dich und bin stolz auf dich und auf alles, was du tust. Und wenn du jemals über meine Gefühle für dich unsicher bist, dann erinnere dich an diesen Moment, erinnere dich an das, was ich dir jetzt sage und wie sehr ich dich liebe, mein Schatz. Daddy liebt dich, okay?«

»Okay, Daddy«, sagte sie nachdenklich. »Aber was ist, wenn ich böse bin? Liebst du mich auch noch, wenn ich böse bin?«

»Wenn du böse bist«, begann er und dachte einen Moment nach, »dann vergiss nicht: Dein Daddy glaubt immer fest daran, dass du versuchst, so gut zu sein, wie du kannst.«

»Aber wo bist du dann?«

»Wenn ich nicht hier bin, dann bin ich woanders.«

»Aber wo ist das?«

»Das ist ein Geheimnis«, flüsterte er, und er musste sich anstrengen, die Tränen zurückzuhalten.

»Ein Geheimnis-Woanders«, flüsterte sie zurück, und er spürte ihren süßen, warmen Atem auf seinem Gesicht.

»Ja, genau.« Er umarmte sie fest und bemühte sich, keinen Laut über seine Lippen kommen zu lassen, während dicke, heiße Tränen über seine Wangen rollten.

Unten im Esszimmer hörten die anderen das Gespräch in Puds Zimmer über das Babyfon, und keiner der hier versammelten Sufferns konnte die Tränen zurückhalten. Aber es waren Freudentränen – darüber, dass ein Sohn, ein Bruder und ein Ehemann endlich zu ihnen zurückgekehrt war.

An diesem Abend liebten sich Lou Suffern und seine Frau. Danach hielt er sie im Arm und streichelte ihre seidenweichen Haare, bis er eindöste, und selbst im Halbschlaf glitten seine Fingerspitzen noch sanft über die Konturen ihres Gesichts, über die kleine Himmelfahrtsnase, die hohen Wangenknochen, die Kinnspitze, wanderten den Unterkiefer entlang und von dort hinauf bis zum Haaransatz – als wäre er blind und würde sie zum ersten Mal sehen.

»Ich werde dich immer lieben«, flüsterte er, und sie lächelte, schon halb im Traum.

Mitten in der Nacht drang das Geräusch der Klingel unten am Tor in ihre Traumwelt, und Ruth erwachte. Verschlafen stand sie auf, zog ihren Bademantel über und öffnete die Haustür für Raphie und Jessica. Auch Quentin und Lous Vater waren aufgestanden und begleiteten Ruth, denn sie fanden beide, dass es ihre Aufgabe war, das Haus und seine Bewohner vor nächtlichen Gefahren zu beschützen. Aber vor dem, was Ruth bevorstand, gab es keinen Schutz.

»Es tut mir sehr leid, Sie zu dieser nachtschlafenden Zeit stören zu müssen«, sagte Raphie ernst, als sich alle im Wohnzimmer versammelt hatten.

Ruth musterte die junge Polizistin neben ihm: dunkle, fast schwarze Augen, deren Blick kalt und traurig schien, Stiefel und Hose mit Gras und Schlamm verklebt, unzählige Schrammen im Gesicht, eine Schnittwunde, mehr schlecht als recht unter den Haaren versteckt.

»Was ist los?«, flüsterte Ruth, und die Worte blieben ihr fast im Hals stecken. »Sagen Sie mir, was los ist, bitte.«

»Mrs Suffern, ich glaube, Sie sollten sich setzen«, sagte Raphie sanft.

»Wir sollten vor allem Lou holen«, wisperte sie und sah Quentin hilfesuchend an. »Er war nicht im Bett, als ich wach geworden bin. Bestimmt ist er in seinem Arbeitszimmer.«

»Ruth«, sagte die junge Polizistin so mitfühlend, dass Ruths Herz noch schwerer wurde, als es ohnehin schon war. Gleichzeitig wich alle Kraft aus ihrem Körper. Sie ließ sich von Quentin zur Couch führen, wo sie zwischen ihm und Lous Vater Platz nahm. Alle drei fassten sich an den Händen, sodass sie miteinander verbunden waren, während sie dem Bericht von Raphie und Jessica lauschten und von den unbegreiflichen Veränderungen in ihrem Leben erfuhren. Der Sohn, der Bruder und der Ehemann, der doch gerade erst zu ihnen gekommen war, hatte sie ebenso schnell wieder verlassen.

Als der Weihnachtsmann seine Geschenke in den Häusern überall im Land verteilte, als langsam die Lichter erloschen, die über Nacht die Fenster erhellt hatten, als sich Türkränze in Finger verwandelten, die sich leise auf Lippen legten, als die Jalousien an den Fensterscheiben herunterglitten wie die Augenlider eines schlafenden Zuhauses, wartete der Truthahn noch darauf, durchs Fenster eines Hauses in einem anderen Viertel geworfen zu werden, und Ruth Suffern wusste noch nicht, dass sie ihren Ehemann verloren hatte, jedoch sein Kind unter dem Herzen trug. Und gemeinsam begriff die Familie – in dieser magischsten Nacht des Jahres –, was Lou ihnen in den frühen Stunden des Weihnachtsmorgens geschenkt hatte.

# 29

## Der Truthahnjunge V

Raphie beobachtete den Truthahnjungen, als sie zum Ende der Geschichte gekommen waren. Einen Moment war er ganz still.

»Woher wissen Sie das alles?«, fragte er dann.

»Wir haben es aus Gesprächen mit Lous Familie und mit seinen Kollegen nach und nach zusammengestückelt.«

»Haben Sie auch mit Gabe gesprochen?«

»Ja, vorhin. Aber nur ganz kurz. Wir warten noch darauf, dass er aufs Revier kommt.«

»Und Sie waren heute früh in Lous Haus?«

»Ja.«

»Und er war nicht da?«

»Keine Spur von ihm, nirgends. Das Bett war noch warm.«

»Haben Sie sich das ausgedacht?«

»Nein, jedes Wort ist wahr.«

»Erwarten Sie, dass ich Ihnen das abnehme?«

»Nein, eigentlich nicht.«

»Was war dann der Zweck des Ganzen?«

»Menschen erzählen Geschichten, und es ist an denen, die zuhören, sie zu glauben oder nicht. Das ist nicht die Aufgabe des Erzählers.«

»Aber sollte nicht wenigstens *der* seine Geschichte glauben?«

»Der Erzähler sollte vor allem erzählen«, antwortete Raphie und zwinkerte.

»Glauben Sie das, was Sie mir erzählt haben?«

Raphie schaute sich im Raum um, ob nicht womöglich unbemerkt jemand hereingekommen war. Dann zuckte er linkisch die Achseln und drehte den Kopf. »Was für den einen eine Lektion ist, ist für den anderen einfach nur eine Geschichte. Aber oft ist die Geschichte des einen für den anderen eine Lektion.«

»Was soll denn das nun schon wieder heißen?«

Raphie wich der Frage aus, indem er einen Schluck Kaffee trank.

»Sie haben gesagt, die Geschichte könnte eine Lektion sein – aber was soll man daraus lernen?«

»Wenn ich dir das erklären muss, Junge …« Raphie verdrehte die Augen.

»Ach, kommen Sie.«

»Du sollst die Menschen, die du liebst, nicht für selbstverständlich nehmen«, antwortete Raphie, zuerst etwas verlegen. »Du sollst allen besonderen Menschen in deinem Leben mit Respekt, Aufmerksamkeit und Wertschätzung begegnen. Dich auf das konzentrieren, was wirklich wichtig ist.« Er räusperte sich und sah schnell weg, denn Predigen war nicht seine Sache.

Der Truthahnjunge verdrehte die Augen und tat so, als müsste er gähnen.

Aber da schob Raphie entschlossen seine Verlegenheit beiseite und gab sich einen letzten Versuch, zu dem Teenager durchzudringen. Obwohl er jetzt eigentlich hätte gemütlich zu Hause sitzen und sich die zweite Portion von seinem Weihnachtsessen schmecken lassen sollen, statt sich hier von diesem Jungen frustrieren zu lassen.

Er beugte sich über den Tisch. »Gabe hat Lou ein Geschenk gemacht, ein ganz besonderes Geschenk. Ich mache mir nicht die Mühe, dich zu fragen, was das war, ich erkläre es dir lieber gleich, und du solltest mir gut zuhören, denn wenn ich fertig bin, gehe ich endgültig, und dann bist du allein und kannst in Ruhe über das nachdenken, was du gemacht hast. Und wenn du nicht aufpasst, kehrst du in die Welt zurück als wütender junger Mann und wirst für den Rest deines Lebens wütend bleiben.«

»Okay«, sagte der Truthahnjunge defensiv und setzte sich aufrecht hin, als erwartete er eine Strafpredigt vom Direktor.

»Gabe hat Lou *Zeit* geschenkt, Junge.«

Der Truthahnjunge rümpfte die Nase.

»Oh, klar, du bist vierzehn und denkst, du hast alle Zeit der Welt. Aber das stimmt nicht. Keiner von uns hat endlos Zeit. Aber wir verschwenden unsere Zeit mit dem gleichen Elan und der gleichen Achtlosigkeit wie die Schnäppchenjäger im Januar ihr Geld. In einer Woche wird es auf den Straßen von diesen Leuten nur so wimmeln, die mit weit offenem Portemonnaie die Läden überschwemmen und ihr Geld mit vollen Händen zum Fenster hinauswerfen.« Einen Augenblick schien es, als würde Raphie sich wieder in sein Schneckenhaus zurückziehen, und seine Augen versteckten sich unter den buschigen grauen Brauen.

Der Truthahnjunge beugte sich vor und starrte ihn an, offensichtlich amüsiert darüber, dass Raphie plötzlich so etwas wie Gefühle zeigte. »Aber man kann ja wieder neues Geld verdienen, wen kümmert es also?«

Mit einem Ruck tauchte Raphie aus seiner Trance auf und starrte den Truthahnjungen an, als sähe er ihn zum ersten Mal. »Und genau das macht die Zeit ja so wertvoll, richtig? Wertvoller als Geld, wertvoller als sonst irgendetwas. Kein

Mensch kann sich wieder neue Zeit dazuverdienen. Wenn eine Stunde, eine Woche, ein Monat vergangen ist, kriegt man sie nicht zurück, nie mehr. Für Lou Suffern wurde die Zeit knapp, und Gabe hat ihm ein bisschen Extrazeit geschenkt, damit Lou seine Angelegenheiten regeln und zu einem guten Ende bringen konnte. Das ist das Geschenk, um das es hier geht.« Raphies Herz pochte wild in seiner Brust. Er schaute auf seinen Kaffee hinunter und schob ihn weg, denn er merkte, wie sein Herz sich plötzlich zusammenkrampfte. »Deshalb sollten wir die Dinge in Ordnung bringen, bevor …«

Ihm blieb die Luft weg, und er wartete, bis der Krampf vorbei war.

»Meinen Sie, es ist zu spät, um …« Der Truthahnjunge wickelte das Kapuzenband seines Pullis um den Finger und stockte. »Na ja, Sie wissen schon, um die Dinge in Ordnung zu bringen, die Dinge mit … na ja … wissen Sie …«

»Mit deinem Dad?«

Der Junge zuckte die Achseln und sah weg. Anscheinend wollte er es lieber nicht zugeben.

»Es ist nie zu spät –« Abrupt hielt Raphie inne und nickte, als wäre ihm etwas eingefallen, nickte noch einmal, stand mit entschlossenem Gesicht auf und schob seinen Stuhl zurück.

»Warten Sie, wo wollen Sie denn hin?«

»Dinge in Ordnung bringen, Junge. Und ich schlage vor, du machst das Gleiche, wenn deine Mutter dich nachher abholt.«

Der Teenager blinzelte ihn an, und in seinen blauen Augen war die Unschuld noch zu erkennen, wenn auch verschleiert vom Nebel aus Wut und Verwirrung.

Raphie ging den Korridor hinunter und lockerte unterwegs seine Krawatte. Als er eine Stimme seinen Namen rufen hörte, drehte er sich nicht um, sondern verließ den Belegschaftsbereich und betrat den Empfangsraum, der heute an Weihnachten leer war.

»Raphie!«, rief Jessica, denn sie war es, die hinter ihm herjagte.

»Ja?«, antwortete er und blickte sich ein bisschen atemlos zu ihr um.

»Alles klar mit dir? Du siehst aus, als hättest du einen Geist gesehen. Ist es dein Herz? Bist du okay?«

»Alles in Ordnung«, entgegnete er nickend. »Alles in Ordnung. Was ist los?«

Jessica kniff die Augen zusammen und musterte ihn durchdringend, denn sie wusste, dass er log. »Macht der Junge dir Schwierigkeiten?«

»Nein, überhaupt nicht, er frisst mir inzwischen aus der Hand, könnte man sagen. Wirklich – alles in Ordnung.«

»Wohin gehst du dann?«

»Eh?« Er blickte zur Tür, aber ehe ihm noch eine Lüge einfallen wollte, noch eine Unwahrheit, wie er das seit zehn Jahren praktizierte, seufzte er – ein langer Seufzer, den er schon seit langer Zeit mühsam zurückhielt – und gab sich geschlagen. Die Wahrheit klang sonderbar, aber tröstlich, als sie sich endlich von seiner Zunge löste.

»Ich möchte nach Hause«, sagte er und wirkte auf einmal sehr alt. »Ich möchte, dass der Tag vorbei ist und ich zu meiner Frau nach Hause kann. Und zu meiner Tochter.«

»Du hast eine Tochter?«, fragte sie überrascht.

»Ja«, antwortete er, schlicht, aber von Herzen. »Ich habe eine Tochter. Sie wohnt auch da oben in Howth. Deshalb bin ich jeden Abend mit dem Auto dort. Ich möchte sie einfach im Auge behalten. Auch wenn sie nichts davon weiß.«

Eine Weile starrten die beiden einander stumm an. Sie

wussten, dass heute Morgen etwas Seltsames mit ihnen geschehen war, etwas, das sie für immer verändert hatte.

»Ich war verheiratet«, erklärte Jessica schließlich. »Autounfall. Ich war dabei. Hab seine Hand gehalten. Genau wie heute früh.« Sie schluckte und senkte die Stimme. »Ich hätte alles darum gegeben, wenn ich ihm wenigstens noch ein paar Stunden hätte schenken können.« Da, sie hatte es gesagt. »Ich habe Lou geholfen, eine Tablette zu schlucken, Raphie«, fuhr sie dann mit fester Stimme fort und blickte ihm in die Augen. »Ich weiß, das hätte ich wahrscheinlich nicht tun dürfen. Sicher, ich kann nicht beweisen, ob die Sache mit den Pillen stimmt oder nicht – wir können Gabe ja nicht finden –, aber wenn ich Lou zu ein paar Extrastunden mit seiner Familie verholfen habe, bin ich froh. Und ich würde es jederzeit wieder tun – falls jemand fragt.«

Raphie nickte nur und nahm ihre zweite Beichte schweigend zur Kenntnis. Er würde alles in die Aussage einfügen, die sie zu Protokoll gegeben hatten, aber das musste er ihr nicht eigens erklären. Sie wusste es längst.

So starrten sie einander an, ohne sich wirklich zu sehen. Ihre Gedanken waren anderswo, in der Vergangenheit, bei der Zeit, die verloren war und niemals wiederkommen würde.

»Wo ist mein Sohn?« Eine aufgeregte Frauenstimme durchbrach das Schweigen. Als sie die Tür aufgemacht hatte, war ein Schwall Licht in die dunkle Polizeistation gedrungen. Dahinter kroch auch die Kälte des Tages herein – Schneeflocken hatten sich in den Haaren der Frau verfangen und lösten sich von ihren Stiefeln, als sie auf den Boden stampfte. »Er ist noch ein Kind«, erklärte sie und schluckte, und ihre Stimme bebte. »Ein vierzehnjähriger Junge. Ich hab ihn losgeschickt, um Soßenbinder zu holen. Und jetzt haben wir keinen Truthahn«, erklärte sie etwas zusammenhanglos.

»Ich kümmere mich darum«, sagte Jessica zu Raphie und nickte ihm aufmunternd zu. »Geh du nach Hause.«

Und das tat er auch.

Manchmal wirkt sich etwas sehr Wichtiges nur auf einen kleinen Kreis von Leuten aus. Umgekehrt kann etwas scheinbar ganz Nebensächliches das Leben einer großen Masse beeinflussen. In beiden Fällen kann ein Ereignis – sei es nun groß oder klein – eine ganze Reihe von Menschen betreffen, einen nach dem anderen. Ereignisse können uns zusammenbringen. Denn wir sind alle aus dem gleichen Holz geschnitzt. Ein Ereignis setzt etwas in uns in Bewegung, das uns mit einer Situation und mit anderen Menschen verbindet und uns zum Leuchten bringt wie eine Lichterkette am Weihnachtsbaum, verdreht und verwoben, aber alle verknüpft mit dem gleichen Draht. Manche gehen aus, andere flackern, andere leuchten hell und kräftig, aber alle hängen wir an der gleichen Strippe.

Am Anfang habe ich gesagt, dass diese Geschichte von einem Menschen handelt, der herausfindet, wer er ist. Von einem Menschen, dessen Schutzschichten sich lösen und dessen Herz für all die sichtbar wird, die wichtig sind. Und davon, dass alle, die wichtig sind, sich dieser Person ebenfalls zeigen. Bestimmt haben Sie gedacht, ich rede von Lou Suffern, nicht wahr? Falsch. Ich meine damit uns, uns alle.

Eine Lektion sucht den kleinsten gemeinsamen Nenner zwischen uns und verbindet uns alle miteinander wie die Glieder einer Kette. Am Ende dieser Kette hängt eine Uhr, und auf dem Ziffernblatt dieser Uhr sieht man, wie die Zeit vergeht. Wir hören es, dieses leise Ticktack, das jede Stille durchbricht, und wir sehen es auch. Aber oft fühlen wir es nicht. Jede Sekunde hinterlässt ihre Spuren im Leben jedes einzelnen Menschen, sie kommt und geht wieder, in aller Stille, ohne großes Trara. Sie löst sich in Luft auf, wie der Dampf von einem heißen Christmas-Pudding. Wenn wir Zeit haben, hält sie uns warm, aber wenn unsere Zeit vorüber ist, werden auch wir kalt. Zeit ist kostbarer als Gold, kostbarer als Edelsteine, kostbarer als Öl und kostbarer als irgendein anderer wertvoller Gegenstand. Es ist die Zeit, an der es uns oft mangelt, es ist die Zeit, die den Krieg in unseren Herzen verursacht. Deshalb müssen wir klug mit ihr umgehen. Zeit kann nicht eingepackt und, mit einer hübschen Schleife verziert, unter den Tannenbaum gelegt werden.

Zeit kann man nicht verschenken. Aber wir können sie miteinander teilen.

Mit all meiner Liebe für meine Familie – Mim, Dad, Georgina, Nicky, Rocco und Jay. Ich danke euch für eure Freundschaft, eure Ermutigung und eure Zuneigung. Danke, David. Unendlich dankbar bin ich auch euch, meinen Freunden – ihr seid es, die mein Leben fröhlich machen. Danke euch, Yo Yo und Leoni für die Rantaramas. Danke, Ahoy McCoy, dass ich von Ihrem Segelwissen profitieren durfte. Danke dem Team von HarperCollins für die Unterstützung und das Vertrauen – beides ist unendlich ermutigend und motivierend für mich. Danke, Amanda Ridout, und danke meinen Lektorinnen Lynne Drew und Claire Bord. Danke, Fiona McIntosh und Moira Reilly. Dank dir, Marianne Gunn O'Connor – dafür, dass du du bist. Danke, Pat Lynch und Vicki Satlow. Danke euch allen, die ihr meine Bücher lest – ich werde euch für eure Unterstützung ewig dankbar sein.

ISBN 978-3-492-31286-8